Operación Kazán

Novela

Esta obra obtuvo el **Premio Primavera 2022**,
convocado por Espasa y Ámbito Cultural
y concedido por el siguiente jurado:
Antonio Soler
Gervasio Posadas
Fernando Rodríguez Lafuente
Ana Rosa Semprún

Vicente Vallés

Operación Kazán

Premio Primavera de Novela 2022

Obra editada en colaboración con Editorial Planeta – España

Adaptación del diseño original de portada: Booket / Área Editorial Grupo Planeta
a partir de la idea original de Opalworks BCN
Adaptación de portada: Genoveva Saavedra / aciditadiseño
Imágenes de portada: Shutterstock

Bajo el sello editorial BOOKET M.R.
Avenida Presidente Masarik núm. 111,
Piso 2, Polanco V Sección, Miguel Hidalgo
C.P. 11560, Ciudad de México
www.planetadelibros.us

Primera edición impresa en esta presentación: octubre de 2025
ISBN: 978-607-39-3596-8

Impreso en los talleres de Lightning Source, LLC.
1246 Heil Quaker Blvd., LaVergne, TN 37086, USA.
Impreso en EE.UU.

Biografía

Vicente Vallés lleva más de tres décadas dedicado al periodismo. Dirige y presenta el informativo de la noche de Antena 3, y con anterioridad ha sido responsable de programas de noticias en Telemadrid, Televisión Española y Telecinco. También es analista político en prensa y radio. Ha recibido varios premios, entre ellos el Salvador de Madariaga, el Club Internacional de Prensa, la Antena de Oro, el Premio Iris de la Academia de Televisión, el Premio Ondas, el Premio de la Asociación de Corresponsales de Prensa Extranjera, o el Premio Francisco Cerecedo de la Asociación de Periodistas Europeos. Es autor de los libros *Trump y la caída del imperio Clinton*, en el que analiza el sorprendente resultado de las elecciones americanas de 2016, y *El rastro de los rusos muertos* (2019), donde despliega su impresionante conocimiento de la geopolítica contemporánea.

A Charlie, allá donde esté.

I'd be safe and warm.
If I was in L. A.

THE MAMAS & THE PAPAS, *California Dreamin'*

No solo debemos ejecutar a los culpables. La ejecución de inocentes impresionará aún más a las masas.

NIKOLÁI KRYLENKO, ministro de Justicia de la Unión Soviética y fiscal en los años 30, al servicio de Stalin. Fue ejecutado durante la Gran Purga, por orden de Stalin.

Noche de las elecciones (5 de noviembre de 2024)

La noche es un concepto difuso e indeterminado en las grandes ciudades. Pero lo es de forma exagerada y hasta exuberante en Nueva York: cuando el sol se esconde, en realidad amanece. Son tan altos los edificios que la inmensa sombra que proyectan impide que la luz del día se filtre hasta el suelo y, con el anochecer, las farolas callejeras, los fluorescentes de las oficinas y las pantallas gigantes provocan una explosión de luminosidad.

El brillo de una de esas enormes pantallas, situada a ochenta metros de altura y frente a la ventana, iluminaba el salón a pesar de que las lámparas del apartamento estaban apagadas. Hacía horas que la televisión se había convertido en un monótono soniquete de líderes políticos que celebraban o lamentaban el resultado de las elecciones presidenciales americanas de ese intenso día de noviembre, y de periodistas que contaban votos y analizaban los resultados. Fue entonces cuando un sobresalto rompió el sopor: el móvil que estaba sobre la mesa se encendió y empezó a vibrar como si sufriera un seísmo interno. Era un número largo con el prefijo de Rusia. Le habían dicho que si las cosas iban bien, ese teléfono nunca sonaría. Nadie debía llamar, y menos aún desde Rusia. Solo podían ser malas noticias. ¿Debía responder? ¿Sería mejor no hacerlo?

—¿Quién es? —preguntó intrigado y aterrorizado, cuando un impulso insoslayable le llevó a contestar.

—¡Soy yo, no cuelgues!

—¿Cómo has conocido este número?

—¡Estás en peligro!

—¿Cómo? ¿Qué dices?

—¡Estás en peligro!

—Pero...

—¡Van a por ti!

Tardó un segundo en asimilar la advertencia y en buscar una salida. Sabía que si ella había localizado su número de teléfono y se había arriesgado a llamar, era porque la situación ya no se podía considerar grave, sino desesperada.

—¡¿Cómo puedo escapar?! —Necesitaba una bocanada de aire para sostener activo su aliento.

—No puedes.

—Bienvenido, señor Scholl. Su habitación es la 1223, en la planta doce. Esta es su tarjeta para abrir la puerta y este es un sobre de su agencia que ha traído para usted un mensajero.

Dieter dio las gracias al amable empleado de la recepción del hotel en un inglés con fuerte acento alemán. Como ocurre muy a menudo con quienes están sin pareja ni amigos dentro de un grupo de turistas, algunos de sus atentos compañeros se empeñaron en adoptar al viajero solitario como muestra de cordialidad, y le invitaron a cenar y dar un paseo por las calles cercanas. Pero Scholl se excusó, alegando encontrarse fatigado por el trayecto en autobús. Quería descansar, dijo. Pediría algo de cenar al servicio de habitaciones y a la mañana siguiente se reencontraría con ellos para visitar los lugares emblemáticos de la ciudad.

El sobre entregado por un mensajero tenía el logotipo y el nombre de una agencia de viajes. En su interior había un folio doblado en tres partes en el que se saludaba al ciudadano alemán Dieter Scholl y se le ofrecía el programa de visitas que realizaría en los días siguientes. La jornada empezaría temprano para desayunar y el autobús recogería a los turistas a las ocho de la mañana. Después de ir y venir por Manhattan, volverían al hotel a las seis de la tarde, momento a partir del cual podrían disfrutar de su tiempo para lo que desearan.

Varias semanas antes, le habían entregado una cantidad de efectivo en dólares y en euros, un pasaporte alemán, un permiso de conducir y tarjetas de crédito. Todo ello a nombre de Dieter Scholl, natural de Berlín, de cuarenta años.

Scholl acudió entonces a una agencia de viajes para apuntarse a un *tour* de treinta alemanes por el sur de Canadá, las cataratas del Niágara y Nueva York. Pretendía evitar los aeropuertos de Estados Unidos debido a sus exhaustivos controles de seguridad. Aterrizaron en Toronto y viajaron por tierra hasta los saltos de agua. Los observaron desde el lado canadiense y, de la misma manera que lo hacen cientos de miles de turistas cada año, atravesaron la frontera fluvial por el Rainbow International Bridge hasta el lado estadounidense, en la ciudad de Búfalo. La labor que realizan los agentes de inmigración siempre es intensa, pero hay lugares menos estrictos. Este es uno de ellos. Scholl iba limpio. Era un viajero más. Un alemán con ganas de hacer fotos. Desarmado, por supuesto.

Disfrutaron de las vistas durante una larga jornada. Navegaron el río a bordo del barco *Maid of the Mist*, que lleva a los turistas a empaparse junto a las cataratas, allí donde se produce el estallido de la corriente en su caída libre desde más de sesenta metros de altura, formando densas nubecillas.

Contemplado el espectáculo ofrecido por la naturaleza, el autobús de los alemanes emprendió viaje hacia la ciudad de Nueva York, con parada para estirar las piernas en la agradable localidad de Scranton, en el estado de Pensilvania. Y ahora estaban en su hotel del centro de Manhattan, cerca de Times Square. Primer objetivo, cumplido. Cuando pasaran veinticuatro horas tendría que cumplir el segundo: abatir a un individuo cuya identidad desconocía, pero al que pronto localizaría. El tercer objetivo sería huir para ponerse a salvo.

Según las instrucciones que guardaba en su memoria, en el papel de la agencia de viajes que le habían dado en la recepción del hotel debía unir la tercera palabra de la primera línea, la primera palabra de la quinta línea y la segunda palabra de la penúltima línea. Poniéndolas juntas aparecería el nombre de una cuenta de Twitter que debería consultar en algún dispositivo que no fuera el suyo y que tampoco estuviera en su hotel, para evitar ser localizado.

Scholl dejó su maleta en la habitación, se dio una ducha rápida y salió tratando de no ser visto por sus compañeros de viaje. Bajó al metro para trasladarse hasta la famosa tienda de Apple de la Quinta Avenida, entre las calles 58 y 59, justo en la entrada de Central Park. Es un lugar diseñado con gusto, como es propio de la marca, con una hermosa entrada acristalada que conduce hasta un sótano repleto de ordenadores, teléfonos móviles, relojes electrónicos y *tablets*. Suelen estar conectados a internet para que los clientes curiosos puedan juguetear con los aparatos antes de comprarlos. Scholl optó por utilizar un móvil para que la pantalla fuese lo más pequeña posible y quedara menos expuesta a la mirada de algún curioso. Entró en Twitter, visitó la cuenta cuyo nombre conformó con los datos de la carta que recibió en el hotel y encontró el tuit que buscaba. Estaba escrito en inglés: «Gran partido de los Yankees frente a los Dodgers en las series mundiales. Mañana por la tarde lo celebraré comprando una gorra del equipo en su tienda del centro de Manhattan». A Scholl no le importaba qué era eso de las series mundiales. No recordaba haber oído hablar de tal cosa. Pero le asaltó la curiosidad y buscó la respuesta en Google: en esos días se disputaban los partidos de la final del campeonato de béisbol; los americanos consideran ese deporte tan suyo que califican como mundial a su campeonato nacional. «Son unos engreídos», masculló Dieter entre dientes y, de inmediato, tecleó en la pantalla el nombre de los Yankees para que apareciera la dirección de la tienda: calle 42, a dos pasos de Times Square.

Nueva York, 5 de noviembre (día de las elecciones presidenciales)

Pasadas veinticuatro horas y después de un largo día de visitas turísticas, Dieter estaba en la tienda de los Yankees, la Yankees Clubhouse Shop. El escaparate parecía más el de un circo o el de Disneyworld que el de un club deportivo, pensó Scholl con cierto desprecio. Ahora tenía que encontrar la gorra que le sirviera de pista para cumplir su misión. Había una docena de clientes comprando camisetas, bolas o bates con el nombre del equipo. Scholl miró a su alrededor buscando el expositor de las gorras. Lo encontró en la pared de la izquierda, encima de una larga barra de la que colgaban varias perchas. Vio a un hombre de unos treinta o treinta y cinco años coger un par de gorras y mirar su talla en la etiqueta. Se probó una. Se probó la otra. Finalmente, volvió a colocar las dos en el expositor, dio media vuelta, se encaminó hacia la salida y pasó junto a Scholl. En ese momento, detuvo levemente su marcha y susurró en inglés con un fuerte acento: «Es la tercera». De inmediato, desapareció por la puerta y se perdió entre el gentío de Manhattan.

Dieter evitó seguir con la vista al extraño que le acababa de hablar. Avanzó tres pasos hacia el expositor, buscó la tercera, comprobó que en la etiqueta había algo más que la talla, se dirigió a la caja, hizo cola detrás de otras dos personas, pagó en efectivo y se marchó de la tienda. Se puso la gorra en la cabeza nada más salir al exterior para ocultar parcialmente su rostro. Caminó hacia la dirección que figuraba en la etiqueta. Estaba a menos de diez minutos de paseo.

Se dirigió hacia el oeste por la calle 42. En el cruce con la Octava Avenida dobló a la izquierda, en dirección sur. Estaba muy cerca. Un poco más allá vio el edificio de apartamentos señalado en la gorra de los Yankees. También figuraban dos datos más: un número de cuatro dígitos, que era el código de seguridad para abrir la puerta, y la hora a la que el portero del edificio terminaba su turno de trabajo. Eso ocurriría a las veintiuna horas. Faltaban solo cinco minutos. Scholl esperó a que llegara el momento apostado al otro lado de la calle. A las nueve de la noche, Dieter vio salir al portero, caminó hasta la entrada, comprobó con disimulo que no había nadie, pulsó los cuatro dígitos de la clave, accedió al *hall* y optó por subir las escaleras para no correr el riesgo de encontrarse con algún vecino al salir del ascensor. La gorra de los Yankees le serviría para impedir que las cámaras de seguridad, si las había, captaran con nitidez su rostro. Escalaba peldaño a peldaño, cuidando de hacer el menor ruido posible. Planta 14, apartamento 1403.

Solo tuvo que apoyar la mano en la puerta para que se abriera. Entró y cerró con llave, después de colocar al otro lado, en el pasillo, un dispositivo apenas apreciable al ojo humano que detecta el movimiento a menos de diez metros de distancia. Si alguien se acercaba, sentiría una vibración en la pulsera que tenía en su muñeca derecha.

Miró bajo la cama. Así se lo habían indicado antes de viajar a Nueva York. Y allí estaba: un maletín largo y estrecho. Lo abrió con delicadeza, como quien cree estar ante un arcón que contiene un tesoro. O como quien sospecha que le han podido tender una trampa colocando una bomba dentro. Pero no había trampa. Era el tesoro.

Lo acarició. Posó la yema de los dedos con delicadeza y devoción. Casi con deseo. Primero, sobre la parte metálica. Luego, sobre las piezas de plástico o madera. Y, finalmente, con paciencia de artesano, puso el proyectil sobre la palma de la mano derecha y acercó sus labios para besarlo con cariño antes de encapsularlo en el cargador del fusil: 12,7 milímetros. Un asesino pequeño, alargado y puntiagudo. Nada sobrevive a su paso. Cada vez que se producía esta ceremonia es que alguien estaba a punto de disfrutar de su último aliento. Amaba esa máquina de matar. Y ahora la tenía en sus manos para acometer una misión.

Quien podía morir en cuestión de segundos estaba a doscientos ochenta y tres metros de distancia, según la lectura que le ofrecían los instrumentos de medición. No se trata, ni mucho menos, de un trecho insalvable para un MTs-116M. De hecho, es un objetivo sencillo si quien lo maneja es un experto. Los francotiradores saben que se trata de un arma singular, en especial desde que fue modificada en 2018 para conformar un fusil de mayor precisión en la trayectoria de la bala e incorporar un silenciador de última tecnología que consigue reducir el ruido del disparo para convertirlo en un soplido apenas apreciable.

No le importaba desconocer la identidad de su víctima. Cumplía órdenes. Y las órdenes se ejecutan. Se ejecutan, aunque resulte incómodo hacerlo. Incomodidad solo logística, no ética, porque esta vez tenía que abatir a su objetivo con un instrumento distinto del que acostumbraba a utilizar. No era su mimado MTs-116M de siempre. No era el arma que ya sentía como si fuera la extensión de su cuerpo. Y no lo era porque resultaba imposible infiltrarse en territorio de Estados Unidos con su rifle en la maleta. De hecho, había asumido un enorme peligro al atravesar el control fronterizo, arriesgándose a que descubrieran su verdadera identidad.

Era un McMillan Brothers Tac-50, bautizado en su versión abreviada como C15, fabricado en una factoría de Phoenix, en el cálido y desértico estado norteamericano de Arizona. Es capaz de alcanzar a su víctima a más de tres kilómetros de distancia si quien lo usa demuestra la suficiente destreza y las condiciones ambientales son óptimas.

Dieter lo sabía. Conocía bien el récord conseguido con ese fusil por un miembro de las fuerzas de élite de Canadá en 2017, cuyo nombre no se hizo público. Pero recordaba cómo la hazaña de ese soldado canadiense con un C15 se había relatado en cuarteles de las fuerzas especiales de medio mundo. Ahora, con sus manos recorriendo despacio y con suavidad la sólida piel del rifle que acababa de encontrar bajo la cama de aquel apartamento, Scholl rememoraba la historia que le habían contado sobre aquel francotirador: situado en una posición elevada, vio al otro lado de su mira telescópica a tres combatientes del Estado Islámico en Irak. Se encontraban a tres mil quinientos cuarenta metros, una distancia difícilmente abarcable, incluso para un fusil tan sofisticado y aunque esté en manos de un artista de la puntería.

Los tres individuos caminaban por una zona pedregosa y con mucho desnivel. Iban en fila de a uno. El soldado canadiense apuntó al último de ellos. Afinó su ojo derecho, bien entrenado para fijar objetivos. El dedo índice estaba apoyado con cuidado en el gatillo. No tenía mucha fe en acertar porque estaban demasiado lejos, se movían y había un ligero viento que podía desviar la bala unos centímetros. Pero un disparo fallido serviría, al menos, para asustar a aquellos tres enemigos y les obligaría a suspender o aplazar la misión que tuvieran encomendada. Eso sería suficiente. Aun así, un francotirador nunca pierde la paciencia ni la confianza en sí mismo.

Calculó que el proyectil tardaría entre cinco y diez segundos en llegar a su destino y que la brisa del este variaría en alguna medida la trayectoria. De manera que no apuntó directamente al cuerpo de su víctima, sino un poco más a la izquierda, que es hacia donde caminaba. Apretó el gatillo, sintió el latigazo del retroceso provocado por el arma en su hombro derecho y esperó a que la bala terminara su vuelo. Al cabo de un momento, que pareció eterno, vio con satisfacción a través de su mira telescópica el impacto en el cuerpo de su víctima con efectos letales: observó cómo caía herido de muerte y cómo sus dos compañeros se arrojaban al suelo aterrorizados.

Sí, pensó Scholl, el C15 es un arma muy útil, aunque no sea su MTs-116M de fabricación rusa. No sabía quién había conseguido para él aquel fusil americano, pero podía suponer que alguien al servicio de la causa lo habría comprado, robado o cogido a préstamo. No era un C15 nuevo. Se notaba que ya había sido utilizado más veces. Pero estaba en perfecto estado. También disponía de un juego de proyectiles, algo casi insultante para un francotirador formado en la 10ª Brigada de Montaña SpN del GRU (Servicio de Inteligencia Militar de Rusia), en la región de Krasnodar, en el Cáucaso Norte, y bregado en los combates de la guerra de Chechenia.

Terminada aquella misión contra la disidencia chechena, Dieter Scholl, cuyo nombre real era Serguéi Petrov, fue reclutado para el SVR, la inteligencia exterior rusa. Serguéi Petrov, alias Dieter Scholl, era un *spetsnaz*, un orgulloso miembro de los comandos de las fuerzas especiales del Ejército ruso. No hay dolor, aunque duela. Allí te dan una bala para abatir a un enemigo. Una. O abates al enemigo con esa bala o probablemente mueres. Y una bala debía ser suficiente, también, para eliminar al objetivo señalado por la superioridad.

Serguéi sí tenía cuarenta años, pero no había nacido en Berlín, al contrario de lo que señalaba el falso pasaporte alemán que el servicio de inteligencia ruso le había entregado días atrás en Moscú. Sin embargo, la mentira era creíble. Aunque era natural de Moscú, con solo dos años de edad se trasladó a vivir a Berlín Este, en la extinta República Democrática Alemana (RDA), donde fue destinado su padre, Igor Petrov, agente del KGB. Allí, Serguéi vivió en un edificio de apartamentos construido según las sobrias claves habituales de la arquitectura comunista, sin afición alguna por la estética, y compartió juegos con hijos de funcionarios de la Stasi, el temido servicio secreto de la RDA. Se crio en el idioma local como un nativo y fue un alemán más durante varios años de su infancia, hasta la caída del Muro de Berlín y del régimen, cuando su padre recibió la orden de volver a casa. Una de las cualidades que convertían a Serguéi en un agente especialmente valioso era su capacidad para hablar alemán como un alemán, sin acento extranjero. La otra, una puntería fuera de lo común, casi sobrehumana. Había hecho blanco cientos de veces a mucha más distancia de la que ahora separaba a su fusil de precisión de la ventana del otro edificio por la que tenía que entrar el proyectil.

Petrov sentía el orgullo de pertenecer a la estirpe de Vasily Grigoryevich Zaytsev, el gran maestro de los francotiradores soviéticos. El hombre que, según la leyenda construida por él mismo y también por la película *Enemy at the Gates (Enemigo a las puertas)*, abatió a decenas de soldados alemanes en la asediada Stalingrado de la Segunda Guerra Mundial. El héroe que acabó con la puntería y con la vida de Erwin König, el mítico comandante de la Wehrmacht, conocido por su pericia a la hora de situar la bala en el lugar exacto al que previamente había decidido enviarla. La historia que se ha escrito, aunque haya dudas sobre su estricta veracidad, es que König fue destinado a Stalingrado para acabar con Zaytsev. Pero el oficial alemán terminó sus días entre las nieves de la Unión Soviética por un certero disparo de su adversario ruso, que después vivió hasta los setenta y seis años como ídolo de su país y de los francotiradores del mundo. Y quiso el destino ahorrarle la tristeza de ver la fragmentación de la Unión Soviética y el final del régimen comunista al que había servido con virtuosismo, porque murió el 15 de diciembre de 1991, apenas diez días antes de que en la noche de Navidad fuera arriada de la torre del Kremlin la bandera roja con la hoz y el martillo. Para siempre.

Ahora, el objetivo de Serguéi Petrov —el hombre que había entrado en Estados Unidos con la falsa identidad de un ciudadano alemán llamado Dieter Scholl— no era un astuto comandante nazi en Stalingrado, sino alguien cuya identidad desconocía. Menos heroico, sin duda. No habría fanfarrias, leyendas ni películas. Pero era la misión que tenía encomendada.

Había llegado el momento de esperar. Esperar hasta disparar y matar, porque su blanco aparecería en algún momento al otro lado de una de las ventanas del apartamento que estaba justo enfrente. Y Petrov esperó. A doscientos ochenta y tres metros de distancia —según sus instrumentos de medición—, alguien estaba a punto de salir de su sopor debido a una inesperada llamada de teléfono desde Rusia.

Se acercaba la medianoche. Desde la calle llegaba el eco de algunos gritos y del claxon de varios coches: muchos neoyorkinos celebraban el resultado de las elecciones presidenciales. Petrov no se inmutaba. Si había suerte, en algún momento encendería una lámpara del apartamento y ese hombre quedaría expuesto a la vista de la mira telescópica del arma. Hasta ese momento, el francotirador solo percibía leves cambios de luz ocasionales. Dio por seguro que se debía a que el ocupante del apartamento tenía encendido el televisor. Pero no era suficiente. Una cortina traslúcida impedía ver el interior del lugar mientras estuviera a oscuras. Necesitaba que una lámpara iluminara la estancia lo suficiente como para apreciar, al menos, un bulto en movimiento. Ese bulto sería la víctima. Y ese bulto apareció.

Después de horas de espera, la luz se activó, pero nadie se ponía en la línea de tiro. Más tarde, una figura humana pasó fugazmente al otro lado de la ventana. Transcurrido otro periodo corto, se repitió la escena. Pasados unos segundos, otra vez. Pero aquel individuo no se detenía. Serguéi decidió, entonces, disparar en cuanto volviera a cruzarse por la ventana, aunque no se quedara parado. Pero no hizo falta. La víctima quiso, sin saberlo, facilitar el trabajo a su verdugo. El bulto se quedó inmóvil repentinamente en la línea de fuego. Estaba a tiro. Petrov afinó la vista, manejó los instrumentos de precisión del fusil y colocó el dedo índice sobre el gatillo. La suerte estaba echada. Acabaría con él utilizando una sola bala. No era una cuestión de prurito profesional, que también: es que, si fallaba el primer disparo, sería inútil un segundo intento porque el objetivo ya habría huido a la carrera y quedaría fuera de su alcance. De manera que no tenía otra opción que hacer blanco ahora. A la primera y única ocasión.

Primera parte

Los viejos espías

(Edward)

Fiserv Forum, Milwaukee (Wisconsin), 16 de agosto (81 días antes de las elecciones)

Hombro con hombro. Cada delegado compartía su escaso territorio con varios delegados más que pugnaban por ocupar el mismo espacio. El Fiserv Forum es un moderno pabellón deportivo al que suelen acudir cerca de dieciocho mil personas para disfrutar de los partidos del equipo de baloncesto Milwaukee Bucks, una de las franquicias de la NBA. Es, por tanto, un lugar de amplitud generosa. Pero todos los presentes aspiraban a situarse en una misma ubicación frente a las cámaras de televisión. El país entero asistía al momento. El mundo tomaba nota del evento político que cada cuatro años se apodera de los programas informativos y de los grandes titulares de la prensa.

—Conforme a las normas establecidas para esta convención nacional del Partido Demócrata y escuchados los aspirantes a la candidatura a la presidencia de los Estados Unidos de América, procedemos a la votación para elegir al nominado, que será nuestro próximo presidente.

Aplausos y grititos guturales acompañaron a Claire Maher, mientras asumía el honor de dirigir la votación de la candidatura del partido para mantener el control del Despacho Oval, después de que ocurriera algo muy poco común: que un presidente, Jeremy Williams, decidiera no presentarse a la reelección. Desde su llegada al cargo, se sospechaba que Williams podría ser presidente de un único mandato porque alcanzó la Casa Blanca cuando ya tenía setenta y ocho años. Su victoria en las elecciones de 2020 se había producido al conformarse una amplia coalición social, desde la derecha moderada hasta la extrema izquierda, para derrotar a Richard Banks. La actitud impetuosa, arrebatada e impulsiva de Banks extremó las posturas políticas en un país que ya se había dejado llevar por el radicalismo en los años anteriores a su presidencia. Los votantes expulsaron a Banks del poder, y ahora Williams también sería presidente de un solo mandato, aunque en esta ocasión por propia voluntad, no por perder en las urnas. Ya tenía ochenta y dos años y consideraba que había cumplido con la principal misión que se propuso cuando compitió por la Casa Blanca: desmontar el legado de su antecesor. También pretendía calmar al país y relajar la tendencia a la polarización, que mostró su rostro más delirante en el asalto al Capitolio en enero de 2021. La democracia se tambaleó aquel día, ante el ataque de miles de fanáticos que no aceptaban la caída de su líder. En cualquier caso, esos eran objetivos demasiado ambiciosos para un tiempo tan corto como los cuatro años que dura un periodo presidencial.

—Es un honor para mí empezar la votación por los delegados del Partido Demócrata en el gran estado de Alabama —anunció Maher ante sus compañeros para dar inicio al proceso de elección.

Más aplausos. Los sesenta delegados de ese estado sureño repartieron sus votos, otorgando una mayoría clara a Nathalie Brooks. Era la primera de una serie de victorias parciales, estado a estado, que elevarían a la gobernadora de Arizona a la categoría de nominada demócrata. El resultado venía dado desde hacía algunas semanas, cuando a finales de mayo su rival, Rachel Brady, vicepresidenta de los Estados Unidos con Jeremy Williams y primera mujer negra en alcanzar un cargo de ese nivel, perdió toda opción de conseguir el necesario número de delegados en la convención. Las elecciones primarias del partido habían sentenciado a Brady casi desde que perdió en el estado de New Hampshire. Según la tradición, pocos aspirantes levantan el vuelo si han sufrido un duro golpe cuando en pleno invierno se inician las votaciones en las frías y nevadas tierras del noreste. Pero Brady insistió e insistió, hasta que se agotaron sus fuerzas y, sobre todo, sus fondos. Las bases demócratas querían a Brooks. Las de Alabama, las primeras. Las demás, después. Y las élites políticas y económicas opinaban lo mismo.

El Partido Demócrata había elegido como escenario de su convención nacional la ciudad de Milwaukee porque es la más importante de Wisconsin, y este es uno de los estados que en anteriores elecciones presidenciales se ganaron o perdieron por una mínima diferencia de votos. El empresario Banks se había convertido en 2016 en el presidente Banks gracias, entre otros motivos, a su victoria en Wisconsin por menos de veintitrés mil votos de diferencia con respecto a su rival. Y el expresidente y exsenador Williams se había convertido en 2020 en el presidente Williams al conseguir allí una ventaja de apenas veinte mil votos sobre su contrincante, el presidente Banks.

Ahora, los demócratas querían lanzar una campaña masiva en Wisconsin, Michigan, Ohio y Pensilvania para evitar que, una vez más, un puñado de votos en un puñado de estados les arrebatara el poder.

—Continuamos con la votación para nominar a quien confiamos en que será nuestra próxima presidenta.

Los delegados ovacionaron el optimismo de la encargada de gestionar el proceso de elección de la candidata demócrata. Delegación a delegación, los votos evidenciaron la clara victoria de Nathalie Brooks, lo que permitió a la aspirante derrotada hacer un gesto político, muy del gusto de la concurrencia. Cuando llegó el turno de los delegados de California, el estado de la perdedora, Rachel Brady pidió la palabra. Se le entregó el micrófono y habló para la convención, para el país y para la historia.

—Señora secretaria —dijo Brady con tono sereno y sabiendo que su intervención quedaría para siempre en las hemerotecas y en YouTube—. En representación del gran estado de California, agradeciendo la dedicación de todos aquellos que han trabajado en mi campaña, con espíritu de unidad, con fe en nuestro partido y en nuestro país, declaremos juntos, con una única voz, que Nathalie Brooks será nuestra próxima presidenta.

Brady elevó la intensidad de su voz en las palabras finales. Era el reconocimiento a quien había vencido y lo presentó ante la convención como un gesto generoso, en pos de la hermandad interna del partido y de los deseos de todos, incluidos los suyos, de conservar la Casa Blanca. De paso, era también un primer intento de seguir siendo una figura determinante en el futuro inmediato, a pesar de su descalabro en las primarias. Pronunciar aquellas palabras y quedar como una patriota de partido no había sido tan difícil en comparación con el dolorosísimo proceso sufrido, de derrota en derrota, a lo largo de los duros meses de las elecciones primarias. Asumir su fracaso le había costado largas noches de insomnio, en la soledad de las habitaciones de hotel de todo el país, llorando hasta el amanecer mientras se preguntaba por qué las bases la rechazaban, cuando antes de iniciar la carrera por la nominación era considerada la candidata inevitable. ¿Cómo podía perder la nominación a la presidencia quien era una magnífica vicepresidenta de Estados Unidos y contaba con el apoyo del propio presidente? No tenía rival. Es lo que parecía. Y por eso la caída resultó tan dura. Pero, en el momento final, llegada la convención nacional, había que asumir el papel histórico de unir al partido en torno a la vencedora, aunque sintiera odio por ella al haberle arrebatado lo que consideraba suyo. Quizá el futuro le reservara aquello de lo que se creía merecedora. El poder. El poder absoluto.

Las lágrimas se derramaron sobre las mejillas de muchos delegados que soñaron con una presidenta Brady. También, por las mejillas de aquellos que conformaban su equipo de campaña y que ahora sufrían las consecuencias de su fracaso. Atrás quedaba la aspiración de ocupar los despachos destinados a los fontaneros de la Casa Blanca. Brooks y los suyos se los habían arrebatado con una estrategia brillante desde las primeras votaciones en los *caucus* de Iowa, allá por el mes de febrero. Y ahora recogían la cosecha.

—Señora secretaria —continuó el alegato de la vicepresidenta y candidata derrotada Rachel Brady—, solicito que se suspenda el procedimiento habitual y, por tanto, la votación, de manera que la gobernadora Nathalie Brooks del gran estado de Arizona sea elegida por aclamación como nominada del Partido Demócrata para ser la presidenta de los Estados Unidos.

El Fiserv Forum estalló en aplausos mientras la secretaria, Claire Maher, agradecía el gesto de unidad de Brady y certificaba que Brooks sería elegida por unanimidad, sin necesidad de sumar votos, para no evidenciar aritméticamente el resultado de la contienda ni el grado de derrota de la candidata perdedora.

Los ojos de Rachel Brady se humedecieron cuando terminó su intervención y devolvió el micrófono a un ayudante. La vicepresidenta había conseguido con mucho esfuerzo mantenerse serena durante el discurso en el que aceptaba su capitulación y entregaba la gloria a su rival. Hacía un año que el presidente Williams había llamado a su vicepresidenta al Despacho Oval.

—Querida Rachel —dijo el presidente en aquella reunión, en el verano de 2023—, no me presentaré a la reelección. Quiero que tú seas la candidata del Partido Demócrata, que ganes las elecciones de noviembre de 2024 y te conviertas en la primera presidenta afroamericana. Será un hito histórico para Estados Unidos y mi mejor legado.

Pero ahora, el sueño se desvanecía y la templanza que Rachel Brady trataba de reflejar con su actitud generosa no representaba el sentimiento que realmente la torturaba por dentro.

Por el contrario, Nathalie Brooks mostraba el sosiego propio de quien acaba de terminar una jornada rutinaria en la oficina, o como quien asiste a un acontecimiento que considera perfectamente predecible. Tal era su seguridad en la victoria.

Brooks no estaba en la sala. Aguardaba el momento de gloria en la habitación de un hotel cercano, rodeada de sus colaboradores. Todos juntos veían por televisión aquel momento histórico mientras aplaudían y gritaban. Todos, salvo Brooks, que mantenía la mirada en la imagen que ofrecía el televisor con gesto serio y con la mente ocupada en sus recuerdos.

—Aquellos que voten a favor de la gobernadora Brooks que digan sí —propuso Claire Maher a la multitud de delegados, y su petición fue respondida con una afirmación masiva, una explosión de ruido y lanzamiento de globos al viento, mientras los realizadores de las cadenas de televisión mostraban planos generales de la masa fervorosa y planos cortos con las lágrimas de muchos delegados, emocionados con la escena y ansiosos por confirmar que una demócrata seguiría al frente de la Casa Blanca.

En ese momento de euforia y bullicio, las pantallas del pabellón mostraban el rostro de Rachel Brady, la patriótica vicepresidenta de Estados Unidos que había sacrificado sus aspiraciones por un bien mayor. Una leve sonrisa, muy trabajada en las largas horas de ensayo con sus asesores de imagen, iluminaba su rostro. Pero en aquel instante, la cara no reflejaba los verdaderos sentimientos que la perturbaban.

—Por tanto —alzó la voz Maher para hacerse oír en medio del alboroto general—, tal y como exigen las normas, más de dos tercios de los delegados han votado sí. ¡Se aprueba la moción por aclamación!

Ya nadie preguntó si había votos en contra. La música al máximo volumen se expandió por la gran sala del pabellón deportivo mientras Nathalie Brooks se ponía en pie en su habitación de hotel para recibir los besos y los abrazos de sus asesores. Ahora sí sonreía, aunque con moderación. Para la ocasión, había elegido un impecable e inmaculado traje blanco, de pantalón y chaqueta sobre blusa azul celeste, y unos zapatos a juego de tacón moderado. Su cuello estilizado lucía una fina cadena de plata de la que colgaba un anillo que perteneció a su padre. Nathalie lo llevaba en todos los acontecimientos importantes de su vida. Esta vez, su media melena de color castaño claro estaba libre por recomendación de su peluquera. «Señora, no se recoja el pelo hoy. Es su gran día. Deje que vuele», le dijo la estilista con ínfulas filosóficas.

Brooks pidió silencio a los suyos y, mientras se oía de fondo el ruido de la convención que emitía el televisor, lanzó el nuevo reto:

—Ahora, a por la victoria en noviembre.

La *suite* del hotel se convirtió en un jolgorio desmedido. El objetivo final estaba más cerca. Si habían sabido vencer en las primarias nada menos que a la vicepresidenta, serían capaces de doblegar al aspirante republicano. Se veían ya en la Casa Blanca.

En el gran recinto deportivo, y rodeada de miles de personas, Rachel Brady aplaudía ante las cámaras de televisión, ante el mundo y ante la historia, pero con todo el dolor del alma. El maquillaje aguantaba con dificultad las gotas de sudor que empezaban a deslizarse desde su frente. Su chaqueta azul estaba salpicada por los papelitos de colores que arrojaban los delegados. El pelo, ceñido en una cuidada coleta, dejaba ver unos discretos y elegantes pendientes, regalo del presidente Williams. No le habían dado suerte, pero ella se los quiso poner a pesar de todo. Era una muestra de agradecimiento hacia su mentor. Williams lo había intentado. Ella había fracasado. Y, antes de que las lágrimas afloraran, lanzó un beso al aire con la última sonrisa impostada que aún le quedaba en la reserva, dio media vuelta y se perdió escaleras arriba hasta desaparecer por una de las puertas. Al cabo de unos pasos muy acelerados, su secretario se acercó a la carrera.

—Señora, tiene una llamada en su teléfono personal.

—¿Quién es? —respondió Brady incómoda, de mala gana, sin volver la cabeza y manteniendo el ritmo de sus zancadas.

—No lo sé, señora. Solo pone N.

La vicepresidenta de Estados Unidos giró, entonces sí, la cabeza hacia su asistente con una mueca de sorpresa. No es que no lo esperara, pero la escena que acababa de protagonizar había ejercido un efecto de desconexión en su cerebro y le impedía tener presentes las cuestiones de puro procedimiento y costumbre. Era lógico, pensó, que Nathalie Brooks llamara para agradecer la iniciativa de renunciar a la votación por la unidad del partido y en apoyo a la ganadora. Rachel Brady hizo una señal a su ayudante para que le entregase el móvil y le pidió que se apartara. Esperaba que la charla fuese de pura cortesía y durase apenas unos segundos. Quería, cuanto antes, dejar atrás lo vivido y lo sufrido. Respiró con profundidad antes de responder para evitar que la voz quebradiza reflejara su ánimo abatido por la derrota.

—Hola, Nathalie, enhorabuena. Serás una gran presidenta —se adelantó Brady sin dar tiempo a su interlocutora a pronunciar una sola palabra.

—Gracias, Rachel —respondió, algo sorprendida por las prisas que parecía tener su rival—. Sé que este es un momento difícil para ti. Pero te quiero agradecer el gesto de renunciar a la votación para unir todas las fuerzas del partido en mi candidatura. Eso engrandece tu figura política para el futuro. Y de eso quiero hablar contigo. Del futuro.

—Eres muy amable, pero solo hice lo que debía y ahora el futuro es tuyo. Te deseo mucha suerte. Adiós, Nathalie.

Brady pretendía cortar la llamada casi con brusquedad, porque su deseo era que aquella conversación telefónica terminara cuanto antes para marcharse al hotel y vivir su desgracia en soledad. Pero la vencedora aún no había terminado.

—¡Un momento, Rachel!

—Nathalie, tengo prisa. Me espera mi familia. He de colgar —contestó con tono cortante y hasta desagradable.

—Dame solo treinta segundos y luego decides si te vas con tu familia o vienes a verme.

—¿A verte?

Nathalie precipitó su respuesta a esa pregunta porque temía que Rachel colgara el teléfono y buscó el registro de voz más institucional para hacer su oferta.

—Quiero que sigas siendo la vicepresidenta de los Estados Unidos. Te ofrezco que seas mi candidata a la vicepresidencia. —Brooks pronunció esta última frase con la solemnidad debida.

A Rachel Brady se le paralizó el rostro, notó que sus terminaciones nerviosas se erizaban y tuvo la pulsión inmediata de responder que no. Y también sintió otra pulsión mucho más intensa, pasional y humana: la de insultar a Nathalie. Pero la experiencia le hizo guardar silencio. En sus largos años de ejercicio de la política había aprendido a pensar una respuesta dos veces antes de verbalizarla, por muy clara que pudiera tenerla en un primer momento. No quería ser la compañera de *ticket* electoral de Nathalie Brooks. De hecho, si pudiera hacer lo que de verdad deseaba, iría en ese momento a la habitación de su rival no para responder a su propuesta, sino para matarla. Pero su cerebro empezó a funcionar a mil revoluciones, como lo hacía siempre en los grandes momentos. Y ese cerebro tan bien entrenado ordenó hacer una pausa reflexiva. ¿Por qué no? ¿Qué tenía que perder?

—Deberíamos vernos ahora mismo y en un lugar discreto. —Nathalie rompió el silencio que se había adueñado de la conversación en los últimos tres segundos.

—La habitación de mi secretario es el lugar más discreto que se me ocurre en este momento —recomendó Rachel, todavía confusa y aturdida, mientras trataba de adecentarse la coleta por si se le hubiera escapado algún cabello suelto ante tanto movimiento.

Brady dio a Brooks las instrucciones para llegar hasta esa habitación sin levantar demasiado revuelo. Allí se encontrarían diez minutos después. Brady aceleró de nuevo, dirigió los pasos de su ayudante y ambos llegaron a la *suite* a tiempo. Segundos después, Brooks llamó a la puerta. Dos agentes del servicio secreto se quedaron fuera departiendo con otros agentes que protegían a la vicepresidenta Brady.

Estaban solas. Al fondo del salón había un gran ventanal con vistas a la ciudad, aunque en ese momento las cortinas estaban corridas para asegurar la discreción. Un elegante tresillo en tonos pastel se apoyaba en una de las paredes, junto a una mesa baja y dos sofás que parecían cómodos, pero que no utilizaron. Nathalie dio el paso de besar a Rachel en la mejilla. Rachel, fría y distante, apenas se movió. Estaban de pie, a menos de un metro de distancia, cara a cara.

—¿Sabes desde cuándo no ocurre que el ganador de una convención demócrata lleve en su candidatura a la vicepresidencia a quien perdió y que ambos juntos ganen después las elecciones? —retó Rachel a Nathalie con una pregunta que obligaba a conocer bien la historia del partido.

—Desde que Kennedy se la ofreció a Lyndon Johnson en el hotel Biltmore de Los Ángeles, la mañana del 14 de julio de 1960 —respondió Nathalie sin pestañear y sorprendiendo a Rachel, que pretendía poner a su contrincante en un aprieto—. Aunque tardó en ofrecerle el cargo más de lo que yo he tardado en ofrecértelo a ti. Kennedy llamó a Johnson un día después de conseguir la nominación. Yo solo he dejado pasar un minuto.

—¿Sabes lo que cuentan sobre aquella oferta? —Rachel no tenía intención de perder ese pugilato con Nathalie—. Dicen que Kennedy odiaba a Johnson y que la planteó para quedar bien con el partido, porque estaba convencido de que Johnson no aceptaría. Pero aceptó.

—Yo no te odio, Rachel. Y espero que tú no me odies a mí.

—Ha pasado mucho tiempo desde 1960, Nathalie. Ni tú ni yo habíamos nacido. Esas cosas ya no se estilan. No sé si nuestros compañeros de partido lo entenderían. Y, lo más importante: no sé si los votantes lo entenderían.

—Si vienes conmigo, la unidad del partido estará asegurada. Y si el partido está unido, los votantes nos seguirán. Yo aportaré una imagen de cambio en lo que es necesario cambiar, y tú representarás la continuidad en lo que es imprescindible mantener de la administración actual. Un *ticket* Brooks-Brady solo puede ser un *ticket* ganador.

Rachel ya había tomado su decisión antes de iniciar esa charla. Fueron suficientes los diez minutos de reflexión de los que dispuso entre la breve conversación telefónica y la reunión en aquella *suite* de hotel. Alargando la reunión solo pretendía situar su respuesta en el marco político y personal adecuado a la importancia del momento. Pero faltaba algo para completar la representación.

—Dame un minuto y te daré la respuesta. Necesito hacer una llamada —dijo Brady mientras se encaminaba hacia el dormitorio de la *suite* y cerraba la puerta a su espalda.

En realidad, eran dos llamadas. Una, al presidente de Estados Unidos. No buscaba su aprobación. No la necesitaba. Era una mujer libre para tomar sus decisiones. Pero sí quería que Williams fuese la primera persona en conocer lo que iba a ocurrir. Después llamó a su marido. En este caso, confiaba en tener su comprensión. Y la obtuvo.

Pasados unos minutos que parecieron eternos, se abrió la puerta y Rachel regresó al salón. Nathalie estaba junto a la ventana, observando el paisaje urbano. Se volvió de inmediato y esperó.

—Acepto la candidatura a la vicepresidencia de los Estados Unidos —dijo Rachel, mirando fijamente a los ojos de Nathalie, pero sin siquiera esbozar una leve sonrisa.

Nathalie dio un paso y abrazó a Rachel con fuerza. Ambas rieron, entonces sí, con aparente felicidad, intercambiaron carantoñas y disimularon que se les saltaban las lágrimas, tratando de frenarlas con las yemas de los dedos para que no arruinaran su cuidado maquillaje. Rachel llamó de nuevo a su marido y le pasó el teléfono a Nathalie para que se saludaran. Después, hicieron lo mismo con el marido de Nathalie y con el presidente de Estados Unidos. De inmediato, avisaron a los responsables de la convención y del partido para que la noticia se difundiera y ocupara todas las horas de televisión y radio, y todo el espacio disponible en los periódicos. Nathalie Brooks y Rachel Brady se odiaban tanto como en los años sesenta se odiaron John Kennedy y Lyndon Johnson. Y ellas se necesitaban igual que se necesitaron ellos.

Rachel Brady tenía cincuenta y nueve años. Era la primera mujer vicepresidenta de la historia. Era, también, la primera mujer negra que alcanzaba ese cargo. Soñaba con ser algún día la primera presidenta negra y, con esta nueva expectativa, quizá el sueño se podría cumplir a largo plazo. Nathalie Brooks tenía sesenta y siete años. Desde hacía seis era la gobernadora demócrata de un estado sureño y tradicionalmente republicano como Arizona. Ese era su gran mérito: ganar en un territorio en el que en los últimos cincuenta años solo dos candidatos demócratas habían conseguido vencer a sus rivales republicanos en unas elecciones presidenciales.

Terminaba así uno de los dos días que debían cambiar el signo de los tiempos. El primero, la nominación de la candidata. El segundo sería en noviembre, cuando los americanos habrían de elegir entre esa candidata demócrata o elevar al poder al aspirante republicano: el hijo mayor del expresidente

Banks, Richard Banks II. Una batalla política para matar o morir. Todo o nada.

Fiserv Forum, Milwaukee (Wisconsin) 17 de agosto (80 días antes de las elecciones)

Hay tres momentos especialmente mágicos para un político norteamericano. El primero de todos es el discurso a las espaldas del Capitolio, frente al Mall de Washington, el 20 de enero del año en el que toma posesión de la presidencia. Nada puede superar ese instante en el que el presidente electo se convierte en presidente en ejercicio cuando, siguiendo una tradición secular, pronuncia su nombre completo y procede a jurar solemnemente, con la mano derecha sobre la Biblia y ante el máximo representante de la Corte Suprema de la nación, que cumplirá con las obligaciones del cargo y preservará, protegerá y defenderá la Constitución de los Estados Unidos.

El segundo momento más importante es el discurso que pronuncia dos meses antes, la noche de la jornada electoral de noviembre en la que los norteamericanos le han otorgado en las urnas el máximo poder político sobre la faz de la tierra. Y el tercer episodio mágico se produce cuando aún faltan algunos meses para las elecciones, al aceptar la nominación de su partido.

Las cuatro jornadas de la convención nacional del Partido Demócrata de Estados Unidos llegaban a su fin. Uno de los días se destinaba a la votación para elegir al candidato. Y el último se dedicaba, casi en exclusiva, a escuchar el discurso del vencedor y darle el apoyo para que inicie su camino hacia las elecciones presidenciales con todo el impulso de los suyos.

Nathalie Brooks estaba en los camerinos reservados para ella, su familia, sus amigos más cercanos y su equipo de campaña. En el pabellón, repleto, se emitía un vídeo hagiográfico sobre su persona y sus éxitos políticos. Se veían fotos de su infancia en Arizona, en los años sesenta. Aquella niña con falda corta jugaba con su padre, héroe de la Segunda Guerra Mundial, condecorado por el presidente Eisenhower e histórico miembro del partido. Fue un hombre curtido en los campos de batalla de Europa, que vivió para ver el nuevo siglo cuando ya había superado los ochenta. Su madre, siempre enfermiza, había muerto prematuramente cuando ella era una niña.

En la gran pantalla del Fiserv Forum se recuperaron las imágenes de la joven Nathalie en la universidad, en su primera campaña política para ser miembro del Congreso estatal de Arizona y en aquella victoriosa noche electoral en la que fue elegida gobernadora contra todo pronóstico. Rostro juvenil, de la mano de su marido Carl, con sus dos hijas pequeñas y con toda una carrera por delante. Nathalie, en un gesto de afirmación feminista, había decidido romper con la tradición de adoptar el apellido de su esposo y quiso mantener el de su padre. Eso, que podía haber sido polémico, se convirtió en un elemento más de fortaleza política entre su electorado, especialmente con las mujeres jóvenes.

La voz profunda del locutor que relataba todos esos hitos recitó la frase final, la música se desvaneció y la pantalla encadenó el último plano. Después se oscureció y también las luces del pabellón se apagaron de repente. Y de la misma forma, un único foco deslumbrante apuntó hacia el escenario cuando Nathalie Brooks se hizo presente. Sonrisa amplia, perfección en el maquillaje, hermoso traje de falda y chaqueta en tonos pastel de no menos de tres mil dólares, pin con la bandera americana en la solapa, saludos a derecha e izquierda, paso firme. Carl y sus hijas aplaudían desde un palco. Nathalie era la persona del momento. Pocos apostaban por ella hacía apenas unos meses. Hoy, sin embargo, era la esperanza de, como poco, la mitad de la nación y de más de medio mundo en su proyecto de evitar que volvieran al poder los modos del expresidente Richard Banks en la figura de su hijo Richard Banks II. Y también era la esperanza de muchas mujeres por conseguir, finalmente, que una de ellas alcanzara el cargo político más poderoso del mundo.

—Gracias, gracias. Gracias, amigos. Muchas gracias. —Brooks se dirigía a una multitud que no quería interrumpir la ovación. El entusiasmo político desbordaba aquel lugar, más acostumbrado al entusiasmo deportivo.

La candidata mantenía la escena bajo control. Desde muy niña, su padre había enseñado a la pequeña Nathalie la importancia de gestionar las emociones, especialmente en momentos determinantes de la vida: «La serenidad es superioridad», solía decirle a su hija, que siempre lo recordaba cuando sentía que el ánimo se le agitaba y que las palpitaciones amenazaban con quebrantar su aplomo.

Cinco minutos antes de subir al estrado, había ordenado a todos sus ayudantes y asesores que la dejaran sola. Incluso tuvo que imponerse sobre el responsable de los agentes del servicio secreto que tenían asignada la seguridad de la candidata. Ellos también tuvieron que abandonar la sala y esperar al otro lado de la puerta. En aquel momento de soledad, Nathalie se acercó a una ventana con vistas al tráfico de la calle, apartó la cortina y, con la mirada perdida en el horizonte, acarició con los dedos el anillo que colgaba de su elegante cadena en el cuello. Las lágrimas empezaron a deslizarse por su rostro recién maquillado, aunque eso no produjo un solo movimiento en los músculos faciales. Era como si los lagrimales tuvieran autonomía para actuar, sin por ello provocar un llanto incontrolable. Sabía que necesitaba llorar, pero no quería que ocurriera durante su discurso, a la vista de todos. Lo haría ahora, se desahogaría sola, con su padre en la memoria, con la fortaleza de espíritu que le aportaba su pasado y con la expectativa del futuro inmediato, del objetivo que podía cumplir y que solo ella y una persona más en el mundo conocían. Tenía miedo, estaba aterrorizada, pero nadie lo sabría. Jamás.

Pasados un par de minutos, Nathalie decidió que ya era suficiente. Fue al baño, se miró en el espejo, secó sus mejillas y reparó con un ligero toque cosmético los casi inapreciables surcos que habían provocado las lágrimas. Revisó con especial cuidado sus ojos. No quería que aparecieran vidriosos. Nadie debía sospechar que había llorado. Daría imagen de debilidad. Eso no podía ocurrir y no iba a ocurrir. Estaba convencida de que la sensación de fortaleza de ánimo que ofrecía era, precisamente, el motivo principal por el que había sido capaz de vencer a la vicepresidenta de Estados Unidos en las elecciones primarias. Es lo que aprendió de su padre: era imprescindible ser fuerte. Pero, además, debía parecerlo.

La organización había ubicado a un lado y a otro del atril unas pequeñas pantallas de cristal transparente que sirven para que los oradores puedan leer su discurso sin que parezca que están leyendo. Brooks saludó a las autoridades del partido, a su equipo de campaña y a Rachel Brady, vicepresidenta de Estados Unidos y su candidata a vicepresidenta. Su designación se había convertido en una noticia de ámbito planetario, de la que se informaba sin pausa en todos los medios de comunicación. Nadie esperaba ese golpe de efecto ni tal muestra de generosidad política de Nathalie Brooks. La candidata se dirigió entonces a sus «compatriotas de esta gran nación».

—Con una profunda gratitud y una gran humildad, acepto vuestra nominación para la presidencia de los Estados Unidos.

Más de dieciocho mil personas se pusieron en pie como un resorte, gritando y aplaudiendo a esa mujer a la que habían confiado sus esperanzas políticas para las elecciones de noviembre. Mientras, dirigentes políticos de todo el mundo asistían a la escena en directo por televisión preguntándose en qué acabaría aquello y quién era de verdad Nathalie Brooks.

A esa misma hora en Moscú

—Señor presidente, buenos días. Son las cinco de la mañana.

El diligente secretario particular hizo sonar el teléfono a la hora en la que se lo había pedido su jefe. Pronunció aquellas palabras con voz tenue para no molestar a un hombre somnoliento, pero con la solemnidad que regía su tarea de servicio al presidente de la Federación Rusa.

—Gracias, Grigori —respondió Karlov mientras se desperezaba, buscaba el mando a distancia del televisor de su habitación y apretaba el botón sin levantarse de la cama.

A ocho mil seiscientos noventa kilómetros de Milwaukee, cuando en esa ciudad americana era la noche del 17 de agosto, marcaban las cinco de la madrugada del 18 de agosto en Moscú. Iván Karlov solía levantarse temprano cada día. Era su rutina desde los años setenta, cuando empezó a trabajar para el KGB recién terminada su carrera de Derecho en esa hermosa ciudad que entonces se llamaba Leningrado. Pero pocas veces madrugar significaba que le despertaran a las cinco. Esta vez, sí. Karlov quería ver con sus propios ojos y en directo un acontecimiento increíble que tenía lugar a ocho husos horarios de distancia hacia el oeste. Ni los más optimistas responsables del espionaje soviético pensaban que aquello acabaría ocurriendo. Pero nunca había estado más cerca de ocurrir. Lo que décadas atrás planificaron casi como un ejercicio de ensayo en el servicio de inteligencia, una especie de juego de guerra fría, se transformaba ahora en un reto y una oportunidad que podía cambiar el mundo de una forma nunca antes explorada. El presidente, a pesar de estar aún adormecido, se sentía henchido de orgullo. «Seguimos siendo superiores; los americanos nunca podrán con nosotros», pensó mientras pulsaba el mando a distancia del televisor.

A Karlov le gustaba ver Russia Today (RT), la cadena televisiva de su creación que pretendía servir para contrarrestar la «propaganda occidental antirrusa» de la CNN o la BBC. Hacía años que RT emitía desde Moscú a todo el mundo en varios idiomas para ofrecer la visión rusa de las cosas que pasan. Pero esta vez Karlov quería regodearse, precisamente, viendo el evento a través de la emisión internacional de la CNN.

El presidente de Rusia se incorporó, pero no salió de la cama. Apoyó su espalda en el cabecero y dejó que los menos de ciento setenta centímetros que abarcaba su cuerpo, desde el pelo hasta las uñas de sus pies, se desperezaran quedamente soportados por su cómodo colchón presidencial. Estaba pletórico.

—Estados Unidos no puede volver atrás —decía Brooks desde la pantalla del televisor del presidente Karlov—. Nunca más permitiremos que potencias extranjeras se entrometan en nuestro proceso democrático para manipular el resultado de las elecciones, como ocurrió en 2016 y como intentaron hacer de nuevo en 2020. La trama rusa no triunfará. América prevalecerá.

Miles de personas se pusieron en pie para ovacionar a su candidata antes de que cerrara su discurso. Karlov veía la escena sin apenas contener una sonrisa de satisfacción. Se sentía poderoso.

—Hay mucho trabajo por hacer —continuó Brooks—, muchos niños por educar, muchas personas mayores a las que cuidar, una economía que mejorar, ciudades que reconstruir, granjas que preservar, familias a las que proteger. Caminemos juntos hacia el futuro. Mantengamos nuestra promesa, la promesa de América. Gracias. Que Dios os bendiga y que Dios bendiga a los Estados Unidos de América.

Cientos de banderas con las barras y las estrellas ondearon al aire cuando los asistentes al discurso de la candidata demócrata aplaudían con pasión a esa mujer que les ofrecía determinación, carisma, seguridad y un país mejor. Brooks sonreía a un lado y a otro del escenario. Saludaba con la mano derecha en alto. Soñaba con el poder.

Mientras, en la habitación de Moscú, a las cinco de la madrugada, Iván Karlov agotaba su taza.

—Grigori, tráigame otro café, por favor —dijo a través del teléfono.

—De inmediato, señor presidente.

Moscú, horas después

A tres kilómetros del lugar en el que se acababa de despertar el presidente de Rusia, un anciano también había madrugado, aunque para él levantarse a las cinco de la mañana era su rutina diaria. A su edad, lo difícil era dormir más allá de esa hora. Pero esta madrugada la había pasado casi en blanco. La cabeza trabajaba sin descanso. Debía hacer algo, pero no tenía certeza de qué sería lo mejor.

Cuando aún no había amanecido en Moscú, el viejo Boris Kovalev se puso en pie tembloroso. El temor era un sentimiento que en su juventud soviética le habían enseñado a controlar: «El miedo te puede costar la vida», le decían sus maestros. Pero aquella mañana sentía las pulsaciones de su corazón en las sienes. Estaba abrumado por la incertidumbre y por el peso de la responsabilidad, porque sabía algo que casi nadie más en el mundo conocía. Era demasiado importante como para guardárselo e ignorarlo. Pero no estaba seguro de cómo actuar: una decisión errónea podía tener resultados catastróficos.

Encendió su ordenador portátil, se conectó a internet y buscó la emisión en *streaming*. Ya sabía lo que iba a ver. Lo sabía, como cualquier persona interesada por las cuestiones políticas, desde que los resultados de las elecciones primarias del Partido Demócrata de Estados Unidos se decantaron claramente por Nathalie Brooks. Había confiado en que algún acontecimiento inesperado lo impidiera. Sin embargo, aquello se les había ido de las manos.

El discurso de Brooks duró una hora. A los pocos minutos, Boris dejó de mirar la pantalla de su ordenador, dio unos pasos y llegó hasta la ventana de su pequeño salón. Mientras escuchaba, ya casi con desdén, la letanía de la candidata demócrata a la presidencia de Estados Unidos, Kovalev observaba cómo el tenue sol moscovita de aquella mañana de verano empezaba a asomar por encima de los tejados circundantes.

—¡No permitiremos más injerencias de Rusia en nuestros asuntos! —gritaba Brooks desde los altavoces de la computadora. En la soledad de su apartamento, Boris puso una mueca parecida a una sonrisa melancólica al escuchar esas palabras. «¿Qué hago?», se preguntó a sí mismo en silencio. Y la duda definitiva: «¿Debo dejarlo pasar porque ya soy viejo para esto o, precisamente porque ya soy viejo y no tengo nada que perder, debo realizar este último servicio?».

—Que Dios os bendiga y que Dios bendiga a los Estados Unidos de América.

Brooks terminó su discurso, Kovalev se apartó de la ventana y apagó su ordenador. Había tomado su decisión: hablaría con ellos y se lo contaría todo. Sí, habían pasado muchos años. Demasiados. Llegó a pensar que nunca más tendría que recuperar el contacto. Pero ahora era obligado hacerlo.

Ni siquiera sabía si seguían vivos o si estarían impedidos. Eran algo más jóvenes que él. Debía intentarlo.

A las nueve de la mañana, aseado y recién desayunado, Boris salió a la calle con su paso lento habitual. Dejó el teléfono en casa para que el localizador no permitiera seguir su rastro. Saludó a varios vecinos que iban a sus trabajos. Bajó al metro y se dirigió hacia un barrio de las afueras de la ciudad para que aquello que iba a hacer no ocurriera cerca de su domicilio y algún avispado investigador pudiera relacionarlo con él. Media hora después, volvió a la superficie y buscó una cabina telefónica concreta. Cada vez había menos, porque los móviles las habían hecho desaparecer casi por completo. Pero aún quedaban algunas. Y Boris conocía una en concreto. Necesitó dar un paseo a pie de otros treinta minutos. Estaba en un lugar poco transitado. Tampoco había cámaras de tráfico en la zona. Y el comercio más cercano se encontraba a unos trescientos metros, con lo que su cámara de seguridad, si es que la tenía, difícilmente podría dar de él una imagen nítida.

Boris recordaba el número de memoria. Nunca lo había apuntado en ningún papel por razones obvias. Discretamente, se enfundó las manos con guantes de látex para no dejar huellas y marcó con determinación el prefijo de Suiza y los dígitos de un teléfono fijo de la ciudad de Berna. ¿Seguiría viviendo allí? ¿Seguiría vivo?

La señal sonó tres veces y finalmente alguien descolgó. Era una voz de mujer.

—Buenos días, señora. ¿Está Leonard? —preguntó Kovalev en el alemán que había aprendido en su juventud durante su larga estancia en la República Democrática Alemana.

—¿Leonard? —preguntó extrañada la mujer—. Aquí no vive ningún Leonard.

—Dígale a su marido que le ha llamado alguien preguntando por Leonard —inquirió Kovalev.

—No le entiendo, señor —respondió.

—¿Está su marido en casa? —Boris ni siquiera estaba seguro de que esa mujer fuese la esposa, pero la pregunta le serviría para descubrirlo.

—No, ha salido. —En efecto, era la esposa de alguien, aunque no podía saber si se trataba de la persona con la que intentaba contactar; aun así, insistió porque no tenía otra opción.

—Pues hágame el favor de decirle a su marido que ha llamado alguien preguntando por Leonard. Leonard. No lo olvide. Muchas gracias.

Boris colgó sin dar tiempo a que la mujer respondiera. Solo podía confiar en que trasladara el mensaje.

Kovalev recorrió un camino de vuelta distinto al utilizado para llegar hasta la cabina. Regresaba al pequeño hogar que las autoridades le asignaron tiempo atrás por su apasionada labor de toda una vida como agente del KGB al servicio del Partido Comunista de la Unión Soviética (PCUS). Conocía bien a Iván Karlov. Kovalev fue el responsable de la unidad de contraespionaje a la que perteneció el ahora presidente de Rusia, también espía del KGB en su juventud, cuando fue destinado a la RDA hacía cuatro décadas. Karlov sentía un gran aprecio personal y profesional por Kovalev, al que honró recientemente con una visita, el día en el que el viejo Boris cumplió ochenta años. Sí, era mayor, pero se mantenía en razonable buena forma y era capaz de valerse por sí solo. Tampoco le quedaba otro remedio, porque no tenía a nadie con él, aunque una empleada de hogar acudía un par de veces a la semana para ayudarle con las cosas de la casa. Estaba viudo y su hijo vivía en Londres, como tantos otros rusos que se lo podían permitir. Había estudiado allí y ahora trabajaba en una multinacional con sede en la capital británica. Aunque la pensión de Boris era limitada, como todas, su hijo le enviaba dinero periódicamente para que viviera con más holgura.

Llevaba treinta años en aquel apartamento de una habitación, sin alarde alguno, en un edificio de arquitectura soviética. No distaba mucho de ser una colmena. Pero no se quejaba porque, además, tenía su dacha a las afueras de Moscú gracias a los servicios prestados. Allí disfrutaba del buen tiempo y la naturaleza cuando terminaba el invierno. Sabía que muchos compatriotas considerarían todo eso como un privilegio inalcanzable. Era el privilegio que se había ganado como servidor del Estado soviético. En aquel tiempo, lo tenía todo muy claro. Ahora, con la experiencia propia de su edad y con la sabiduría acumulada a lo largo de los años, todo era distinto y, paradójicamente, le martirizaba la duda. ¿Estaba traicionando a su país o lo estaba salvando? ¿Era un patriota o un traidor? Quizá sus viejos amigos pudieran resolver esas incertidumbres, suponiendo que contactaran con él. Boris quedó a la espera.

Berna (Suiza), a esa misma hora

En Berna, Anna, la mujer que acababa de atender la misteriosa llamada de un extraño, se asustó. No entendía lo que pasaba, pero intuía que no era bueno. Para salir de dudas, buscó de inmediato su teléfono móvil y llamó a su marido.

—Arnie, ha ocurrido algo muy raro —le dijo alarmada—. Un hombre con acento extranjero ha llamado al teléfono de casa preguntando por un tal Leonard.

Arnie tardó dos largos segundos en reaccionar. ¿Por qué se preocupaba su mujer si parecía evidente que alguien había llamado al teléfono equivocado? A todo el mundo le ha ocurrido alguna vez. Pero, de repente, un lejano recuerdo hizo que se quedara petrificado.

—¿Arnie? —inquirió Anna ante el espeso silencio de su marido.

Arnie seguía sin reaccionar. Tenía el móvil pegado a la oreja mientras su mirada se había perdido en la lejanía sin ningún destino específico. Leonard. Leonard... ¿Sería Boris? ¿Tantos años después? Hacía mucho tiempo que había dado por superado aquel periodo de su vida. Pero, inesperadamente, estaba allí de nuevo. Respiró hondo tratando de asumir la situación. Si la llamada era de su amigo ruso y si se había visto obligado a algo así, es que las cosas iban mal. O, aún peor, extraordinariamente mal. Por fin, pudo activarse de nuevo.

—Sí, sí, gracias, cariño. No te preocupes. Será alguien que se ha equivocado. Si vuelve a llamar, me lo dices y entonces hacemos algo, pero seguro que no es nada —trató de calmar a su esposa, sin mucho éxito.

Pero, en efecto, Boris no volvería a llamar. Las instrucciones estaban claras desde los tiempos de la Guerra Fría: se haría una sola llamada en la que únicamente se citaría el nombre de Leonard como clave. Lo demás ya llegaría. Y lo demás era que a Arnie le correspondía de inmediato hacer su labor de enlace.

Arnie era Arnold Breuer, un ciudadano suizo de setenta años, antiguo agente del FIS, el servicio de espionaje de su país. Ahora se dedicaba a negocios financieros. Tres décadas atrás había realizado discretas labores de mediación entre los servicios de inteligencia del Este y del Oeste para engrasar situaciones que chirriaban y que podían amenazar con llegar a mayores. Su tarea fue especialmente secreta y significativa cuando en 1983 Ronald Reagan lanzó la Iniciativa de Defensa Estratégica, que pasó a la historia con el sobrenombre de «Guerra de las Galaxias». La idea era genial, si no fuera porque resultaba muy difícil de desarrollar. Consistía en lanzar al espacio un sistema capaz de detectar y destruir los misiles nucleares enemigos en plena trayectoria, antes de que cayeran a tierra y estallaran provocando una masacre. De facto, un sistema como ese terminaría con la Guerra Fría. Si funcionaba, Estados Unidos sería la única superpotencia sobre la faz del planeta porque dejaría de ser importante cuántos misiles nucleares tuviera la Unión Soviética: ninguno podría alcanzar su destino y, por tanto, desaparecería el principio de la disuasión nuclear por la seguridad de la destrucción mutua.

A la Guerra de las Galaxias se añadía la amenaza de despliegue de los nuevos misiles americanos Pershing II en territorio alemán occidental, a tiro de piedra del Telón de Acero.

En Moscú llegaron a estar convencidos de que los ejercicios militares de la OTAN bautizados como Able Archer 83, en noviembre de aquel año, eran en realidad los preparativos de un ataque nuclear fulminante, definitivo y sin respuesta posible. En el Kremlin tenían tal seguridad en lo que supuestamente iba a ocurrir que el secretario general del PCUS, el exjefe del KGB Yuri Andropov, estuvo a punto de desencadenar un ataque preventivo con misiles atómicos. Atacar antes de ser atacados. Arnold Breuer tuvo que desplegar toda su capacidad de convicción ante sus interlocutores soviéticos para hacerles ver que no existía riesgo de agresión aliada. Y lo consiguió. El mundo se salvó de una guerra nuclear, por muy poco.

Arnold conoció entonces a Boris Kovalev, alto responsable del SVR, y a Charles McKenzie, alto responsable de la CIA, y sirvió de enlace entre ambos para resolver la crisis del año ochenta y tres. A partir de aquel momento, se entabló entre ellos un alto grado de confianza —toda la que cabe entre agentes de servicios de inteligencia enemigos—, y establecieron un mecanismo de contacto permanente y secreto. Solo ellos tres lo conocerían. Ni los jefes de Kovalev ni los de McKenzie ni los de Breuer en el departamento suizo de inteligencia debían de estar al tanto de esa iniciativa, porque era la única manera de saber —hasta donde es posible saber entre adversarios— si algo que ocurría era cierto o solo fruto de la paranoia provocada por la Guerra Fría. Ni McKenzie ni Kovalev se fiaban de los servicios secretos enemigos, pero tampoco de los propios.

Si Kovalev había desempolvado aquel mecanismo de contacto después de tantos años, cuando tanto él como McKenzie estaban jubilados hacía tiempo, es que se presentaba un problema serio que resolver.

Breuer esperó un par de horas. Es el tiempo que faltaba para que amaneciera en Tampa, al oeste del estado de Florida. Si llamaba a las siete de la mañana, casi con seguridad sería él quien respondería al teléfono porque no habría salido de casa, suponiendo que aquella siguiera siendo su casa y suponiendo que él estuviera vivo todavía. Y así fue. De hecho, seguía en la cama.

—*Hello!* —dijo con la voz propia de quien hacía solo unos minutos había abierto los ojos y extrañado de que alguien llamara tan temprano.

—Hola. ¿Está Blake? —soltó Arnold sin más ceremonial.

Charlie McKenzie balbuceó durante un instante. Estaba a punto de decirle a su inesperado interlocutor telefónico que en esa casa nadie se llamaba así. Pero un segundo después se percató de lo que ocurría y quedó congelado por la sorpresa.

—Perdón, ¿puede repetir?

—Pregunto por Blake —insistió Arnold en el auricular del teléfono.

Sí, McKenzie ya reconocía esa voz, y también reconocía la clave.

Establecieron treinta años atrás que Kovalev y Breuer contactarían mediante el nombre «Leonard». McKenzie y Breuer lo harían con «Blake». Y Kovalev y McKenzie nunca se llamarían directamente entre sí: el intermediario sería Breuer.

Ahora, el agente de la CIA, ya retirado, volvía a escuchar aquella clave y aquella voz. Algo urgente y grave debía pasar porque desde hacía años pensaba que nunca más se activaría el método de contacto que esos tres hombres habían ideado tanto tiempo atrás.

Lo siguiente que pensó, y que le provocó un enorme disgusto, es que ese día no podría jugar al golf, como tenía previsto.

—No es aquí. Se ha equivocado de número —dijo Charlie antes de colgar.

McKenzie rebuscó en su memoria de largo plazo para recordar qué le correspondía hacer ahora, según los planes establecidos. La primera instrucción ya se había cumplido: que Breuer llamara preguntando por Blake. La segunda, también: responder que se había equivocado y colgar. La tercera, siguiendo el protocolo, sería reunirse con sus viejos colegas al cabo de tres días, a las ocho de la tarde, en el pub irlandés O'Connors, en Londres, muy cerca de Coventry Street, a diez minutos de paseo de Trafalgar Square. Estaba previsto que Arnold se encargara de hacer la reserva, como en las ocasiones anteriores. De todo esto, lo único que se dijo a través del teléfono fueron los nombres Blake y Leonard. Todo lo demás lo sabían y evitaban verbalizarlo.

Aquella noche, Charlie le dijo a su mujer que tendría que viajar a Londres precipitadamente por la enfermedad de un viejo amigo del servicio. Regresaría pronto, en cuatro o cinco días. Tuvo que emplearse a fondo para conseguir que Grace se quedara en Tampa porque le encantaba Londres y quería acompañar a su marido.

Boris llamó a su hijo para anunciarle que iría a la capital británica. Al joven Kovalev le resultó extraño que su padre volviera de nuevo, apenas un mes desde su última visita, pero no planteó ninguna pega.

Arnie le dijo a Anna que tenía una reunión de negocios en Londres y que estaría de vuelta en pocos días, aunque no sabía cuántos. Anna se disgustó.

Moscú, a esa misma hora

La analista de turno removía con una cucharilla de plástico el café que acababa de sacar de una máquina en una taza de cartón. «Es agua», pensó con enfado. Siempre pasaba lo mismo en aquella sala que acogía cientos de ordenadores interconectados que vigilan las comunicaciones en Rusia desde el famoso edificio de color amarillento de la plaza Lubianka, en el centro de la capital rusa.

Miró su elegante reloj de pulsera. Aún faltaba un rato para terminar la jornada. Ese día se sentía más cansada que de costumbre y la fatiga hizo que se quedara casi hipnotizada mirando la pantalla del ordenador que tenía delante, pensando lo mucho que le gustaría estar en ese momento en alguna terraza de Moscú, tomando un refresco mientras jugaba una partida de ajedrez con Maxim, como hacían a menudo.

Pero pronto se interrumpió el sopor de Sonja. Una alerta avisó bruscamente de que se había detectado algo que podía merecer una investigación, provocando el sobresalto de la analista, que dio un brinco en su silla. Se trataba de una conversación telefónica en unos términos que los algoritmos consideraban sospechosos. Y, tan importante como eso, la llamada se había realizado desde una cabina pública.

Todos los teléfonos del país, fijos y móviles, se monitorizan con mayor o menor intensidad y asiduidad. Algunos, de forma aleatoria. Otros, de forma metódica y permanente. Pero los teléfonos públicos están sometidos a un mayor control porque los servicios de seguridad saben que solo utilizan las viejas cabinas los más pobres que no tienen móvil, aquellos que lo han perdido o se lo han robado y, lo más importante, quienes pretenden evitar la vigilancia de las autoridades. Ellos son el objetivo.

Cuando Kovalev colgó el auricular en aquella cabina, el sistema lanzó automáticamente un aviso que llegó a la computadora del despacho de Sonja: ya era raro que alguien utilizase una cabina en estos tiempos de móviles e internet, aunque podía ocurrir; era aún más extraño llamar de Rusia a Suiza desde un teléfono público, aunque podría tratarse de un turista que pretendiese controlar el coste de la llamada utilizando monedas; también era muy inusual que se equivocase de número; y resultaba definitivamente inquietante que, si se había equivocado de número, insistiera tantas veces en hablar con alguien a quien la persona que respondió al teléfono decía no conocer.

Eran demasiados elementos extraños para un algoritmo bien programado por los servicios de inteligencia con el objetivo, precisamente, de detectar aquello que no cuadra. Y en esa llamada algunas cosas no cuadraban.

A sus veintisiete años, Sonja Ivanova tenía un cerebro privilegiado para la informática y estaba muy bien considerada en el Servicio Federal de Seguridad (FSB) por su instintiva capacidad para encontrar un único grano útil en medio de toneladas de paja inservible. Tenía talento, además de una buena formación académica. Había sido reclutada en la universidad por la brillantez que demostraba en las aulas. Fue enviada después a la academia del FSB, donde los aspirantes a espías se convierten en espías de verdad. Sonja pasó por el Instituto de Criptografía, Telecomunicaciones y Ciencias Informáticas. Y también estaba a la espera de ser elegida para dar un salto profesional definitivo: quería ir al Instituto Bandera Roja, conocido como Instituto Andropov o como Academia de Inteligencia Exterior del SVR. Es donde se forman los espías que, primero la Unión Soviética y después la Federación Rusa, envían al extranjero. Allí se preparó también el presidente Iván Karlov en los años ochenta.

El trabajo de Sonja para el departamento de contraespionaje del FSB, heredero del KGB, había permitido identificar a varios rusos traidores y a algunos espías extranjeros. Incluso, a una docena de terroristas. El FSB cuidaba a Sonja como se cuida una joya.

Ahora, el algoritmo había enviado a su ordenador un mensaje para ella. No era el único. Cada día se acumulaban varios miles de avisos de ese tipo en los ordenadores de decenas de analistas del FSB que realizaban el mismo trabajo que Sonja. Su labor consistía en desbrozarlos, porque solo unos pocos eran útiles. A veces, ninguno lo era.

Londres, 20 de agosto (77 días antes de las elecciones)

El O'Connors está en una calle de un único sentido para la circulación, en la planta baja de un hermoso edificio de tres alturas construido a principios del siglo xx. La entrada del pub preserva el estilo arquitectónico del entorno, con unos arcos que dan acceso a la puerta de entrada. Las paredes del interior están forradas con madera del mismo estilo que las mesas y las sillas. Tiene la oscuridad propia de un pub de Irlanda, donde el sol es un espectáculo tan hermoso como inhabitual. Incluso, inesperado por improbable. O'Connors suele estar lleno casi siempre. Aquella tarde estaba hasta los topes. Eso era bueno y malo a la vez: cuanta más gente hay, más gente te puede ver, pero cuantas más personas estén en la taberna, más fácil resulta pasar desapercibido mezclado entre la masa de bebedores de cerveza.

Arnie fue el primero en llegar. Preguntó por la mesa para tres que le habían asignado a nombre de Peter. Estaba junto al ventanal, pero dijo que prefería, si podía ser, «aquella otra mesa que está allí detrás, porque habrá menos ruido, quizá». Por supuesto, respondió el camarero. El suizo se sentó en la silla que quedaba frente a la puerta. Vería entrar a sus invitados y, de paso, ellos se podrían sentar de cara a la pared y de espaldas a los demás clientes y a una cámara de seguridad que los miraba desde una esquina. Era bueno confundirse entre el público, pero también convenía que ese público tuviera el menor contacto visual con ellos.

«¿Reconoceré a Boris y a Charlie después de tantos años?», se preguntó Breuer para sus adentros mientras la espuma de la cerveza que le acababan de servir se instalaba en su labio superior. «¿Me reconocerán ellos a mí?».

Durante su vuelo a Londres, Arnie había tenido tiempo de calcular que no se veían desde hacía veinte años. Ahora, dos décadas después y de nuevo en aquel viejo pub, recordaba con nostalgia la primera vez que se habían citado allí y lo importante que aquella reunión fue para salvar al mundo de un desastre nuclear. Y también vino a su mente la última ocasión en la que se vieron en el O'Connors. Aquel lejano día, su ingenuo optimismo hizo que creyeran que nunca más tendrían que colaborar, porque Iván Karlov acababa de ganar las elecciones a la presidencia de Rusia y todos daban por seguro que ese hombre de cuarenta y siete años llevaría al país hacia una era de democracia al estilo occidental, y de amistad con los que habían sido los enemigos de la Unión Soviética durante décadas. La Guerra Fría, que terminó con la caída de los regímenes comunistas del Este de Europa y con la desintegración de la URSS, daría paso a una nueva etapa de confianza mutua y colaboración.

Pero la verdad era muy distinta y la Guerra Fría estaba de vuelta en forma de injerencia en procesos electorales ajenos, de noticias falsas y desinformación, de una nueva carrera armamentística, económica y tecnológica, y de un incremento de las actividades de espionaje. Charles McKenzie se hacía esta reflexión mientras caminaba por la calle en dirección al pub. Había pedido al taxista que parara a tres manzanas de allí. No quería que el chófer supiera a dónde iba. Se preguntaba, ya impaciente, qué era, de entre todo aquel muestrario de conflictos, lo que había pasado para que se tuvieran que reunir de nuevo tantos años después. ¿Algún *hacker* al servicio de una agencia de inteligencia habría robado información esencial que pudiera desequilibrar el mundo en favor de alguna de las potencias? ¿Se trataría de algo relacionado con las elecciones americanas que se celebrarían unos meses después? ¿Tendría Arnie información sobre el terrorismo internacional? ¿Quizá Boris habría conocido la existencia de armas de nueva creación en Rusia?

A los diez minutos, un hombre alto, con tez blanquecina y andares resueltos apellidado McKenzie, entró en el local. Le resultaba agradable ir a un pub irlandés. Sus antepasados eran irlandeses llegados a Estados Unidos hacía más de un siglo. Se sentiría como en casa si no fuera porque estaba persuadido de que algo preocupante ocurría. Charlie llevaba un pantalón vaquero con muchos usos, una camisa holgada en tonos claros, una americana oscura sin vocación de elegancia, gafas de sol y unas cómodas zapatillas de deporte. Al entrar, se quitó las gafas e hizo un movimiento panorámico con su cabeza. No buscaba a Arnie, porque le localizó al primer vistazo. Quería comprobar si el pub estaba tal y como él lo recordaba o si lo habían sometido a cambios que rompieran la magia que tenía años atrás. Pero la magia permanecía. McKenzie dio unos pasos y alcanzó la mesa. Arnie se levantó. Ambos estrecharon sus manos.

—Tienes mejor aspecto del que imaginaba —dijo Charlie con media sonrisa socarrona en su rostro.

—Solo jugando al golf no se adelgaza —respondió Arnie con igual picardía ante los kilos de más que habían aflorado en el cuerpo del norteamericano durante esos años.

Boris optó por acudir a la cita en uno de los característicos autobuses rojos londinenses, que le dejó en Trafalgar Square. Así pudo dar su paseo diario, aunque esta vez fuese más breve de lo habitual. Kovalev entró al O'Connors algo encorvado. En realidad, simulaba, porque a pesar de su edad seguía caminando erguido. Estaba en buena forma. Llevaba unos pantalones, regalo de su hijo, junto con una camisa a rayas azules y blancas y una chaqueta de verano en tonos claros. Y tenía puestas las gafas que corregían los defectos visuales propios de la edad. De inmediato, sin dudar, reconoció a sus compañeros al fondo.

—Caballeros, me alegra ver que siguen ustedes tan jóvenes, a pesar de que el tiempo no pasa en balde —dijo Boris con una sonrisa moderada y mientras ofrecía su mano derecha a uno y a otro.

Los tres se sentaron. Nadie pronunció ningún nombre. Solo se miraron a las caras con alegría por el reencuentro, pero con temor a lo que Boris pudiera contar. Intercambiaron las preguntas de rigor sobre las familias respectivas, sin mayor nivel de detalle. En realidad, Boris necesitaba liberar su tensión contando lo que sabía y sus viejos colegas estaban impacientes por escucharlo.

Hubo unanimidad: el americano y el ruso replicaron la elección del suizo y pidieron una pinta de cerveza Guinness para certificar que se mantenía tan rica como en los viejos tiempos, por los que brindaron, aunque McKenzie seguía sin soportar que los británicos, tozudos en sus costumbres, sirvieran la cerveza caliente. Varios sorbos después, Arnold Breuer no quiso esperar más. De hecho, no convenía que permanecieran juntos allí durante mucho más tiempo. Al grano. Tomó la iniciativa y preguntó a su viejo conocido Boris Kovalev el motivo por el cual estaban allí.

—Tú dirás, amigo.

—Necesitamos tener una charla calmada y discreta —apuntó Kovalev dando por hecho que sus interlocutores sabían a qué se refería, porque resultaba evidente que, fuera cual fuera el problema que tenían que tratar, no podrían debatirlo en media hora ni en un pub.

—Entiendo. Ya lo suponía —respondió Breuer mientras McKenzie asentía dejando claro que él también asumía la situación.

Tenían que reunirse, pero sin gente alrededor y con horas por delante para discutir sobre qué hacer. Breuer ya se había adelantado a tomar algunas decisiones al respecto, buscando un «refugio» en el que hablar sin prisa y a salvo. El día anterior visitó a un viejo amigo británico al que conoció tiempo atrás cuando trabajó en la City londinense y con el que cerró varios acuerdos económicos muy provechosos para ambos. Después de una larga relación profesional, habían llegado a establecer una buena amistad personal.

Breuer no dio explicaciones a su amigo. Tampoco su amigo se las pidió. Entendió que Arnie quería un lugar discreto y le ofreció dos opciones. La primera, una casa de campo en la hermosa zona de Surrey Hills, muy cerca de un club de golf situado a hora y media del centro de Londres. La otra, una casa en Challoner Street, al oeste de la capital británica, a unos veinticinco minutos de Westminster, en West Kensington, y cerca de las canchas en las que cada año se disputa el torneo de Queens, en el que muchos de los mejores tenistas del mundo participan para adaptarse a la superficie de hierba antes de competir en Wimbledon. La casa solía estar alquilada, pero el último inquilino se había marchado hacía dos semanas y el nuevo no estaba instalado todavía.

Breuer pensó que la casa de campo sería un lugar perfecto para pasar desapercibidos, pero estaba demasiado lejos y eso complicaba el desplazamiento. Tendrían que ir por separado, cada uno en un coche distinto. Habría que alquilar un automóvil y, por tanto, dar el nombre, el pasaporte y una tarjeta de crédito. También podrían ir en taxi, pero es poco habitual utilizar taxis para un trayecto tan largo. Resultaría sospechoso. Arnie quería evitar que quedara un solo cabo suelto que animara a alguien a rastrear sus movimientos. Por eso, optó por la casa de Challoner Street. Irían en autobús o metro, cada uno por su lado. Y cruzarse por la calle con algún vecino no sería un problema porque en ningún momento verían juntos a los tres visitantes.

Breuer visitó la casa antes de tomar la decisión. Era como otras muchas de ese barrio: dos alturas, construida en ladrillo, con un pórtico de entrada en el que hay tres o cuatro escalones escoltados por unas columnas de estilo dórico que soportan un pequeño techo del que cuelga un balconcillo. El viejo espía suizo estaba advertido de que apenas había unos pocos muebles, pero serían suficientes para una reunión restringida: un par de butacones, sofás, algunas sillas y una mesa. Arnie se encargaría de llevar café, refrescos, agua y sándwiches para no desfallecer si la reunión se alargaba. Perfecto.

Cuando la cerveza Guinness estaba a punto de desaparecer hasta dejar a la vista el fondo de las jarras, Breuer sacó dos papelitos de un bolsillo. En ellos había escrito a mano la dirección de la casa y la hora a la que se reunirían allí al día siguiente. Dejó que Charlie y Boris vieran los papeles durante unos segundos. Les dijo que memorizaran bien lo que allí ponía y les quitó los papeles. ¿La cita? Mañana, a las ocho de la mañana, Arnie ya estaría allí. A las ocho y diez llegaría Charlie. Y a las ocho y cuarto sería el turno para Boris.

—Hasta mañana, amigos.

Londres, 21 de agosto (a 76 días de las elecciones)

La jornada amaneció lluviosa. No se trataba de precipitaciones intensas, pero sí persistentes. Todo muy londinense. No era mala cosa. Esconder la cabeza en un paraguas ayudaba a ocultar el rostro en medio del gentío que suele ir y venir por la ciudad a esa hora temprana. Así lo hizo Arnold Breuer, desde la estación de metro de West Kensington hasta la casa de Challoner Street, en Hammersmith. Apenas cinco minutos de paseo. Menos aún si se camina a buen ritmo.

La llave hizo el trabajo para el que fue fabricada. La casa ofrecía el aspecto desangelado propio de un hogar que ha dejado de serlo hasta la llegada de un nuevo inquilino. Las estancias estaban vacías de muebles y las paredes desnudas de cuadros. Arnie se dirigió a una pequeña sala de la planta baja en la que estaban los pocos enseres que quedaban allí. Se encontraban apilados en un lado y cubiertos con sábanas viejas para esquivar el polvo. Breuer retiró esas sábanas, sacudió los sofás y los colocó con mimo alrededor de una mesita baja, que limpió con un paño húmedo. Puso encima un mantel para los vasos y los platos de plástico. También llevó tres pares de zapatillas. Se quitarían los zapatos en la entrada por si alguno llevaba en la suela cualquier rastro que pudiera servir para identificar a los presentes en esa reunión. Por supuesto, no tocarían nada con las manos desnudas. Había guantes de látex disponibles. También comprobó que las cortinas, aunque traslúcidas, eran suficientemente tupidas como para impedir que desde fuera se pudiera ver el interior de la casa. Y utilizó un aparato capaz de descubrir micrófonos ocultos. Lo paseó por todas las estancias. Ninguno de los tres viejos colegas llevaría encima su teléfono personal. Solo Breuer tenía un móvil, conseguido por vías indirectas, que no estaba a su nombre. Se trataba de un viejo Nokia del año 2005 y, por tanto, sin acceso a internet. Solo se podían hacer llamadas y enviar SMS, y era más difícil de detectar y *hackear* por alguien que tuviera interés en detectarlo o *hackearlo*. Aun así, lo tenía apagado y le había quitado la batería. Solo lo encendería y lo utilizaría en caso de urgente necesidad. Toda precaución era poca.

Charles McKenzie llegó a la estación de metro de West Kensington minutos antes de las ocho de la mañana. Salió a la calle. En la primera tienda compró un pequeño paraguas plegable. Tenía tiempo de sobra para cumplir con lo pactado: estar en la casa a las ocho y diez, ni antes ni después. De manera que aprovechó para dar un paseo. Conocía bien la ciudad. Había cumplido muchas misiones allí en sus tiempos en la CIA, pero no recordaba haber estado antes en ese barrio.

McKenzie subió los tres escalones de acceso a la casa a la hora acordada. No tuvo que llamar a la puerta. Breuer estaba esperando y abrió de inmediato al primero de los visitantes.

Boris Kovalev aprovechaba para dar su caminata matinal de cada día. A primera hora había pedido un taxi para que le llevara desde el lujoso apartamento de su hijo en la zona de Mayfair, en el centro de Londres, hasta el estadio de Stamford Bridge, donde juega sus partidos el Chelsea F.C., equipo propiedad de un conocido magnate ruso. Boris era un gran aficionado al fútbol y seguía con especial interés la Premier League. Stamford Bridge estaba a media hora de paseo del lugar acordado para la reunión. Podría ver el estadio por fuera y desde allí caminar hasta la casa.

Tampoco tuvo que llamar a la puerta. Arnie abrió cuando le vio llegar a través de la ventana. Aunque llevaba paraguas, Boris estaba empapado. Breuer lo tenía todo previsto: disponían de toallas y papel higiénico, y colocó unos cartones junto a la puerta de entrada para que no se manchara el suelo debido al agua o al barro de los zapatos.

—Es una larga historia —advirtió Kovalev cuando ya estuvieron todos sentados—. Y no me vais a creer.

Los tres bebieron un sorbo de agua y se prepararon para un largo, misterioso y asombroso relato. Eran las ocho y media de la mañana en Londres.

Moscú, en ese momento

Eran las diez y media de la mañana en el despacho del presidente de la Federación Rusa. Esa era la hora que marcaba el hermoso reloj de seis metros de diámetro que corona la Torre Spasskaya (Torre del Salvador), que diseñó a finales del siglo xv el arquitecto italiano Pietro Antonio Solari y que domina la Plaza Roja como el zar poscomunista dominaba Rusia desde el edificio que se alza unos metros por detrás de la muralla que circunda ese recinto de poder.

Los pasillos que dan acceso a la zona destinada al presidente son largos y estrechos, y están vigilados centímetro a centímetro por una cohorte de guardaespaldas. Quienes se reúnen habitualmente con el presidente saben que nunca es seguro cómo van a terminar esas citas. A veces se piensa que el asunto a tratar es sencillo y está resuelto, pero el transcurrir de la discusión remata con gritos airados de Iván Karlov. En otras ocasiones, el problema parece irresoluble y, sin embargo, el presidente se muestra complacido y comprensivo.

Mijaíl Vladimirovich Serkin podía escuchar sus pasos reverberando en las paredes de la última sala que tenía que atravesar antes de llegar al despacho del jefe del Estado. De frente, veía la puerta de acceso, escoltada por dos guardias de honor. Y a un lado, Grigori, el secretario personal, aguardaba detrás de su mesa.

—El presidente le espera —confirmó el secretario con tono funcionarial.

Los guardias asumieron el comentario como una orden ejecutiva y abrieron la puerta de inmediato con estilo marcial. Serkin avanzó con gesto ceremonial mientras veía al presidente levantarse para darle el recibimiento que merecía.

—Querido Mijaíl Vladimirovich, no te pongas cómodo porque vamos a pasear —le dijo Iván Karlov a su jefe del servicio de inteligencia exterior de Rusia, el SVR, mientras le daba una amistosa palmada en la espalda—. Tenemos que hablar.

El lugar de trabajo del presidente tiene un techo semiabovedado del que cuelgan dos grandes lámparas. Una de ellas, casi en la vertical de la mesa de Karlov. La otra, sobre la mesa de reuniones que ocupa una parte importante de la sala. Hay un ordenador, un enorme televisor, dos banderas al fondo, grandes ventanales a la derecha y una silla de apariencia modesta sobre la que el presidente suele dejar la americana cuando está solo y no se siente obligado a guardar las formas. Al otro lado de la puerta, casi a cualquier hora, está Grigori, que es el custodio de una parte de los secretos del Kremlin. Solo de una parte. Karlov es el único que los conoce todos.

Karlov y Serkin salieron del despacho y recorrieron varios cientos de metros de pasillos y estancias antes de salir al exterior. Pasaron cerca del campanario de Iván el Grande y anduvieron en dirección al helipuerto instalado en una esquina del complejo, hasta llegar a los hermosísimos jardines del Bolshoi Kremlevskiy, que previamente habían sido desalojados de turistas por el servicio de seguridad. Los escoltas del presidente vigilaban a los dos paseantes desde una distancia prudencial: suficientemente lejos para que pudieran hablar sin miedo a ser escuchados y suficientemente cerca para actuar ante cualquier peligro inesperado.

Serkin era la personificación de la fidelidad. Conocía a Karlov desde la juventud, cuando ambos se formaron para ser espías en el KGB soviético. Durante años había sentido admiración por ese hombre. Casi devoción. Y, de la misma forma que los demás altos cargos del Gobierno, también le temía. A la caída del régimen comunista, trabajaron juntos en el ayuntamiento de Leningrado, justo cuando recuperó su viejo nombre de San Petersburgo. Después, Karlov fue elevado a la jefatura del FSB a finales de los años noventa y Serkin le siguió como jefe de Gabinete. Cuando Karlov llegó a la presidencia de Rusia en 2000, Serkin fue nombrado ministro. Y desde hacía dos años comandaba el SVR. Era un miembro más de lo que en la Rusia de Karlov se conocía como *siloviki*. La traducción literal es «personas de fuerza», porque de ese grupo forman parte aquellos que han sido militares o miembros de alguno de los servicios de seguridad o de inteligencia, y que después pasaron a la política. Karlov era el máximo exponente y Serkin, su profeta. Ahora, como jefe del SVR, era el dueño de muchos datos inconfesables. Pero había uno que no conocía y estaba a punto de conocer.

—Misha. —A Karlov le gustaba llamar a Serkin por su apelativo familiar—. ¿Cuánto tiempo hace que nos conocemos? ¿Treinta años?

—Cuarenta y dos, presidente —respondió si dudar.

—Cuarenta y dos años... —Karlov deletreó cada palabra con tono evocador—. Toda una vida, Misha... Aprendimos juntos, espiamos juntos para la Unión Soviética, gestionamos juntos San Petersburgo y, después, conquistamos toda Rusia. —Karlov hizo una pausa en la enumeración de sus logros antes de tentar a Serkin con una adivinanza—. ¿Qué crees que será lo próximo, Misha?

Serkin volvió la cabeza hacia su izquierda para mirar a Karlov mientras continuaban su camino. ¿Qué estaba insinuando el presidente? ¿Quedaban objetivos por conquistar? No sabía qué decir, de manera que optó por no decir nada y esperar.

—¿Recuerdas lo que hicimos con nuestro rival antes de las elecciones de San Petersburgo en junio del 91? —preguntó Karlov.

—Fue una inteligente labor de destrucción de su imagen pública. Tenía opciones de victoria, pero acabamos con él y nos quedamos con todo.

—Exacto. Supimos aplicar las técnicas del KGB a los procesos electorales en democracia. Es lo mismo que hicimos en las elecciones americanas de 2016, aunque para entonces ya teníamos herramientas tecnológicas más sofisticadas —resumió Karlov con satisfacción mientras los dos amigos continuaban su paseo.

El presidente interrumpió su relato autosuficiente para señalar a Serkin las flores que adornaban uno de los recovecos del jardín.

—¿Has visto qué rosal tan hermoso? Mis jardineros son unos artistas. Han cultivado rosas con pétalos de distintos colores. Lo que más me gusta de las rosas es esa mezcla de dulzura y agresividad: la dulzura de su colorido y de su aroma, y la dureza de sus espinas. Las rosas son como Rusia. Y lo vamos a demostrar de nuevo, Misha.

A esas alturas de la conversación, Serkin empezaba a impacientarse. Conocía muy bien a Karlov, después de tantos años, y sabía que cuando su conversación derivaba inesperadamente por territorios líricos es que algo muy serio estaba a punto de ocurrir. No solo Rusia era como las rosas. También Karlov: primero la belleza y después las espinas.

—Querido Misha, recuperemos el espíritu de San Petersburgo.

—¿A qué te refieres, presidente?

—Tenemos una misión por delante. Si alcanzamos el éxito, será la operación de inteligencia más importante de la historia.

La belleza quedaba atrás. Llegaban las espinas. Karlov hizo una pausa deliberada para disfrutar por un instante de la tensión insuperable que acababa de provocar en el responsable del SVR. Serkin estaba paralizado por la inquietud ante lo que pudiera decirle su presidente. Y su presidente procedió. Detuvo el paseo y se colocó delante de su subordinado. Le miró a los ojos en silencio durante tres largos segundos en los que las pulsaciones de Serkin se aceleraron como si estuviera corriendo un maratón.

Uno de los escoltas observaba la escena a unos veinte metros de distancia y le asaltaron las dudas: ¿estaba Karlov retando a Serkin o estaba Serkin retando a Karlov? Si se trataba de la segunda opción, no tendría más remedio que intervenir. Pero la duda del eficiente guardaespaldas se resolvió al instante: Karlov acercó su boca a la oreja izquierda de Serkin y le susurró al oído.

—Intentaremos ganar las próximas elecciones a la presidencia de Estados Unidos. Vamos a por el Despacho Oval —soltó Karlov sin que le temblara la voz. Seriedad pétrea.

Karlov volvió a la posición inicial, frente a frente con Serkin, para ver la cara de sorpresa del jefe del SVR. El presidente siempre disfrutaba provocando estupor a su alrededor.

—¿Qué quieres decir, presidente? —murmuró Serkin mientras movía los ojos a derecha e izquierda tratando de confirmar que nadie alrededor pudiera escuchar lo que decía—. Eso ya lo conseguimos en 2016. Richard Banks nunca hubiera ganado las elecciones sin nuestra ayuda. Si así lo ordenas, pondremos en marcha otra vez toda nuestra maquinaria en internet, como hicimos entonces.

—Eso está superado, Misha. Además, sabes igual que yo que nuestro objetivo no era que ganara Banks, porque creíamos que eso era imposible. Solo queríamos hacer lo de siempre: provocar tensiones políticas y sociales que debilitaran Estados Unidos y al candidato que consiguiera la victoria, fuera quien fuera.

—Y, entonces, ¿cuál es ahora el plan, presidente?

—Esta vez no nos contentaremos con inmiscuirnos en el proceso electoral de nuestros queridos amigos americanos. Ahora, vamos a por todas —dijo Karlov, alargando la última palabra para que dejara huella.

Serkin tensó los músculos de la cara y apretó los dientes. Tendía al bruxismo. Los dos amigos se miraban fijamente a los ojos en silencio. Serkin esperaba con impaciencia una respuesta más detallada, pero Karlov quería alargar ese momento que le sabía a gloria. Le encantaba escucharse a sí mismo decir lo que estaba a punto de decir.

—Misha, no pierdas detalle de lo que te voy a contar y cuídate mucho de que esto trascienda, porque eres consciente de que ese tipo de comportamientos tiene consecuencias. Y sabes bien a qué me refiero.

Serkin asintió sin decir palabra. Conocía a la perfección qué consecuencias eran esas, porque él era el hombre encargado de aplicárselas a otros y confiaba en que nunca le tocara el turno.

El presidente de la Federación Rusa, Iván Karlov, volvió a acercar la boca a la oreja de su amigo y pronunció unas pocas palabras, inaudibles para cualquiera que estuviera a más de dos centímetros. Serkin palideció. Sintió que los poros de su cuerpo se abrían y empezaban a producir gotas de sudor.

—¡No puede ser! —atinó Serkin a decir con dificultad y con apenas un hilo de voz temblorosa.

—Lo que acabas de escuchar, Misha. Vamos a por todas.

Arnold Breuer ocupó una silla situada entre dos sofás enfrentados. A su izquierda, Charles McKenzie. A su derecha, Boris Kovalev. Arnie y Charlie miraban con desasosiego a Boris, que se tomó su tiempo para arrancar el relato. No sabía por dónde empezar, a pesar de que llevaba días preparando la historia en su cabeza. Respiró profundamente buscando la calma que necesitaba mientras miraba al suelo de parqué, gastado por miles de pisadas durante décadas. Finalmente, levantó la vista y dirigió sus ojos a un lado y a otro.

—Lo que está pasando hoy empezó hace un siglo.

A partir de ahí, el viejo espía del KGB Boris Kovalev inició un largo periplo histórico para que sus dos interlocutores alcanzaran a entender no solo la gravedad de lo que pasaba, porque eso era evidente. Tenían que entender también la estructura completa del desafío, desde la base hasta lo más alto, desde el principio en los años convulsos en los que arrancaba el régimen soviético hasta los tiempos, también agitados y confusos, que ellos mismos vivían.

—¿Habéis oído hablar de Grigori Kolin?

Arnie y Charlie negaron con la cabeza. Kovalev recostó la espalda sobre el respaldo de su asiento y cerró los ojos por un momento.

—Fue el tercer representante diplomático del régimen soviético en Estados Unidos. El primero había sido Maxim Litvinov, que, en 1918, pocos meses después de que los bolcheviques tomaran el palacio de Invierno de San Petersburgo, estableció los primeros contactos no oficiales entre la nueva autoridad soviética y el Gobierno de Estados Unidos. Un año después, nombraron a un tal Ludwig Martens, pero fue expulsado del país y deportado a Rusia en 1921. Y Kolin ocupó su puesto.

Grigori era un hombre con escaso pelo y mucha iniciativa. No solo gustaba de hacer negocios o de tender puentes diplomáticos entre países distantes (en todos los sentidos). Era, sobre todo, un enamorado de la fotografía, especializado en los desnudos de mujer. Sus retratos femeninos fueron muy celebrados y, casi un siglo después, siguen circulando entre coleccionistas y casas de subastas a un precio respetable.

—En 1922, con treinta y cinco años, Kolin se convirtió en el representante no oficial de la Unión Soviética ante la Casa Blanca —relataba Kovalev.

Además de realizar labores diplomáticas y de fotografiar a mujeres sin ropa, Kolin conoció y frecuentó a Evelyn, una hermosa joven que trabajaba como secretaria en una de las empresas con las que había hecho contactos en los años anteriores. Esa empresa estaba, a su vez, muy relacionada con el departamento de Comercio y con la Secretaría de Estado, lo que permitía a Grigori sonsacar a Evelyn informaciones útiles para Moscú. La joven secretaria americana y el fotógrafo ruso mantuvieron aquella situación bajo un estricto secreto.

—Evelyn era consciente de que lo perdería todo si alguien llegaba a saber que mantenía relaciones con un representante soviético, y él estaba convencido de que sería expulsado de Estados Unidos, y quizá ejecutado en Rusia, si se descubría su amor con una mujer americana. Pero llegaron las complicaciones —dijo Kovalev—, porque Evelyn se quedó embarazada.

Boris contó a sus colegas que todos los que conocían a la joven secretaria sabían que no estaba casada y ella nunca había dicho que tuviera novio. De manera que Evelyn no podía justificar un embarazo ni en su trabajo ni ante sus familiares ni ante sus amigos. Y Grigori se maliciaba que, cuando al cabo de pocos meses el embarazo resultara imposible de ocultar, Evelyn sería incapaz de dar una explicación convincente que no levantara sospechas sobre ella y sobre él. Sospechas que terminarían, ineludiblemente, en el descubrimiento de la verdad. Y eso no podía ocurrir.

—Kolin trató de que Evelyn abortara, pero ella se negó —continuó Kovalev—. Y tampoco hubiera sido tan sencillo hacer algo así en los años veinte.

Las tensiones entre ambos terminaron cuando Grigori hizo ver a Evelyn que, si iba a tener al bebé, la única solución era desaparecer, marcharse de Washington y olvidar para siempre a familiares y amigos. Los padres de Evelyn ya habían muerto. Su único hermano vivía al otro lado del país, en California, y no tenía contacto con él desde hacía dos años. Nunca lo recuperaría. De sus pocas amigas y de sus compañeros de trabajo se podía despedir diciéndoles que había encontrado un buen empleo en Chicago o en Los Ángeles, y así lo hizo.

Grigori convenció a Evelyn de que una buena solución sería que se instalara en Nueva York, una ciudad enorme que en los años veinte no paraba de crecer con las oleadas de inmigrantes que desembarcaban casi a diario a la isla de Ellis, el lugar en el que las autoridades americanas trataban de registrar a los recién llegados y les daban la autorización para entrar en el país. Allí, Evelyn podría pasar desapercibida con más facilidad. Especialmente, si la joven embarazada estaba rodeada de rusos.

—Y la llevó a vivir al barrio de Brighton Beach, al sur de Brooklyn, en lo que hoy se conoce como «la Pequeña Odessa» —prosiguió Kovalev—. Ese barrio fue casi colonizado desde el siglo XIX por emigrantes procedentes de Rusia. Y allí seguían estableciéndose rusos, ucranianos, bielorrusos y nacionales de otros países de la zona. Algunos de ellos eran enviados como agentes del nuevo poder soviético. Grigori movió sus hilos, que eran muchos. Necesitaba encontrar en ese barrio a un joven de padres o abuelos rusos que hubiera nacido en Estados Unidos y que, por tanto, además de ruso, hablara inglés como un nativo americano. Y lo encontró. Esa persona era Aleksandr Salvinov. Le llamaban Sasha. Era un muchacho que deambulaba por la vida sin grandes expectativas y que podía ser receptivo a una buena oferta.

—Aleksandr aceptó el negocio que le propuso Grigori: una boda de conveniencia con Evelyn y asumir la paternidad del bebé que iba a nacer —continuó Boris.

El compromiso era más ambicioso, porque Aleksandr debía cambiar su nombre para americanizarlo, como hacían miles de inmigrantes que querían dejar atrás su pasado y su lugar de origen para convertirse en ciudadanos de Estados Unidos y casi en otra persona. Ya no se llamaría Aleksandr Salvinov y pasaría a figurar en los registros oficiales como

Alexander Salvin. A cambio recibiría una asignación mensual que permitiría vivir holgadamente al matrimonio Salvin y al hijo que estaba por llegar. Por supuesto, Grigori visitaría a Evelyn y al niño siempre que quisiera.

—La realidad, amigos míos, es que Kolin no se limitó a visitar a su pareja y a su hijo. Kolin organizó la educación del pequeño al estilo soviético —explicó Kovalev mientras el americano y el suizo le observaban con incredulidad creciente.

Kolin vivía aterrado. Daba por seguro que antes o después Félix Dzerzhinski, el inmisericorde e implacable jefe de los chequistas soviéticos, la policía secreta, sería informado de lo que había ocurrido en Washington por algún agente que pululara por la capital americana. Y si eso ocurría, no habría perdón. Intentó, por tanto, convertir su desliz en un ejercicio de responsabilidad como espía soviético e hizo llegar a Moscú un relato almibarado de esta peripecia personal.

Lo que Kolin explicó a sus jefes en la Unión Soviética es que no le había quedado más remedio que seducir a la joven Evelyn para conseguir información útil para el camarada Lenin, y que el embarazo era una oportunidad única para ir más allá en la operación de inteligencia y extenderla en el tiempo.

—Todo esto fue palabrería, porque Grigori no propuso nada concreto. Solo intentaba salvar el pellejo después de haber cometido la frivolidad de dejar embarazada a una mujer americana. Pero en Moscú sí creyeron que en aquel episodio estúpido había una oportunidad oculta. Y no inmediata, sino a largo plazo: la oportunidad era el bebé que estaba en camino —dijo Boris a sus compañeros de charla, que se mostraban impacientes por conocer más detalles.

Dzerzhinski se reunió con sus lugartenientes en la Lubianka y juntos diseñaron un plan. Se trataba de avanzar con pasos pequeños y después, con el transcurrir de los años y sobre la marcha, ya se decidiría qué hacer para sacar provecho del pequeño que iría creciendo. El niño se había convertido en un arma de guerra que se utilizaría o no en función de las necesidades del país y de las capacidades que el muchacho demostrara tener, si es que las tenía. Le formarían para potenciarlas.

—Edward —dijo Boris.

—¿Cómo? —preguntó Charles.

—Edward. Así llamaron al bebé. Edward, porque es un nombre que sirve tanto en inglés como en ruso. Sería Edward Salvin si se decidía que permaneciera en Estados Unidos, o Eduard Salvinov si las autoridades soviéticas decidían llevarse al niño a Moscú.

—¿Y qué decidieron? —inquirió Arnold.

—Edward acabó en Moscú, pero no de inmediato. La madre dio a luz en casa, atendida por un médico ruso de confianza, que después dio parte oficial del nacimiento de Edward Alexander Salvin, hijo de Alexander Gabriel Salvin y de Evelyn Salvin. Para entonces, ella ya había asumido el apellido de su marido.

Kovalev explicó que el pequeño aprendió a hablar en inglés gracias a su madre y en ruso gracias a su supuesto padre, Alexander, y a su verdadero padre, Grigori, que les visitaba a menudo y que se hacía pasar por amigo de la familia. A los seis años, Edward ya era capaz de hablar y escribir en inglés como un nativo americano y en ruso como un nativo soviético. No tenía acento extraño en ninguna de las dos lenguas.

—Para entonces —prosiguió Boris—, Evelyn hacía tres años que había muerto víctima de una intoxicación alimentaria producida por un veneno suministrado oportunamente. Ella era la parte más débil: no podía seguir viva porque siempre existía el riesgo de que hablara de lo que no debía. Y Grigori Kolin había sido repatriado a Rusia. Su sustituto en la oficina de intereses soviéticos en Washington fue otro hombre de la policía secreta bolchevique, que se encargaría de Edward.

El pequeño era una de sus misiones fundamentales en Estados Unidos.

El relato de Kovalev ante sus colegas suizo y americano estaba a punto de llegar a un momento determinante. Charles y Arnold habían agotado las existencias de café y ahora empezaban con los refrescos. El hambre llamaba a las puertas de sus estómagos y las provisiones de alimentos que Arnold aportó a la reunión ya estaban encima de la mesa.

La lluvia se había intensificado en Londres. El cielo no se despejaba. Podían intuirlo más que verlo, porque habían optado por no abrir las ventanas ni correr las cortinas. Seguían como se las encontraron al llegar. Un haz de luz se filtraba a través de un espacio mínimo, lo que les permitía comprobar que las horas pasaban sin que las nubes dejaran ver el tímido sol del que esporádicamente disfrutan las islas británicas.

Nueva York, verano de 1940

—¡Hola, tío Vadim! —saludó afectuoso Edward, en perfecto ruso, a quien desde pequeño conocía como hermano de su padre. Ahora era, además, la persona con quien vivía.

Por entonces, Edward tenía diecisiete años. Había crecido hasta casi el metro ochenta de estatura. Tenía los músculos endurecidos por la práctica habitual del fútbol americano en el *high school* y ya había tenido algún éxito amoroso con compañeras de clase y vecinas del barrio. Pero seguía siendo un adolescente, con las distracciones de personalidad propias de esa condición.

Su tío Vadim no se llamaba Vadim ni era su tío. Era el agente soviético que estaba a cargo de gestionar la vida del chico en Estados Unidos desde que Grigori Kolin, el verdadero padre, y Aleksandr Salvinov, el padre oficial, habían sido enviados a la Unión Soviética hacía tres años, quedando fuera de la circulación para siempre en medio de las purgas estalinistas.

Kolin y Salvinov fueron llamados a Moscú con el objetivo de «establecer las condiciones en las que se desarrollará la operación en adelante». Kolin lo entendía todo y estaba en el secreto de lo que en realidad ocurría. Salvinov vivía en la ignorancia, convencido de que le invitaban a un emotivo viaje para conocer a sus abuelos y a sus tíos, aquellos que se habían quedado en Rusia cuando su padre decidió sumergirse en la aventura de cruzar el mundo para buscar una nueva vida en Estados Unidos.

En cuanto llegaron a la capital soviética, fueron encerrados en un calabozo de la Lubianka donde sufrieron torturas durante dos semanas. Se les acusaba de trotskistas. Grigori no lo era. De hecho, sentía adoración por Stalin. Aleksandr ni siquiera sabía quién era Trotski. Después, física y psicológicamente destruidos por el tormento al que habían sido sometidos, fueron trasladados al siniestro campo de exterminio de Serpantinka, en el extremo oriental del país. Allí, en unas condiciones atroces, se procedió a su eliminación.

En Nueva York, a Edward le contaron que su padre había sufrido un trágico accidente en Moscú al caer por unas escaleras. La noticia sumió al muchacho en una intensa depresión de la que solo se recuperó con el paso de los meses y la afanosa dedicación del tío Vadim, al que Edward adoraba. Por eso, cuando Vadim le anunció un viaje, el joven Salvin se entusiasmó con la idea de conocer mundo de la mano de su tío.

—Edward, tienes que preparar una maleta con lo básico porque mañana nos iremos de viaje —le dijo el presunto tío Vadim a su presunto sobrino, sin dar muchas explicaciones a pesar de las reiteradas preguntas del chico, que soñaba con unas emocionantes vacaciones en un lugar remoto y desconocido. Y, en efecto, el lugar sería remoto y desconocido, pero no iban a ser unas vacaciones. El viaje era mucho más que eso.

Edward no lo sabía, ni siquiera podía imaginarlo, pero su vida estaba a punto de sufrir un cambio radical. El mundo neoyorkino, bullicioso, alegre y despreocupado en el que había crecido iba a desaparecer durante años, quizá para siempre, porque las autoridades de Moscú habían llegado al convencimiento de que era el momento de que Edward se trasladara a Rusia. La decisión se adoptó después de muchas deliberaciones y de analizar todas las opciones. Pero la determinación era firme: Edward debía estar a salvo. Y, además, era el momento de someter al chico a un entrenamiento concienzudo y minucioso.

La Segunda Guerra Mundial estaba en marcha. Alemania había invadido Polonia en septiembre del año anterior y

Francia llevaba dos meses bajo la bota de Hitler, desde mayo de 1940. Stalin se sentía relativamente seguro en el control de su régimen. En el interior, porque había purgado a los disidentes y a quienes él consideraba disidentes, aunque no lo fueran. Y en el exterior, porque en agosto de 1939, un año antes, se había firmado el llamado Pacto Molotov-Ribbentrop, un tratado de no agresión entre Alemania y la Unión Soviética, que libraba al régimen comunista de Moscú de una invasión nazi, como la sufrida por buena parte de la Europa continental o como la que Hitler intentaba acometer en Gran Bretaña. Y, como colofón, el pacto concedía a Stalin el control de la Polonia oriental y su influencia sobre las repúblicas bálticas y Finlandia.

El temor en Moscú, y el motivo para trasladar a Edward a Rusia, era que Estados Unidos podía entrar en la guerra para ayudar a franceses y británicos y eso tendría como efecto la llamada a filas de todos los jóvenes americanos. Uno de ellos era Edward Salvin, que pronto cumpliría dieciocho años. Había que sacarle de allí de inmediato para evitar su reclutamiento. Una vez en la Unión Soviética, sería sometido a un intenso proceso de formación para convertir al chico en un espía. Y cuando la guerra terminara, le llevarían de vuelta a Estados Unidos para que cumpliera su misión: ser un ciudadano norteamericano al servicio de la Unión Soviética. Es lo que en la jerga se conoce como un ilegal: un agente que no realiza su misión con el paraguas de la embajada de su país, que carece de inmunidad diplomática, que se hace pasar por una persona normal de nacionalidad americana y que, por tanto, está fuera del círculo de individuos sometidos a la estrecha vigilancia de los servicios de contraespionaje. Incluso se intenta que tenga una familia, cuyos miembros pueden desconocer esa operación.

A la mañana siguiente, tío y sobrino ficticios llegaron a la estación Grand Central, en Manhattan. Vadim se dirigió hacia una esquina concreta del *hall*. Allí esperaba desde hacía unos minutos un hombre joven, alto, con sombrero, bien vestido y con una maleta que reposaba en el suelo.

—Edward, te presento a James —dijo Vadim en ruso.

—Hola, Edward, ¿cómo estás? —saludó James en inglés.

Edward estrechó la mano de quien Vadim le explicó en ese momento que iba a ser su nuevo amigo y, lo más importante, el hombre que le acompañaría en su viaje.

—¿Tú no vienes, tío Vadim? —preguntó Edward en ruso y con cara de gran preocupación. El chico había soñado con compartir esa aventura con su tío y ahora todo cambiaba. Iría con un extraño.

—No te preocupes, Edward. Lo pasarás muy bien y aprenderás mucho. James es un buen amigo y conoce tantas cosas que tendréis mucho de lo que hablar.

Edward trató de protestar, pero quedó demudado ante la severa mirada de su tío.

Esa misma noche, tres sicarios del hampa neoyorkina contratados por un agente soviético esperaron a Vadim a la puerta de su casa, le introdujeron a la fuerza en un coche, le aplicaron un sedante, aguardaron la llegada de la madrugada, se dirigieron al puente de Brooklyn, ataron sus pies a una piedra de veinte kilos y lo arrojaron al río East.

James rodeó con su imponente brazo derecho los hombros del muchacho en un gesto de camaradería y afecto impostado, y le animó a despreocuparse: «Verás como lo pasamos muy bien».

James Colbrand tenía treinta y dos años. Desde los quince militaba de forma clandestina en el Partido Comunista de Estados Unidos. Había nacido en Chicago y allí se afilió siendo todavía un adolescente. Sentía dentro de sí el ardor revolucionario que había triunfado en Rusia años antes, pensaba que el movimiento obrero americano podía convertir a Estados Unidos en otra unión de repúblicas socialistas soviéticas americanas y que eso transformaría el mundo en un paraíso del proletariado.

Cuando solo tenía veintitrés años, Jim (así le llamaban los suyos) abandonó su ciudad y su país, y fue enviado por el partido a Moscú. Fue un viaje organizado por los servicios de inteligencia rusos. En la Unión Soviética se sometió a un intenso entrenamiento, tanto para realizar labores de espionaje como para combatir en conflictos bélicos si era necesario.

De regreso a Estados Unidos, Colbrand se instaló en Nueva York y empezó a trabajar en una empresa de comercio internacional. Moscú le ordenó que durante un tiempo se mantuviese alejado del Partido Comunista y no realizara labores de espionaje para no levantar sospechas. Era un ciudadano americano corriente. Así permaneció durante dos años, hasta que fue activado de nuevo. Jim se despidió entonces de su empresa alegando que volvía a su ciudad natal de Chicago. Y fue allí donde Vadim le hizo llegar los datos básicos de su nueva misión: sacar a un adolescente de Estados Unidos y llevarlo hasta Moscú. Lo que Jim había aprendido en la Unión Soviética debía aprenderlo ahora Edward.

El chico, ignorante de lo que le tenían preparado, iniciaba un apasionante periplo en dirección oeste para recorrer el país de costa a costa con destino intermedio en la ciudad californiana de Los Ángeles. Aunque se sentía inseguro. Incluso, algo atemorizado. No entendía el motivo por el cual su tío Vadim le abandonaba en manos de un desconocido. Pero Jim supo ganarse pronto la confianza del muchacho. Le contaba historias apasionantes, muchas de ellas inventadas, y le hacía sentirse como un adulto cuando le permitía asumir pequeñas responsabilidades relacionadas con el viaje: encargarse de los billetes de tren, controlar los horarios de los autobuses de la compañía Greyhound que utilizaron para algunos trayectos, o buscar hoteles aquí y allá para descansar en las diferentes etapas del trayecto.

En la Lubianka habían decidido que Edward y Jim no podían llegar a Rusia viajando hacia el este, porque resultaría imposible atravesar la Francia ocupada por Hitler ni la España de Franco ni la Italia de Mussolini ni la Inglaterra de los bombardeos alemanes diarios. Y, mucho menos, Alemania, Austria o Polonia. Por lo tanto, optaron por la ruta contraria. Jim la conocía bien porque era el mismo recorrido que él había hecho unos años antes. Por eso le encargaban esta misión. Navegarían hacia el oeste desde Los Ángeles y su destino sería Vladivostok, en el extremo oriental de la Unión Soviética, sin atravesar fronteras ni correr el riesgo de quedar atrapados en un combate. Y, por supuesto, cruzarían el Pacífico sin seguir la línea recta entre el puerto de salida y el de llegada. Harían una primera escala en Hawái.

El trayecto en tren y autobús a través de Estados Unidos resultó ser un episodio iniciático para el chico, porque nunca hasta entonces había salido de las alborotadas calles de Nueva York. Una vez en Los Ángeles, Edward y Jim se instalaron durante varios días en una pensión barata a poca distancia del puerto. Esa pensión era el lugar en el que, según las órdenes, en algún momento irían a buscar al comunista americano para darle las nuevas instrucciones. El encargado de hacerlo era otro militante del partido. Pasados tres días sin noticias, el contacto llegó. Le esperó una mañana al otro lado de la calle. Cuando Jim salió de la pensión, un hombre maduro se le acercó y le preguntó si había dormido bien. Era la clave que esperaba. Él respondió lo pactado: que había tenido pesadillas.

Caminaron unos metros hasta la siguiente esquina y se apartaron hacia una callejuela en la que pudieran hablar sin ser vistos. Allí, Jim recibió la información que necesitaba. Debía memorizarla. Ni un solo papel. El plan se pondría en marcha en cuestión de horas.

Jim le contó a Edward que harían un viaje en barco para conocer las islas Hawái, lo que entusiasmó al muchacho. Pero le explicó que, como no tenían dinero suficiente, debían hacerlo en un carguero y con la ayuda de unos hombres a los que conocía. Edward no entendía gran cosa, pero optó por confiar en Jim.

Se marcharon de la pensión. Fueron recogidos por un coche Ford A de color negro conducido por otro militante del Partido Comunista que no sabía quiénes eran aquellos dos individuos ni tampoco hizo intento alguno por averiguarlo. Solo cumplía órdenes. Los llevó a una zona apartada, donde debían esperar hasta la madrugada. Llegada la hora, el coche se detuvo con las luces apagadas a pocos metros de la entrada del puerto. Los pasajeros pusieron pie en tierra, recogieron sus maletas, el conductor reanudó la marcha y desapareció por una de las calles cercanas. El barco estaba atracado a unos doscientos metros. No se veía movimiento de personas.

Eran las dos de la madrugada. El carguero zarparía antes del amanecer.

A la hora fijada, las dos sombras avanzaron con paso cauteloso tratando de no tropezar con nadie, salvo con el enlace que les esperaba. No se conocían. Lo único que Jim sabía era que debía encontrarse con un hombre moreno, con barba, que tendría puesta una gorra y llevaría en las manos una carpeta amarilla. Era un intermediario del hampa local, contactado por un agente ruso que había hecho las gestiones para que facilitara la salida de Jim y Edward de Estados Unidos en un barco. Le saludaría con un amable «Buenas noches» y le haría la pregunta que él esperaba oír y que serviría de clave: «¿Este barco zarpará el jueves?», a lo que el enlace respondería: «No. Zarpará el sábado».

Jim buscó un recoveco en el que dejar solo a Edward. No quería que el chico escuchara la conversación con aquel individuo al que no conocía. Y si todo era una trampa, Edward tendría una opción de escapar, aunque fuese remota. El joven Salvin vivía aquella situación con desconcierto. Estaba entre entusiasmado por la sensación de vivir una aventura y asustado por ignorar lo que de verdad ocurría. Pero dejaba que pasaran las cosas sin hacer preguntas, de momento.

—Soy Jim y aquel chico que está en la esquina es...

—Cállese. No es asunto mío si usted se llama Jim o Peter, ni quiénes son ustedes ni qué pretenden hacer. —El enlace interrumpió bruscamente a Colbrand—. Le digo lo que va a ocurrir ahora. Usted me va a dar el dinero pactado. Yo lo voy a contar. Si todo está en orden, dentro de cinco minutos iremos al barco. Yo le daré al vigilante la parte que le corresponde y me iré de aquí. Usted no me ha visto nunca ni yo a ustedes. El vigilante del barco se ocupará del resto. ¿Entendido?

Jim asintió, algo aturdido por la aspereza de aquel hombre, pero había que evitar una innecesaria y peligrosa charla afectuosa, como si ese fuera un encuentro normal entre dos personas educadas que se acaban de conocer. De manera que sacó dos sobres de su bolso de viaje. Uno, con la cantidad que correspondía al enlace. Otro, con el dinero para pagar al vigilante. Se acercó a Edward y le cogió por el brazo para que iniciara la marcha hacia el barco. Los tres hombres ascendieron por la pasarela de acceso al buque. El enlace se acercó al vigilante sin decir una palabra. Se limitó a entregarle el sobre. El vigilante no lo abrió. Lo guardó de inmediato en un bolsillo de su chaqueta. Había confianza entre ambos. No era la primera vez que trabajaban en algo así. Hizo un gesto con la cabeza para que Jim y Edward le siguieran, y los tres se perdieron en el interior del carguero ayudados por la oscuridad reinante. Bajaron varias escaleras y al fondo de un pasillo estrecho llegaron ante una puerta metálica.

—Es aquí —dijo el vigilante—. No pueden salir de este camarote. Yo les traeré la comida. Les avisaré un día antes de llegar a Honolulu para que estén preparados. Si hacen lo que les digo, no habrá problemas. Si salen de aquí, yo mismo me encargaré de que los dos caigan por la borda.

No había matices que negociar. Y no hubo negociación. Edward estaba asustado. Jim, también, pero trataba de disimularlo delante del muchacho, como si controlara la situación.

—¿Prefieres dormir arriba o abajo? —preguntó Jim para quebrar la tensión del momento, dando a Edward la opción de elegir en qué lugar de la litera prefería pasar las noches.

El chico eligió la de arriba porque a pocos centímetros estaba el ojo de buey que le permitiría ver el mar durante la travesía. Era la única entrada de luz que tendrían en ese camarote angosto en el que apenas había espacio para esa litera, para una letrina y para un pequeño armario. En ese lugar pasarían varios días. La duración del viaje dependería de que las condiciones meteorológicas fueran buenas y la mar les concediera una navegación serena. Si no fuese así, se podrían producir retrasos.

El barco zarpó con rumbo sur, bordeando la costa de Estados Unidos a la altura de San Diego para alcanzar la Baja California mejicana, hasta virar allí hacia el oeste con destino Honolulu. Solo hubo un día de tormenta fuerte, que ralentizó el avance y provocó incómodos desajustes estomacales a Edward. Los vómitos fueron continuos y no ayudaba demasiado la prohibición de salir del camarote. Hubiera querido tomar un poco de aire limpio en la cubierta, pero tuvo que gestionar sus mareos entre la litera y la letrina durante un largo día de truenos y marejada, en medio del Pacífico.

Edward pasaba las horas inmerso en la lectura de unos cuantos libros y en la observación del inmenso mar a través del ojo de buey. Solo esporádicamente aparecía algún barco en el horizonte y el chico se entretenía imaginando de dónde vendría, a dónde iría y qué llevaría en su interior. Entre unas cosas y otras, Edward trató varias veces de forzar una conversación con Jim porque, con el paso de las semanas, entendía cada vez menos cuál era el objetivo real de aquel viaje, quién era Jim y qué futuro le esperaba cuando llegaran allí donde tuvieran que llegar. Pero no hubo tal conversación.

Dos días después de la tormenta, cuando apenas había amanecido, unos golpes en la puerta metálica del camarote despertaron a sus ocupantes. Jim se levantó de un salto.

—Soy yo —dijo alguien.

No era necesario que hablara durante más tiempo para identificar su voz profunda y seca, que era difícilmente comparable. Jim no tuvo tiempo ni de acercar la mano a la cerradura porque la puerta se abrió desde fuera.

—Mañana llegaremos a Honolulu. Atracaremos a primera hora, antes del amanecer. Estén preparados porque tendrán que salir del barco muy pronto, confundidos entre el movimiento de los marineros que pondrán en marcha las labores de estiba.

Y así fue. Los dos pasajeros clandestinos abandonaron el barco cuando el sol aún no había aparecido en el horizonte y caminaron con ansiedad hacia la salida del muelle. Según las instrucciones recibidas, alguien les estaría esperando allí para conducirlos hasta otra zona del puerto. Era un hombre de mediana edad vestido con una camisa roja y un pantalón azul. Tenía un bastón en la mano derecha y un libro en la izquierda.

—Vengan conmigo —les dijo sin siquiera intercambiar un mínimo saludo.

Condujo a los recién llegados a un barco pesquero, de mediano tamaño, en cuya cubierta no se veía a nadie.

—Suban a bordo. Estarán solos. Verán una puerta en el lado izquierdo. Entren ahí, bajen unas escaleras y al fondo del pasillo encontrarán otra puerta. Esa es la de su camarote.

El hombre de la camisa roja y los pantalones azules dio media vuelta y se marchó sin despedirse, mientras Jim y Edward seguían a ciegas sus órdenes. Pero no era del todo cierto que estarían solos. Cuando abrieron la puerta del camarote encontraron a Viacheslav Sedov.

Sedov estaba sentado en una de las dos sillas de aquel cuartucho, aún más pequeño que el del carguero en el que habían navegado desde Los Ángeles hasta Honolulu. Era rubio, no muy alto, lucía una barba descuidada y el pelo alborotado. Aquel día se había vestido como un marinero para mimetizarse con el resto de los ocupantes del barco. Pero no era marinero. Sedov era un agente del NKVD, el servicio que con el tiempo se transformaría en el KGB. Tenía la orden de vigilar a Jim y Edward a partir de ese momento y que se asegurara de que llegaran a su destino.

Sedov saludó a sus dos acompañantes en ruso. Ambos, sorprendidos, devolvieron el saludo también en ruso. Les ofreció un desayuno que aliviara su ansiedad matinal y que incluía abundante cantidad de frutas propias de Hawái, lo que supuso un disfrute para el paladar de los tres. Cuando el desayuno aún no había terminado y la charla casi no había empezado, los motores del pesquero movieron las hélices, el casco se apartó del muelle y el barco enfiló la salida del puerto hacia mar abierto.

Edward estaba aturdido, pero no se asustaba, o intentaba que pareciera que no se asustaba.

El pesquero zarpó de Honolulu en dirección norte para no navegar cerca de los atolones de Midway y Kure, que estaban bajo control americano. Solo viraron hacia el oeste después de superar esos pequeños territorios y las Near, las islas más occidentales de Estados Unidos, que casi pueden ver la península rusa de Kamchatka. Tan cerca están que el territorio continental de Alaska, al que pertenecen, se encuentra bastante más alejado. El pesquero puso entonces la proa hacia el primer suelo de soberanía soviética que había en su camino: la isla de Bering.

El barco ni siquiera llegó a tierra. Ancló a dos millas de la costa y allí esperó. Al anochecer, el capitán lanzó varias señales luminosas para que fueran captadas por el agente de enlace que debía estar esperando en la isla. Y así fue. Cuando empezaba a amanecer, el vigía del pesquero avistó un pequeño bote que se acercaba. Había buena mar. Sedov, Jim y Edward subieron a ese bote sin cruzar una palabra con el capitán o con los miembros de la tripulación. Nunca supieron cuántos eran. Nunca los vieron.

El pesquero levó el ancla y se alejó. El bote navegó de vuelta hacia la isla, pero, sin llegar a tierra, se acercó a otro pesquero de bandera soviética que estaba anclado a no mucha distancia. El barco zarpó para bordear la península de Kamchatka. Puso después rumbo suroeste evitando las islas Kuriles. Navegó por el mar de Ojotsk hacia el norte de la isla de Sajalín, de control soviético. Evitó así el sur de ese territorio, que en aquel año de 1940 todavía pertenecía a Japón con el nombre de Karafuto. Solo al final de la guerra, el Ejército Rojo invadiría la zona al sur del paralelo 50 para arrebatársela al ya derrotado imperio japonés. El pesquero atravesó el estrecho de Tartaria, que separa Sajalín del este de la Rusia continental, y finalmente alcanzó Vladivostok. Ya estaban en la Unión Soviética.

Sedov, Jim y Edward descansaron durante tres días en la ciudad, y después abordaron el tren Transiberiano en el que recorrerían de este a oeste los más de nueve mil kilómetros de distancia hasta Moscú. Un largo periplo. Una gran aventura. Una enorme incertidumbre para el joven Edward, que había dado media vuelta al mundo.

Moscú, días finales del verano de 1940

—¿A dónde nos llevan, Jim? —cuchicheó Edward, algo alterado e inquieto, cuando tres hombres los recibieron al pie del tren, en la estación de Moscú, después de días de viaje desde Vladivostok.

Ni siquiera hubo un mínimo saludo protocolario. Fue Sedov quien se dirigió a Jim y Edward para decirles que siguieran a esos individuos tan serios y silenciosos. Nunca más verían al agente del NKVD al que encontraron semanas atrás en el camarote de un pesquero en Honolulu. Su encargo era conducirlos sanos y salvos hasta Moscú. Misión cumplida.

Jim y Edward fueron trasladados de inmediato hasta la sede del NKVD. Edward asistía a los acontecimientos entre asustado, intrigado y entusiasmado. Todo era nuevo y no sabía lo que podía ocurrir en el próximo minuto.

El muchacho fue alojado en una cómoda habitación. Disponía de todo lo necesario, salvo de libertad de movimientos. Sí podía salir a la calle, pero solo cuando lo autorizaba el responsable y siempre acompañado de dos hombres. Uno de ellos, un agente del NKVD. El otro era Jim, con quien había llegado a congeniar después de las muchas aventuras vividas en tan largo periplo. Ante tal acumulación de sorpresas y situaciones desconocidas, el chico necesitaba a alguien en quien depositar su confianza y por quien sentirse protegido. Y Jim era lo único que tenía.

Se mantuvo cerca de Edward durante los años que duró su proceso de formación. Fue su sombra, su mentor, su hermano mayor y su vigilante. La misión que tenía encomendada consistía en hacer sentir al chico como si estuviera en su casa de Nueva York, alimentar su conciencia comunista y, además, hablar con él en inglés para que no perdiera la fluidez con el idioma. El dominio de la lengua rusa lo mejoraría con el uso diario.

Edward fue internado en la Escuela Central del Directorio General para la Seguridad del Estado, la fábrica de espías del NKVD, después renombrada como Escuela de Graduación. Allí se sometió a un intenso proceso de reeducación soviética para reconfigurar el cerebro capitalista que traía de Estados Unidos. Sufrió ocasionales episodios de decaimiento emocional durante los largos meses de formación y tuvo que recibir un tratamiento psicológico para que se mantuviera centrado en su cometido. Añoraba su casa, su ciudad, a Vadim y a sus amigos. Le costaba acostumbrarse a las nuevas rutinas, más estrictas incluso que las militares, cuando su vida había transcurrido en libertad por las siempre animadas calles de

Nueva York. Pero avanzaba a buen ritmo su proceso de conversión en un espía soviético convencido de que el comunismo liberaría a la humanidad de todos los males. Aun así, pronto ocurrieron cosas que obligaron a tomar decisiones.

Londres, 21 de agosto (a 76 días de las elecciones)

Boris Kovalev llevaba unos minutos de pie, con su hombro izquierdo apoyado en la pared. Narraba su historia mirando al suelo, como si agachar la cabeza le permitiera recordar con mayor nitidez. McKenzie y Breuer también se levantaron, cansados como estaban de mantenerse sentados en el sofá. Pero ellos no despegaban los ojos de su colega ruso.

—No había pasado todavía un año desde la llegada de Edward a Rusia cuando Hitler puso en marcha la Operación Barbarroja para invadir la Unión Soviética, incumpliendo el pacto Molotov-Ribbentrop —apuntó Boris, entrando en una fase determinante de su relato—. Y a primeros de octubre de 1941, el Ejército alemán ya estaba a las puertas de Moscú. El NKVD decidió entonces que había que proteger a Edward ante una posible caída de la capital soviética en manos de Hitler. Se llevaron al chico hacia el este. Lo metieron en un tren con destino a la ciudad de Kazán, alejada del frente de batalla, a más de ochocientos kilómetros de la capital, que estaba sitiada. Allí se trasladaron también algunas industrias estratégicas para evitar que cayeran en manos de los invasores. A partir de aquel día, los pocos que estaban en el secreto empezaron a conocer el operativo relacionado con Edward como Operación Kazán —sentenció Kovalev.

Dos meses después ocurrió lo que Stalin sospechaba que iba a ocurrir: la entrada de Estados Unidos en la Segunda Guerra Mundial tras el ataque japonés a Pearl Harbor. Cuando las autoridades militares americanas convocaron por carta a su joven ciudadano neoyorkino Edward Salvin para que ingresara en el Ejército, el chico ya no estaba allí ni en ningún otro sitio. Nadie pudo dar fe de su paradero. Lo más que llegaron a aportar sus vecinos fue que se había ido de viaje hacía meses sin decir a dónde y no volvieron a saber de él. Sí añadieron que el padre de Edward también se había ido de viaje unos años atrás y tampoco volvió nunca. Los investigadores tomaron nota y trataron de hacer algunas averiguaciones, pero no podían perder el tiempo con un único recluta al que llevar a filas. Había muchos más a los que encontrar. De manera que consideraron a Edward como desaparecido, a la espera de declarar que era un desertor, ordenar su detención y, en su caso, someterlo a juicio. Pero eso nunca ocurrió.

En agosto de 1942, las tropas soviéticas consiguieron, pagando un precio enorme en vidas humanas, detener el avance alemán hacia Moscú. Ese frente parecía estabilizado y la capital estaba relativamente a salvo, por el momento. No ocurría lo mismo en Leningrado, donde los combates eran atroces. El sitio de la ciudad provocaría la muerte diaria de miles de personas por los bombardeos, el hambre y el frío. Y hacía un mes que los soldados de Hitler habían llegado a Stalingrado, donde la masacre de militares y civiles duraría doscientos días eternos.

En medio de ese panorama aterrador, el primer ministro británico, Winston Churchill, viajó a Moscú. Lo hizo vía El Cairo y Teherán para no sobrevolar las líneas alemanas. Y allí tuvo que decirle a Stalin que los aliados aún no podían satisfacer su petición de abrir un segundo frente de guerra contra los alemanes en Francia. La Unión Soviética lo necesitaba para que Hitler se viera obligado a detener su avance en Rusia y a dividir su fuerza militar trasladando soldados y armamento hacia el occidente europeo. Eso daría oxígeno al Ejército Rojo para reorganizarse y contraatacar, haciendo un bocadillo a los alemanes entre el empuje de los rusos por el este y el de los aliados por el oeste.

Churchill tuvo que explicar a Stalin que no disponían de un ejército suficientemente numeroso para abrir ese segundo frente en Francia. Estados Unidos debía enviar al Reino Unido un millón de soldados, pero de momento no habían llegado ni cien mil. Necesitaban más tiempo.

El primer ministro británico sí prometió al dictador soviético que realizarían escaramuzas que provocaran en Hitler el temor a un desembarco aliado inminente en la costa norte francesa, por si eso podía frenar el ímpetu alemán en Rusia. Y le informó de que en cuestión de días se realizaría una primera incursión de tanteo.

Churchill abandonó Moscú el 16 de agosto de 1942 y tres días después, el 19, un grupo de poco más de seis mil hombres, casi todos canadienses, pero también británicos y un puñado de *rangers* americanos, desembarcó en la localidad francesa de Dieppe, a menos de doscientos kilómetros al sur de Calais, el lugar en el que el canal de la Mancha es más estrecho. El resultado fue desastroso. Las defensas alemanas acabaron con aquel experimento, mataron o capturaron a buena parte del contingente aliado y destrozaron su armamento. Para invadir Francia habría que esperar dos años más, hasta junio de 1944.

—Stalin asumió entonces que la Unión Soviética se tendría que defender sola, y lo hizo —dijo Boris—. Con el paso de los meses, los pocos responsables del régimen que conocían la Operación Kazán empezaron a planear el futuro. El chico estaría listo para actuar a finales de 1943, después de un duro periodo de formación.

La Operación Kazán había estado al cargo directo de los máximos responsables de la inteligencia soviética. En los años veinte, quedó bajo el control del OGPU (Directorio Político Unificado del Estado), primero dirigido por Félix Dzerzhinski y después por Viacheslav Menzhinski. Cuando en 1934 el OGPU se renombró como NKVD (Comisariado del Pueblo para Asuntos Internos), el expediente de Edward pasó a manos del nuevo jefe de los espías soviéticos, Guénrij Yagoda. Solo estuvo en el cargo dos años. Fue ejecutado, víctima de las purgas de Stalin. También se acusó al propio Yagoda de haber envenenado a su antecesor. El sucesor fue Nikolái Yezhov, ejecutado por traidor. Y su puesto lo ocupó otro virtuoso carnicero llamado Lavrenti Pávlovich Beria.

Igual que sus predecesores, Beria terminaría sus días prematuramente, en 1953, en este caso por orden de Nikita Khrushchev, que alcanzó el liderazgo de la Unión Soviética a la muerte, también sospechosa, de Stalin. Pero para entonces,

Beria, al mando del servicio secreto, ya había tenido tiempo de extender su maldad por todo el país.

Nueve años antes de ser ejecutado, en los primeros meses de 1944, el jefe de los espías mantuvo una reunión con Stalin. En aquel momento, la guerra contra los alemanes ya se decantaba a favor de los soviéticos. Era cuestión de tiempo que el avance del Ejército Rojo alcanzara las calles de Berlín y, si podía, incluso más hacia el oeste.

—Había llegado la hora de tomar una decisión sobre Edward —añadió Boris ante la atónita mirada de Breuer y McKenzie—. Debía volver a Estados Unidos. Pero tenían que planear cómo, cuándo y con qué objetivos.

El chico seguía en Kazán. Allí se convirtió en un comunista tenaz y recibió instrucción en las habilidades más sofisticadas del espionaje: ocultación, recepción y envío de mensajes secretos, conocimiento de artes marciales, manejo de armas, dominio de técnicas psicológicas e, incluso, métodos para la eliminación física de personas sin dejar pruebas. También se le preparó concienzudamente para vivir en Estados Unidos como un ciudadano americano más.

—Amigos míos —dijo Boris con solemnidad—, el plan era que Edward fuera un espía ilegal. Es decir, sin el paraguas oficial de la embajada soviética en Washington. Dispondría de pasaporte americano, formaría una familia y conseguiría información para Moscú. Y, quizá, algo más.

—¿Qué más? —inquirió McKenzie con inquietud.

Boris no respondió de inmediato y siguió contando la historia tal y como la tenía planeada.

—El primer paso era llevar a Edward de vuelta a Estados Unidos. Como es lógico, ya no podía regresar como Edward Salvin, porque se daba por hecho que las autoridades americanas le buscaban por desertor al no presentarse al reclutamiento para combatir en la guerra. Era necesario poner en marcha un procedimiento más sofisticado, asumiendo que podía no tener un final feliz.

PALACIO DEL KREMLIN, MOSCÚ, MAYO DE 1944

Beria, con su escaso cabello, sus lentes redondas y su fanática inteligencia, se plantó delante de Stalin junto con dos colaboradores cercanos para presentar su plan. La Operación Kazán solo la conocían diez personas: el líder, el jefe de los espías, sus dos subalternos y los seis instructores que habían convertido al muchacho en un espía. Todos aquellos que estuvieron al frente de la inteligencia soviética en tiempos anteriores se habían llevado el secreto a la tumba. Eso era lo previsto. Viacheslav Sedov, el agente que condujo a Jim y Edward de Hawái a Moscú, no fue informado del resto de la misión. También eso era lo previsto.

—¿Cuál es el plan, entonces? —Stalin empezaba a impacientarse con Beria porque tenía asuntos de guerra inmediatos y urgentes de los que ocuparse, y Edward era un plan a muy largo plazo.

Se hizo el silencio por un segundo en el despacho del secretario general del Partido Comunista de la Unión Soviética. No era una estancia ostentosa. La mesa de Stalin, de madera oscura como la que forraba las paredes, era pequeña. Apenas daba cabida a un teléfono negro, otro blanco, un utensilio de tinta para la pluma y algún adorno más. El dictador se recostaba sobre el respaldo de su butacón mientras trataba de encender una pipa bajo su poblado bigote, con cuidado de no incinerarlo. Alrededor de la mesa había tres sillas ocupadas por Beria y sus dos colaboradores, y unas cuantas más que estaban vacías. El despacho de Stalin lo presidía un retrato de sí mismo.

—Camarada secretario general, este es el plan. Tenemos varios informadores en los sindicatos británicos que ahora están sobre el terreno. Y, además, uno especialmente bien situado en el SIS, el servicio de inteligencia del Reino Unido —informó Beria.

—¿Un agente británico que espía para nosotros? —preguntó Stalin, mostrando aparente desconfianza.

—Lleva años pasándonos información relevante. Ha realizado grandes servicios a la causa comunista, camarada secretario general —se defendió Beria.

—Kim Philby —espetó Stalin de repente mientras Beria mostraba su sorpresa y quedaba demudado durante varios segundos.

—Sí, Kim Philby —atinó, por fin, a decir el jefe del espionaje soviético al percatarse de que Stalin disponía de datos que solo Beria y sus dos hombres de confianza debían conocer.

Eso significaba que Stalin tenía un topo dentro de su servicio de inteligencia, al margen del propio Beria. Es decir, Beria pudo comprobar que Stalin le vigilaba estrechamente. Y si eso era así, podría sufrir el mismo destino que tantos otros: las purgas del estalinismo, que ejecutaba desde hacía años para su jefe con destreza y ausencia de piedad. El cerebro de Beria empezó a dar vueltas. Muchas. Su ya habitual paranoia, solo equivalente a la de Stalin, se le disparó de repente. Estar bajo el radar del líder podía suponer una tortura insufrible hasta la muerte. Nadie lo sabía mejor que él, que se ocupaba de eso con profesionalidad intachable.

Conocía bien que Stalin disfrutaba provocando el pánico a su alrededor. Era la base sobre la que asentaba su inmenso poder. Pero trató de enfriar la calentura que sacudía su cuerpo al saber que estaba siendo espiado. Debía mantener la serenidad. Para empezar, investigaría de inmediato a los dos hombres de confianza que tenía a su lado, por si fuera necesario desprenderse de ellos, enviarlos al Gulag o, directamente, eliminarlos en las mazmorras de la Lubianka. No le temblaría el pulso. Ni siquiera estaba seguro de tener pulso.

—¿Te fías de Philby? —inquirió Stalin—. ¿No nos estará haciendo creer que trabaja con nosotros para darle información a los británicos?

—Estamos seguros de que es de fiar, camarada secretario general. Desde hace años nos ha dado datos ciertos sobre traidores rusos que trabajaban para el Reino Unido. Todos han sido capturados o eliminados.

—¿Y qué dice Philby sobre los planes aliados?

—Dice que están a pocas semanas de desembarcar en el norte de Francia.

—Querido Lavrenti Pávlovich, ¡eso lo sé yo desde hace meses sin moverme de este despacho! —ironizó Stalin tratando, con éxito, de humillar a Beria y de ridiculizar su trabajo.

—Camarada secretario general, doy por supuesto que eso es así. Pero tenemos algunos datos más precisos. El desembarco está previsto en los primeros días de junio y no será en Calais.

—¿Dónde pretenden desembarcar, si Calais es el lugar más cercano a la costa británica? —preguntó Stalin escéptico ante la información de Beria.

—Precisamente por eso han decidido no desembarcar en Calais, porque es ahí donde les esperan los alemanes. Van a desembarcar más al sur, en Normandía, camarada secretario general.

Stalin aspiro el humo de su pipa casi con devoción y lo saboreó como quien degusta un vino de primera antes de levantarse de la butaca y caminar con parsimonia hacia la pared que quedaba a su izquierda, donde tenía colgado un enorme mapa de Europa en el que estaban pintados a lápiz los frentes de batalla. Conocía con extremo detalle cada centímetro de ese mapa, porque lo repasaba decenas de veces al día desde que empezó la guerra. Buscó con la mirada el norte de Francia hasta posar sus ojos en la región de Normandía. Revisó en silencio la costa normanda: playas, acantilados, cabos, golfos, pueblos. Volvió a degustar el humo, apartó su pipa de la boca y la utilizó para señalar hacia el mapa mientras ponía sus ojos en Beria.

—No van a llegar a esas playas. Los alemanes los van a triturar antes de que alcancen la orilla. Seguro que Hitler ha acorazado esa zona, no solo la de Calais. Es casi imposible pasar por ahí. Y, además, tendrán que navegar durante mucho más tiempo que si se dirigieran a Calais. Si llegan a la costa de Normandía, estarán agotados.

—Philby nos dice que el objetivo aliado es, precisamente, que los alemanes crean que desembarcarán por Calais. En Normandía hay muchos alemanes, pero piensan que menos que en Calais. Además, tenemos varios informadores en los sindicatos británicos que viven al sur del país y nos aseguran que hay cientos de miles de soldados en la zona de Portsmouth, justo frente a Normandía. Y, también barcos: hay una flota inmensa preparada para zarpar —informó Beria.

—Va a ser una carnicería —concluyó Stalin que, igual que Hitler, era un erudito mundial en materia de carnicerías—. Pueden fracasar. Si fracasan, los alemanes se reforzarán en el oeste de Europa. Y si se refuerzan en el oeste, pronto se reforzarán en el este porque podrán traer aquí los soldados y el armamento que no necesiten allí, y todo lo que el Ejército Rojo ha conseguido recuperar podríamos perderlo otra vez. Quizá, de forma definitiva.

Stalin se volvió de nuevo hacia el mapa, alzó la vista buscando Normandía y se mantuvo en silencio durante un minuto que pareció durar mucho más de sesenta segundos. Nadie hablaba en el despacho del camarada secretario general, hasta que el líder se desahogó.

—Churchill y Roosevelt se han vuelto locos... Pero tenemos que confiar en que el plan funcione. De lo contrario, estamos todos perdidos.

El líder hablaba con la voz tan tenue que casi solo la escuchaba él. Beria y sus colaboradores —esos dos a los que ahora consideraba potenciales traidores— estiraban el cuello y proyectaban el oído tratando de descifrar los pensamientos del camarada secretario general, que ya volvía a su butaca. Se acomodó, fumó de su pipa, miró a sus invitados sin mover un músculo de la cara durante treinta segundos que no terminaban nunca, fumó de nuevo y, cuando los sudores de pánico ya resultaban evidentes en Beria, Stalin le dirigió la palabra de nuevo.

—Lavrenti Pávlovich, ¿cómo vas a llevar a Edward de vuelta a Estados Unidos?

—Lanzaremos al muchacho en paracaídas sobre Normandía cuando los aliados hayan liberado ese territorio, si es que lo consiguen.

El gesto de Stalin se volvió inquisitivo y mostraba una evidente impaciencia por conocer más detalles de aquel plan que parecía sacado de una mente desquiciada. Y eso no era falso. Beria se percató del desasosiego de su jefe y decidió seguir hablando sin interrupción para evitar que Stalin sufriera un acceso de locura y le ordenara fusilar, o terminara siendo ejecutado allí mismo por el propio secretario general con el arma que siempre guardaba en el cajón de su mesa.

—Si el desembarco consigue su objetivo a principios de junio, calculamos que en el plazo de entre uno y dos meses, como muy tarde en agosto, los aliados tendrán bajo su control toda Normandía y habrán iniciado el asalto a París. Estaremos atentos al avance de las tropas y, cuando llegue el momento, elegiremos una noche con nubes, y a ser posible sin luna, para enviar un avión y lanzar a Edward sobre el lugar que consideremos más indicado para que se deje encontrar por soldados americanos.

—¿Cómo puedes estar tan seguro de que el avión conseguirá llegar hasta Francia sin ser detectado y derribado por los alemanes o por los aliados? —Stalin evidenció uno más de los muchos puntos débiles que tenía el plan.

—No estaremos seguros de eso hasta que se ejecute la misión. Sobrevolar cualquier lugar de Europa es peligroso, pero no tenemos otra opción que asumir ese riesgo, salvo que decidamos abortar la operación y dejemos a Edward aquí. Pero si seguimos adelante con la misión, por supuesto trazaremos un recorrido en función de los datos que tengamos sobre los aviones de la Luftwaffe y los de los aliados, y sobre las posiciones que ocupen sus defensas antiaéreas.

A Beria le temblaba más la voz conforme desarrollaba su relato. Era consciente de que aquella parecía una historia absurda con un final perfectamente previsible, que sería la captura o la muerte de Edward. Si ocurría lo segundo, se trataría solo de una oportunidad perdida y de un muerto más entre millones de víctimas de la guerra. Pero si ocurría lo primero, si Edward era capturado con vida y se desvelaba su secreto, el problema sería difícil de gestionar con Roosevelt cuando se reunieran después de la victoria para repartirse el mundo y, peor aún, el ridículo resultaría insoportable para el inabarcable e ilimitado ego de Stalin.

Pero Beria estaba metido de lleno en una de esas situaciones en las que ya no se puede retroceder. Solo quedaba la posibilidad de avanzar, fueran cuales fueran las consecuencias. De manera que continuó con la explicación de su plan, mientras Stalin le observaba fijamente y en medio de un silencio gélido.

Una hora después, Beria salió del despacho de Stalin con vida, pero apenas le quedaba crédito ante el secretario general. Podía caer en desgracia si aquella idea descabellada terminaba mal, que era lo más probable. El líder había dado el visto bueno a la operación, aunque era poca su fe en que tuviera éxito. Decidió asumir el riesgo. También mantuvo el control sobre Beria, porque los dos colaboradores del jefe de los espías eran, además, los ojos y los oídos de Stalin, como el propio Beria ya sospechaba. El carácter paranoico de todos ellos se mantuvo durante los años siguientes. Y había buenos motivos que alimentaban esa paranoia, porque ninguno de los cuatro hombres que se reunieron en aquel despacho del Kremlin terminó sus días de forma natural. Beria ordenó fusilar a sus ayudantes cuando murió Stalin, y el propio Stalin pudo morir envenenado por Beria antes de que Beria fuera ejecutado por orden de Khrushchev. La cordura escaseaba. La fascinación por la eliminación física del adversario político era el paisaje común en la Unión Soviética.

—Lavrenti Pávlovich... —llamó Stalin a Beria cuando el jefe de los espías soviéticos estaba a punto de salir por la puerta del despacho.

Beria, aterrado, se dio la vuelta temiendo estar ante su último aliento. Stalin se había puesto en pie, con la pipa en la mano. ¿Habría llegado el final?

—Quiero ver a Edward. No ahora. Quiero verle un día antes de que empiece su misión.

—Por supuesto, secretario general —respiró con alivio Beria, dando por seguro que su vida se alargaría, al menos, hasta que Edward subiera al avión para llevarle a Francia. Algo es algo.

Beleutovo, al sur de Moscú, 30 de julio de 1944

Habían pasado dos meses y medio desde la reunión conspirativa en el despacho del secretario general del PCUS. Con la llegada del verano, la Unión Soviética disfrutaba del relativo sosiego de saber que la guerra que estuvo casi perdida se encontraba ahora en su fase final hacia la victoria total. El futuro se presentaba alentador.

Esta vez se optó por utilizar un automóvil discreto en lugar del coche oficial del líder. Era preciso mantener la mesura, pasar desapercibido y no llevar delante ni detrás la cohorte de seguridad que siempre acompañaba al camarada Stalin. Al volante no iba el chófer habitual. Había que evitar que alguien más conociera el secreto. Conducía uno de los dos colaboradores de Beria que asistió a la reunión de mayo. Pero era, en realidad, un hombre de confianza del secretario general y se dedicaba a vigilar al jefe de los espías por orden del líder, como el propio Beria sospechaba desde hacía meses.

Salieron del recinto del Kremlin por una puerta lateral y enfilaron en dirección sur. Tardaron algo más de una hora en llegar a Beleutovo, un pequeño pueblo agrícola y ganadero. Y un poco más allá, en las afueras de la localidad y en una zona aislada, estaba el lugar que buscaban. La granja solo era accesible recorriendo un apretado camino polvoriento y apenas era visible desde fuera debido a los árboles que rodeaban la finca por el este. Por el lado oeste, la granja terminaba en la orilla del río Pajrá, un afluente del Moscova. La frondosa vegetación hacía casi imposible que se pudiera ver algo desde el exterior.

La casa era de un tamaño respetable. Disponía de estancias en dos alturas y contaba con un sótano bien equipado para ocultar a quien hubiera que ocultar durante el tiempo que hubiera que ocultarlo. Allí trasladaron a Edward desde Kazán hacía tres días, a la espera de que llegara el momento de iniciar su misión: una misión de por vida.

Con Edward estaban los seis instructores que le habían enseñado todo lo necesario para ser un espía. Eran ellos mismos los que realizaban, por turnos y de tres en tres, las labores de vigilancia del lugar. Uno se situaba en el lado noreste. Otro, en el sureste. Y el tercero vigilaba el flanco del oeste, en la ribera del río. Se evitaba así tener personal de seguridad que pudiera enterarse de lo que ocurría en la granja. Secreto absoluto.

Estaban, además, Beria y su otro estrecho colaborador, que en realidad también le espiaba por orden del líder. El coche acababa de detenerse a las puertas de la casa, con Stalin en su interior. En teoría, todos aquellos que conocían la importancia de Edward se habían reunido en esa granja. En teoría.

Beria salió presuroso para recibir al secretario general, que parecía llegar con buen ánimo. Saludó sin especial efusión y se dirigió sin más y a paso ligero hacia el interior de la casa. No quería perder el tiempo. Su plan para esa mañana consistía en conocer a Edward, hablar con él durante unos minutos y volver al Kremlin a terminar de ganar la guerra. Estaba ansioso por ver a los soldados del Ejército Rojo ocupar Berlín, cosa que ocurriría antes de que transcurriera un año.

Dos de los instructores de Edward adoptaron la posición de firmes cuando Stalin atravesó la puerta. Uno de ellos era el comunista americano que se había convertido en la persona más cercana al joven espía en esos años de entrenamiento. El camarada secretario general no dijo ni buenos días.

—¿Dónde está?

—En el sótano —respondió Beria, casi tembloroso.

—Llévame con él —ordenó Stalin.

Así lo hizo. Edward esperaba al pie de la escalera que traía al líder desde la planta de arriba. Le miraba con gesto serio y de respeto. Stalin, esta vez sí, se mostró amable. Casi cariñoso. Tendió la mano para estrechar la del chico. Edward devolvió el gesto. El dictador notó su fuerza. Era alto y bien parecido. Un digno hijo de la Unión Soviética, aunque hubiera nacido en Estados Unidos.

Stalin miró a su alrededor para inspeccionar aquel sótano. Tenía algunas sillas y dos camas. Una era para Edward y la otra para que durmiera uno de sus instructores. Nunca lo dejaban solo. Junto a la pared cercana a la escalera había una mesa de despacho y una estantería con libros de propaganda soviética. Una mesa de comedor ocupaba el centro de la estancia. Dos bombillas colgaban del techo y un ventanuco en la parte alta de una pared permitía que entrara un poco de luz natural.

El secretario general hizo llamar a Beria, acercó la boca a su oído y le ordenó que salieran de allí él y todos los demás. Quería estar a solas con Edward. La orden se cumplió sin perder un segundo, aunque los instructores se extrañaron de que no quedara nadie abajo para mantener la seguridad del gran líder y del chico.

—*How are you*, Edward? (¿Cómo estás, Edward?) —preguntó Stalin en un inglés relleno de acento entre georgiano y ruso.

—*I'm fine, comrade general secretary* (Estoy bien, camarada secretario general) —respondió Edward en perfecto inglés de Nueva York y, lo más importante, sin un ápice de extrañeza por el hecho de que Stalin no le hubiera hablado en ruso.

Tampoco se mostraba nervioso ni temeroso en presencia del líder. Mantenía su mirada sin aparentar sentirse inferior. Es lo que le habían enseñado. Es lo que se esperaba de él: que supiera ocultar sus nervios o sus sentimientos ante situaciones complejas o inesperadas. Y es lo que Stalin quería observar: la reacción del muchacho en el lógico ambiente de tensión que se producía en ese momento ante alguien tan importante, admirado, idolatrado y temido como el líder soviético. El chico se comportaba con el respeto debido, pero con la soltura de quien está seguro de sí mismo y ha sido bien instruido para superar momentos como ese. Sin titubeos. Sin mostrar dudas.

Stalin apenas sabía unas cuantas palabras en inglés, por lo que con dificultad entendió la respuesta de Edward. Pero eso no importaba. Solo pretendía apreciar su reacción. A partir de ahí, la charla continuó en ruso.

—Siéntate, muchacho —dijo Stalin con cordialidad—. Ya sabes que estamos muy cerca de la victoria en la guerra. Nuestros hombres han luchado heroicamente por la patria y por el socialismo. Lo han hecho en Leningrado y en Stalingrado, igual que lo hicieron para evitar que Moscú cayera en manos de Hitler. Y la ofensiva que empezó esta primavera nos permitirá destruir al enemigo, que ahora huye en desbandada. Hace unos días hemos recuperado Bielorrusia, pronto serán nuestras las repúblicas bálticas y también avanzamos hacia Polonia. Si hacemos las cosas bien, ocuparemos Alemania. Nuestros aliados americanos y británicos quieren hacer lo mismo, pero vamos a intentar llegar antes que ellos. Berlín debe ser una ciudad soviética.

Edward escuchaba sin decir palabra ni parpadear. Tampoco asentía mientras Stalin seguía con su doctrina.

—Cuando todo esto acabe y llegue la paz, el mundo habrá cambiado. Los nazis no serán nuestros rivales, porque ya no existirán. Los adversarios serán aquellos que ahora son nuestros aliados. Serán los americanos y los británicos, que querrán controlar la Europa Occidental, mientras que nosotros no nos dejaremos arrebatar el control de la Europa Oriental. Y esa situación no será fácil de mantener sin que se produzcan tensiones. Necesitaremos información para imponernos sobre esos países tan poderosos. Te necesitaremos a ti, hijo.

Stalin hizo una pausa. Sacó su caja de cerillas del bolsillo de la chaqueta. Eligió una, raspó el fósforo con un movimiento corto y fulminante, y con cierto ceremonial introdujo el fuego por el hornillo de su pipa hasta la cazoleta en la que reposaba el tabaco que se había apagado. Aspiró con intensidad para disfrutar del sabor del humo en su boca. Siguió este protocolo sin apartar la mirada del chico que tenía delante y que se mantenía inconmovible, sin hacer gesto alguno ni abrir la boca.

—¿Tienes miedo? —preguntó finalmente Stalin.

—No, camarada secretario general —respondió Edward sin duda aparente.

—Cuéntame en qué va a consistir tu misión.

Stalin estaba perfectamente informado de todos los detalles, pero quería saber cómo entendía Edward las instrucciones que se le habían dado.

—Cuando se considere oportuno embarcaré en un avión para llegar a Francia y saltar en paracaídas sobre algún lugar de Normandía que ya esté bajo el control de los aliados. Trataré de infiltrarme entre ellos, como un soldado americano más. Intentaré que me trasladen a Estados Unidos. Allí me haré pasar por un ciudadano corriente, pero en realidad dedicaré mi vida a trabajar para la causa del socialismo. Así lo haré, camarada secretario general.

Edward tenía bien aprendida la lección y a Stalin le gustó que no respondiera como un autómata. El chico era capaz de expresarse con naturalidad y eso sería determinante para que resultara creíble una vez que iniciase su misión en territorio enemigo. Pero ahora había llegado la hora de lo más importante.

—¿Te han dicho tus instructores cómo tendrás que contactar con ellos cuando ya estés en Estados Unidos? —preguntó Stalin.

—Sí, camarada Stalin. Me han dicho que...

—No. No es necesario que me lo cuentes. Escucha bien lo que te voy a decir, hijo —interrumpió Stalin a Edward con tono paternal—. Ignora esas órdenes. ¿Lo entiendes? Ignora esas órdenes que te han dado tus instructores.

—No entiendo, camarada secretario general —atinó a balbucear Edward entre dientes, sin saber lo que pasaba.

—A partir de este momento, solo cumplirás mis órdenes. Solo las mías. Las de nadie más. ¿Entendido?

—Sí, camarada Stalin —respondió Edward en medio de una enorme confusión. No podía comprender que el líder desautorizara de esa forma a Beria y a los demás, pero no tenía otra alternativa que atender a lo que le dijera.

—Cuando llegues a Estados Unidos, estarás al menos dos años sin establecer contacto con nosotros. Y cuando haya pasado ese tiempo buscarás a una única persona, a nadie más. Recuerda este nombre: Andréi Sorokin. Andréi Sorokin —repitió Stalin marcando cada sílaba para que el muchacho archivara el nombre en su cerebro.

—Andréi Sorokin —repitió también Edward.

—El camarada Sorokin ocupará un cargo importante y podrás buscarle en Estados Unidos. Sabrás dónde con solo leer los periódicos. Verás su nombre y su fotografía a menudo. Esa es la persona con la que contactarás. Él sabrá quién eres y cuál es tu misión cuando le digas estas dos palabras: Operación Kazán.

—Operación Kazán —repitió Edward desconcertado.

—Dirás Operación Kazán cuando puedas encontrarte con Andréi Sorokin. ¿Lo recordarás?

—Por supuesto, camarada secretario general. Operación Kazán, Andréi Sorokin.

Edward no había oído jamás hablar de ese tal Sorokin. No sabía quién era ni qué cargo ocupaba. Pero no olvidaría el nombre que le acababa de dar el gran líder.

—Ahora, cuando terminemos esta reunión y yo me vaya, los que están arriba querrán que les cuentes lo que hemos hablado. Pero este es un secreto entre tú y yo, camarada Edward.

—Entonces, ¿no debo decir nada de esto a mis instructores ni al camarada Beria?

—Ni una palabra.

—Y si me dan nuevas órdenes, ¿qué debo hacer, camarada secretario general?

—Las escucharás y les dirás que las cumplirás al pie de la letra, pero no lo harás. Solo cumplirás las órdenes que yo te acabo de dar. ¿Entendido?

—Entendido, camarada secretario general.

—Y algo más, hijo. Tu misión es una temeridad. Y un hombre no se convierte en un héroe si no acomete misiones temerarias. Pero, para tener éxito, lo más importante es actuar con inteligencia y sin dejarse llevar por las emociones. No podemos ir más lejos de lo que debemos ir. Cuando tengas dudas sobre qué hacer, recuerda algo: haz aquello que puedas controlar. No dejes que esto se nos escape de las manos.

—No lo permitiré, camarada —respondió Edward sin tener muy claro lo que quería decir Stalin. Ya lo reflexionaría con más tiempo.

—No me defraudes, muchacho —sentenció el líder.

—No lo haré, camarada secretario general —prometió Edward.

Stalin se puso en pie y el chico hizo lo mismo de inmediato. Estrecharon sus manos. El líder subió las escaleras y se marchó. Edward nunca olvidaría a lo largo de su vida aquellas palabras de Stalin: no dejes que esto se nos escape de las manos y no me defraudes. Y nunca olvidaría tampoco que había sido el mismísimo Stalin quien había acudido a su encuentro para darle una orden secreta que solo conocían el líder y él.

31 de julio de 1944, en vuelo hacia Normandía (Francia)

«No me defraudes, muchacho». Edward se repetía a sí mismo la frase de Stalin cuando al día siguiente, en una hermosa mañana de verano, abordaba el avión de la fuerza aérea soviética que estaba a punto de poner rumbo hacia el oeste. Unas horas después, cuando se ocultara el sol, el aparato buscaría los cielos de Europa en una noche cerrada y muy nubosa en la Normandía francesa. Era lo que se necesitaba para realizar la misión. Casi dos meses antes, el 6 de junio de 1944, los aliados habían desembarcado en esa costa, donde murieron decenas de miles de soldados de los dos bandos. La liberación de Francia estaba en marcha.

A bordo del aparato iban cuatro personas: el piloto, el copiloto, Jim Colbrand y el propio Edward. Pero el avión no volaría solo. Llevaría una escolta de cuatro cazas para darle protección.

El plan de vuelo evidenciaba el riesgo de la misión, porque tendrían que sobrevolar zonas controladas por el Ejército alemán y, finalmente, territorios que ya estaban en poder de los aliados. Unos y otros tratarían de derribar el aparato en cuanto lo detectaran. Todo el trabajo que se había realizado en las últimas dos décadas, toda la Operación Kazán, quedaría en nada con el simple impacto de un proyectil en el avión.

Desde Moscú, la escuadrilla aérea debía dirigirse hasta Minsk, la capital de Bielorrusia, donde el Ejército Rojo hacía pocos días había eliminado los restos de la Wehrmacht. Los jóvenes a los que Hitler envió años atrás a invadir Rusia y a luchar contra el invierno de las estepas, ahora huían hacia el oeste en una carrera desbocada, cruenta y agónica. Pero en zonas aisladas aún se producían escaramuzas con soldados alemanes descolgados de sus unidades, que estaban perdidos y que solo trataban de salvar sus vidas, ahora que ya no podían aspirar a la victoria.

El trayecto hasta Minsk era todo lo seguro que puede ser un vuelo en plena guerra, aunque para entonces el avance soviético parecía imparable. Aun así, hacia el norte seguían los combates, porque el Fürher había dado la orden de sostener hasta la muerte el control de las repúblicas bálticas, y también se luchaba con fiereza por el dominio de lo que un día fue Polonia. Pero era cuestión de tiempo que ese vasto territorio cayera en manos soviéticas, como así ocurrió.

Los riesgos para el vuelo empezarían después, porque sería al oeste de Bielorrusia donde habría que sobrevolar al enemigo. En Minsk, los cinco aparatos soviéticos cargarían sus depósitos para poner rumbo noroeste hacia Lituania. Recorrerían los cielos de las ciudades de Vilna y Kaunas, para después alcanzar la localidad costera de Klaipeda, que todavía estaba bajo el yugo alemán, aunque por poco tiempo. Desde allí saldrían al mar Báltico, donde confiaban en tener menos opciones de sufrir encontronazos con los restos que quedaban de la Luftwaffe. Ya en dirección oeste, atravesarían zonas del sur de Suecia y de la Dinamarca central, alcanzarían el mar del Norte en dirección suroeste, bordearían la costa de los Países Bajos y Bélgica, llegarían al canal de la Mancha y entrarían en Francia por Normandía para que Edward se pudiera lanzar en paracaídas, iniciando así su incierta misión de por vida.

El plan, diseñado durante dos décadas y al que tantos recursos se habían dedicado, quedaría desbaratado por cualquier mínimo incidente con las baterías antiaéreas o por un duelo perdido frente a aviones enemigos. Pero en Moscú confiaban en que el operativo funcionara, como ya había funcionado el que se organizó dos años antes, en mayo de 1942, y en circunstancias aún más arriesgadas. Fue cuando el ministro de Asuntos Exteriores Viacheslav Molotov voló de Moscú a Londres, y después a Washington, para reunirse con sus aliados y pedirles ayuda para frenar el avance alemán en la Unión Soviética. El avión de Molotov tuvo que sobrevolar la Europa ocupada por los alemanes que, en aquel momento de la guerra, era el continente casi al completo, desde los límites de Rusia hasta la costa atlántica de Francia.

Lo hizo a bordo de un Petlyakov Pe-8, un bombardero pesado con cuatro motores que había entrado en servicio en 1936. Disponía de espacio para once personas y era capaz de cargar más de treinta toneladas. Estaba diseñado para volar a una velocidad máxima de casi cuatrocientos cincuenta kilómetros por hora y su alcance era de unos tres mil quinientos kilómetros, no mucho más. Y ese era el principal problema, porque cuando Molotov voló a Londres, el avión disponía de autonomía suficiente para cubrir ese trayecto; después podría repostar en Inglaterra para continuar el viaje hacia Estados Unidos. Pero el Pe-8 que trasladaba a Edward tenía que volar hasta Francia y volver a territorio controlado por el Ejército Rojo sin opción para un repostaje en tierra. No aterrizaría en Normandía ni en Inglaterra porque, por razones obvias, no se podía desvelar aquella misión secreta a quienes aún eran sus aliados y estaban llamados a ser sus futuros enemigos.

Los ingenieros de la fuerza aérea soviética recibieron la orden de encontrar una solución y trataron de resolver ese problema aprovechando que solo viajarían cuatro personas, en lugar de las once posibles. De manera que rediseñaron el interior del aparato para dedicar el espacio sobrante y la propia capacidad de carga para transportar bidones suplementarios de combustible que permitieran repostar en vuelo. Para ello, se habilitó un acceso directo desde la cabina hasta el tanque del avión. Técnicamente, el problema estaba resuelto: el Pe-8 dispondría de autonomía para volar desde Minsk hasta el norte de Francia y volver sin realizar escalas, pero asumiendo que la recarga de combustible en pleno vuelo iba a resultar una operación de alto riesgo. Un error humano, un incidente inesperado, una chispa o turbulencias incontrolables que sacudieran el avión en el momento menos oportuno podían provocar una explosión a bordo.

Los ensayos de repostaje en vuelo que se realizaron sobre suelo ruso habían funcionado. Y los ingenieros tenían fe en que también funcionaría el operativo cuando ya no se tratara de una prueba y hubiera que verificar el plan sobrevolando el campo de batalla. Pero existía un temor añadido: el combustible a bordo permitía realizar el trayecto establecido, pero ni un kilómetro más. Si el piloto se viera obligado a cambiar el plan de vuelo sobre la marcha y la distancia a recorrer se ampliara, el Pe-8 no llegaría a territorio controlado por el Ejército Rojo y no podría evitar un aterrizaje de emergencia en zona enemiga. O, aún peor, se estrellaría.

Y, además, los cuatro cazas Yakovlev Yak-9 que iban a realizar labores de escolta del Pe-8 no estarían siempre a su lado. Eran unas soberbias máquinas de guerra, pero su tamaño reducido solo les permitía cargar combustible para un alcance de unos mil trescientos kilómetros. Y no dispondrían de bidones porque no tenían espacio a bordo. Eso obligaría a los Yak-9 a volver a su base en Minsk después de acompañar al Pe-8 como mucho a lo largo de seiscientos kilómetros en su viaje de ida, lo que les daba la opción de volver a su base. El resto del trayecto lo realizaría abandonado a su suerte. En solitario.

—Camaradas, ¿están listos? —preguntó el piloto, que ya había hecho las pruebas pertinentes para la puesta en marcha del avión.

El copiloto asintió. Y los dos pasajeros afirmaron su disposición a iniciar el vuelo. Los informes meteorológicos confirmaban que el cielo de Normandía estaría cubierto de nubes durante al menos las siguientes veinticuatro horas. Era tiempo suficiente para realizar la operación.

El avión empezó a rodar, cogió velocidad, tomó altura y dejó atrás la pista. Siguió el plan de vuelo previsto. Los cazas dejaron de escoltarlo cuando les quedaba el combustible justo para volver.

El piloto llevó el aparato hasta el canal de la Mancha, temeroso de cruzarse allí con aviones británicos o alemanes. Pero eso no ocurrió. Solo unos días antes habría sido imposible realizar la misión, porque eran continuos los combates aéreos al norte de Normandía. Pero en ese momento el cielo estaba en calma. El avión pasó en dirección oeste a medio camino entre la ciudad inglesa de Dover y la francesa de Calais. Enfiló después el morro hacia los hermosos acantilados de Étretat, dejó Le Havre a su izquierda y puso rumbo sur para adentrarse en el espacio aéreo de Normandía, mirando de frente a Caen.

Ya había llegado la madrugada y las nubes cubrían el territorio. Era la oscuridad que necesitaban para realizar la operación, aunque eso les obligara a volar casi a ciegas para que Edward se lanzase en paracaídas unos kilómetros al norte de Saint-Lô, al oeste de Caen y en la entrada de la Bretaña francesa, porque esa zona ya había sido liberada por los americanos unos días antes, en medio de durísimos combates. Saint-Lô está solo a cuarenta kilómetros al sur de las playas de Omaha y Utah, donde se había producido el sangriento desembarco hacía menos de dos meses. La distancia era corta, lo que evitaría que el avión tuviera que sobrevolar suelo francés durante demasiado tiempo. Además, aquel era un lugar idóneo porque, en medio del caos habitual del campo de batalla, sería normal que hubiera soldados perdidos por los alrededores, descolgados de sus unidades. Edward sería uno más.

Cielo de Normandía (norte de Francia), madrugada del 1 de agosto de 1944

Saint-Lô es una hermosa ciudad de pequeño tamaño, con una bonita iglesia y rodeada de campos agrícolas y ganaderos en el departamento de Mancha, en la Baja Normandía. Se encuentra al suroeste de Bayeux, la ciudad por la que el general francés De Gaulle paseó el 14 de junio de 1944, ocho días después de que se iniciara la invasión. Llegó en el torpedero *La Combattante*. Quería demostrar que Francia tenía un presidente, aunque el país que presidía en ese momento se limitara a un puñado de tierra normanda. Bayeux era la única ciudad de cierta importancia liberada hasta entonces. El futuro de la guerra estaba aún por escribir, aunque los aliados ya llevaban claramente la iniciativa. La muchedumbre entonó *La Marsellesa* en presencia del general y De Gaulle volvió a Inglaterra a la espera de que la reconquista de Francia se consumara.

Saint-Lô fue liberada el 18 de julio de 1944. Por eso, la inteligencia soviética eligió ese lugar: Edward llegaría allí pocos días después, el 1 de agosto, a una zona teóricamente bajo control aliado, aunque no se hubiera sofocado toda la resistencia alemana.

El Pe-8 de fabricación soviética se adentró en Normandía sobrevolando la desembocadura del río Orne, en Ouistreham. El momento se acercaba. En tres minutos, Edward saltaría en paracaídas y el avión daría la vuelta para regresar a Rusia siguiendo la misma ruta por la que había llegado.

En la última hora, Jim y Edward habían hecho todos los preparativos a bordo. Antes de iniciar la misión, el NKVD dispuso para el chico un uniforme conocido como M41, utilizado por la infantería americana casi hasta el final de la guerra. Lo desgastaron y lo ensuciaron en las semanas previas como si hubiera sido utilizado en combates a campo abierto. Se le suministró un M1-Garand usado, el fusil semiautomático del Ejército de los Estados Unidos. También, una mochila rasgada conocida como *haversack*, un cinturón con diez pequeños compartimentos para la munición, otro cinturón para la pistola, un pequeño bolso para material de primeros auxilios que solía ir colgado del cinturón y una cantimplora abollada.

Deliberadamente, el NKVD optó por evitar que Edward llevara una chapa de identificación militar, que los americanos conocían como *dog tag*. De hecho, el elemento primordial de la operación era que el chico no pudiera ser identificado. Lo que sí hicieron antes de salir de Moscú fue colgarle una cadena como las que se utilizaban para llevar esas chapas y se la arrancaron de un fuerte tirón. De esa manera provocaron una herida y una marca en el cuello, como si algún soldado alemán le hubiera arrebatado la chapa por la fuerza. A Edward aún le escocía la magulladura. También había dejado de afeitarse hacía varios días.

—¡Un minuto! —gritó el comandante desde su cabina, tratando de hacerse oír en medio del ruido ensordecedor que provocaban los motores.

Edward ya se había aferrado al paracaídas. Estaba de pie, agarrado a una barra para mantener el equilibrio en vuelo. Jim abrió la compuerta del avión. Las nubes pasaban ante su vista a toda velocidad. Edward se sentía preparado. Llevaba años entrenándose para ese momento, pero no podía evitar que la tensión le impidiera respirar. Jim se acercó, miró a los ojos del muchacho y le abrazó con fuerza.

—*Good luck, comrade* (Buena suerte, camarada) —le dijo al oído y en inglés.

—*Thank you, Jim. See you in New York* (Gracias, Jim. Nos vemos en Nueva York) —respondió el chico.

Jim asintió sin mucho convencimiento. Ignoraba el destino que le tenía reservado el NKVD cuando volviera a Moscú. Dio una cariñosa palmada en la espalda de Edward y le ayudó a acercarse a la puerta del avión. La fuerza del viento era difícil de soportar.

—¡Quince segundos! —vociferó el piloto.

Jim inició la cuenta atrás justo en el momento en que una ráfaga de las baterías antiaéreas detonó a pocos metros del avión. El piloto reaccionó de inmediato con un viraje brusco que lanzó a Jim y a Edward contra la pared contraria de la cabina. Jim se dañó un brazo. Edward se dio un fuerte golpe en la cabeza y sufrió una herida abierta que empezó a sangrar. El avión aceleró y ganó altura para esquivar los disparos que llegaban desde tierra, pero eso le obligó a alejarse de la zona en la que estaba previsto lanzar al chico. El objetivo era que descendiera al norte de Saint-Lô, territorio bajo control americano, aunque todavía se produjeran combates esporádicos entre pequeños grupos de soldados alemanes aislados y las unidades aliadas que habían desembarcado en las playas de Utah y Omaha. Pero Edward no pudo saltar y el avión ya volaba en dirección sur sureste. Y no volvería, a riesgo de ser derribado.

—¡Salta ya! ¡Ahora! ¡Nos van a alcanzar! ¡Es una orden! —gritó el piloto con desesperación, mientras trataba de sortear las explosiones provocadas por las baterías antiaéreas.

Edward estaba aturdido por el golpe que se acababa de dar en la cabeza. No paraba de sangrar, pero pudo enderezarse y se dirigió, casi mareado, hacia la puerta. Jim le ayudó a colocarse en el lugar apropiado, dedicó al chico una última y fugaz mirada de afecto y, sin esperar más, empujó a Edward para que saltara del avión. Una misión de por vida le esperaba allí abajo, y no sabía si esa misión y su vida serían largas o cortas.

Jim se aferró con sus manos a ambos lados de la puerta y asomó la cabeza para comprobar que se abría bien el paracaídas. El avión cambió de sentido aceleradamente. Tenía que salir cuanto antes del espacio aéreo francés, adentrarse en el canal de la Mancha y volver a casa.

Esta vez, el piloto evitó sobrevolar por segunda vez la playa de Omaha. Ya había corrido el riesgo de ser detectado y derribado en el trayecto de ida. Un segundo paso por esa zona provocaría con seguridad la reacción de las tropas americanas que controlaban ese lugar desde el desembarco de principios de junio. De manera que optó por acortar distancias dando menos rodeo y, de paso, ahorrar combustible poniendo dirección noreste para sobrevolar Bayeux y salir a mar abierto en Courseulles-sur-Mer, a unos sesenta kilómetros de su posición en ese momento. Decisión errónea.

Las fuerzas británicas controlaban Bayeux. Allí tenían instaladas decenas de baterías antiaéreas para contrarrestar los ataques de la Luftwaffe, porque Hitler trataba desesperadamente de recuperar las posiciones que había perdido desde el inicio de la invasión, el 6 de junio.

Ocho soldados de la Royal Artillery, el regimiento de Artillería Real del Ejército británico, estaban apostados cerca del pequeño río Aure, en un hermoso poblado de nombre Vaux-sur-Aure, a unos dos kilómetros al norte del casco urbano de Bayeux. Eran los encargados de controlar el cielo con su cañón automático Bofors de 40 mm, de fabricación sueca. Y lo utilizaron.

Uno de esos ocho soldados escuchó el motor de un avión. Desde tierra, y con la oscuridad reinante, no se podía ver si era amigo o enemigo. Pero sí sabía que el alto mando había dado esa noche la orden de disparar contra cualquier aparato que sobrevolara la zona, porque los de la Royal Air Force no tenían previsto realizar vuelos sobre Normandía debido a la poca visibilidad.

El soldado de guardia avisó a sus siete compañeros. Cada uno se colocó en la posición que tenía asignada y el Bofors empezó a lanzar dos disparos por segundo.

Jim escuchó las detonaciones que se producían alrededor del aparato y notó de inmediato que el piloto aceleraba otra vez y viraba violentamente en el intento de huir de la zona. Corrigió la posición y puso rumbo norte para alcanzar la costa y salir a mar abierto en menos tiempo que si seguía hacia el noreste. Varios disparos pasaron muy cerca de las alas. Otro estuvo a punto de alcanzar la cola. Y, finalmente, un proyectil atravesó el fuselaje.

El avión entró en fase de descontrol. El piloto ponía todo su empeño y toda su fuerza física en hacerse con los mandos, a pesar de que el impacto había dañado seriamente el aparato. Consiguió, por un momento, estabilizar el Pe-8 cuando atravesaban Longues-sur-Mer, justo en la salida al canal de la Mancha. Sin embargo, fue allí donde una ráfaga lanzada por otra batería antiaérea alcanzó el avión y provocó un incendio, que se extendió por la cabina. Jim y el copiloto trataban de apagarlo, mientras el piloto intentaba a duras penas mantener el rumbo. Todo fue inútil. Cinco kilómetros mar adentro, el combustible que había a bordo estalló, y partió el avión en miles de pedazos pequeños que se esparcieron por el mar. Jim nunca se reencontraría con Edward en Nueva York. Y nunca volvería a Moscú.

Dos semanas más tarde, una plancha metálica de un metro cuadrado apareció en la playa de Gold, cerca de Arromanches, donde los británicos construyeron el puerto artificial Winston tras el desembarco. Después de muchas comprobaciones y de descartar los modelos de avión aliados y alemanes, los expertos del Ejército de su majestad concluyeron con extrañeza que probablemente se tratara de una pieza del modelo Pe-8 soviético. ¿Qué hacía un avión ruso en Normandía en esos días? Las autoridades aliadas hicieron llegar la información y sus dudas a sus contactos en Moscú. Y Moscú respondió por las vías oficiales que no sabía nada de aquello: «Queridos amigos británicos, ustedes se han equivocado. Como pueden imaginar, todos nuestros aviones están combatiendo a los alemanes en el frente oriental».

No hubo más explicaciones por la parte soviética ni más preguntas por la parte aliada. Los británicos sabían que les estaban mintiendo, y los soviéticos estaban persuadidos de que los británicos sabían que les mentían. Pero unos y otros tenían mucho de lo que ocuparse en aquel momento de la guerra. El caso del Pe-8, la pérdida del avión y de quienes iban a bordo, con sus preguntas y sus respuestas, quedó para siempre en el archivo secreto de la Lubianka, en Moscú. En aquel momento, el NKVD no sabía si Edward había podido iniciar su misión, aunque se consideraba altamente probable que hubiera muerto en el avión. De hecho, dieron el caso por cerrado.

Beria informó a Stalin. El líder soviético entró en cólera.

Cerca de Torigni, Normandía, 1 de agosto de 1944

El descenso de Edward en paracaídas fue accidentado. Algunas rachas de viento amenazaban con voltearlo. Al principio no veía nada debido a la oscuridad de la noche. Pero conforme bajaba, pudo intuir que el suelo estaba cerca. Su gran temor era caer sobre un árbol. O, aún peor, encima de una casa o en una granja. Pero no fue así. Descendió sobre uno de esos campos verdes de Normandía en los que pastan las vacas y que están rodeados de setos; esos malditos setos altos que desesperaban a las tropas aliadas en su avance y que frenaban a las tropas alemanas en su huida.

El impacto fue duro, porque chocó contra la superficie cuando creía que aún faltaban, al menos, cincuenta metros. Sin apenas visibilidad era difícil calcular en qué momento terminaría la caída ni contra qué. Se le dobló con fuerza el tobillo izquierdo, lo que le provocó un intenso dolor que le haría cojear durante días. Era una mala noticia, porque no podría escapar a la carrera si se cruzaba con un grupo de soldados alemanes que hubiera quedado rezagado. Pero también era una buena noticia, porque necesitaba estar herido para resultar creíble cuando se encontrara con alguna unidad aliada, como era su objetivo. De hecho, una torcedura de tobillo era oportuna, pero no suficiente. Necesitaba más lesiones. El golpe que se había dado en el avión fue muy doloroso y la herida de la cabeza seguía sangrando. Algo así resultaba imprescindible para que la historia que iba a contar a los americanos fuera verosímil. Pero tendría que autolesionarse un poco más, tal y como estaba previsto en el plan.

Edward se desembarazó del paracaídas y lo escondió en una zona arbolada después de esquivar a varias vacas. La oscuridad le ayudaba a mantenerse oculto, pero no a dirigir sus pasos en la dirección correcta. De hecho, no sabía cuál era la dirección correcta. Ni siquiera tenía claro dónde estaba, salvo que no era Saint-Lô, donde debía estar. La lógica del accidentado vuelo le hacía suponer que había caído más al sur, pero buscó la brújula que guardaba en un bolsillo para salir de dudas y tratar de orientarse.

En las últimas semanas de su formación en Rusia le hicieron aprenderse de memoria el mapa de esa zona de Normandía. Era capaz, por tanto, de dibujar con precisión sobre un papel casi cada pequeña pedanía de la región. Suponía que podía estar al sur de Saint-Lô, cerca del cauce del río Vire. Pero si estuviera equivocado y hubiera caído aún más al sur, la situación sería extraordinariamente peligrosa, porque los aliados todavía batallaban con los alemanes por tomar la localidad de Vire, por la que pasa el río de ese mismo nombre. Los combates eran encarnizados.

Edward pudo pronto comprobar que se encontraba algo más al norte. Por tanto, cerca de Torigni. Él no lo sabía en ese momento, pero este pueblecito normando, también ribereño del Vire, había sido liberado por tropas aliadas apenas veinticuatro horas antes. Aun así, la zona seguía plagada de pequeños grupos de soldados alemanes que se habían desconectado de sus unidades. Su desesperación por salvar la vida les hacía disparar contra cualquiera sin antes preguntar.

Edward estaba herido, lleno de magulladuras, dolorido, asustado, perdido en un campo de batalla, en medio de la noche y solo. Pero seguía vivo. Se parapetó detrás de uno de los miles de setos que rodean los campos de pasto de Normandía. Eran las tres de la madrugada. Allí tenía que esperar antes de seguir el plan previsto. Necesitaba hacer más grande su herida en la cabeza para cumplir el objetivo que vendría después: con un fuerte golpe trataría de engañar a los médicos del Ejército americano haciendo creer que era un soldado que había perdido la memoria, aunque solo fuera parcialmente. Y, al no tener su placa de identificación, no sería posible ubicarle de inmediato.

La clave del operativo era provocar confusión en los responsables militares aliados porque, en medio del avance y de batalla en batalla contra los alemanes, no disponían de tiempo para resolver ese tipo de dudas con un soldado concreto. La inteligencia soviética confiaba en que las autoridades fueran prácticas y decidieran deshacerse del problema enviando a Edward de vuelta a casa con otros heridos. En el frente de guerra solo sería un estorbo.

Edward tenía que agrandar su herida. Para hacerlo, era necesario golpear con fuerza su cabeza contra una roca. Pero, cuando estaba preparado para autolesionarse, escuchó una ráfaga de disparos. El tirador parecía haber apretado el gatillo al azar, moviendo su arma de lado a lado, pero sin poder fijar un objetivo concreto, porque apenas se veía. Quizá hubiera escuchado algún ruido sospechoso. Edward oyó el impacto cercano de las balas, pero le habían esquivado.

Se mantuvo inmóvil. Pasaron unos segundos de absoluto silencio, hasta que otra ráfaga rompió la quietud y, esta vez sí, un proyectil furtivo alcanzó la pierna izquierda de Edward, a la altura de la pantorrilla. Era la misma pierna en la que tenía el tobillo dañado. Sintió un dolor intensísimo, un escozor insoportable y un repentino mareo que casi le hizo perder la consciencia. Pero se recuperó a tiempo de protegerse detrás de un árbol al que consiguió arrastrarse a tientas. Allí buscó su pistola en el cinto y esperó.

Después de la detonación, de nuevo se instaló el silencio durante un instante. Edward trataba de identificar cualquier ruido que llegara hasta sus oídos. Y llegó: en el lado izquierdo, a unos diez metros de distancia, sonó un ligero crujido, como si se hubiera partido un trozo de madera. Edward había sido entrenado en Kazán para disparar hacia objetivos localizados solo por el sonido. Y eso hizo. Al ruido provocado por la bala al salir del cañón de la pistola siguió un grito de dolor. Después, más gritos en alemán. Identificó, al menos, tres voces. Había herido a uno de los soldados. Quedaban dos más. Y esos dos soldados se acercaban al árbol en el que se refugiaba. Edward lo sabía. No los veía, pero los intuía. Calculó que estarían a tres o cuatro metros, como mucho, y que seguían avanzando hacia él muy despacio.

Esperó con la pistola en una mano y la bayoneta en la otra. Apenas podía resistir el dolor. Tenía un golpe en la cabeza, una torcedura de tobillo y una bala que le quemaba en la pantorrilla izquierda. Pero era el momento de salvar su vida demostrando que había aprendido lo que sus maestros le enseñaron durante años en la madre Rusia.

Detectó que un soldado se acercaba por el lado izquierdo del árbol y el otro, por el derecho. Edward estaba sentado en el suelo, con la espalda apoyada en el tronco. Por el ligero sonido que provocaban sus pisadas, supuso que ya estaban a pocos centímetros. En un movimiento vertiginoso, clavó la bayoneta en el muslo del que venía por la izquierda hasta derribarlo, y se volvió de inmediato hacia la derecha para disparar a bocajarro al otro soldado. El disparo lo mató. La bayoneta dejó malherido al joven alemán que cayó a su lado, fusil en mano.

Edward levantó el brazo con la bayoneta bien sujeta, dispuesto a rematar a su enemigo clavando el filo en su pecho.

—*Tu es bitte nicht!* (¡No lo hagas, por favor!) —gimió el chico con lágrimas en los ojos y abrumado por el terror ante la muerte inminente.

Edward había recibido unas nociones básicas de alemán. Lo suficiente para comunicarse. Pero entendió a su enemigo más por el gesto que por sus palabras. Y entonces hizo lo que sus maestros le habían dicho que nunca hiciera: dudar. Dudar en el campo de batalla o en medio de una misión solía costar la vida. Ahora tenía el brazo en alto, con la bayoneta lista para acabar con aquel desafortunado muchacho, que no tendría más de dieciocho años. Pero se detuvo durante dos segundos.

—*Danke, danke...* (gracias) —acertó a susurrar el soldado del Fürher, que aprovechó la pasividad de Edward para golpearle con la culata del fusil en la cara.

Edward quedó aturdido por un instante. Había recibido el impacto en la nariz. El tabique nasal le dolía como a un boxeador noqueado y empezó a manar sangre con abundancia. Pero aún tuvo fuerzas para descargar su bayoneta con violencia y sin piedad sobre el corazón del soldado alemán. Golpe seco y certero. Letal.

Edward había dudado. Nunca más lo haría. Aquel episodio sería una lección para el resto de su vida, y no solo en el campo de batalla.

Aún debía rematar al primero de los soldados, al que disparó a ciegas en la distancia. Con mucho dolor, se pudo poner en pie y avanzó en la oscuridad hacia el lugar del que llegaban quejidos de sufrimiento. Atisbó la silueta de un cuerpo tumbado en el suelo. Agonizaba. La bayoneta se cobró su segunda víctima atravesando el cuello. Esta vez, sin dudar.

En cuestión de tres horas, Edward había salvado la vida hasta tres veces: cuando pudo saltar del avión antes de que estallara en vuelo, cuando en su descenso en paracaídas impactó contra el suelo antes de lo previsto y al sufrir el ataque de tres soldados enemigos. Era urgente encontrar a las tropas aliadas. O, con más precisión: era urgente hacerse encontrar por las tropas aliadas. Pero no debía moverse hasta el amanecer para poder distinguir los uniformes.

Cada pocos minutos se escuchaban disparos en la distancia y se veían fogonazos en el horizonte, que iluminaban el cielo durante unos segundos. Edward sufría un dolor intenso en el tobillo torcido y en la pantorrilla de su pierna izquierda, donde seguía alojada una bala. También le dolía la cabeza por el golpe sufrido en el avión y por el culatazo que le había dado el infortunado soldado alemán. Por suerte, ya sangraba menos. Pero tendría que volver a golpearse, porque era necesario terminar lo que dejó pendiente cuando sufrió el ataque:

dañarse más la cabeza para que pudieran creerle cuando dijera que había perdido la memoria.

Así, Edward se colocó delante de una roca, echó la cabeza hacia atrás para ganar distancia y se reventó la frente contra la piedra con una violencia inhumana. El chico cayó desplomado y sin sentido. Unas horas después, el panorama cambió.

—¡Al suelo! —ordenó el sargento Williams a los pocos hombres que le seguían.

No habían avistado tropas enemigas en la zona, pero aquel silencio resultaba sospechoso. Williams ordenó a sus soldados que buscaran protección y se mantuvieran a resguardo. Uno de ellos tropezó con un cuerpo inerte y se desplomó sobre el camino. Era el cuerpo de Edward, que recuperó la consciencia con el golpe y levantó la bayoneta para defenderse, instante en que se percató de que no era un soldado alemán.

—¡No disparéis! ¡Es americano! —gritó el sargento al ver el uniforme del muchacho y antes de que alguno de los suyos, por la ansiedad del momento, apretara el gatillo sin miramientos.

Edward había tenido suerte al encontrarse con soldados aliados, aunque no eran americanos, sino británicos. Pertenecían a una de las unidades comandadas por el general Montgomery que pretendían liberar la localidad de Vire, unos pocos kilómetros al sur de Torigni. Primero Saint-Lô, después Torigni y, siguiendo el camino hacia el sur, Vire.

Williams y sus hombres comprobaron de inmediato el acento americano con el que Edward hablaba inglés. Y comprobaron también que sus heridas tenían mal aspecto: la cabeza, abierta por varios sitios, un tobillo torcido y un balazo en la pierna.

—¿Cómo te llamas? —preguntó el sargento.

—Edward —respondió el muchacho malherido.

—Edward, ¿qué más?

—Edward.

—¿Cuál es tu apellido?

—Edward... Edward...

—¿Cuál es tu unidad?

—¿Mi unidad?

—Sí, hijo, tu unidad. ¿A qué unidad perteneces? ¿Cuál es la misión que tenías? ¿Dónde están tus compañeros?

Edward respondió a esas preguntas con balbuceos bien entrenados. No sabía nada, no recordaba nada.

Williams dio orden a un cabo de comunicar por radio con la comandancia para dar parte de lo ocurrido y pedir ayuda médica urgente para el americano. La ayuda tardó en llegar, porque los combates eran continuos. El grupo esperó hasta el mediodía protegido en una zona arbolada y con buena visibilidad, hasta que un blindado británico, un *jeep* y varios soldados de infantería aparecieron en lo alto de una colina.

Edward fue atendido por un sanitario y llevado hasta el *jeep*. El convoy se dirigió entonces hacia Saint-Lô, que ya estaba bajo control americano y en cuyo camino sería menos probable tropezar con grupos aislados de alemanes.

El hospital de campaña estaba saturado de soldados heridos, pero se buscó un hueco para Edward. El primer objetivo de la misión se había conseguido. El segundo objetivo consistía en ser repatriado a Estados Unidos por resultar inútil para el servicio.

El médico que le atendió miró con extrañeza al chico cuando trataba de aparentar que el golpe en la cabeza le había afectado tanto que no recordaba nada, salvo su nombre de pila. Edward temió que le delatara, porque notaba que al doctor le costaba creer que eso fuera cierto. Pero tampoco podía demostrar lo contrario. Sospechaba que el chico mentía, como hacían muchos soldados que se sentían aterrorizados ante la posibilidad de ser devueltos al campo de batalla.

—¿Cómo dices que te llamas? —preguntó el médico, casi con sorna, esperando que aquel soldado cometiera un error, dijera su nombre completo y se desvelara el engaño.

—Edward, señor.

—Sí, Edward. Mira, muchacho, no creo tu historia —dijo el doctor en voz baja, acercando su boca a la oreja del soldado para que nadie más pudiera escuchar la conversación—. Perder la memoria por completo es algo que ocurre muy pocas veces. Pero no voy a malgastar más tiempo contigo. Tengo cientos de soldados a los que atender, gritando de dolor por sus heridas de bala o de metralla, con extremidades destrozadas o, directamente, con amputaciones brutales. Hay muchas vidas que salvar. Has tenido suerte.

El médico extrajo con premura la bala de la pierna de Edward, le sujetó el tobillo torcido con una venda, curó con suma delicadeza las heridas de la cabeza, le enderezó el tabique nasal y dio orden de repatriación por pérdida de juicio. Edward no podía seguir en el frente. Era un lastre para el esfuerzo aliado. Debía volver a casa.

Un barco británico zarpó de Arromanches días después para trasladar a Inglaterra a soldados malheridos. Los militares de su majestad fueron repartidos por varios hospitales del país. A los americanos los trataron con medidas de urgencia en Portsmouth para que, cuanto antes, fueran embarcados con destino a Estados Unidos. Edward fue uno de ellos. El número de heridos era enorme y no paraban de llegar más a Gran Bretaña desde Francia, porque la guerra no había terminado.

Tampoco en Estados Unidos los médicos alcanzaban a encontrar una explicación razonable y, menos aún, un remedio inmediato para la amnesia traumática que alegaba Edward. No era imposible que eso ocurriera, porque se conocían algunos casos. Pero era muy improbable. El problema es que nadie podía confirmar ni una cosa ni su contraria. Si el chico decía que no recordaba nada, no había quien pudiera rebatirle con datos en la mano.

Sus heridas sí se curaban, pero los recuerdos no volvían. Y, por tanto, las autoridades no sabían qué hacer con él. No llevaba chapa cuando lo encontraron. Se la habían arrancado con violencia, como demostraba la marca que tenía en el cuello. Por tanto, no conocían su apellido, ignoraban a qué unidad había pertenecido y no tenían noticia alguna de su origen familiar. Fue entonces cuando el servicio de veteranos de guerra se ocupó de buscar una solución: el chico necesitaría ayuda económica para iniciar un proceso de formación que le permitiera aprender un oficio y, después, trabajar y ganarse la vida. Y había un lugar en el que podría hacerlo. Estaba en Phoenix, al suroeste del país, en el desértico estado de Arizona. Poco poblado, muy caluroso en verano, pero muy agradable el resto del año. Allí iniciaría una nueva vida y, quizá, recuperaría la memoria con el paso del tiempo.

Lo había conseguido. Tenía veintiún años y la vida por delante. La guerra terminó unos meses después y los soldados volvieron a casa. Edward estudió y trabajó tratando de pasar desapercibido, tal y como le habían ordenado en Rusia durante su formación. En la Lubianka asumieron que la operación había sido un fracaso y que el chico murió cuando el avión Pe-8 se estrelló en el canal de la Mancha.

Barrio de Queens, Nueva York, marzo de 1947

Pasados tres años de su regreso a Estados Unidos, Edward se activó.

Estaba acostumbrado a madrugar. Ni siquiera bajaba las persianas para oscurecer la habitación. Prefería que la luz del amanecer le despertara cada mañana. Así lo hacía siempre en su pequeño apartamento de Phoenix. Y así lo hacía ahora en el cuarto de una pensión barata que ocupaba desde dos días antes en la calle 37 del distrito de Queens, en Nueva York. Era la primera vez que volvía a la ciudad en la que nació desde que la abandonó siete años antes.

Tumbado en la cama, repasó las órdenes que recibió tiempo atrás en la casa de Beleutovo, cerca de Moscú, el lugar en el que tuvo la suerte de conocer en persona al camarada Stalin cuando estaba a punto de iniciar su misión. Recordó primero las órdenes que le transmitió Beria, que eran claras y concisas. No debía apuntarlas. Tenía que memorizarlas: si conseguía llegar a Estados Unidos, permanecería inactivo, comportándose como un ciudadano más. Trabajaría, haría amigos y tendría relaciones con mujeres sin comprometerse, de momento. Tenía que ser un muchacho normal. Ya llegaría el momento de poner en marcha su misión, aunque con muchas precauciones. Y el primer objetivo sería establecer contacto con los servicios de inteligencia para que Moscú supiera que estaba vivo y listo para servir a la Unión Soviética.

Pero luego repasó las verdaderas órdenes, las que sí tenía que cumplir, las que le había dado Stalin en persona. Y esta era una fase delicada, porque el contacto tenía que realizarlo a través de una única persona, y esa persona era poco accesible: Andréi Andreyévich Sorokin. No podía hablar con nadie más.

Para entonces, Edward ya estaba familiarizado con la figura de Sorokin. Tal y como le había ordenado Stalin, buscó en los periódicos noticias sobre aquel dirigente soviético y las encontró. Guardó varias fotografías y grabó la imagen en su memoria para ser capaz de identificarlo si se encontraba con él. Tenía una característica física muy particular: en todas las fotos se apreciaba que la comisura derecha de su labio estaba más baja que la izquierda, como si un pintor de retratos la hubiera dibujado mal por error, por fidelidad al realismo o por venganza personal.

Cuando Edward acometía la última parte de su formación en Rusia, Sorokin era ya el embajador soviético en Washington. Lo fue desde 1943 y hasta 1946. Se había convertido en un contacto determinante entre dos países que, a pesar de sus muchas diferencias y desconfianzas, luchaban en el mismo bando contra Hitler. Pero el trabajo de Sorokin cambió drásticamente una vez conseguida la victoria militar. Ahora era el embajador ante un país enemigo, a punto de empezar la Guerra Fría entre ambos.

Potsdam (cerca de Berlín, Alemania), julio de 1945, dos años antes

El paraje es hermosísimo. El parque Neuer Garten acoge árboles frondosos y amplias praderas para el recreo de los habitantes de Potsdam, al suroeste de Berlín. Fue ese el lugar elegido por el emperador, káiser, Guillermo II de Alemania para construir en 1914 un palacio que regalaría a su hijo Guillermo de Prusia y a su nuera Cecilia de Mecklemburgo-Schwerin.

El emperador admiraba el estilo arquitectónico británico de los Tudor y con esa inspiración se diseñó el que fue bautizado como palacio Cecilienhof, en honor de la princesa aspirante al trono prusiano. El edificio se terminó de construir en 1917, pero la realeza alemana tuvo la desgracia de ser repudiada con la llegada de la República de Weimar en 1918, tras la derrota en la Primera Guerra Mundial.

En el verano de 1945, cuando Alemania resultó derrotada de nuevo en la Segunda Guerra Mundial, los líderes de las potencias vencedoras eligieron aquel armonioso paraje para repartirse el botín, hablar de las reparaciones y debatir sobre cómo forzar la caída del imperio japonés, cosa que ocurriría al cabo de pocos días.

Stalin llegó a la Conferencia de Potsdam en su mejor momento. Con sus despiadadas purgas había eliminado físicamente a sus rivales internos y a quienes él pensaba que lo eran, sin serlo. Acababa de ganar la guerra a Hitler y sus dos rivales en la negociación desaparecerían de repente. Uno era el presidente Roosevelt, que murió tres meses antes. Le sustituyó Harry Truman, muy alejado de las capacidades de su antecesor. El otro rival sí se sentó a la mesa redonda, cubierta con un mantel rojo, en medio de una sala con las paredes forradas de maderas oscuras. Winston Churchill era el héroe que había librado al Reino Unido de la invasión alemana. El 5 de julio, doce días antes de empezar la cita de Potsdam, los británicos acudieron a las urnas para elegir a su primer ministro. Era difícil imaginar otro resultado que no fuese la victoria del gran artífice del éxito en la guerra. El escrutinio no se conoció de inmediato, porque se esperó a que muchos soldados pudieran votar después de llegar a sus lugares de origen desde los campos de batalla en el continente. De manera que Churchill se fotografió en Potsdam con Truman y Stalin el 17 de julio, sentados los tres en unos butacones de mimbre.

El resultado de la votación se hizo público el 26 de julio, cuando todavía se celebraba la conferencia. Churchill había perdido. Quizá, en su despedida del palacio Cecilienhof, el viejo Winston recordaría aquel lejano 2 de octubre de 1908 cuando, en su responsabilidad como presidente de la Cámara de Comercio británica, se reunió con Guillermo II. De aquella experiencia, y de los acontecimientos posteriores, llegó a una de sus muchas conclusiones lapidarias y venenosas: «En cada crisis, el káiser se derrumbó. En la derrota huyó. En la revolución abdicó. En el exilio se volvió a casar». Ahora, después de ganar la guerra, quien había perdido las elecciones era él. Aunque nunca huiría. De hecho, volvería al poder, o el poder volvería a él, unos años después.

Clement Attlee fue durante los años de la guerra miembro del gabinete de Churchill, a pesar de ser el líder de la oposición laborista. Todos a una. Su oficina estaba en el 11 de Downing Street. Había soñado con ocupar el número 10, la residencia del primer ministro, aunque sus esperanzas eran escasas ante la popularidad de su ciclópeo rival conservador. Pero lo consiguió: ganó las elecciones, se mudó al número 10 y viajó a Potsdam. Se acercó a la mesa de los líderes, saludó cordialmente a los colaboradores de Churchill, que ya se marchaban, los sustituyó por los suyos y se sentó en la misma silla que hasta entonces había ocupado su antecesor. Desde allí miró alrededor para disfrutar de la belleza de aquella sala y detuvo sus ojos en dirección a una gran cristalera que permitía ver el bosque circundante. Se sentía pletórico. Después se fotografió con Truman y Stalin, sentados los tres en los mismos butacones de mimbre que en la foto tomada días atrás con Churchill.

Stalin disfrutaba observando lo que, desde su fanática fe comunista, creía que eran las debilidades de las democracias liberales. Al líder soviético le parecía una decisión extravagante la que habían adoptado los británicos al prescindir de un hombre tan experto en la disputa diplomática como era Churchill. Se empeñan en votar —pensaba— y se equivocan. Aquel ejemplo le permitía confirmar lo que siempre había defendido: que las urnas son un invento absurdo. Su idea era que no existe mejor sistema que alcanzar el poder por la fuerza y mantenerlo por la fuerza.

Feliz por tener enfrente a dos rivales menos duchos que sus predecesores, Stalin se disponía a obtener réditos importantes. Era el jefe supremo e indiscutido de una potencia mundial. Ahora, su objetivo era controlar buena parte de Europa. Y lo iba a conseguir.

Una de las mañanas de la conferencia, con un sol espléndido en lo alto del cielo, la reunión se interrumpió para el receso habitual. Stalin había terminado con un paquete de tabaco y pidió uno nuevo a su secretario particular. Sacó un cigarrillo con parsimonia y lo encendió con una cerilla antes de levantarse de la silla tapizada en rojo que ocupaba en la mesa de negociación. Dio dos caladas profundas con cara de concentración, saboreando el humo como si aquella fumarola encerrara el misterio de la vida. Después buscó a su alrededor a Andréi Sorokin. El líder y su asesor cruzaron las miradas, y Stalin hizo un gesto con la cabeza invitándolo a salir del palacio con él.

Stalin y Sorokin caminaron sin prisa por la parte trasera de la finca, ladera abajo hacia la orilla del Jungfern, un pequeño lago formado en el curso del río Havel.

—Andréi, ¿sabes lo que Churchill va por ahí diciendo de Attlee? —Stalin no esperó a escuchar la respuesta de Sorokin, porque estaba deseando contar el chismorreo—. Que un taxi vacío para delante del 10 de Downing Street y de ese taxi vacío sale Attlee. Jajajaja...

Sorokin no recordaba haber visto jamás a Stalin reír a carcajadas y, como consecuencia, ni había estudiado ni tenía prevista ninguna reacción adecuada ante una situación similar. No sabía, por tanto, si debía acompañar esas carcajadas, sonreír con moderación o mantenerse serio. Optó por el camino intermedio. Forzó una sonrisa postiza mientras observaba sorprendido el jolgorio del líder ante la maledicencia churchiliana.

—Winston dice que la frase no es suya, pero la cara que pone cuando lo dice le delata. Jajajaja... Es un gran personaje. No entiendo cómo los británicos han prescindido de él. Ya te he dicho muchas veces que la democracia es un atraso. Tienen a un gran líder y los estúpidos votantes lo echan en las urnas. ¿Hay algo más absurdo? También lo he hablado con Churchill y creo que está de acuerdo conmigo, pero me cuenta que no puede hacer nada al respecto. Es listo este Churchill. Una vez dijo que Rusia es un acertijo envuelto en un misterio dentro de un enigma. Y, ¿sabes qué? Tenía razón. Esa es nuestra fuerza. Y esa es la debilidad de las democracias occidentales. Los británicos nos han hecho un gran favor sacando a Churchill del poder, ¿no te parece? —Stalin ni siquiera miró a Sorokin para comprobar si le daba la razón. Era obvio que se la daba. Como siempre. Como todos. Y, sin hacer una mínima pausa, continuó—: Querido Andréi Andreyévich, ¿qué tal te va en Washington con los capitalistas? —inquirió el líder con sorna sin apartar su cigarrillo de la boca y vestido con su impresionante uniforme de gala: chaqueta blanca y reluciente abotonada hasta el cuello y pantalón negro con dos franjas rojas en cada pernera.

—Añoro la patria, camarada secretario general —respondió Sorokin, algo acongojado, sin percatarse de la ironía de Stalin o haciendo como que no se había percatado, por las dudas—. Pero —continuó— trabajo en territorio enemigo para la construcción del socialismo.

Sorokin hizo uso del manual comunista de buena conducta. Era un ejemplo más de su reconocida capacidad diplomática, tanto hacia dentro de su país como hacia fuera. Esa capacidad le convirtió en un mito, porque acabaría siendo el único dirigente que sobrevivió a todos los líderes soviéticos, desde Stalin hasta Gorbachov, ocupando altas responsabilidades. Incluso tuvo la habilidad de saber morir a tiempo de no asistir en vida a la caída del régimen al que había servido con denuedo y audacia durante cuatro décadas.

—Bien dicho, amigo mío, bien dicho —asintió Stalin—. Te he llamado porque tengo algo importante para ti.

—Estoy a su servicio, camarada secretario general.

—Escucha con atención y guarda esto en la memoria, porque no podrás apuntarlo en ningún sitio.

Stalin se detuvo y miró a los ojos de Sorokin, que se mostraba crecientemente tenso conforme avanzaba aquella conversación con el hombre al que más admiraba y temía en el mundo. El secretario general sabía que era muy improbable que Edward siguiera vivo y hubiera conseguido llegar a su destino en América. Era casi seguro que su cuerpo, desmembrado y descompuesto, reposaría en algún lugar en las profundidades del canal de la Mancha para alimento de la fauna marina. Pero Stalin nunca dejaba de confiar por completo en las capacidades de un agente soviético. Y Edward era uno de ellos. Solo había estado con él diez minutos en el sótano de aquella granja de Beleutovo, pero intuía que ese muchacho era especial. El líder soviético no perdía la esperanza.

—Andréi Andreyévich, cabe la posibilidad de que, dentro de algún tiempo, quizá el año que viene o al siguiente, alguien se acerque a ti en Estados Unidos o te haga llegar un mensaje con solo dos palabras. —Sorokin atendía con todos los sentidos centrados en lo que decía Stalin. Por el tono de su voz, estaba convencido de que aquella era una misión de especial importancia, y eso significaba que no se podía fallar—. Serán solo dos palabras, ni una más —continuó el líder—. Recuérdalas: Operación Kazán. Operación Kazán.

—Operación Kazán —repitió Sorokin con los ojos bien abiertos—. No lo olvidaré. Operación Kazán.

—Habla con ese hombre y fíate de lo que te diga. Tendrás que prestarle ayuda.

—¿Qué deberé hacer, camarada? —preguntó Sorokin algo confundido y superado por una responsabilidad cuya magnitud amenazaba con desbordarle.

—Establece una línea de contacto permanente con él y hazme llegar personalmente esa información. Esto es todo lo que tienes que saber por ahora. Recuerda esas dos palabras, Operación Kazán, y no las pronuncies jamás ante nadie, salvo ante mí. Solo ante mí. Ahora, vámonos. Tengo que negociar con Truman y con ese tal Attlee la parte de Alemania que nos vamos a quedar, como pactamos en Yalta.

Stalin puso fin a la conversación de forma abrupta. Sorokin sentía la necesidad de conocer más datos de la encomienda que acababa de recibir, pero el líder establecía cuándo se hablaba y cuándo se terminaba de hablar. Y sus deseos no se discutían.

Casi dos años después, Sorokin dejó de ser el embajador en Estados Unidos para convertirse en el jefe de la Representación Permanente de la Unión Soviética ante la nueva Organización de las Naciones Unidas. Su creación era tan reciente que ni siquiera tenía una sede fija, de tal modo que cada año reunía a su asamblea general en una ciudad distinta. La primera vez, en el Methodist Central Hall de Londres en 1946. Después, a la espera de que se construyera la sede en la Primera Avenida de Manhattan, la ONU se estableció temporalmente en el barrio neoyorkino de Queens, en el conocido entonces como New York City Building, construido para la Feria Mundial de 1939 en el Flushing Meadows-Corona Park.

Edward había planificado en los meses previos la forma de acercarse a Sorokin. Descartó hacerlo en Londres. No hubiera podido viajar hasta allí con facilidad y pasar desapercibido. Pero cuando la ONU se instaló en Nueva York, Edward vio la ocasión. Iba a volver a casa.

Buscó primero la manera de entrar sin ser visto en la residencia de Sorokin, pero rechazó esa opción ante la evidencia de que tenía muy pocas posibilidades de conseguirlo sin ser descubierto por los agentes de seguridad. Descartado. La segunda idea fue tratar de acercarse a él en los paseos que tenía por costumbre dar algunas mañanas o en los fines de semana. De nuevo, aparecería el personal de seguridad. Pero, aún peor: Edward estaba seguro de que agentes americanos vigilarían a todas horas los pasos de Sorokin. Podían ser del FBI, o bien del CIG (Central Intelligence Group, predecesor de la CIA, que fue creada poco después). Segunda opción descartada. Sería la tercera: compleja, sin resultado asegurado, pero más factible.

Edward envió una solicitud de empleo a Naciones Unidas. Se ofrecía para ser funcionario de la organización: asistente, vigilante o camarero en la cafetería. Tras varias semanas de espera, la respuesta no llegó a Phoenix y Edward decidió viajar a Nueva York.

Llevaba año y medio trabajando en una fábrica de componentes para automóviles en el estado de Arizona, después de haber pasado varios meses en una escuela de formación profesional gestionada por las organizaciones de veteranos de guerra y financiada con fondos federales. Edward negoció con su jefe la posibilidad de desvincularse de la empresa durante tres meses. Lo justificó por un asunto relacionado con sus heridas de guerra. Tenía que resolver ese supuesto asunto en Nueva York. No era habitual que un empleado hiciera una solicitud de ese tipo, pero el responsable de la fábrica apreciaba a ese chico, le respetaba por haber combatido en Europa al servicio del país y, además, era un buen trabajador, querido por todos. Aceptó la petición.

En Nueva York, Edward fue a la sede temporal de Naciones Unidas y presentó en persona la solicitud. Había más peticiones, pero consiguió que se tuvieran en cuenta sus merecimientos y alcanzó el objetivo: fue contratado como camarero en la cafetería de Naciones Unidas. Durante semanas, sirvió cafés y refrescos a los diplomáticos y funcionarios de la ONU mientras observaba los movimientos de todos y esperaba paciente que un día apareciera por allí Andréi Sorokin.

Una mañana entró por la puerta de la cafetería un hombre que se le parecía. Tenía el porte de superioridad que solían mostrar los embajadores. Y, además, le seguían dos acompañantes fornidos y otro que caminaba a su lado con una cartera en la mano izquierda. Tenía que ser él, pero quería confirmarlo.

El embajador llegó hasta la barra junto con quien resultaba ser su asesor. Ambos pidieron café a otro camarero. Edward se acercó para verlos más de cerca y escuchar la lengua en la que hablaban entre ellos. Y sí, era ruso. Tenía que ser Sorokin.

Edward tuvo paciencia, tal y como le habían enseñado sus maestros en Rusia. Esperaría hasta que se dieran las circunstancias óptimas para atender al diplomático soviético y hablar con él. Y eso ocurrió quince días más tarde.

Los representantes permanentes de la ONU negociaban entonces centenares de asuntos. Uno de ellos, especialmente delicado, era la partición de Palestina. Las negociaciones eran durísimas y solían alargarse hasta la noche e, incluso, hasta bien entrada la madrugada. En medio de una de esas sesiones hubo un receso. Varios embajadores y sus asistentes acudieron, como era costumbre, a comer algo a la cafetería. Edward vio entrar a Sorokin acompañado por tres hombres. Eran los mismos de la vez anterior. El asesor iba a su lado. Otros dos caminaban un paso por detrás. Eran sus guardaespaldas. Llegaron a la barra, pero los de seguridad se quedaron a una cierta distancia. Edward aceleró el paso y pudo colocarse frente a ellos antes de que lo hiciera otro camarero.

Pidieron dos cafés. Por supuesto, lo hicieron en inglés. Edward atendió de inmediato a la espera de que se presentara el momento. Cogió dos tazas y sirvió el café. Fue entonces cuando el asesor se alejó de la barra y se dirigió al baño. Sorokin estaba solo, por fin. Los guardaespaldas se mantenían a unos metros de la escena. Edward se apresuró a acercar las tazas ante el embajador soviético. Sus cabezas estaban apenas a dos palmos de distancia.

—*Казанская операция* (*Kazanskaya operatsiya*).

Edward musitó en ruso las palabras que Sorokin llevaba tanto tiempo esperando oír: Operación Kazán. El embajador, casi sobrecogido, levantó la cabeza hacia ese joven camarero al que apenas había prestado atención hasta ese momento, lo miró fijamente durante dos largos segundos y le preguntó en ruso si podía repetir lo que acababa de decir.

—*Повторите то, что вы сказали* (*Povtorite to, chto vy skazali*).

Sorokin comprobó que aquel camarero entendía el ruso y le escuchó, de nuevo, pronunciar las palabras clave.

—Operación Kazán, camarada embajador.

Londres, 21 de agosto (a 76 días de las elecciones)

—Operación Kazán, camarada embajador. Eso le dijo Edward a Sorokin —explicaba Boris Kovalev a sus viejos colegas en aquella casa semivacía de Londres.

Breuer miró su reloj y después levantó los ojos hacia la ventana. La luz del atardecer empezaba a tener dificultades para atravesar las cortinas, cuando un sonido extraño provocó su alerta.

De inmediato, los tres guardaron silencio y miraron a la puerta de entrada a la casa. Allí no se movía nada. Arnold sacó una pistola con silenciador del interior de un bolso deportivo. Alguien llamó al timbre. El suizo indicó con el dedo al americano y al ruso que se escondieran sin hacer ruido en la sala de al lado. Él se acercó a la puerta. El timbre volvió a sonar. Y otra vez. Como nadie abría, quienquiera que estuviera llamando optó por marcharse. Pero la experiencia de años hacía que ni Arnold ni Charles ni Boris se conformaran con la simple idea de que habría sido alguien que se equivocó de casa o un vendedor de enciclopedias que pasaba por allí.

Con extrema precaución, Arnold acercó su ojo derecho al estrecho hueco entre dos cortinas de una de las ventanas. Quería saber qué ocurría en la calle, junto a la casa. Con dificultad podía entrever a una pareja de cierta edad que caminaba por la acera de enfrente y que se alejaba a paso lento. Los coches, sobre todo taxis, circulaban a velocidad normal por esa calle hasta desaparecer en la distancia, y otros estaban aparcados en las cercanías. Arnold afinó un poco más la vista tratando de comprobar si había alguien en el interior de alguno de esos coches estacionados a pocos metros de la casa. El primero parecía vacío, aunque el ángulo de visión era escaso y no lo podía asegurar. El segundo lo veía con más claridad y era evidente que no había nadie dentro, salvo que estuviera tumbado en el suelo. El problema estaba en el tercero. Era un SUV marca Lexus de color plateado. No recordaba que ya estuviera allí por la mañana, cuando hizo una revisión general de los alrededores. Tenía los cristales traseros tintados, por lo que no resultaba sencillo saber si alguien se ocultaba en su amplio interior.

Cada uno de los tres se situó junto a una ventana en distintos lados de la casa y, sin mover las cortinas, se apostaron para observar lo que pudieran, tratando de no ser vistos. Al cabo de media hora de silencio y de inmovilidad absoluta,

Arnold consideró que se podía reanudar la reunión y cumplir con el objetivo que había llevado a aquellos tres hombres allí, aunque sin guardar la pistola y bajando aún más el tono de voz.

El Lexus con los cristales tintados no se había movido. Pero en su interior, en la parte trasera, sí se producían movimientos. Mínimos, pero suficientes. Desde un dispositivo electrónico se acababa de enviar un mensaje cifrado al *rezident*, el responsable de la estación del espionaje ruso (*rezidentura*) en la embajada en Londres: «Sigue lloviendo». En efecto, la lluvia no se detenía, pero el significado era otro: «La reunión continúa». El agente oculto en la parte trasera del Lexus no iba a quitar ojo de la casa que tenía enfrente.

No era la primera vez que el servicio ruso realizaba un seguimiento a Boris Kovalev cuando el veterano espía del KGB viajaba al Reino Unido para visitar a su hijo. Un antiguo agente jubilado, con una pensión escasa y con familia en el extranjero, puede ser víctima de una inevitable tentación traidora si el dinero de los servicios de inteligencia occidentales empieza a fluir a su alrededor. La vigilancia era casi ordinaria, sencilla y no necesariamente intensa. De hecho, hasta ahora había sido infructuosa, porque Kovalev no parecía realizar ninguna actividad que no fuera la puramente familiar. Boris, perfecto conocedor de las costumbres de la agencia a la que encomendó su vida, sabía que le seguían de forma ocasional. Alguna vez, incluso, había vuelto la cabeza para mirar al agente ruso al que ese día le hubieran encomendado pisarle los talones. A veces, le lanzaba una sonrisa burlona. Perro viejo.

Pero esta vez las cosas habían cambiado. Algo fuera de lo común pasaba en esa casa de Londres. Aquel había dejado de ser un seguimiento de rutina. El hombre tumbado en el suelo del Lexus tenía que averiguar qué ocurría allí, quiénes eran los acompañantes de Kovalev y de qué estaban hablando. Por fin le tocaba ocuparse de algo que parecía interesante y emocionante, después de mucho trabajo de despacho. La alerta estaba en marcha.

En el interior de la casa, recuperada una calma aparente, Kovalev aceleró su relato y dedicó unos minutos más a explicar cómo Edward estableció una vía de comunicación periódica con Sorokin, y solo con Sorokin. Y cómo esa información llegaba a Stalin, y solo a Stalin. Esto ocurrió al principio, porque el líder soviético murió en 1953 y Sorokin se convirtió entonces en el único dueño de aquella misión.

—Si la Operación Kazán solo la conocían Stalin y Sorokin, ¿por qué la conoces tú? —preguntó Breuer con cautela.

Kovalev suponía que en algún momento aparecería ese interrogante, aunque le sorprendió que sus amigos hubieran esperado tanto para plantearlo.

—En 1952 —relató Boris—, Stalin decidió enviar a Andréi Sorokin como embajador a Londres. El Reino Unido se convirtió en objetivo prioritario para Moscú, tanto como Estados Unidos. Y eso fue así porque Churchill había vuelto al poder después de ganar las elecciones de octubre de 1951. Su antecesor, Clement Attlee, era considerado por Stalin como un político de segunda categoría. Pero Churchill le parecía temible.

Boris les explicó entonces que Stalin llamó a Sorokin a Moscú. Tenía un nuevo encargo para él. Debía abandonar Estados Unidos.

—Andréi Andreyévich —le dijo Stalin a Sorokin—, tú entiendes el pensamiento de Churchill. Le conoces personalmente desde hace años. Estuviste con él y conmigo en Potsdam. Ahora te necesito en Londres.

—Camarada secretario general, realizaré la tarea que se me encargue, pero ¿qué ocurre con la Operación Kazán?

—Andréi, seguirás siendo el responsable de Kazán.

—Pero desde Londres será más difícil mantener el contacto con él.

—Ya he pensado en eso, Andréi. ¿Conoces a Alexei Kovalev?

—¿El funcionario de nuestra embajada en Washington? —Sorokin conocía a casi todo el personal en las legaciones diplomáticas soviéticas en Estados Unidos.

—Es un hombre de mi plena confianza. Está allí por decisión personal mía. No es agente de Beria. Es como tú: solo me informa a mí. Ahora debes volver a Estados Unidos por unos días antes de instalarte en Londres. Habla con Kazán y con

Alexei, y pon a ambos en contacto. Kazán informará a Alexei y Alexei te informará a ti y a mí.

Boris contó con bastante detalle una conversación en la que, obviamente, él no había participado, pero de la que tenía referencias directas. Porque, días después de esa escena en el Kremlin, Sorokin cumplió la orden de volver a Estados Unidos, contactó con Alexei Kovalev y le informó de todos esos pormenores.

—Como ya habréis supuesto, Alexei Kovalev era mi padre —confirmó Boris.

Breuer y McKenzie estaban absortos.

—Un año después de que mi padre se convirtiera en el enlace de Kazán, Stalin murió. Hasta entonces, cuatro personas conocían la operación: Stalin, Sorokin, Alexei Kovalev y Edward. Desde ese momento, solo quedaban tres. Mi padre actuó de enlace con Edward durante décadas. Pudo hacerlo porque, después de ser embajador en Londres, Sorokin fue nombrado ministro de Asuntos Exteriores. Y, como sabéis, permaneció en ese cargo hasta 1985, apenas seis años antes de la disolución de la Unión Soviética. Sorokin mantuvo a mi padre en varios puestos en las embajadas en Washington y ante Naciones Unidas, y se aseguró así el control de Kazán sin pasar por el KGB. Que Edward no dependiera del KGB era el elemento determinante. Suponía un impedimento más para el contraespionaje americano. A la CIA o al FBI les resultaría más difícil dar con Kazán porque buscarían agentes del KGB, y Kazán no lo era.

Boris contó que él, hijo único de Alexei, permaneció en Moscú con su madre y allí ingresó en el KGB después de terminar sus estudios. En 1980 su padre enfermó. Tenía setenta años. Sorokin ordenó su repatriación inmediata. Antes de abandonar Estados Unidos, Alexei avisó a Edward de que quizá no pudiera volver y de que, en ese caso, tendría que trabajar en soledad a la espera de que otro intermediario de Sorokin entrara en contacto con él. Alexei llegó a la Unión Soviética en muy mal estado, pero pudo darle a Sorokin las claves para mantener la comunicación con Kazán.

—Mi padre ingresó en un hospital de Moscú. Yo iba a verlo todos los días y pasaba varias horas sentado junto a él. Y allí, en esas últimas semanas de vida, me contó todo lo que ahora también sabéis vosotros. No quiso marcharse de este mundo sin desvelarme el secreto, para que yo pudiera hacer algo si lo creía necesario.

Boris se sentía casi angustiado por la emoción al recordar a su padre en el lecho de muerte, pero quiso relatar a sus amigos cuáles fueron las últimas palabras de Alexei Kovalev; las palabras por las que Boris estaba en Londres en ese momento, reunido con dos antiguos agentes de la CIA y del FIS suizo.

—Mi padre me dijo algo que nunca he olvidado: «No permitas que esto se nos escape de las manos. Así lo ordenó Stalin». Eso me dijo. Y creo que se nos ha escapado de las manos.

Fue entonces cuando Boris Kovalev llegó al momento culminante de aquella historia. Hizo una pausa y miró a sus dos interlocutores, antes de continuar.

—Cuando Edward volvió a Estados Unidos desde Francia, todavía sin haber terminado la guerra y simulando que había perdido la memoria, las autoridades americanas le concedieron un segundo nombre y un apellido, dado que solo recordaba su nombre de pila.

Kovalev trató de calmar la respiración, cogió su vaso y bebió un sorbo de agua mientras Breuer y McKenzie le observaban paralizados e impacientes. Después de humedecerse los labios y de hidratar su garganta reseca por horas de conversación, el ruso dejó el vaso sobre la mesa y se inclinó un poco más hacia sus viejos colegas. Quería estar cerca de ellos para hablar en un susurro, como si existiera el riesgo de ser escuchado.

—A partir de entonces —sentenció Boris con un hilo de voz—, Edward sería el ciudadano americano Edward Richard Brooks. —Kovalev esperó un instante antes del remate final. Necesitaba tragar saliva y le temblaba la voz—. Edward Richard Brooks fue el padre de Nathalie Brooks. Y Nathalie Brooks podría ser la próxima presidenta de Estados Unidos.

Segunda parte

Desayuno en Berna

(Teresa y Pablo)

Londres, 21 de agosto (a 76 días de las elecciones)

El único sonido que se oía en el salón de la casa de Londres era el que llegaba desde la calle, cuando algún coche pasaba por delante de la puerta. Pero en el interior, el tiempo se había congelado y los tres viejos espías que estaban reunidos parecían haberse solidificado cuando Boris terminó su relato. Arnold y Charlie se sentían sobrecogidos y espantados al conocer la verdadera identidad de Nathalie Brooks, la persona destinada a presidir Estados Unidos. También sentían el peso de la responsabilidad que Boris acababa de traspasarles. Porque disponer de aquella información les obligaba a hacer algo, pero no sabían qué, ni por dónde empezar.

Boris, Arnold y Charlie se mantuvieron en silencio durante un minuto eterno. Kovalev explicó después a sus amigos que su misión terminaba allí. Se sentía liberado de un secreto que le pesaba en la conciencia desde hacía años y que, en ese momento, era la información más importante de la que podía disponer un ser humano sobre la faz de la tierra. Pero también se sentía un traidor. No podía evitarlo. Durante décadas había sido parte de una organización en la que la traición no se perdona. Él tampoco la perdonó cuando estaba en activo. Sin embargo, ahora consideraba que tenía un deber para con la humanidad y que revelar esos datos que conocía era también una obligación patriótica hacia su país. Había llegado a la conclusión de que no debía ocurrir lo que podía ocurrir y que su padre tenía razón cuando le dijo que no permitiera que aquello se les escapara de las manos.

En unos días volvería a Rusia, y en Moscú no podría investigar mucho más. Estaba convencido de que su llamada telefónica desde una cabina ya estaría sometida a investigación en la Lubianka. No darían con él de inmediato, porque había adoptado algunas contramedidas que retrasarían las pesquisas y le permitirían disponer de un cierto margen de tiempo. Pero sabía cómo trabajaba la agencia rusa y estaba seguro de que, antes o después, recibiría una visita. La última. Si algo había que hacer, correspondería hacerlo al suizo y al americano. Breuer y McKenzie estuvieron de acuerdo y decidieron que cada uno trataría de realizar sus propias averiguaciones por separado. Contactarían de inmediato con el otro si encontraban algo relevante. Y, en caso contrario, hablarían igualmente al cabo de diez días para debatir los siguientes pasos a dar, si es que se les ocurría alguno. Ahora, tenían que salir de aquella casa. Podían estar en peligro. Se abrazaron.

Los tres compañeros recogieron todo lo que habían llevado y lo metieron en tres bolsas de basura. Cada uno tiraría una en su camino de vuelta y en contenedores distintos.

Dejaron la casa como estaba antes de llegar por la mañana y se marcharon. Primero, McKenzie. Su imagen fue captada por una cámara de vídeo desde el interior del Lexus plateado que estaba frente a la casa. Después, Kovalev. Y, finalmente, Breuer. También la cámara grabó sus movimientos. Además del hombre escondido en el coche, otros tres miembros del FSB siguieron a McKenzie, Kovalev y Breuer en su camino de vuelta, cada uno por separado. El agente del Lexus apagó la cámara y a continuación se las apañó sin muchos problemas para forzar la cerradura de la puerta, entrar en la casa y hacer un registro que resultó inútil. Aquellos tres viejos espías sabían mucho y no dejaron huellas. También revisaron las bolsas que cada uno de ellos había arrojado en un contenedor distinto, pero solo encontraron basura.

La oficina del FSB en Londres hizo una primera investigación para saber quiénes eran los dos individuos que se reunieron con Kovalev. Siguiendo sus pasos, comprobaron que uno había viajado a Nueva York. Existía un vuelo directo para regresar a su casa de Tampa desde Londres, pero McKenzie no quiso ponérselo tan fácil a quienes pudieran rastrear sus pasos y volvió a su ciudad haciendo dos escalas. Y el otro desconocido viajó a Stuttgart en lugar de hacerlo a algún aeropuerto suizo. Desde Alemania, Breuer tomaría un tren hasta Berna, pero eso no lo iba a saber el FSB. No todavía. Kovalev permaneció unos días más en Londres, en casa de su hijo.

La *rezidentura* del FSB en la embajada rusa no encontró material para identificar a los dos misteriosos acompañantes de Kovalev y, después de tres días de trabajo infructuoso, sus responsables optaron por enviar la información a Moscú.

Moscú, en ese momento

Hacía días que el ordenador de Sonja había registrado aquella llamada particular entre los miles de avisos que recibía cotidianamente. La labor de descarte realizada por la joven analista informática ya tenía fuera de la circulación cientos de mensajes de supuesto riesgo que, en realidad, parecían ser una falsa alarma. La alerta sobre la charla telefónica realizada desde una cabina de Moscú también estaba a punto de ser enviada a la papelera de reciclaje. Pero a Sonja le despertó su instinto de investigadora la acumulación de circunstancias poco usuales: la cabina, el número equivocado, la insistencia del interlocutor... El nombre pronunciado durante la conversación, Leonard, no tenía nada de particular, pero a veces conviene tomarse el tiempo de buscar en los archivos de la casa, por si aparece algo. Le extrañaba que quien hizo la llamada repitiera tanto que quería hablar con Leonard, cuando la mujer que respondió dijo que allí nadie se llamaba así. Era una obstinación peculiar.

Sonja empezó su indagación por lo más obvio: averiguar a nombre de quién estaba el teléfono fijo de Berna al que había llamado alguien desde la cabina de Moscú. Tecleó el número en su ordenador y la máquina inició una búsqueda, pero con resultado negativo: no aparecía en los registros públicos de

Suiza. Tendría que trabajar un poco más. Necesitaría «colarse» sin permiso en el sistema telefónico suizo y se puso a la tarea. Atravesó varias barreras informáticas y, después de un largo rato, accedió al listado completo de teléfonos. Ajustando aún más la búsqueda, dio finalmente con el número, aunque no sirvió de nada. La inmensa mayoría de los teléfonos aparecían junto al nombre de su titular, pero no ocurría en ese caso concreto: ni nombre ni dirección. Sonja dedujo de inmediato que, si la información se mantenía en secreto, eso podría significar que era una persona relevante cuya identidad debía mantenerse oculta. Y, por tanto, la llamada realizada desde la cabina de Moscú no era una más. Aquella investigación amenazaba con alargarse.

La segunda indagación consistió en teclear «Leonard» en el motor de búsqueda de la agencia. Aparecieron ciento cincuenta mil referencias a ese nombre. Demasiadas. Tenía que acotar, de manera que añadió el destino de la llamada: Suiza. Con esas dos claves, Leonard y Suiza, en el banco de datos aparecían más de diez mil entradas. Aún eran muchas. Debía aportar algún dato suplementario: Leonard, Suiza, Berna. Mil doscientas reseñas. Analizarlas todas podía llevar una semana de trabajo y Sonja tenía otras muchas alertas de las que ocuparse. Pero hizo un intento más. La llamada la había realizado un hombre con la voz propia de un anciano y no existía ninguna indicación de que se hubiera producido una alerta con la palabra Leonard en los últimos años. Pensó, entonces, que podría tratarse de la primera vez que ese anciano llamaba a alguien a Suiza y pronunciaba ese nombre desde hacía tiempo. Era una opción a investigar. Si su olfato estaba en lo cierto, era posible que dos personas estuvieran recuperando el contacto después de una larga temporada.

Sonja descartó sin más todas las referencias a Leonard, Suiza y Berna que tuvieran menos de cinco años. Le quedaban unas quinientas. Revisó de un vistazo rápido unas doscientas más, recogidas entre cinco y diez años atrás. No encontró nada que llamara su atención. A última hora de la noche y agotada, la joven analista eliminó de la ecuación otras doscientas, con una antigüedad próxima a los quince años. Solo le quedaban ciento tres, y eran anteriores a quince años. Le dolían los ojos después de trece horas ininterrumpidas sin dejar de mirar la pantalla de su ordenador. Sus compañeros ya se habían marchado a casa y solo quedaban los agentes del turno de noche, que acababan de incorporarse a sus puestos de trabajo.

—¿Un café?

La invitación era de Maxim Kuzmin, analista de treinta años que trabajaba de madrugada en el mismo departamento que Sonja.

—No, gracias —respondió Sonja sonriente y aliviada por la presencia de Maxim.

Llevaba horas esperando ese momento. Durante todo el día había pensado lo mucho que le apetecía tomarse algo con él y jugar una partida de ajedrez.

—Deberías irte a dormir. ¿Es tan importante lo que investigas? —preguntó Maxim, señalando los datos que aparecían en el ordenador de su compañera.

—Creo que no, pero nunca se sabe —dijo Sonja mostrando, sin desearlo, las ojeras que afloraban debido al cansancio de una jornada tan larga.

El chico le gustaba. Disfrutaba en su compañía. A Maxim también le atraía Sonja, aunque mantenía una cierta distancia, cuyo motivo le costaba explicarse a sí mismo. Ella enviaba ocasionales señales de afecto. Maxim era un fanático del ajedrez y Sonja buscaba el acercamiento jugando con él. El tablero se convirtió en una excusa para verse cada vez más a menudo, retándose a una partida tras otra sin más justificación que estar juntos.

—Te noto cansada. Llevas ya muchas horas aquí. ¿Por qué no me dices lo que estás haciendo, me explicas qué puedo hacer yo al respecto y tú te vas a dormir? Si encuentro algo, te lo dejaré en un mensaje en tu ordenador y lo tendrás disponible a primera hora de la mañana, cuando llegues.

Sonja resopló, miró la pantalla, volvió la cabeza para mirar a Maxim, sonrió con cariño y le dio las gracias. Puso a su compañero al tanto de lo que buscaba y se despidió de él acariciándole la mejilla levemente y con mucho disimulo, porque la sala tenía cámaras de vigilancia en cada esquina y una imagen de excesiva ternura podría costar caro a sus dos protagonistas. Maxim tuvo la tentación de reflexionar sobre lo que podía significar esa tímida caricia, pero se centró en encontrar lo que Sonja buscaba.

Con la información que le había dado ella, se sentó delante de su panel de ordenadores. Tenía tres pantallas colocadas en semicírculo. En cada dispositivo introdujo parámetros de búsqueda distintos. Así podría multiplicar por tres la optimización y velocidad del rastreo. Los procesadores empezaron a hacer su trabajo con las ciento tres referencias a Leonard que se correspondían con algo ocurrido hacía más de quince años.

Al instante se recibió la primera respuesta al sondeo: sesenta y siete de las cien entradas tenían que ver con personas llamadas Leonard, que ya habían muerto. No rechazó del todo esos resultados, pero consideró que no eran prioritarios: parecía poco probable que una conversación sobre personas fallecidas hacía tanto tiempo resultara relevante ahora para los servicios de inteligencia. De manera que esas sesenta y siete reseñas quedaron aparcadas, aunque no eliminadas. Podría repasarlas más adelante si era necesario.

Las otras treinta y seis búsquedas seguían activas y sus resultados tardaron un poco más en llegar. Maxim procedía a guardar en un archivo provisional las sesenta y siete primeras menciones cuando una señal de alerta apareció en la pantalla derecha. Se desplegaron tres pequeñas ventanas con el nombre Leonard asociado a la palabra «Ocaso» y, debajo, la consideración de «alto secreto». Y cuando aparecían las palabras «alto secreto», los analistas del FSB tenían la orden de interrumpir la investigación de inmediato y avisar a sus superiores para que se ocuparan del asunto. Pero, además, este caso era de Sonja y le correspondería a ella informar a los jefes, no a él.

Maxim siguió el protocolo establecido: detener la investigación en el acto y trasladar todo el material al analista que hubiera iniciado el trabajo. Así, envió a Sonja tres carpetas. La primera, con las sesenta y siete búsquedas con referencia a personas fallecidas. La segunda, con otras treinta y tres cuyo rastreo no había terminado, interrumpido al aparecer los tres mensajes de alto secreto. Y la tercera, con esas tres búsquedas que debían ser trasladadas a la superioridad.

Eran las cuatro de la madrugada cuando Maxim terminó su tarea. Estaba intrigado por el secreto que pudieran esconder esas tres referencias que le habían obligado a paralizar la búsqueda. Un analista no soporta quedarse con dudas.

Dos horas después, recogió sus cosas y se marchó. Paró un taxi. Esta vez no le apetecía ir en metro a casa. Su cerebro estaba en ebullición, repitiendo sin pausa aquellos dos nombres: Leonard y Ocaso. El chófer le dejó en la puerta de un enorme edificio en la avenida Nueva Arbat. Su apartamento estaba en la decimoquinta planta y desde las ventanas podía ver la Casa Blanca. No la de Washington, sino una llamativa construcción en el centro de Moscú que sirve como sede del Gobierno ruso, donde tiene su oficina el primer ministro de la Federación, y situado apenas a un corto paseo a pie de la embajada de Estados Unidos.

Moscú, 22 de agosto (a 75 días de las elecciones)

A las nueve de la mañana, Maxim se dio una ducha rápida, comió algo, bajó las persianas para que no entrara luz, puso un antifaz sobre sus ojos, unos tapones en los oídos y se acostó. Dormir de día no siempre es fácil para quien trabaja en el turno de noche. Pasadas un par de horas, se despertó. Dio vueltas en la cama durante un largo rato en el intento de recuperar el sueño. No lo consiguió. Leonard y Ocaso le perseguían. A media mañana se rindió. Preparó un almuerzo ligero y se sentó a comer viendo la televisión. Por la tarde se puso la ropa de deporte y salió a correr por los alrededores. Se colocó los auriculares para escuchar música y trató de pensar en otra cosa. Pero no podía. Estaba impaciente por volver a la oficina y pedir a Sonja que le contara algo que le permitiera entender qué era aquello que él había encontrado, pero que ahora no podía seguir investigando.

Esa noche, Maxim adelantó su llegada al trabajo deliberadamente. No podría hablar mucho del tema con Sonja ante el riesgo de ser descubiertos por las extremas medidas de control del centro, pero cuatro palabras o una mirada furtiva serían suficientes para saber si el asunto de Leonard y Ocaso era importante o una falsa alarma.

Cuando entró en la sala vio a Sonja delante de su panel de pantallas. Parecía concentrada. Maxim pasó por detrás y saludó a su amiga tocando suavemente su hombro. Ella volvió la cabeza y le saludó con un gesto cariñoso pero fugaz, porque estaba en ebullición. Algo pasaba. Sonja puso sus ojos de nuevo en las pantallas y siguió trabajando dos horas más. Era la una de la madrugada cuando se levantó de su silla y fue al baño. Maxim esperó un par de minutos y se dirigió también hacia el baño, tratando de hacerse el encontradizo cuando ella saliera. El viejo truco funcionó.

—¿Qué tal? ¿Cómo estás? —preguntó como si no pasara nada.

—Bien, ya me marcho —respondió Sonja con actitud acelerada, queriendo evitar la conversación, aunque sentía el impulso interior de contarle a Maxim todo lo que sabía.

—¿Has visto lo que te envié?

—Sí, sí. Muchas gracias por ayudarme.

—¿Has hablado ya con los jefes?

—Ya les he contado lo que averiguaste, sí. Me tengo que ir. Hasta mañana.

Sonja hizo ademán de esquivar a Maxim y marcharse, pero él se interpuso en su camino.

—¿Es importante?

—Sabes que no puedo decirte nada —susurró la joven investigadora, todavía con un tono casi amoroso.

Pero, en ese momento, Maxim no era receptivo a las muestras de afecto. Quería saber más. Agarró con fuerza los dos brazos de su compañera para que no se moviera e insistió.

—Sonja, no me jodas, que no soy un recién llegado. Ya sé que no puedes, pero nos pasamos la vida haciendo cosas que no podemos hacer.

Sonja cambió su actitud de forma repentina y le miró con ira, porque ambos sabían que no debían tener esa conversación, ni en ese lugar ni en ese momento. Estaba tan asustada como enfadada con Maxim, que tenía sus ojos atrapados en los de su compañera. Así estuvieron durante unos segundos en la entrada de los baños, que era el único lugar parcialmente oculto a las cámaras de seguridad. Ambos lo sabían.

—Creemos que es importante —dijo Sonja por fin, en la confianza de que Maxim se diera por satisfecho y le soltara los brazos, mientras movía la cabeza a un lado y a otro por si se acercaba alguien—. Pero nos faltan muchos datos. Quizá cuando los tengamos resulte ser una falsa alarma. No te puedo decir más.

—¿Quién es Leonard?

—No te puedo decir más.

—¿Quién es Leonard? —insistió Maxim, ahora con notable agresividad.

—¡Nadie! —susurró Sonja, aunque más parecía un grito, acompañado de una mirada asesina.

—¿Cómo que nadie?

—Creemos que no es una persona.

—Entonces, ¿qué es?

—¡Me tengo que ir!

—¡¿Qué es Leonard?! —insistió Maxim, ya con malos modos.

—Parece que es una clave de contacto. Alguien utiliza ese nombre para contactar con otra persona.

—¿Quién?

—¡Aparta de mi camino!

Maxim dejó pasar a Sonja, que se dirigió a paso ligero hacia su mesa. Se sentó un momento. Estaba furiosa y aterrorizada, pero quería disimular. Trató de calmarse. Se sentía irritada consigo misma. En realidad, estaba arrepentida por no haber respondido a la pregunta de Maxim, porque deseaba compartir el secreto con él. Aquella investigación suponía una gran responsabilidad y sentía la necesidad de tener el apoyo y la cercanía de su compañero de ajedrez. ¿Se enfriaría su relación después de haber discutido a las puertas del baño?

Sonja decidió reparar el error. Sacó un bolígrafo, buscó un *post-it* y apuntó algo. Cerró los ordenadores, cogió sus cosas y enfiló en dirección a la puerta de salida. Al pasar delante de la mesa de Maxim, dejó caer el *post-it* disimuladamente sobre la silla. Apretó el botón del ascensor, esperó impaciente a que llegara y se marchó. En ese momento no había nadie más en la sala.

Maxim volvió a situarse delante de sus tres pantallas y notó que se había sentado encima de un papel. Tuvo la tentación instintiva de cogerlo, pero lo pensó mejor y optó por quedarse quieto, en el intento de no llamar la atención de quien estuviera al control de las imágenes de las cámaras de seguridad. Esperó cinco minutos, se incorporó levemente, deslizó su mano derecha hacia abajo y sacó el *post-it*. Lo puso sobre la mesa, mezclado con otros muchos papeles. Y leyó lo que había escrito Sonja: Boris Kovalev.

Moscú, 23 de agosto (a 74 días de las elecciones)

Cuando Maxim llegó a su apartamento por la mañana tenía un fuerte dolor de cabeza. La tensión había sido mucha durante la madrugada en su puesto de trabajo. Mientras hacía su labor cotidiana, no paró de cavilar sobre los pasos que debía dar. Quería saber quién era ese tal Kovalev. Pero lo primero que tendría que hacer sería destruir el *post-it* de Sonja. Fue al baño, sacó una cerilla, quemó el papel y sus cenizas se fueron hacia las cloacas de Moscú con el agua del inodoro.

Estaba a punto de pasar un día más en blanco, sin apenas dormir. No iba a esperar. Se vistió con ropa y zapatillas deportivas y trató de ocultar su rostro lo mejor posible con una gorra de visera amplia y unas gafas de sol. Podría levantar sospechas que se marchara de su apartamento a la hora en la que solía dormir. Dejó el móvil en casa para que nadie pudiera rastrear sus movimientos a distancia. Salió por la puerta trasera del edificio para no cruzarse con el portero y empezó a correr, como un *runner* más.

Callejeó por la ciudad durante unos veinte minutos, yendo y viniendo, dando rodeos de despiste, para terminar en el centro comercial TDC Novinsky, a poca distancia de su casa. Allí se podía conectar a una buena red wifi pública y gratuita, disponible para los clientes. Entró por una puerta de servicio que ya conocía, porque no era la primera vez que la utilizaba. En esa zona había menos cámaras de seguridad, aunque no se quitó ni la gorra ni las gafas y se deslizó hasta unos baños públicos. Se encerró.

Sacó un móvil del bolsillo de su pantalón. No estaba a su nombre. De hecho, ni siquiera disponía de conexión telefónica. Se trataba de un *smartphone* libre, sin línea con ninguna operadora, que había comprado en un viaje a Europa para utilizarlo en ocasiones como esa: cuando no quería ser localizado y necesitaba hacer una búsqueda en internet que pudiera levantar sospechas.

Encendió el dispositivo, se conectó a la señal wifi y escribió el nombre de Boris Kovalev en el buscador. Aparecieron varios cientos de referencias. Clicó en una ellas, una noticia de prensa de hacía pocos meses: el presidente de Rusia, Iván Karlov, había visitado por sorpresa al viejo espía Kovalev en su ochenta cumpleaños. Kovalev fue jefe del actual presidente cuando ambos estaban destinados por los servicios de inteligencia soviéticos en la República Democrática Alemana, en los años ochenta. Buscó algún dato suplementario en el resto de las referencias, pero no encontró mucho más, salvo que Kovalev era un hombre muy respetado por los chequistas, como son conocidos los espías rusos desde los tiempos de la revolución soviética.

Maxim cerró los ojos y levantó la cabeza hacia el techo. Se quedó así durante unos minutos, pensativo, sentado encima de la tapa del inodoro, en el baño del centro comercial. ¿Qué debía hacer?

Después de muchas dudas, decidió que tenía que avisar a Pablo Perkins. No estaba en condiciones de darle muchos detalles porque no los tenía. Pero quizá Pablo pudiera, desde España y sin correr riesgos como los que él corría en Rusia, ampliar la investigación con esos tres nombres: Leonard, Ocaso y Boris Kovalev.

Madrid, tres años antes

El aula tenía capacidad para acoger a más de cincuenta personas. Era espacio suficiente para los treinta alumnos del máster de ingeniería informática de la Madrid Computer Engineering School (Escuela de Ingeniería Informática de Madrid), un centro reconocido en el ámbito internacional.

Uno de esos alumnos era un joven ruso que se había hecho muy popular entre sus compañeros por su simpatía y amabilidad. Se llamaba Maxim Kuzmin. Tenía una habilidad especial con los ordenadores y estaba entre los más destacados del curso. Su profesor, Pablo Perkins, se percató de ello desde los primeros días de clase y siguió con interés los progresos del chico.

A sus treinta y cinco años, Perkins era un virtuoso de la informática, aunque compartía esa pasión por los ordenadores con pasiones igual de intensas por el equipo de fútbol del Atlético de Madrid, por el equipo de béisbol de los Mets de Nueva York y por los aviones. Aprendió a pilotar avionetas en el aeródromo madrileño de Cuatro Vientos. El amor por esos aparatos y por los Mets era herencia paterna.

Su padre, Matthew Perkins, había sido oficial de la Fuerza Aérea de los Estados Unidos y estuvo varios años destinado en la base americana de Torrejón de Ardoz, en Madrid. Fue allí donde Matthew conoció a una joven española llamada Elena, abogada de éxito en una empresa multinacional y seguidora del Atlético. Fanática, que es la única forma de ser atlético. Y fue en Madrid donde tuvieron a su hijo, al que llamaron Pablo. Tiempo después, Matthew y Elena se casaron en Nueva York cuando él terminó su misión en territorio español. Vivían en Estados Unidos, pero pasaban temporadas en España. También era habitual que Elena se instalara durante meses en Madrid debido a su trabajo, lo que provocaba la separación de la familia. Y eso convirtió al matrimonio en una pareja peculiar, en la que la convivencia no era su principal característica, sino más bien la excepción.

A pesar de ello, nunca rompieron. Se echaban de menos cuando no estaban juntos, pero se cansaban de compartir techo cuando esa situación se alargaba durante demasiadas semanas. Ambos eran muy celosos de su individualidad y no querían que ese deseo de ser uno mismo se diluyera en la intensidad propia de una relación de pareja. Se querían y por eso decidieron tomarse las cosas con calma y actitud templada, sin dramas, así cuando estaban juntos como cuando estaban separados. Con respeto mutuo.

Pablo se había convertido en un joven despierto, buen estudiante y deportista. No nació con el talento suficiente como para ser jugador profesional de fútbol o béisbol, como había soñado de niño, pero sí destacaba entre sus compañeros de universidad. Tenía buena planta física. Desde sus pies hasta su abundante pelo castaño, superaba con holgura el metro ochenta de estatura. Corría un rato casi todas las mañanas y moldeaba su musculatura en un gimnasio especializado en el entrenamiento de boxeadores. Sin abusar, porque no le gustaba el cuerpo de los culturistas. Pero llegó a dominar con pericia el *jab*, el *crochet*, el *uppercut* y las esquivas. Su golpe directo con el puño derecho era estimable. Quien lo recibía tardaba unos días en olvidarlo. Siempre se mostraba competitivo. Le costaba dormir después de perder o de que perdieran el Atleti o los Mets porque, cuando eso ocurría, él también se sentía derrotado.

Terminó la carrera en Estados Unidos, realizó estudios de posgrado y trabajó varios años en una multinacional tecnológica en California. Y entonces, alguien fue a buscarlo: su propio padre.

Matthew ya veía de cerca el momento de jubilarse y disfrutar del mar, de sus libros, del cine y de los Mets. Su vida había estado llena de sobresaltos, algo propio de su profesión. En su cuerpo quedaban varios recordatorios de momentos que pudieron ser los últimos, pero que por suerte no fueron definitivos. A su edad, aún se mantenía en buena forma física y había evitado que las grasas abdominales adquirieran vida propia. Por el contrario, los ojos se mostraban más cansados con el paso de los años y se había habituado a llevar las gafas de leer sujetas a las orejas, como corresponde, pero apoyadas en su pelo gris ensortijado, siempre preparadas para ser reubicadas en la nariz cuando lo precisara.

Matthew propuso a Pablo disfrutar juntos de un fin de semana completo. Compraron entradas para ver el partido de los Mets en el estadio Citi Field de Nueva York, la noche del viernes. Y en la mañana del sábado, alquilaron un barco de recreo en la localidad de Port Jefferson, en Long Island, a unos cien kilómetros de Manhattan. Zarparon temprano para aprovechar el día. A bordo llevaban suficiente avituallamiento para dos jornadas y la previsión del tiempo era estupenda: sol, temperatura agradable y mar en calma. Padre e hijo, cuarenta y ocho horas solos.

A mediodía, después de una mañana de navegación en dirección norte hacia New Haven, prepararon la mesa para el almuerzo. Matthew cogía los platos con sus enormes manos, como raquetas de tenis. A Pablo le divertía ver los brazos desnudos de su padre, cubiertos de vello rubio y con pecas en su piel extremadamente blanca, que delataba los genes que le había legado su abuelo, un emigrante irlandés que llegó a Estados Unidos, como otros muchos, en la primera mitad del siglo xx.

—¿Cómo te va con las chavalas, tronco? —preguntó Matthew a Pablo con una sonrisa pícara. Y se lo preguntó en español, porque le gustaba utilizar palabras como «chavalas» o «tronco», que le habían enseñado sus muchos amigos de cervezas y noches interminables en las tascas de Madrid. Pablo reía a carcajadas cada vez que su padre utilizaba esos términos extravagantes porque, en muchos casos, se trataba de expresiones que habían entrado en desuso décadas atrás, poco después de que su padre dejara su labor militar en España. Era habitual que, en medio de una conversación, Matthew soltase por su boca un «de buten» o un «demasié», que ningún español con menos de cincuenta años entendería.

—¿Chavalas? ¿Tronco? Jajaja... ¡Papá, estás congelado en los años setenta! ¡A ver si te actualizas, «colega»!

—¿Colega? Todavía no somos colegas, Pablo. No tenemos el mismo trabajo. Pero quizá lo seamos pronto —dijo entonces Matthew entre divertido y misterioso.

Pablo hizo un gesto de incredulidad hacia su padre, que esquivó la mirada de su hijo mientras seguía colocando los platos sobre la mesa.

—¿Quieres que me aliste en la Fuerza Aérea? Creo que ya se me ha pasado la edad, ¿no crees? —respondió Pablo, desviando la atención y evitando así hablar de chavalas, un tema que prefería dejar de lado.

Era el momento. Matthew no perdió más tiempo en argumentos preliminares.

—Pablo, tengo que contarte algo.

El chico estaba colocando unos vasos y levantó la vista a la espera de saber qué asunto le tenía que contar su padre. ¿Sería algo sobre la relación con su madre? ¿Alguna novedad en el trabajo? ¿Una propuesta de vacaciones? La realidad era que su vida estaba a punto de dar un vuelco.

—Soy agente de la CIA —dijo de repente ante la sorpresa de su hijo.

—¿Hablas en serio? —preguntó Pablo, después de quedarse paralizado y en silencio durante unos segundos, dibujando media sonrisa en su rostro y con los ojos muy abiertos, en la seguridad de que su padre estaría bromeando.

—Soy agente de la CIA —repitió Matthew con tono seco y una seriedad que evidenciaba la veracidad de sus palabras.

El chico creía que su padre seguía en la Fuerza Aérea realizando tareas de gestión que le obligaban a viajar a menudo por las bases que Estados Unidos tiene en medio mundo, y a permanecer algunas temporadas fuera de casa. Pero ahora se daba cuenta de que las cosas eran muy distintas.

Matthew tuvo que dar algunas explicaciones a su hijo, que Pablo atendía con notable confusión debido al desconcierto que le había causado la noticia. Solo después, le hizo la oferta.

—Te he traído hasta aquí para contarte todo esto. Pero también para hacerte una pregunta. —Matthew no quiso darle tiempo a Pablo para procesar lo que le acababa de decir y continuó—: ¿Quieres trabajar en inteligencia?

Pablo miró a su padre con los ojos muy abiertos y después se levantó de la silla. Se mantuvo pensativo durante unos segundos, mirando hacia el horizonte. Matthew le concedió su espacio para que se serenara. No necesitó mucho tiempo. Pablo quería saber más cosas, porque no tenía una respuesta inmediata para esa pregunta.

—¿Desde cuándo eres agente de la CIA?

—Desde que terminé mi trabajo en España y volvimos a Estados Unidos —respondió Matthew.

—¿Y qué haces?

—He realizado misiones en Afganistán, en Irak, en Siria, en Rusia y en Europa. Y también mucha labor de análisis aquí, en Estados Unidos.

—Así que esos eran tus viajes de negocios...

—Sí.

—¿Por qué no me lo contaste antes?

—No podía. Y aunque hubiera podido, no te lo habría contado. Has vivido mucho más tranquilo tu infancia y tu adolescencia gracias a que no lo sabías.

Pablo escuchó en silencio esa explicación. No le gustaba, pero asumía que su padre tenía razón.

—¿Mamá lo sabe?

—Sí.

—¿Se lo has contado ahora?

—No. Mamá lo sabe desde el principio. Tenía que saberlo. Y, además, se lo consulté. Acepté el trabajo porque yo quería, pero también porque tu madre estuvo de acuerdo.

—¿Mamá sabe que estamos teniendo esta conversación?

—Sí. Hablé con ella hace unos días. Me dijo que preferiría que te dedicaras a otra cosa, pero que ya eres adulto y debes tomar tus propias decisiones.

—Me has preguntado si quiero trabajar en inteligencia. Eso, ¿qué significa? ¿Quieres que trabaje en la CIA?

—No solo para la CIA.

—No entiendo.

—¿Sabes lo que es el CNI?

—Sí, el servicio de inteligencia de España. La CIA española.

—Exacto. Pues el CNI te conoce. En realidad, te ha conocido porque me conocía a mí. Parte del trabajo que he hecho en Europa ha sido en España, en colaboración con el CNI, y ellos saben que viví allí, que estoy casado con una española y que tengo un hijo español. Y conocen también tus progresos en la universidad, porque lo he hablado con ellos a lo largo de los últimos años.

—¿Y?

—Hace unos meses se interesaron por tus estudios, por el trabajo que haces en California y por los planes que tenías para el futuro. Hablaron conmigo para saber si yo estaría de acuerdo en que te hicieran una oferta de trabajo. Les dije que no tenía inconveniente y me pidieron que realizara yo una primera gestión con la dirección de Langley para sondear su disposición. Y a Langley le pareció una gran idea.

—¿Qué idea?

—Que seas un agente de enlace entre la CIA y el CNI.

—Enlace entre la CIA y el CNI...

—Por supuesto, las relaciones de alto nivel las llevan las jefaturas de las dos agencias, y hay una comisión en el segundo nivel. Pero tú serías el agente de campo, por decirlo así. Creen que tienes el perfil perfecto por tu formación, por ser español y americano, y por el hecho de que tu padre sea agente de la CIA.

Matthew hizo una pausa a la espera de que Pablo dijera algo. Pero el chico se mantenía en silencio, mirando fijamente a su padre.

—Conocemos bien tus capacidades, Pablo. Y creemos que puedes ser muy útil en esa labor concreta. Si aceptas, la CIA te enseñará todo lo que tienes que saber y te presentará a las personas que debes conocer. Y después, tendrás otro curso con el CNI en Madrid. España es tu segunda casa, y también es tu país, con lo que no tienes que aprender mucho sobre eso. Este trabajo es complejo y, a veces, puede ser peligroso. Pero es apasionante. Conocerás cosas que nadie más sabrá. Y podrás ayudar a tus dos países.

El fin de semana de navegación fue muy distinto de lo que Pablo imaginó. Había subido a bordo del barco como licenciado en ingeniería informática con trabajo en Silicon Valley y había salido del barco como espía. O casi. Porque, sí, pasados unos días de aquella charla, Pablo informó a su padre de su disposición a aceptar la oferta, después de mantener una larga conversación telefónica con su madre. Conversación en la que ni las siglas de la CIA ni las del CNI fueron pronunciadas por ninguno de los dos. Era innecesario. Amaba a sus dos países, le resultaba inspiradora la idea de trabajar para ellos, sentía un gran deseo de vivir en España después de tantos años en Estados Unidos y estaría más cerca de su madre, a la que echaba de menos.

Poco después, la agencia acogía al muchacho en su sede de Langley, cerca de Washington D.C., para someterlo a un intenso proceso de formación. Allí fue instruido en técnicas de investigación, seguimiento de personas e interrogatorios. Aprendió nociones de psicología y se preparó en artes marciales y manejo de armas. También empezó a recibir clases de ruso y chino. Era lo que peor soportaba, pero tuvo que continuar sus estudios de idiomas en España.

Cuando llegó el momento, Pablo viajó a Madrid y alquiló un apartamento en el paseo de la Castellana, a pocos minutos a pie de la embajada de Estados Unidos, en la calle Serrano, y muy próximo también a la Madrid Computer Engineering School, en la calle María de Molina. Su madre vivía en la lujosa zona de La Moraleja, al norte de la ciudad, en una casa con piscina y jardín.

Durante unos meses, Pablo se sometió a otro proceso de formación en el CNI. Y solo después le dieron una ocupación que sirviera de tapadera: profesor en la escuela de informática.

No era necesario dedicarle muchas horas al día, tenía disponibilidad para viajar y se mantenía al tanto de cualquier novedad en el ámbito de las nuevas tecnologías porque estaba en contacto con otros expertos internacionales. Además, colaboraba con empresas españolas y europeas que buscaban alta especialización, lo que le permitía establecer relaciones fluidas con importantes directivos de compañías de primera línea en el ámbito tecnológico y de investigación. Incluso era consultado periódicamente por instancias políticas españolas e internacionales. Eso daba acceso a información útil para los servicios de inteligencia, que en estos tiempos están parcialmente reconvertidos en agencias de espionaje sobre asuntos económicos y tecnológicos.

Pablo tenía contacto directo con la antena (el grupo) de la CIA en Madrid, instalado en la séptima planta del edificio de la embajada. Informaba al responsable cuando había algo importante. Pero disponía de un alto grado de autonomía concedida por la dirección en Langley.

Se estableció que su enlace en el CNI fuera Teresa Fuentes, también experta informática. Teresa tenía cinco años menos que Pablo, una elegante y bien cuidada media melena morena, era adicta al gimnasio y disfrutaba de una inteligencia y un instinto muy singulares. No pasaba inadvertida en ningún aspecto. Pablo y Teresa necesitaron muy poco tiempo para entenderse bien. Muy bien.

Los primeros años como espía fueron de aprendizaje y adaptación. Consiguió pequeños éxitos que le ayudaron a ganar fe en sí mismo y a granjearse la confianza de sus jefes en Madrid y en Langley. Pero el primer gran reto llegó después y por sorpresa.

El olfato de Pablo se activó cuando Maxim llegó a la escuela como nuevo alumno. El joven ruso mostraba un perfecto dominio del inglés y un suficiente conocimiento del español, que estaba aprendiendo a marchas forzadas. Pablo supo después que el muchacho también hablaba francés y alemán.

Tras un mes de clases, Perkins decidió someter a Maxim a un discreto seguimiento, para lo que pidió la ayuda de Teresa. Y Teresa hizo el encargo a un agente del CNI. Pasadas tres semanas, Pablo fue llamado a la sede del servicio, donde le mostraron varias fotografías: Maxim se había reunido en una cafetería con un funcionario de la embajada rusa. Eso no significaba necesariamente que el chico fuese un espía del FSB o del SVR. Podría tratarse de una simple charla entre compatriotas que viven fuera de su país. Pero sí era un buen motivo para seguir investigando.

—Necesito que monitorices el teléfono de Kuzmin durante unos días —pidió Pablo a Teresa—. Hay que saber con quién habla y de qué habla en esas conversaciones.

—No puedo hacer eso, Pablo. Ya me he saltado dos o tres normas para darte los números de teléfono con los que se comunica tu amigo ruso, pero grabar o escuchar esas conversaciones es ilegal. Necesitaríamos una autorización judicial, y para conseguirla tendríamos que llevar alguna prueba. Como poco, un indicio de que ese hombre es un peligro.

—Gracias igualmente. Creo que me podré apañar solo con los números.

Cuando dispuso de la lista de teléfonos con los que se comunicaba Maxim, Pablo empezó a concluir que algo ocurría, porque varios de esos números estaban localizados habitualmente en la zona de la calle Velázquez cercana a la enorme mole de mármol blanco que acoge en Madrid la embajada de la Federación Rusa. Además, Teresa le había regalado extraoficialmente algún dato suplementario: media docena de sospechosas búsquedas en internet realizadas por Maxim con su *smartphone*.

Perkins optó entonces por no pedir más ayuda para evitar así enfrentarse a los cauces burocráticos e impedir, además, que la información sobre Maxim empezara a fluir por los pasillos del CNI, sin saber en qué despacho acabaría, y qué haría con los datos el ocupante de ese despacho. Una de las órdenes que había recibido tanto de la CIA como del CNI era actuar con prudencia: todo aquello que pudiera ser importante debía estar en conocimiento de muy pocas personas. De manera que decidió *hackear* por sí mismo el móvil de Maxim y el ordenador portátil con el que el chico trabajaba en clase. Y encontró lo que esperaba encontrar: dos dispositivos extraordinariamente bien protegidos contra intrusos. Tan extraordinaria era la protección que resultaba impropia de una persona normal, por muy experta que fuera en informática. Y, como consecuencia, se podía deducir que Maxim no era una persona normal. Perkins no insistió en su *hackeo* por temor a que el ruso se percatara del intento de asalto. Pero sí decidió encargarse del seguimiento por su cuenta, con la ayuda de Teresa. Aquello podía ser importante. Por tanto, prudencia.

Con el paso de los meses, la relación de Pablo y Teresa ya había dejado de ser meramente profesional y traspasaba con creces los límites de una simple amistad. Eran una pareja. Peculiar, sin duda, porque no era conveniente que lo supiera mucha gente. No, desde luego, sus respectivos servicios de inteligencia, ya que podría perjudicar sus carreras. Pero su estrecha complicidad también les ayudaba en el trabajo: se apoyaban con lealtad, confiaban el uno en el otro, se guardaban los secretos mutuamente y, juntos, diseñaron un plan de seguimiento a Kuzmin.

El plan implicaba a Teresa, porque si Maxim, como ya sospechaban, era un espía, se podría percatar con cierta facilidad de que Perkins le vigilaba, ya que era su profesor. Pero a Teresa no la conocía y el seguimiento resultaría más efectivo y seguro. Así fue.

Durante un mes, Teresa fotografió dos reuniones de Kuzmin con personal de la embajada rusa en un bar y un parque. Y en otra ocasión, un coche con dos hombres de esa delegación a bordo recogió a Maxim. Pero la prueba definitiva llegó una tarde de sábado. Esa vez, Teresa se había equipado con material más sofisticado. No solo llevaba una minicámara de vídeo. También tenía un dispositivo capaz de captar conversaciones a cierta distancia. Ella cambió su aspecto físico, como hacía siempre que iba a realizar un seguimiento. En especial, cuando repetía el rastreo a una misma persona.

Llevaba horas de guardia dentro de un coche aparcado a cincuenta metros del edificio en el que vivía Kuzmin. Empezaba a pensar que no saldría en todo el día, que habría decidido disfrutar de un agradable sábado leyendo *Crimen y castigo* o *Guerra y paz* en caracteres rusos. Pero, pasadas las siete de la tarde, Maxim salió del portal. Miró con disimulo hacia todos los lados. Teresa se encogió debajo del volante para no ser vista. El ruso paseó calle arriba y en la esquina esperó a que pasara un taxi. Teresa arrancó su coche y empezó a moverse muy despacio. Vio a Maxim subir al taxi y lo siguió.

Diez minutos después se detuvo en la plaza de Cuzco, frente a la cafetería Rodilla. Vio a Kuzmin entrar y sentarse a una mesa junto al ventanal que miraba al paseo de la Castellana. Teresa comprobó que no había dónde aparcar en la calle y optó por meter el coche en un *parking* cercano a la cafetería. Corría el riesgo de que el joven ruso se le hubiera escapado cuando saliera del aparcamiento. Pero no tenía otra opción. Tuvo suerte, porque cuando llegó a Rodilla, casi a la carrera, comprobó que Maxim seguía allí y que le acompañaba otra persona. Miró un par de veces de soslayo tratando de confirmar si el acompañante era alguno de los que ya se había reunido con él en alguna ocasión anterior. La cara le resultaba familiar, pero no era ninguno de los que ella misma captó con su cámara en los seguimientos previos.

Había tres mesas libres. Teresa se sentó en una de ellas, no la más cercana para llamar menos la atención, y colocó su bolso en dirección al lugar en el que estaban los dos hombres a los que espiaba. La minicámara tenía un objetivo tan diminuto que era casi imposible de ver; estaba colocada de forma disimulada junto a la cremallera. Al lado, un pequeño micrófono direccional registraría la conversación, aunque tendría que luchar contra el ruido del local.

Después, Teresa envió un mensaje de móvil a Pablo: «Los sándwiches de Rodilla, en la plaza de Cuzco, son estupendos. Tú te los pierdes». Pablo estaba tumbado en el sofá de su casa, con los pies sobre la mesa, viendo una película de espías mientras esperaba recibir noticias de Teresa. Escuchó el pitido en su móvil, vio el mensaje, se levantó de un salto, se vistió precipitadamente y salió de casa a la carrera. Con un alto grado de temeridad, condujo sin freno por las calles de Madrid, se saltó dos semáforos y llegó a la plaza de Cuzco a tiempo de ver, desde el coche en movimiento, cómo Kuzmin salía a solas de la cafetería. Su acompañante se quedó para irse después. No querían marcharse los dos al mismo tiempo. Cuando por fin el desconocido ruso abandonó la cafetería, Perkins lo siguió en su coche. Y, en efecto, regresó a la embajada de su país.

Una hora después, Pablo abrió la puerta de su casa a Teresa. Se sentaron delante del ordenador, lo desconectaron de internet para que nada de lo que hicieran pudiera ser controlado a través de la red por algún intruso malicioso y se prepararon para descargar el material que se había grabado con la minicámara y el micrófono.

—Todavía tengo el corazón a cien —resopló Teresa.

—Será que no has dejado de pensar en mí todo el tiempo —fanfarroneó Pablo con picardía.

Teresa ignoró el farol de Pablo. De momento, estaba trabajando. Después, ya se vería.

—Ha habido un momento en que creí que me habían descubierto, porque Kuzmin se levantó de repente y se dirigió hacia mi mesa, pero iba al baño. Me entraron sudores.

—Olvídalo ya. Vamos a por las grabaciones.

Teresa sacó los dispositivos del bolso y los conectó al ordenador. Estaban impacientes.

Las imágenes servirían para cotejarlas con el archivo de espías extranjeros del CNI en el intento de averiguar la identidad del acompañante de Kuzmin. Ahora, lo importante era destripar la conversación que, por supuesto, se había desarrollado en ruso. Pablo avanzaba en su dominio del idioma de Tolstoi y Teresa lo hablaba con cierta soltura, pero la grabación era confusa debido a la lejanía de sus protagonistas y al ruido que había en el local. Aun así, pudo transcribir algunas frases:

> ACOMPAÑANTE: ¿Cómo te va en la escuela de informática?
>
> MAXIM: De momento, muy bien.
>
> ACOMPAÑANTE: ¿Crees que hay algún riesgo de que quedes en evidencia?
>
> KUZMIN: No. Ninguno (la frase continuaba, pero era inaudible).
>
> ACOMPAÑANTE: (Inaudible)... en la embajada... (inaudible)... dentro de unos días.
>
> KUZMIN: De acuerdo.
>
> ACOMPAÑANTE: El plan sigue sin novedad. (Inaudible)... y te esperan en la Lubianka.

Esa era la frase: «Te esperan en la Lubianka», la sede del FSB, el servicio de inteligencia ruso. Solo faltaba identificar al acompañante para confirmar, casi al cien por cien, que Kuzmin era un espía.

Teresa no podía aguardar más. Hizo una captura de la imagen del acompañante, la imprimió y salió de la casa de Pablo a la carrera.

—¿Dónde vas? —preguntó Pablo con gesto de incredulidad ante el ansia escapista de Teresa.

—Luego te cuento —respondió Teresa mientras abría la puerta y desaparecía escaleras abajo.

Dos horas después, Teresa volvió. Abrió con cuidado la puerta de la casa de Pablo. Ambos tenían una llave del domicilio del otro. Estaba a oscuras. Caminó de puntillas y en silencio, se desvistió en el salón, dejó la ropa en el sofá, entró en la habitación levitando como un fantasma y se deslizó suavemente entre las sábanas, hasta rozar su cuerpo con el de Pablo. Acercó su boca al oído y le susurró:

—¡Lo tengo! ¡Le hemos pillado!

Pablo se dio la vuelta, la abrazó sin miramiento alguno, besó sus labios y juntos dieron un alegre y entusiasta grito de victoria que despertó a medio vecindario.

Un rato después, sudorosos y con la cama deshecha por los intensos movimientos que provoca el amor, se incorporaron para sentarse apoyados en el cabecero de la cama. Teresa sacó de su bolso la foto y los datos del acompañante.

—Es el número dos de la *rezidentura* del FSB en Madrid. Sí, tu amigo Maxim Kuzmin es un espía ruso. Probablemente aún no esté operativo, solo en periodo de formación. Pero es un espía.

Teresa había ido a la sede del CNI para revisar el archivo de imágenes y datos. No podía esperar al día siguiente para saber quién era aquel hombre que se reunió con Maxim. Y ya lo tenía.

—¡Eres la hostia! —espetó Pablo con cariño y admiración.

—Lo sé —respondió Teresa sin pudor ni falsa modestia.

Perkins compartió esa información con la antena de la CIA en España y, desde allí, se pidió opinión a Langley. La dirección de la agencia debatió el asunto y llegó a la conclusión de que podía ser una oportunidad interesante. El responsable de la CIA para Rusia viajó a Madrid para reunirse con los jefes del CNI y con Perkins. ¿Sería posible captar a Kuzmin? ¿Aceptaría Kuzmin convertirse en agente doble en Moscú, al servicio del CNI y la CIA?

Perkins recibió el encargo de intentarlo. Se ofrecería al joven ruso una cantidad interesante de dinero a ingresar en un banco en España a nombre de un testaferro. Si la colaboración resultaba fructífera y duradera en el tiempo, Maxim podría disponer de una vida holgada en España o Estados Unidos, con otra identidad y con protección, cuando la misión hubiera terminado. Ahora debían encontrar la forma más ¿seductora? de planteárselo. Y había que conseguirlo, porque la opción de que dijera que no podría resultar muy ¿desagradable? para las dos partes.

El plan lo diseñaron el responsable para Rusia de la CIA, su homólogo del CNI, Teresa y Pablo. Nadie más. Prudencia, de nuevo.

Una noche de invierno, Teresa esperó a Maxim en una zona oscura cerca del portal del edificio de apartamentos en el que residía en Madrid. Pablo estaba oculto en un coche a unos cien metros del lugar para intervenir si la situación se descontrolaba y surgía la violencia. Cuando Kuzmin regresaba después de una de sus clases en la escuela de informática, Teresa se acercó y le habló en ruso. Se sentía atenazada por el miedo. Era la primera vez que realizaba una operación de ese tipo. Su tarea habitual era más analítica que de agente de campo. Pero Teresa nunca decía no cuando se le proponía una misión. Sacó fuerzas de muy adentro y con sorna, tratando de sorprender al ruso, le preguntó: «Camarada Max, ¿cómo te va?».

—*Привет товарищ Макс. Как идут дела?* (*Privet tovarishch Maks. Kak idut dela?*)

Kuzmin sintió una repentina sacudida. No sabía quién era aquella mujer que se ocultaba dentro de un grueso abrigo y tras una bufanda que le cubría la mitad del rostro. Pero era evidente, por su marcado acento español, que no era una funcionaria de la embajada rusa. Y ese sarcasmo de llamarle camarada era un aviso peligroso. Algo no iba bien, pensó Maxim.

—*Я пришел сообщить вам, что у вас очень серьезная проблема.* (He venido a comunicarte que tienes un problema muy serio).

—¿Quién es usted? ¿Qué quiere? —preguntó Kuzmin en español, ignorando la lengua en la que le había hablado la joven.

—Lo importante no es quién soy yo, sino quién eres tú. Y sabemos quién eres.

—¿Es una broma? ¡Déjeme en paz! —dijo Maxim mientras trataba de zafarse del marcaje de aquella chica a la que no recordaba haber visto nunca.

—Escucha con atención —insistió Teresa agarrando del brazo al joven ruso para impedir su marcha—. En este momento, un francotirador te está apuntando a la cabeza. Si pretendes hacerme daño, te disparará sin dudarlo. Y si pretendes huir, te detendremos de inmediato. No llegarás a la esquina.

Maxim prefería no creer que la amenaza fuera real, pero tampoco estaba en condiciones de despreciarla como si aquella fuese la escena de un programa televisivo de cámara oculta. Teresa intentaba aparentar calma, suficiencia y seguridad en sí misma, pero en realidad estaba aterrorizada. Temía una reacción violenta de Kuzmin. Sin embargo, el ruso tradujo su sorpresa por aquella extraña situación en un movimiento espasmódico de su cabeza, a izquierda y derecha, mirando a su alrededor para buscar en los tejados colindantes ese fusil que amenazaba su vida. Pero apenas se veía nada debido a la oscuridad reinante. Aun así, incluso si este incidente se estuviera desarrollando a plena luz del día, Kuzmin no habría podido ver ni el fusil ni al francotirador porque no existían. El joven ruso amagó con replicar, pero Teresa le dejó mudo de inmediato.

—Te tenemos controlado, Maxim —pronunció su nombre para que la afirmación fuera más creíble—. Es inútil que intentes escapar. Si vas al aeropuerto, te detendrá la policía. Si tratas de salir de casa y vas a otro sitio que no sean tus clases, te detendrá la policía. Si aspiras a refugiarte en la embajada de Rusia, te detendrá la policía antes de que llegues. Tampoco contactes con nadie para que te rescate. Sería inútil. En este momento hay una docena de hombres ocultos en los alrededores y van a seguir ahí todo el tiempo detrás de ti. Eres un espía ruso y no estás acreditado como diplomático, de manera que no dispones de inmunidad. No tienes escapatoria. Si fueras diplomático, te expulsaríamos del país. Pero como eres un ilegal, si te detenemos, acabarás en prisión unos cuantos años y desperdiciarás tu juventud en una oscura celda, rodeado de unos vulgares chorizos. Sería una lástima. Y no pierdas el tiempo buscando una salida, porque la salida te la daré yo. Uno de estos días volveré por aquí y lo mejor es que hagas lo que yo te diga.

Teresa lanzó su discurso sin hacer una sola pausa. Pretendía impedir que Kuzmin pudiera articular palabra. Y, sobre todo, quería acabar cuanto antes y salir de allí para calmar su miedo. A pesar de no dominar por completo el castellano, Maxim entendió todo lo que le dijo esa mujer, salvo la palabra «chorizo». ¿Iban a llenarle la celda de embutido? Aún no controlaba todas las expresiones populares de la lengua española.

La misteriosa mujer vestida con un abrigo negro y bufanda dio media vuelta y se marchó sin despedirse. Maxim observó como se alejaba mientras el estómago se le contraía del susto. Miró a ambos lados de la calle en el intento de confirmar si era cierto que le vigilaban, pero no vio a nadie. De hecho, era falso que hubiera una docena de vigilantes. Teresa había jugado de farol. Solo Pablo estaba oculto dentro de un coche ante la posibilidad de tener que actuar si Kuzmin perdía los nervios y atacaba a Teresa.

Kuzmin entró en el portal notando palpitaciones aceleradas. Subió a su apartamento confuso y con el sentimiento de estar atrapado, aunque todavía no sabía por quién. Abrió la puerta con cuidado. Revisó todo por si alguien hubiera entrado a colocar cámaras o micrófonos. No encontró nada. El apartamento estaba como lo había dejado antes de irse.

Tres días después, de nuevo en la oscuridad de la noche, Teresa esperó a Maxim cerca de su casa. Esta vez no le temblaban las piernas. Incluso le empezaba a gustar esa nueva labor. Se sentía segura, como casi siempre, y sabía que a una distancia prudencial estaba Pablo por si fuera necesario echar una mano.

—Hola, Kuzmin —dijo la misma voz que se había dirigido a él la vez anterior, y ahora en español—. Veo que has seguido las instrucciones que te di el otro día. Bien hecho. Ese es el camino correcto.

Maxim no abrió la boca. Se limitó a escuchar.

—He venido a hacerte una oferta que, como ahora verás, es muy generosa.

Teresa se sentía sorprendida consigo misma. No notaba la presión ni el miedo que la habían acongojado la otra noche. Su inteligencia y su disposición al trabajo le permitían aprender muy rápido.

—Tienes dos opciones. La primera es esta: podemos detenerte ahora mismo, pasarás dos o tres noches en comisaría, durante ese tiempo serás interrogado por la policía en unas circunstancias que no te resultarán agradables; después, un juez te enviará a prisión, dentro de unos meses habrá un juicio, te condenarán por espionaje y estarás en la cárcel unos cuantos años. —Teresa interrumpió su discurso durante apenas dos segundos, como si quisiera conceder a Kuzmin una pausa para digerir lo que acababa de escuchar—. La segunda opción es que aceptes colaborar con nosotros. En ese caso, yo me iré de aquí ahora mismo, tú subirás a tu apartamento, dormirás en tu cama, mantendrás tus contactos habituales con la embajada rusa como si no pasara nada, podrás seguir con tu curso en la escuela de ingeniería informática, conseguirás el título académico con una calificación excelente, cuando lo acabes volverás a Rusia y allí seguirás trabajando para el FSB, pero enviándonos toda aquella información que sea interesante. Es decir, serás un agente doble: nuestro hombre en Moscú. A cambio, dispondrás de una cuenta bancaria en España para tu disfrute. Si aceptas ahora, mañana ingresaremos cien mil euros, que ya serán tuyos. Y tendrás cincuenta mil euros más cada vez que nos hagas llegar datos importantes. Si en algún momento estuvieras en riesgo de ser detenido en Rusia, nos comprometemos a sacarte del país, a darte una identidad nueva y una residencia con protección en España o en Estados Unidos, donde se considere más seguro para ti.

Kuzmin tenía dificultades para procesar tanta información en tan poco tiempo sin manejar el idioma español con la soltura necesaria y con tan alto nivel de estrés como tenía en ese momento. Pero sí entendió lo fundamental: o traicionaba al FSB o iría a la cárcel. Tampoco le sorprendía, porque era lo que le había insinuado esa misma «visitante» tres días antes y ya había tenido tiempo para pensarlo y tomar una decisión.

En esos tres días su cabeza dio muchas vueltas. La primera noche no pudo dormir. La pasó sentado en el sofá de su salón, mirando a la pared. El miedo apenas le dejaba pensar con una mínima claridad. La tentación inicial, provocada por el pánico, fue la de huir, a pesar de creer que estaba siendo vigilado, pero tardó un minuto en descartar la idea. La posibilidad de refugiarse en la embajada rusa era inviable por el mismo motivo: le detendrían antes de llegar a la puerta. ¿Arrojarse al vacío desde la ventana de su apartamento para acabar con aquello? El suicidio apareció fugazmente en su cerebro, pero no soportaba la idea de caer desde tan alto. Los pocos segundos que tardara en destrozarse contra el suelo serían eternos.

Su única alternativa real era aceptar. Y esa idea, que al principio rechazaba sin dudarlo, con el paso de las horas fue virando hasta parecerle atractiva. Incluso, muy atractiva. Cautivadora. Y muy rentable. En cualquier caso, era inevitable. No tenía opción, salvo el suicidio. Y el suicidio no era una opción.

La segunda noche tampoco consiguió conciliar el sueño, pero ya no era por el miedo, sino por su intensa reflexión sobre cómo sería el resto de su vida dependiendo de la decisión que tomara. ¿Realmente quería trabajar para el FSB? No. Nunca quiso. ¿Le ayudaría su agencia rusa si conseguía contactar con algún agente del servicio? Quizá, pero no descartaba que, en adelante, sospecharan de él y le hicieran la vida imposible. Para empezar, le repatriarían a Rusia y es posible que nunca más le dejaran salir del país. Estaría controlado estrechamente durante años. Y, ¿qué haría allí? Su padre ya había muerto y su madre sufría un avanzado deterioro cognitivo. Todo lo que podía hacer por ella, que era ocuparse de que la cuidaran, ya lo hacía. Se preguntó si algo le ataba a su país y le costó encontrar una respuesta afirmativa. ¿La alternativa sería mejor? No lo sabía.

Fue entonces cuando un pensamiento aparentemente luminoso apareció en su cabeza. «Hay otra posibilidad», pensó. Durante unos minutos, se imaginó siguiendo el juego. Aceptaría el trato y cumpliría las instrucciones que le dieran. Pero, cuando volviera a Moscú, hablaría con sus jefes en el FSB, les contaría lo ocurrido y organizaría un operativo con el que engañar a la mujer que le había abordado en la calle y a quienes trabajaran con ella: esos que pretendían que se convirtiera en un traidor a su país. Les enviaría información falsa, con el objetivo de provocar desconcierto en los servicios de inteligencia occidentales. ¿Podría esa mujer o su agencia hacerle algún daño cuando ya estuviera en Rusia? «No, en Rusia seré libre», se respondió.

Dejó que esa expectativa flotase a la deriva en su cerebro durante unos minutos, hasta que se puso a sí mismo contra la pared con más preguntas: «¿Libre, en Rusia?; ¿estoy seguro de que quiero hacer eso?». Cerró los ojos, apretó los dientes y se confesó: «No. No quiero».

La tercera noche, horas antes de recibir la segunda visita de la desconocida, decidió que, incluso sin saber si la vida que le ofrecían los servicios de inteligencia occidentales iba a ser mejor, merecería la pena probar. Y no se sentía un traidor. Todo lo contrario. Sentía alivio. Se sinceró consigo mismo, reconociendo que, en realidad, su deseo de adolescente fue trabajar algún día en Silicon Valley, en California. Y, siempre que evocaba ese lugar, creía escuchar en sus oídos las voces de los cuatro componentes de The Mamas & the Papas cantando *California Dreamin'*. Era su sueño, el sueño de California. No. Nunca quiso servir al FSB. Lo hizo porque se vio forzado a ello cuando el servicio de inteligencia ruso le fue a buscar a la Universidad de San Petersburgo, en la que estudiaba, y le reclutó. De hecho, no le dieron la posibilidad de decir que no. Sí o sí. No le gustaba el FSB y tampoco le gustaba el régimen político imperante en su país. Pero no podía elegir. Eligieron por él. Terminada la carrera, le enviaron a España para que completara su formación en una de las mejores escuelas internacionales, y después tendría que instalarse en Moscú para vigilar el ciberespacio. Pero ahora, otro servicio de inteligencia volvía a elegir por él. Aunque esta elección, aun siendo peligrosa, sentía que era mejor que la anterior. O menos mala.

Finalmente, Teresa hizo la pregunta definitiva:

—¿Cuál es tu respuesta?

El joven ruso se tomó dos segundos antes de contestar, pero su decisión estaba tomada y era firme.

—Trabajaré para ustedes —dijo Maxim Kuzmin con aparente determinación.

Aquellas eran las tres palabras más importantes que había pronunciado en su vida. Acababa de dar un paso que lo cambiaría todo para él.

—Respuesta correcta. Tomo nota. Ahora sigue con lo tuyo. Dentro de unos días volveremos a hablar contigo. No seré yo. Será otra persona. Y no olvides que te seguimos los pasos. Felices sueños.

No hubo más conversación. Teresa desapareció entre los coches aparcados y luego dobló la primera esquina. En cuanto supo que estaba fuera del alcance visual de Kuzmin, empezó a correr como si se le escapara la vida. No sabía si habría agentes del FSB en los alrededores, pero podía haberlos. Solo quería salir de allí.

Una semana después, al terminar las clases, Perkins hizo llamar a Maxim alegando un asunto referido al máster. El chico se presentó en el despacho del profesor.

—Hola, Max. Vamos al jardín, que hace muy buen día para que estemos aquí encerrados.

Había más estudiantes en el campus, pero podían mantener una conversación discreta. Perkins empezó con algunas banalidades y preguntó a su alumno si le estaba resultando útil lo que aprendía en la escuela. Pero, de inmediato, cambió de asunto.

—*Я так рад, что вы согласились присоединиться к нам.* (Me alegra mucho que hayas aceptado unirte a nosotros) —dijo Pablo en su incipiente ruso.

Kuzmin sufrió un *shock*. Se percató de todo de repente. Nunca hubiera imaginado que su profesor fuera uno de ellos. Ni siquiera era consciente de que hablara ruso. Pero, de pronto, sintió un gran alivio porque, al menos, esa nueva y difícil vida que tenía por delante estaría ligada a alguien a quien conocía y apreciaba.

—Evita esa cara de sorpresa que se te ha puesto. No podemos llamar la atención —dijo Pablo con inusual seriedad—. Vas a trabajar conmigo. Estaremos en contacto permanente. Estableceremos una vía de comunicación segura. Esta no es una tarea sencilla, como puedes imaginar, pero lo haremos bien. Confía en mí. Yo confío en ti.

Kuzmin asintió y esbozó una ligera sonrisa que delataba una aparente satisfacción, dadas las circunstancias.

—Ahora, Max, céntrate en terminar bien el curso. Aún quedan cinco meses. Tendremos tiempo para hacer los preparativos necesarios. No dejes de reunirte con tus colegas de la embajada rusa cuando te lo pidan, porque debes mantener las mismas costumbres que hasta ahora para no levantar sospechas. Mañana te veré en clase. Y recuerda que un paso en falso significa la cárcel. —Pablo deslizó una sonrisa que Kuzmin no estaba muy seguro de cómo interpretar.

—Y algo más. —Pablo se colocó cara a cara con su alumno, mirando a sus ojos, construyendo en su rostro un gesto implacable, casi despiadado, y tratando de disimular la tensión que él mismo sentía—. Es posible que ahora o más adelante tengas la tentación de engañarnos, hablar con tus jefes en Moscú y tendernos alguna trampa con información falsa. Sería un grave error. Tenemos un amplio archivo de vídeo y de audio que hemos grabado en estos meses que llevas en España. En esas grabaciones haces y dices cosas que preferirás que no sepa el FSB. ¿Verdad? Podemos hacer que ese material, convenientemente editado para hacerte daño, llegue al despacho de alguien muy importante en Moscú, y te aseguro que será tu final.

Pablo mentía. No había grabaciones ni nadie en Moscú a quien enviárselas. Kuzmin tenía el convencimiento íntimo de que la amenaza era falsa, pero no podía saberlo con seguridad. En cualquier caso, su decisión era firme: trabajaría para Pablo, y lo haría con la mente en su *California Dreamin'*. Pero aún quería resolver una duda.

—¿Quién es la mujer con la que hablé?

—Eso no importa. Vete a casa.

—Hasta mañana —se despidió Max mientras recibía una amistosa palmada en la espalda.

Durante esos cinco meses que faltaban para terminar el curso, Perkins y Kuzmin establecieron una relación de confianza mutua. Maxim llegó a la conclusión de que había tomado la decisión correcta y se esforzó para estar a la altura: de eso dependía su propia vida y su satisfacción económica a largo plazo.

Entre los dos diseñaron un método de comunicación de difícil seguimiento por otros: poco digital y muy analógico. Esa era la clave. Una mañana de sábado, Perkins dio un paseo por el centro de Madrid hasta la calle de Claudio Moyano. En realidad, los madrileños la conocen como «la Cuesta de Moyano» porque es un camino de apenas doscientos metros, con un desnivel notable, que conduce desde el hermoso paseo del Prado hasta el frondoso parque del Retiro, una de las joyas de la ciudad.

La fama de la Cuesta de Moyano se debe a las casetas que se instalaron hace casi un siglo para vender libros. Allí se pueden encontrar pequeñas maravillas de la edición que ya no están disponibles en el mercado general. Es lo que los españoles llaman «librerías de viejo», que no son otra cosa que tiendas especializadas en libros de segunda mano, algunos muy antiguos y ya descatalogados.

Perkins no buscaba un título específico, pero sí uno del que encontrar dos ejemplares de la misma edición. Y aparecieron. Se trataba de copias de *El Quijote* de una edición de finales del siglo XIX. Una hermosura para cualquier coleccionista. Y muy caros. Uno lo colocó en un mueble de su casa, junto con otros cientos de libros. Y el otro lo envolvió como si fuera un regalo y se lo entregó a Kuzmin para que se lo llevara a Moscú. ¿Qué harían con esos libros?

En primer lugar, abrieron una cuenta de correo electrónico en Outlook con un nombre falso. Los dos tendrían la clave para entrar y escribir mensajes. Pero la función de la cuenta no sería enviar mensajes, sino solo escribirlos y dejarlos aparcados en la carpeta de borradores. El mensaje no viajaría por internet de una cuenta de email a otra y no estaría tan expuesto a quienes vigilan el ciberespacio al no salir de esa carpeta. Por tanto, sería un poco menos fácil de detectar por quien pretendiera detectarlo.

Aun así, si alguien lo conseguía, no podría descifrarlo con facilidad, porque el segundo procedimiento consistía en encubrir los datos en un texto en apariencia corriente, pero que incluiría las instrucciones para desentrañarlos. Esas instrucciones llevarían a buscar unas palabras en párrafos determinados de páginas concretas de esa antigua edición de *El Quijote* que solo ellos dos tenían. Ellos y nadie más. Uniendo las iniciales de esas palabras repartidas por el libro, se podría conformar el mensaje que uno de los dos escribiría para el otro. Esta sería la forma de comunicación entre Pablo y Maxim.

Con esta metodología, Kuzmin envió desde Moscú datos que sirvieron al CNI español, a la CIA americana y al MI6 británico para investigar, detener, acusar ante los tribunales y condenar a prisión a dos docenas de mafiosos rusos instalados en la Costa del Sol, en Londres y en varias ciudades de Estados Unidos. Y también permitió descubrir a cinco agentes rusos en varios países occidentales.

Tres años después, una mañana de verano, Perkins revisó la cuenta común de Outlook y encontró un nuevo mensaje de su colega ruso en la carpeta de borradores, colgado allí desde un teléfono móvil sin línea y conectado a la señal wifi de un centro comercial de Moscú. Siguió las instrucciones del código establecido: buscó la tercera palabra de la quinta línea en la página 39 de esa edición concreta y descatalogada de *El Quijote*, la sexta palabra de la undécima línea en la página 87, y así hasta veinticuatro letras iniciales de otras tantas palabras perdidas en el texto de Miguel de Cervantes. Las anotó en un papel en el mismo orden en que las había dispuesto Kuzmin y ante sus ojos aparecieron las cuatro palabras que debía investigar: Leonard, Ocaso, Boris Covalev.

«Covalev», con C. Maxim había ocupado horas y horas pasando las páginas de *El Quijote*, sin encontrar ninguna palabra que empezara con k. La letra k no es originaria de las lenguas romances, como el español, y en *El Quijote* no había manera de ver ninguna. Por eso la cambió por la C, en la confianza de que Perkins se percatara de lo que ocurría.

Moscú, 24 de agosto (a 73 días de las elecciones)

Las grabaciones enviadas por valija diplomática desde la embajada en el Reino Unido llegaron a Moscú días después de que Maxim Kuzmin comunicara a Perkins los tres misteriosos nombres que debía investigar en Madrid: Leonard, Ocaso, Boris Kovalev, y cuando Sonja Ivanova, la compañera de Maxim, intentaba también averiguar para sus jefes qué podía estar detrás de esas palabras. Pero Sonja y Maxim trabajaban en un departamento distinto del que había recibido las imágenes. Por tanto, los que tenían los vídeos ignoraban que quienes navegaban por el ciberespacio buscaban las mismas respuestas.

En la Lubianka hicieron un intenso trabajo para cotejar las imágenes captadas en la capital británica con las fotografías disponibles en el archivo del FSB. Los programas de reconocimiento facial no encontraban nada en el archivo más reciente. Por tanto, los dos individuos con los que se había reunido Kovalev no aparecían entre los agentes extranjeros activos que la agencia tenía controlados. Debían hacer una nueva búsqueda en el archivo antiguo y el programa tendría que comparar entre el aspecto actual de esas personas y el que pudieran tener quince, veinte o treinta años atrás. Lo conseguiría, pero no en diez minutos.

En otra planta del edificio, Sonja y sus jefes intensificaban la búsqueda de documentos que les permitieran sacar alguna conclusión, un hilo que explicara si existía algo oculto en aquella llamada telefónica de Kovalev a alguien en Berna, desde una cabina telefónica.

Berna, ese mismo día

Después de unos días fuera de casa, Arnold quiso congraciarse con su esposa Anna y reservó mesa en uno de sus restaurantes favoritos. Era un luminoso día de verano en Berna. Apetecía pasear. Primero tomaron una cerveza en una terraza de la Bundesplatz, frente al edificio del Parlamento federal suizo, y después pasearon por lo que se conoce como Innere Stadt, el centro de la ciudad antigua, para cruzar el puente Nydegg sobre el río Aar. En la otra orilla, arriba de una colina, pidieron al camarero que les indicara cuál era su mesa. El Altes Tramdepot es un restaurante en el que fabrican su propia cerveza y que tiene una maravillosa terraza desde la que se divisa buena parte de la ciudad. Eran las siete de la tarde y estaba abarrotado, como casi cada día de verano.

Unas horas después, cuando Anna se quedó dormida en el sofá viendo la televisión, Breuer encendió su ordenador y se dispuso a hacer una primera búsqueda de información sobre Edward Richard Brooks y sobre su hija Nathalie. Cuanto más sabía de ellos, mayor era su espanto.

Tampa, Florida (Estados Unidos), ese mismo día

Cuando la pantalla del ordenador puso delante de Breuer varias decenas de miles de referencias a Edward y Nathalie Brooks, la pantalla del ordenador de Charlie McKenzie realizaba ese mismo proceso y obtenía los mismos resultados. Empezó con los datos, muy básicos, que aportaba una entrada de Wikipedia. A partir de ahí, se sumergió en muchos otros documentos disponibles en la red, en los que se diseccionaban con detalle las vidas públicas de aquel agente soviético infiltrado en Estados Unidos y de su hija candidata a la Casa Blanca. Era necesario hacer acopio de información sobre ambos para establecer, si podían, la estrategia más acertada.

Peredélkino, cerca de Moscú, 1 de septiembre (a 66 días de las elecciones)

McKenzie en Tampa y Breuer en Berna buceaban en internet atónitos, estupefactos y hasta fascinados con los datos que iban conociendo sobre el ascenso político de Edward y Nathalie Brooks a lo largo de décadas. Y esa historia asombrosa era la que el presidente Karlov estaba a punto de narrar a su amigo y subordinado Mijaíl Vladimirovich Serkin, jefe del SVR, el servicio de inteligencia exterior de Rusia.

Unos días antes, Karlov había sacado a pasear a Serkin por los jardines del Kremlin para hacerle saber que Nathalie Brooks, la candidata demócrata a la presidencia de los Estados Unidos, era una espía de Moscú. Ahora, los dos viejos amigos de San Petersburgo estaban frente a frente, en el jardín de una hermosa y discreta dacha en la localidad de Peredélkino, a unos veinticinco kilómetros al suroeste de la capital, a punto de dar buena cuenta de una excelente cena preparada por uno de los oligarcas rusos, al que se conocía como «el cocinero de Karlov». Ese cocinero había prosperado hasta convertirse en millonario, siendo el responsable del servicio de desinformación y bulos que tan exitoso estaba resultando para Rusia desde hacía años. Pero seguía manejándose muy bien en los fogones, siempre que fuera para su presidente.

—Mijaíl Vladimirovich, has tenido unos días para reflexionar sobre la noticia que te conté. Doy por hecho que habrás investigado y que ya conocerás datos que antes no conocías.

—Sí, presidente. He hecho algunas averiguaciones, aunque con extremo cuidado. Como me dijiste, esta es una operación muy delicada, y así lo asumo.

La charla se había iniciado después de que el cocinero y los camareros terminaran de servir la cena y se retiraran dejando junto a la mesa suficiente cantidad de bebidas para diez comensales, aunque solo fueran dos. No escaseaba el vodka, sin embargo, ambos eran bebedores ocasionales. No abusaban del alcohol. Ya estaban solos en la mesa instalada en el amplio y cuidado jardín de la dacha. Los escoltas se colocaron en su posición de vigilancia a más de veinte metros de la mesa. Nadie podría escuchar aquella conversación.

—Estupendo, Misha. Ahora te voy a dar detalles fundamentales para entender algunos acontecimientos históricos que ya ocurrieron y otros que podrían ocurrir en el futuro cercano.

Tenían toda la noche por delante. La temperatura era excelente. Las estrellas se veían con una claridad que sería inverosímil en el centro de Moscú, donde las luces de la ciudad opacan el cielo. Iván hablaba y Misha escuchaba. Ambos habían aliviado la presión ejercida por el botón de la camisa que se ajusta al cuello y el nudo de la corbata ya hacía su trabajo de forma más holgada, sin ahogos. Las mangas, dobladas hasta el codo. Las americanas, colgadas en los respaldos de las sillas. Las suelas de los zapatos, reposando sobre el césped recién cortado, como si fuera el *green* de un campo de golf. Un tapete de hierba natural.

El presidente Karlov se remontó décadas atrás. Relató a Serkin la historia de Eduard Salvinov y de cómo se convirtió en Edward Salvin. Le habló del viaje del chico a Rusia, su formación en Kazán, su vuelta a Estados Unidos pasando por Normandía, el avión ruso derribado que hizo creer a Lavrenti Beria y los suyos que Edward había muerto en el canal de la Mancha sin haber realizado su misión... Y, con Misha deslumbrado por este prodigioso episodio de la inteligencia soviética, Karlov dio a su amigo más datos, muy detallados, de cómo Edward contactó con Sorokin y de cómo ambos mantuvieron ese contacto durante décadas sin ser descubiertos.

—Y esto fue, querido Misha, solo el principio de la Operación Kazán. —Aún había mucho por contar y mucha madrugada por delante—. Ya habrás visto en tus propias investigaciones que Edward Brooks se unió al Partido Demócrata de Arizona a finales de 1948 —continuó Karlov—. Era la instrucción que había recibido de Sorokin. El objetivo inicial era modesto. Consistía únicamente en explorar las posibilidades realistas de iniciar una carrera política en Estados Unidos. El plan no era que Edward alcanzara, necesariamente, cargos de gran relevancia porque eso podría suponer un peligroso exceso de exposición pública. Era más práctico escalar lo suficiente para ganarse la confianza de los dirigentes, instalarse a su sombra y conseguir así información útil para Stalin. No para el KGB. Para Stalin. El KGB no sabe ni sabía de la existencia de la Operación Kazán. Siempre han creído que Edward murió en aquel avión en la costa de Normandía. La Operación Kazán solo la conocemos tú y yo.

En tres años, Edward consiguió ser elegido delegado por Arizona en la Convención Nacional Demócrata que nominó a Adlai Stevenson como candidato a las elecciones presidenciales de 1952. Y su segundo éxito fue formar parte del equipo de campaña del candidato en el estado de Arizona, lo que le permitía estar en contacto directo con los responsables nacionales del partido. No era un puesto destacado, pero alguna información sí fluía a su alrededor, y esa información terminaba en el despacho de Stalin, en el Kremlin, después de pasar por Sorokin. Era solo el principio. Porque la situación cambió después de la muerte de Stalin en 1953: a partir de entonces la información de Edward era un privilegio exclusivo de Sorokin. Los sucesores del líder ignoraban la Operación Kazán.

Stevenson no ganó las elecciones de 1952. Tampoco las de 1956, cuando también compitió. El presidente fue el general Dwight Eisenhower, que se mantuvo en la Casa Blanca hasta 1960.

—Pero Edward alcanzó un objetivo importante: en la campaña de 1956 se había convertido ya en uno de los hombres de confianza de Stevenson, quien, a pesar de sus derrotas electorales, seguía siendo el dirigente demócrata más importante junto con la estrella del momento, que ya era John Kennedy. —Misha apenas probaba bocado, pendiente como estaba de cada palabra de Karlov—. Edward —continuó Karlov— intentó convencer a Stevenson para que se presentara una vez más a la nominación demócrata para las elecciones de noviembre de 1960. Khrushchev no se fiaba de Kennedy. Y, sobre todo, quería evitar que las elecciones las ganara Nixon, el vicepresidente de Eisenhower. Khrushchev ya conocía personalmente a Nixon y no le gustaba. Habían tenido una tensa charla en Moscú en 1958. Se despreciaban mutuamente. Y después, quien estuvo en Moscú fue el propio Stevenson. ¡Fue fantástico, Misha!

Karlov contó que hubo una reunión discreta en la que participaron Khrushchev y Sorokin, por el lado soviético, y Stevenson y Edward Brooks, por la parte americana. Sí, Edward volvía a Moscú siendo ya un espía. Pero Sorokin era el único que lo sabía. Khrushchev y Stevenson ignoraban la verdad.

—Querido señor Stevenson —le dijo Khrushchev a su invitado en aquel mes de agosto de 1958—. En mi corazón voté por usted en las elecciones de 1956 y me gustaría darle mi apoyo para que se presente de nuevo a las elecciones en 1960.

Stevenson agradeció las palabras con una enorme sensación de incomodidad, dado que aquella gentileza le llegaba del enemigo soviético y, con seguridad, no era desinteresada. Pero dos años después, Stevenson no compitió y las elecciones las ganó Kennedy, lo que no alegró especialmente a Khrushchev, que no se fiaba ni de él ni de Nixon. Aunque Kennedy sí hizo a Khrushchev un favor sin saberlo, porque nombró a Stevenson embajador ante las Naciones Unidas, y ese fue un cargo determinante durante la crisis de los misiles de Cuba en 1962.

Edward Brooks se había convertido en el jefe de gabinete de Stevenson y tuvo conocimiento directo de datos de alto secreto, que llegaban puntualmente a poder de Sorokin.

—Algunos datos que Edward hizo llegar a Sorokin ayudaron a impedir una guerra nuclear —sentenció Karlov.

Serkin asistía absorto y atónito al relato de su presidente. Pero faltaba historia por recorrer.

—Stevenson siguió como embajador en la ONU hasta 1965. Pero entonces, el presidente Lyndon Johnson decidió desprenderse de algunos antiguos colaboradores de Kennedy. Uno de ellos, Stevenson. Su caída también afectó a Edward. Durante un tiempo, la Operación Kazán quedó en suspenso. Había que rediseñarla con calma.

Para entonces, Nathalie Brooks vivía en Arizona con su madre. Edward volvió a casa y permaneció inactivo a la espera de órdenes. Y las órdenes llegaron en 1969. Un año después se celebrarían elecciones a las cámaras parlamentarias de Arizona, y Sorokin decidió que Edward debía presentarse para un puesto en el Senado estatal. Era un punto de partida antes de buscar metas más elevadas. Dispondría de cantidades de dinero para su campaña que ningún otro candidato podía acumular, porque ninguno tenía a su disposición los fondos reservados del Ministerio de Asuntos Exteriores de la Unión Soviética.

Edward Brooks consiguió su escaño en el Senado de Arizona por el condado de Maricopa, en el que está la ciudad de Phoenix. Después llegó el caso Watergate, la presidencia de Nixon entró en crisis y, como consecuencia, los republicanos también cayeron en una fase decadente. Era el momento que Sorokin esperaba para que Kazán volviera a la acción: debía presentarse a las elecciones de 1976 para conseguir un escaño como miembro de la Cámara de Representantes en Washington.

Nixon dimitió en agosto de 1974. Dos años después, su sucesor, Gerald Ford, perdió la presidencia ante el demócrata Jimmy Carter. Y ese mismo día, Edward Brooks consiguió su escaño en el Capitolio como representante del séptimo distrito electoral.

Este era el primer objetivo. El segundo era la joven Nathalie. Aunque, siendo el segundo objetivo, resultó ser el primero que se puso en marcha. Tiempo antes de que Edward se lanzara a la campaña para ocupar un puesto en el Capitolio de Washington, Nathalie fue enviada por su padre a estudiar a la Universidad de Oxford, en el Reino Unido. No eligió Oxford por casualidad. Evitaron la Universidad de Cambridge porque fue de allí de donde salieron algunos de los mejores espías dobles de la historia: ciudadanos británicos infiltrados en el servicio de inteligencia del Reino Unido entregados a la causa soviética. Y en esa universidad todavía había células de estudiantes comunistas que operaban en la clandestinidad haciendo proselitismo en favor de la Unión Soviética. Sería demasiado evidente. Para evitar riesgos, Nathalie se formaría en Oxford, pero alguien se ocuparía de llevarla por el camino establecido.

—No me extenderé mucho en los detalles —apuntó Karlov—, pero a Nathalie ya la esperaban en Oxford. Una agente del StB, el servicio de inteligencia checoslovaco, estaba encargada de la misión. Era funcionaria en la embajada de su país en Londres y su labor consistía en controlar y dirigir uno de los pequeños grupos de estudiantes comunistas de Cambridge que operaba con unas normas de estricto secreto. Eran apenas cinco. Ninguno conocía la identidad de los demás ni su aspecto físico, porque se reunían cubiertos con pasamontañas. Así, si uno de ellos era detenido, no podría delatar a los demás. Y, en el caso de Nathalie, si la policía conseguía algún dato sobre ese grupo de estudiantes comunistas, buscaría en Cambridge, pero no en Oxford.

—¿Cómo acabó Nathalie participando en esas reuniones? —Serkin pidió más detalles.

Oxford-Cambridge (Reino Unido), 1975

«Señorita Brooks, debe usted asistir a una clase en la Universidad de Cambridge. Se trata de un nuevo programa de la Secretaría de Estado de Estados Unidos para que los estudiantes americanos amplíen sus estudios».

La carta que tenía entre sus manos ilusionó a Nathalie, deseosa de disfrutar al máximo de su experiencia en el Reino Unido. Se sentía feliz de ir a Cambridge y de conocer a otros profesores y a otros estudiantes. Haría nuevas amistades. Era inteligente, despierta e inquieta, y tenía un carácter intenso. En ocasiones, arrebatador. A menudo, de difícil gestión. Pero, con el tiempo, aprendería a dominar sus emociones para convertirse en una mujer con una enorme capacidad para controlarse y controlar. Tenía una estatura por encima de la media de sus compañeras. Su larga melena morena y sus ojos grandes hacían de Nathalie una joven atractiva, aunque no estuviese considerada por sus compañeros varones como una de las más guapas de la universidad.

En la carta, con membrete oficial de la embajada de su país en Londres, se informaba con precisión del día, la hora y el lugar en el que se produciría la clase. Pero aquella carta había salido, en realidad, de la embajada de la República Socialista de Checoslovaquia en Londres. Allí, en el sótano de su edificio de cemento y cristal del 26 de Kensington Palace Gardens, en Notting Hill, la joven agente Andrea Blazek, del StB, fabricó el documento falsificado que recibió Nathalie en su habitación de Oxford. La clase estaba fijada para el siguiente sábado y la carta incluía el billete de tren para que Nathalie se desplazara hasta Cambridge, además de una reserva de hotel.

Salir de Estados Unidos para estudiar en Europa había sido un regalo para ella. Se sentía deseosa de abandonar el corsé emocional en el que vivía en Arizona. La prematura muerte de su madre había sumido a Nathalie en una profunda desolación y sensación de abandono. Su padre era apenas una referencia lejana. Veía a Edward solo cuando su actividad política le permitía volver a casa durante un par de días, antes de desaparecer de nuevo. Sí, le quería, pero no tanto a él como a la imagen que tenía de él. La auténtica referencia paterna la encontraba en su hermano Jonathan. El chico, simpático y cariñoso, se desvivía por su hermana pequeña. Nathalie había desarrollado una gran dependencia de él porque cuidaba de ella durante las largas ausencias de su padre.

La alegría vital de Jonathan se apagaría bruscamente en Vietnam. Su reclutamiento sumió a Nathalie en la desesperación ante la evidencia de que cualquier día a cualquier hora alguien llamaría a su puerta para darle la peor noticia posible. Y ese día y esa hora llegaron. El muchacho había muerto en combate.

La poca pasión por la vida que Jonathan había logrado inculcar a Nathalie tras la muerte de su madre se desvaneció con aquella carta en la que se comunicaba el fallecimiento de su hermano y la concesión de una medalla al valor. Cuando Edward volvió a casa al conocer la muerte de su hijo, encontró a una Nathalie más esquiva y difícil de tratar que nunca. No perdonaba a su padre que hubiera animado a Jonathan a combatir en la guerra, como él, supuestamente, había hecho en Europa en los años cuarenta.

Los reproches fueron durísimos y abrieron una brecha profunda que Edward trató de estrechar y, si podía, cerrar enviando a su hija al Reino Unido. Para ella, salir de casa fue una liberación. Huía de su país y de su padre. Ya no sentía aprecio alguno ni por uno ni por otro.

La idea inicial de Edward era convertir a Jonathan en la segunda parte de la Operación Kazán. Ahora, a pesar de las tensiones con su hija, tendría que intentarlo con Nathalie. Había un obstáculo muy difícil de sortear, y era el rencor que sentía por él. Pero también existía una posibilidad por explorar: Edward observó en su hija la profunda inquina que millones de jóvenes americanos en los sesenta y setenta sentían hacia la guerra de Vietnam y, por extensión, contra el sistema político americano tan predispuesto, en aquellos tiempos, a utilizar la fuerza militar sin miramientos. Con las debidas compañías y las necesarias influencias, Nathalie podría encontrar el camino que Edward quería que encontrara.

Llegó el día. La joven americana realizó el viaje de Oxford a Cambridge y se instaló en el hotel asignado. A primera hora de la tarde abandonó su habitación para caminar durante quince minutos hasta el Trinity College. Una vez allí, preguntó por la sala en la que se impartiría la clase. Le indicaron cómo llegar y entró. La sala era pequeña y estaba vacía. Disponía de asientos para acoger a quince personas. La pared de enfrente tenía una pizarra. A su lado, una mesa pequeña y una silla para el profesor.

Nathalie se sentó a esperar. Había llegado con unos minutos de adelanto, lo que podía explicar que no hubiera nadie más. Al momento, la puerta por la que acababa de entrar se abrió y apareció una mujer joven que saludó en inglés con un acento que Nathalie no supo identificar.

—Buenas tardes. Soy la profesora que va a dar la clase.

La alumna se puso en pie y estrechó la mano de su nueva maestra. Ambas sonrieron.

—Hola, soy Nathalie Brooks.

—¡Ah, sí! Nathalie. Tú eres la estudiante americana, ¿verdad?

—Sí. He venido desde Oxford.

—Estupendo, Nathalie. Me llamo Anke Weber y, como ya habrás adivinado por mi acento, soy alemana —mintió Andrea Blazek para sentenciar cualquier duda que pudiera provocar su forma de hablar en inglés.

—Encantada, profesora Weber.

—Esperaremos unos minutos, si te parece. Pueden venir dos alumnos más. Queremos que sean clases muy personalizadas, aunque la asistencia es voluntaria.

La supuesta profesora tomó asiento y dejó unas carpetas sobre la mesa. Por supuesto, nadie más acudiría a esa cita. La sala había sido reservada por uno de los alumnos de Cambridge que hacía labores de enlace entre la embajada checoslovaca y las células de estudiantes comunistas de la universidad. Pero ese alumno no sabía qué personas se reunirían allí. El secreto formaba parte de las más elementales medidas de seguridad que todos guardaban de forma muy estricta. Estarían más seguros si solo sabían lo imprescindible.

Pasados unos minutos, la agente Andrea Blazek —reconvertida en profesora Weber— decidió seguir con el resto del plan.

—Pues parece que no viene nadie más. Es normal, tratándose de un sábado por la tarde. La ventaja es que así tendremos ocasión de conocernos mejor.

Blazek-Weber sacó unos papeles e inició su discurso sobre los asuntos académicos. Nathalie empezó sintiendo cierta confusión al ser la protagonista de una clase unipersonal, pero terminó por asumir esa extraña situación con normalidad conforme pasaban los minutos. Al cabo de media hora, la profesora rompió su letanía. No quería permanecer allí mucho más tiempo. Había que evitar riesgos.

—Nathalie, como estamos solas tú y yo, ¿qué te parece si continuamos la clase en un lugar más agradable? ¿Conoces Cambridge?

—No. Es la primera vez que vengo.

—Pues te va a gustar. Vamos a dar un paseo. Te enseñaré la ciudad y nos sentaremos en una cafetería a terminar la clase.

Alumna y profesora salieron del aula, recorrieron los pasillos y se marcharon del Trinity College. Disfrutaron de las bulliciosas calles repletas de estudiantes y se sentaron a tomar un café en una terraza.

PEREDÉLKINO, CERCA DE MOSCÚ, 1 DE SEPTIEMBRE
(A 66 DÍAS DE LAS ELECCIONES)

—Estuvieron más de dos horas hablando en esa cafetería —continuó Karlov con su relato para Serkin—. Nathalie estaba fascinada con las cosas que le contaba su profesora. Después cenaron juntas y a partir de ahí iniciaron una amistad que las haría reunirse otros fines de semana durante meses. Andrea hizo un gran trabajo. Muy paciente. Casi de orfebrería. Y con el tiempo, consiguió ganarse la confianza plena de Nathalie. Era como una hermana mayor para ella. La hermana que no tenía.

Karlov explicó cómo la agente checoslovaca Blazek introdujo poco a poco a la joven americana en la lectura de textos comunistas, despertando la curiosidad de Nathalie. Con el paso de los meses, la curiosidad se fue convirtiendo en una incipiente actitud proactiva. La chica quería saber más. En ocasiones, escuchaban clandestinamente con una radio de onda corta las emisiones en inglés de Radio Moscú e incluso de Radio Tirana.

—Además, Andrea contó con una ayuda indirecta —añadió Karlov—. En los años setenta, el extremismo de izquierda era un movimiento efervescente en Europa Occidental. Algunos jóvenes miembros de las células comunistas universitarias soñaban con emular a los míticos agentes dobles británicos que habían servido con fidelidad a la Unión Soviética hasta los años cincuenta: Kim Philby, Guy Burgess, Donald Maclean, Anthony Blunt y John Cairncross.

Karlov dio a Serkin detalles que el jefe de la inteligencia rusa conocía sobradamente: que en los años setenta, la Unión Soviética y otros países del este de Europa no solo financiaban a los partidos comunistas de Occidente, sino también a algunas organizaciones terroristas.

—En dos años, Andrea convirtió a Nathalie en una activista apasionada. Y en el verano de 1977 llegó el viaje iniciático: recorrieron Europa. La chica lo había consultado con su padre. Se sentía en la obligación de hacerlo, aunque su sentimiento hacia él era extraordinariamente frío. Edward, por supuesto, le dio el permiso de inmediato.

—¿Y la madre? —preguntó con ingenuidad Serkin.

—Jajaja... Querido Misha... La madre de Nathalie, la esposa de Edward, ya había muerto. Sufrió un desgraciado ataque al corazón unos años antes. Ya sabes... La esposa de Edward no podía vivir. Corríamos el riesgo de que pudiera sospechar y la Operación Kazán habría terminado.

Serkin asintió y trató de colocar la boca como si pretendiera sonreír mientras el presidente tomaba un nuevo sorbo del buen vino que regaba la sublime cena de la que disfrutaban. Y, sí, sabía a qué se refería Karlov. La larga tradición de sorprendentes muertes por ataques al corazón, incluso en personas jóvenes y sanas, es algo legendario en la historia de los servicios de inteligencia soviéticos y, posteriormente, rusos. De hecho, Serkin ya había tenido que ordenar, en su responsabilidad al frente del SVR, que sufrieran problemas coronarios letales varias personas sobre las que se consideró que era mejor que abandonaran este mundo.

Ahora sabía que Edward era viudo y que Nathalie era huérfana de madre. No se dejaban cabos sueltos.

—Pero hubo otra tragedia que fue determinante para que a Andrea le resultara más sencillo atraer a Nathalie a nuestro lado. —De nuevo Karlov sorprendía a Serkin y focalizaba su atención.

—¿Qué pasó?

—Nathalie tenía un hermano mayor.

—¡¿Edward había tenido un hijo?!

—Sí.

—¿Murió?

—Sí. ¿Recuerdas la masacre de My Lai?

—¿La de la guerra de Vietnam?

—Exacto. El chico se llamaba Jonathan. Se alistó en el Ejército cuando tuvo la edad mínima para hacerlo. Era muy joven, pero quería seguir los pasos de su padre, que había luchado en la Segunda Guerra Mundial. Él era uno de los soldados de la compañía que cometió la masacre de My Lai. Pero Jonathan no participó en los crímenes y esa fue su condena. Jonathan se enfrentó a sus compañeros y a sus jefes para que dejaran de torturar a los hombres hasta la muerte, de violar a las mujeres y de asesinar a los niños de aquella aldea vietnamita. Su inmediato superior le pegó dos tiros para que no pudiera denunciarlos. Dijeron que había muerto en combate. Pero tiempo después se supo la verdad. El asesinato de su hijo en el Ejército americano hizo que Edward se sintiera todavía más involucrado con nosotros. Pero, lo más importante, hizo que surgiera en Nathalie un odio infinito hacia su propio país, porque la chica adoraba a su hermano.

—¡Una historia terrible, presidente!

—Terrible, sí. Pero de gran ayuda para nosotros, porque ese odio que surgió en Nathalie hizo que fuera más fácil para Andrea atraerla hacia nuestra causa. Edward soñó con convertir a Jonathan en un gran líder político americano que siguiera sus pasos como agente encubierto de Rusia. Pero su muerte frustró los planes y Nathalie pasó a ser nuestra gran prioridad.

Karlov detuvo su relato por un momento para que Serkin pudiera digerir todo lo que acababa de escuchar.

—Ya ves, Misha, que ni la política ni la ideología ni el dinero es lo más importante. Son los sentimientos los que condicionan todo en la vida. Los grandes sentimientos humanos: el amor y el odio. Y también el deseo de venganza.

Serkin no se recuperaba del impacto que le había provocado conocer esa historia mientras Karlov le explicaba cómo Nathalie y Andrea dedicaron un verano a atravesar Francia, Bélgica, Holanda y Alemania Occidental. Pero no era ese el principal objetivo. Lo que de verdad iba a ocurrir es que las dos jóvenes cruzarían eso que Churchill llamó «el Telón de Acero». Nathalie quería ir a Berlín para conocer el lado oriental. Llevaba tiempo soñando con visitar la República Democrática Alemana, pero Andrea comunicó a su amiga que irían a Checoslovaquia para que conociera la maravillosa Praga.

En Nuremberg alquilaron un coche y emprendieron un viaje por carretera de unos trescientos kilómetros. Llegaron a Waidhaus, el último pueblo de Alemania, casi en la frontera. Nathalie se sorprendió de la facilidad con que los agentes fronterizos checoslovacos permitieron que siguieran su viaje. Ni siquiera sellaron sus pasaportes. Les abrieron camino apenas vieron la matrícula del coche y confirmaron sus identidades. Por el contrario, a los vehículos que estaban delante en la fila los habían revisado de arriba abajo.

Recorrieron el camino entre Rozvadov, justo en la frontera, y Praga sin detenerse. Llevaban gasolina suficiente. A última hora de la tarde, el coche aparcaba a las puertas de un edificio de inconfundible diseño comunista, con una torre central y dos plantas laterales adyacentes. El hotel Internacional de Praga esperaba a Andrea y a Nathalie con los brazos abiertos.

—Una duda, presidente —interrumpió Serkin—. ¿Por qué se encargó de Nathalie una agente checoslovaca?

—Interesante pregunta, Misha.

PRAGA, VERANO DE 1977

—Buenas tardes. Yo me ocupo de las maletas. Pasen, por favor.

El elegante botones del hotel, uniformado como para acudir a una gala y hablando en inglés, hizo el recibimiento al pie de las escaleras que dan acceso a la puerta de entrada. El *hall* era pretendidamente ostentoso, con altos techos y mucho mármol de colores pastel y marrón en el suelo y las paredes. Unos cortinajes blancos y traslúcidos trataban de adornar las ventanas con éxito discreto. Grandiosidad comunista.

Nathalie se sentía abrumada. Hasta entonces, en su viaje con Andrea por la Europa Occidental habían dormido en trenes, autobuses o pensiones. Pero, de repente, estaban en un hotel de lujo, en el que habían sido recibidas como si fueran clientes VIP.

En la recepción recogieron la llave de una habitación en la novena planta. De camino al ascensor, a la joven americana le resultó extraño ver la cantidad de hombres trajeados y fornidos que estaban repartidos por todo el *hall* y que parecían tener sus ojos puestos en ella. Se sentía observada.

Andrea y Nathalie entraron solas en el ascensor, pulsaron el botón de la novena planta y ocuparon los pocos segundos que duró el trayecto en mirarse emocionadas y sonrientes. Ya estaban en un país comunista. Por fin.

Cuando las puertas se abrieron, de nuevo Nathalie puso cara de asombro al comprobar que también en el pasillo de acceso a su habitación había varios hombres, como si estuvieran vigilando algo o a la espera de alguien.

—No te preocupes —dijo Andrea, agarrando a Nathalie del brazo.

—¿Siempre hay tantos vigilantes en todos los hoteles comunistas? —preguntó la chica con una ingenuidad conmovedora.

—¡¡Jajaja!! ¡No! Todo va bien —respondió Andrea, sabedora de lo que ocurría y de lo que estaba por ocurrir.

Llegaron a la puerta de la habitación. Andrea tenía la llave. Abrió e invitó a Nathalie a pasar primero. Las luces estaban apagadas. Las cortinas cubrían las ventanas y oscurecían la estancia. A pesar de que el lugar estaba en penumbra, Nathalie quedó maravillada al darse cuenta de que se trataba de una enorme *suite* con terraza. La chica, atrapada por el entusiasmo juvenil y por su novedosa y creciente pasión comunista, quiso salir al balcón para ver desde las alturas de una novena planta la bellísima ciudad de Praga, capital de la República Socialista de Checoslovaquia. Pero al atravesar la puerta exterior, sufrió un sobresalto, seguido de un súbito estremecimiento.

—¡¿Papá?!

Edward Brooks sostenía una copa en la mano derecha y un habano en la izquierda. Estaba en pie, con el cuerpo apoyado en la barandilla de la terraza. Cuando apareció su hija, dejó la copa en la mesa y el puro en el cenicero, y abrió sus brazos para acoger entre ellos a Nathalie. Pero la chica no reaccionaba. Estaba paralizada y muda por la sorpresa.

—¡Hola, cariño! —dijo Edward con una sonrisa paternal mientras apartaba de su camino el sillón de mimbre en el que estaba sentado hasta pocos minutos antes con otro hombre que le acompañaba en la terraza.

La boca de Nathalie permanecía en silencio. No salía aire de sus pulmones ni sabía si estaba ante su último día. Quizá el juicio final empezaba en ese momento. ¿Qué ocurría allí? ¿Qué hacía su padre en Praga? ¿Qué hacía en un país comunista? ¿Por qué sabía que ella iba a viajar a Checoslovaquia si no se lo había dicho? ¿Quién era el hombre que le acompañaba? ¿Qué sabía Andrea de todo aquello?

El cerebro de la muchacha funcionaba en ese momento como un viejo motor de explosión, a golpe de fogonazo incontrolado. No sabía qué pensar. No sabía qué decir. Pero se daba cuenta de que, si lo hubiera sabido, tampoco habría sido capaz de articular palabra alguna. Era presa del estupor y estaba tan aturdida que no podía ponderar la situación con claridad. Sentía que se le encogían todas las vísceras del cuerpo al ver a su padre en el último lugar del mundo en el que hubiera pensado encontrarse con él.

—¿Sorprendida? —preguntó Edward en un claro ejercicio de fingimiento, porque resultaba obvio el pasmo que sufría su hija—. Dame un abrazo.

Nathalie no movía los miembros superiores ni los inferiores de su cuerpo, y no reaccionaba ante las palabras de su padre, así que fue Edward quien dio el paso. Andrea observaba la escena con una sonrisa complaciente, pero melancólica. Ella sí sabía lo que pasaba allí. Había realizado un gran trabajo con Nathalie. En su día, recibió el encargo de ganarse la confianza de la chica en Inglaterra, hacer que fuera dependiente de ella utilizando cualquier método, encaminar sus pasos hacia el comunismo y viajar a Praga para «entregarla». Esa fase de la misión había sido un éxito completo. Pero aún quedaba tarea por delante.

Edward abrazó a su hija sin recibir ningún gesto de cariño a cambio. Andrea desapareció discretamente por la puerta de la terraza hacia el interior de la *suite* y abandonó la habitación.

Cuando Edward dejó de abrazar a Nathalie, llegó el momento de las presentaciones.

—Saluda a Andréi.

Edward animó a Nathalie a estrechar la mano del desconocido que compartía con ellos la terraza. Andréi saludó a la chica en un inglés con un fuerte acento, que Nathalie trató de identificar: se llamaba Andréi, hablaba inglés con acento y estaban en Praga. Los tres tomaron asiento en los sillones de mimbre. Andréi rellenó la copa de Edward y preguntó a Nathalie si quería beber. Pidió agua.

—Cuéntame, ¿estás cansada por el viaje? —Edward trataba de quitar tensión al momento.

—No, estoy bien —respondió sin más explicaciones y con la mirada perdida en algún lugar indeterminado del cielo de Praga. Su instinto le recomendaba hablar poco para correr menos riesgo de equivocarse. Se sentía como si estuviera sentada ante un tribunal y no sabía qué sentencia le esperaba.

—Estupendo —dijo Edward con una amplia y forzada sonrisa en su rostro—. Esta noche debes dormir bien porque mañana disfrutaremos de un estupendo día de visita a los lugares más bellos de Praga, que son muchos, ¿verdad, Andréi?

—Por supuesto. Praga es una de las ciudades más hermosas del mundo. Yo la conozco bien. Mis tanques han recorrido sus calles muchas veces —apuntó Andréi dejando en evidencia su fuerte acento y soltando una carcajada poco común en él.

Edward acompañó, solidario, las forzadas risotadas, en el intento de distender la situación. Y después se dirigió de nuevo a su hija.

—¿No conoces a Andréi?

Nathalie miró a aquel extraño y confirmó la sensación que había tenido unos minutos antes: sí, esa cara le resultaba familiar, la había visto en algún sitio. De inmediato, su cerebro le aportó la información que buscaba.

—Es Andréi Sorokin, ministro de Asuntos Exteriores de la Unión Soviética —dijo Nathalie con firmeza, y con la pretensión de deslumbrar a su padre. Lo consiguió.

—Querida Nathalie... Aunque quizá debería decir camarada —tomó la palabra Sorokin con su acento ruso, pero preciso, al tiempo que se levantaba de la silla y lanzaba una risotada celebrándose a sí mismo—. Supongo que estarás cansada por el viaje y por las emociones, y ahora tendrás muchas cosas que hablar con tu padre. Os voy a dejar solos. Pediré que suban a la habitación una buena cena para que disfrutéis de la velada. Mañana tendremos tiempo para reunirnos de nuevo y conocernos mejor. Buenas noches.

Padre e hija se levantaron con la gentileza debida para estrechar la mano del ministro soviético antes de ver su diplomática espalda salir de la habitación.

—*До завтра товарищ министр* (hasta mañana, camarada ministro) —se despidió Edward.

—*До завтра, дорогой Эдвард* (hasta mañana, querido Edward) —se despidió Sorokin.

Nathalie acababa de descubrir que su padre hablaba ruso, aunque, después de todo lo ocurrido en las últimas horas, había pasado de sentirse sorprendida a analizar en su cabeza cada nuevo detalle que conocía y prepararse para el siguiente.

Edward se acercó de nuevo a su hija y la estrechó con fuerza, a pesar de la experiencia poco cariñosa del primer abrazo. Hacía meses que no se veían. La última vez fue en la Navidad previa, cuando la chica viajó desde Londres hasta Phoenix para pasar las fiestas con su padre. Ahora, en aquella luminosa tarde de verano en Praga, Nathalie trataba de calmar su ansiedad sin apenas conseguirlo. Aún no estaba segura de si la escena de la que era actriz protagonista sería la mejor o la peor de su vida.

—Estás sorprendida, ¿verdad? —Edward intentó reducir la tirantez que reinaba en el ambiente de aquel balcón con vistas—. No debes preocuparte por nada. Soy tu padre. Eres lo que más quiero en este mundo y solo deseo lo mejor para ti.

—¿Qué haces aquí, papá?

De repente, Nathalie recompuso su ánimo, ignoró la ternura que evidenciaban las palabras de su padre y decidió que el momento de su parálisis emocional había terminado. No iba a practicar por más tiempo el juego del amor paternofilial. Su voz sonó seca y cortante, como una cuchilla afilada que rasga la piel y provoca un dolor agudo y penetrante. No sabía lo que pasaba y no quería esperar un minuto más para averiguarlo. Tenía muchas preguntas y quería las respuestas de inmediato, para bien o para mal. Si era el final de algo, o quizá el final de todo, debía saberlo.

—Vamos a dar la vuelta a la pregunta. ¿Qué haces tú aquí, Nathalie? —devolvió el golpe Edward, aunque en un tono que destilaba cariño.

—Estoy de vacaciones con mi amiga Andrea recorriendo Europa, como te dije la última vez que hablamos por teléfono. Incluso te envié postales desde Francia y Alemania.

—Pero no me dijiste que vendrías a Checoslovaquia.

—Cambiamos de planes sobre la marcha y nos apetecía venir a Praga.

—¿Solo por la belleza de la ciudad?

Nathalie se detuvo un instante antes de contestar a la pregunta de su padre. Reparó en que el interrogatorio se daba la vuelta y era ella quien estaba respondiendo preguntas cuando su intención era hacerlas.

—No. No solo por eso, papá —reaparecía el tono afilado y punzante en la voz de Nathalie.

Llegaba el momento de desnudar la verdad. Para qué esperar más. Lo que tuviera que pasar era mejor que pasara cuanto antes. Pero Nathalie no tuvo tiempo de iniciar su explicación. Cuando estaba a punto de hacer la confesión más importante de su vida, Edward se adelantó.

—No te inquietes. Lo sé todo. Sé lo que has hecho en Inglaterra. Sé de tu amistad con Andrea. Sé en qué círculos os habéis movido. Y sé de tus nuevas inquietudes políticas. Y quiero decirte que, por todo eso, estoy muy orgulloso de ti.

—¿Por qué sabes todo eso? ¿Me has espiado?

Nathalie optó por ignorar ese orgullo que su padre decía sentir. Estaba ofuscada ante la evidencia de que los ojos de alguien habían estado pendientes de ella durante sus años en Inglaterra.

—No debes enfadarte. No es eso. Nadie te ha espiado, pero sí he sabido lo que hacías. Y tengo que decirte que has hecho lo correcto. Lo llevas en los genes.

—¿Qué llevó en los genes?

La pregunta quedó en el aire durante unos segundos. Padre e hija se miraron en silencio. Nathalie esperaba una respuesta. El padre se preparaba para darla. Llevaba años pensando qué diría y cómo lo diría cuando llegase este momento.

—Debes saber que eres de la estirpe de la gran madre Rusia.

—No te entiendo, papá.

—Naciste en Phoenix. Eso ya lo sabes. Pero yo nací en Nueva York, y eso no lo sabías. Tampoco sabías que por mis venas corre sangre rusa. Y ahora sabes que por las tuyas también.

—¡¿Qué dices, papá?!

—No me llamo Edward Brooks. Mi verdadero nombre es Eduard Salvinov.

Esta vez, la voz de Edward sonó como un disparo de cañón que ensordece los oídos y descompone las vísceras.

—¡¿Salvinov?!

La cadencia con la que latía el corazón de Nathalie se aceleraba con cada nueva revelación.

—Mi padre oficial se llamaba Aleksander Salvinov. Y ese es mi apellido. Pero mi padre verdadero fue Grigori Kolin, el tercer diplomático que representó a la Unión Soviética en Estados Unidos. Grigori fue tu abuelo. Y tu abuela se llamaba Evelyn.

—¡¿Soy descendiente de un diplomático soviético?!

—Sí. Y eres hija de un espía ruso.

Peredélkino, cerca de Moscú, 1 de septiembre (a 66 días de las elecciones)

—¡¿Era Sorokin?! —exclamó Serkin sin evidenciar si preguntaba o afirmaba, de tan impactado que estaba por lo que acababa de contarle el presidente Karlov.

—El mismísimo Sorokin estaba en aquella terraza de Praga. Jajaja... ¿Imaginas la escena? Nathalie, sentada delante de su padre y de Sorokin, sin saber qué hacer ni qué decir. Es fantástico... Jajaja...

Karlov relató entonces cómo Edward y Nathalie mantuvieron una larga conversación que se extendió hasta bien entrada aquella madrugada de verano, a la luz de la luna de Praga. El padre habló a su hija de las maravillas del paraíso comunista del que disfrutaban los países satélites de la Unión Soviética.

—Edward fue muy detallista sobre cada episodio de su vida: su infancia en Nueva York, su viaje a Moscú cuando era un adolescente, el periodo de formación en Kazán... Su encuentro con Stalin y su carrera como espía al servicio de la Unión Soviética. Nathalie terminó la charla encomendándose con pasión y entusiasmo a una misión de por vida en defensa de Rusia. Y no solo por sus ideas políticas, Misha. Ya te dije que, al final, lo importante son las pasiones humanas. Después de años de distanciamiento, Edward y Nathalie se reencontraron como padre e hija en el recuerdo a Jonathan y en su deseo de venganza por su asesinato en Vietnam a manos de unos locos militares americanos —concluyó Karlov.

—Y Sorokin, ¿qué papel jugó a partir de entonces?

—Sorokin ya era el padre espiritual de Edward y desde ese día se convirtió en el abuelo espiritual de Nathalie.

Por la mañana, el ministro soviético desayunó con sus invitados. Y se felicitó por el entusiasmo indisimulado que mostraba Nathalie: hablaba sin pausa de sus deseos de servir a la Unión Soviética y del orgullo que sentía por el heroísmo de su padre. Estaba tan absorta en su nuevo proyecto vital como espía que tardó en reparar en algo: ¿qué había ocurrido con Andrea? Pronto se reencontrarían.

—Sorokin llevó a sus dos espías a pasear por Praga para que vieran los avances del socialismo real —explicó Karlov—. Y por la noche planificaron lo que vendría después.

—¿La formación de Nathalie? —preguntó Serkin.

—Exacto. Se llevó a cabo en una granja de un pueblo apartado de Checoslovaquia. Y la instructora fue Andrea Blazek, la agente del StB checoslovaco que había captado a Nathalie en Inglaterra.

Andrea era una mujer de la máxima confianza del líder comunista checoslovaco Gustáv Husák, que, a su vez, era un hombre de la máxima confianza de Sorokin. Husák nunca supo en detalle en qué consistía la misión de su agente. Sorokin solo le dijo que iban a infiltrar a un espía en Occidente, pero no especificó dónde ni quién era ni con qué misión. Husák evitó pedir detalles al ministro soviético. Sí intentó que le diera más datos la instructora de Nathalie, pero solo le informó de que la chica era americana y que vivía en el Reino Unido. En aquel momento, aún desconocía cuál era la tarea que le iban a encargar ni dónde la realizaría.

Husák no insistió más. Le bastaba con aquella información y quería evitar el enfado de Sorokin si el ministro soviético se enteraba de que el líder checoslovaco pretendía saber demasiado y preguntaba más de la cuenta. En definitiva, la chica era una espía más y el mundo estaba lleno de espías. Y, además, ahora Sorokin le debía un favor, con lo que se sentía mucho más seguro en su puesto de líder del país. Capítulo cerrado.

El operativo para la formación de Nathalie se llevó a cabo como estaba previsto. Se instaló en la granja y allí pasó el resto del verano con la única compañía de aquella agente checa. Recibió una formación solo parcialmente similar a la que tuvo su padre décadas atrás en Kazán, pero más concentrada en el tiempo. Por ejemplo, no necesitaba instrucción para saltar en paracaídas ni en el manejo de armas de guerra, ni para enfrentarse a posibles luchas cuerpo a cuerpo en el campo de batalla, como sí precisó Edward para lanzarse sobre Normandía y luchar contra los soldados alemanes.

La formación de Nathalie tenía otros objetivos: debía convertirse en una espía capaz de conseguir información útil, analizarla y comunicarla a Sorokin. Edward se encargaría de complementar esa preparación transmitiendo a su hija su experiencia personal una vez que ya estuviera de vuelta en Estados Unidos.

De hecho, la labor formativa más importante no se realizaría en Checoslovaquia, sino en casa. Porque la principal misión de Nathalie consistiría en seguir los pasos de su padre: alcanzar, con el paso de los años, algún cargo como dirigente del Partido Demócrata y, una vez conseguido, quién sabía hasta dónde podría llegar.

—Nathalie volvió a Inglaterra al final del verano, cuando terminó su formación en Checoslovaquia. Allí cerró su periodo universitario y regresó a Estados Unidos para cumplir con su cometido. Y esta es la historia, querido Misha. El resto ya lo sabes: su carrera política tan exitosa y la posibilidad de que pronto se convierta en nuestra presidenta de los Estados Unidos.

Serkin esbozó una leve sonrisa y regaló a su jefe con un aplauso sordo, de esos que son para ser vistos sin ser oídos y que evitan despertar a quien duerme o provocar la atención de quien no debe mostrar curiosidad. Pero el responsable del espionaje exterior ruso tenía otras inquietudes.

—Según la historia que me has contado —dijo Serkin—, Beria organizó esta operación en los años treinta. Edward se formó en Kazán a principios de los cuarenta, durante guerra. Luego se lanzó sobre Normandía, pero el avión desde el que saltó se estrelló en el mar y Beria pensó que Edward había muerto. De manera que Edward ya no existía para el servicio de inteligencia soviético. Pero estaba vivo y contactó con Sorokin, como le ordenó Stalin. Y entonces solo Stalin y Sorokin conocían la operación. En 1953, Stalin murió y solo Sorokin conocía el secreto. Y en 1989, también murió Sorokin. Edward se quedó, entonces, sin nadie ante quien reportar. No podía informar al KGB porque él no era un agente del KGB. De hecho, Stalin no quiso que lo fuera para que al contraespionaje americano le resultara mucho más difícil detectar la operación. Y Sorokin mantuvo ese mismo criterio durante más de treinta años, hasta su muerte.

—Exacto. Lo has resumido muy bien, Misha.

—Si una vez muertos Stalin y Sorokin nadie más sabía de la existencia de Kazán, ¿por qué lo sabe el presidente de Rusia?

—Querido Misha, es un poco tarde, ¿no te parece? Pero, si quieres, te cuento la historia completa, aunque amanezcamos aquí.

—Me encantaría, presidente.

Dresde, República Democrática de Alemania, 5 de diciembre de 1989

El frío entumecía la piel y congelaba los músculos. No apetecía estar en la calle. Pero hacía exactamente veintiséis días, desde el 9 de noviembre, que millones de alemanes del Este habían decidido salir de sus casas a exigir libertad, daba igual la temperatura. Primero, derribando a martillazos el Muro de Berlín. Después, arrasando cualquier cosa que hubiera servido para someter a todo un pueblo desde el final de la Segunda Guerra Mundial. Llegado el 5 de diciembre de 1989 y caído el muro de la vergüenza, grupos de personas, las más atrevidas, decidieron acabar con lo que aún quedada en pie, empezando por la Stasi.

El Ministerium für Staatssicherheit (Ministerio para la Seguridad del Estado) de la Alemania comunista nació a principios de los años cincuenta a imagen, semejanza y bajo control muy directo del KGB soviético. La Stasi, como era conocida por todos, se convirtió en un servicio de inteligencia eficiente y temible, tanto fuera como dentro del país. No había ciudadano germano oriental que no estuviese sometido al escrutinio de los cerca de cien mil agentes de la Stasi, o de los millones de conciudadanos que, por convicción o por terror, colaboraban con esos agentes dando información de sus vecinos, de sus amigos y hasta de sus familiares. Era el Gran Hermano que todo lo veía, todo lo oía y todo lo sabía en la RDA. Y generó tanto odio a sus muchas víctimas que, una vez que el régimen cayó en desgracia y entró en fase de disolución, llegó el momento de la venganza.

Varias sedes de la Stasi fueron arrasadas en todo el país por multitudes levantiscas en los últimos días de noviembre. Y el 5 de diciembre, esa oleada llegó a Dresde, en el sur del país, cerca de la frontera con Checoslovaquia. La muchedumbre asaltó las oficinas del servicio de inteligencia buscando los archivos. Cada una de aquellas personas enrabietadas sabía que en ese local tenía que haber un informe con su nombre, su foto y los datos que algún agente de la Stasi había investigado sobre ellos. Allí estaban las acusaciones sobre las que les habían interrogado. Y allí residía el recuerdo de las torturas que muchos de ellos sufrieron. Algunos asaltantes encontraron su propia ficha y se la llevaron. Las demás las quemaron o las rompieron, mientras arrojaban los muebles al suelo y destrozaban cada estancia de aquel lugar maldito. Pero no era suficiente.

—¡Ahora vamos al KGB! —gritó uno de los asaltantes más activos, al tiempo que señalaba a los demás en qué dirección tenían que avanzar.

Era innecesario. Todos en Dresde sabían dónde estaba la sede del servicio soviético: en el número 4 de Angelikastrasse, una casona de dos plantas con ático rodeada de árboles frondosos. Un lugar aparentemente pacífico, sin nada de particular, salvo que era la oficina de trabajo de los espías soviéticos destinados en la ciudad.

Para un espía ruso, trabajar en Dresde era la evidencia de que o era joven y estaba en periodo de formación, o ya era veterano y había agotado sus opciones de alcanzar cotas más elevadas en el servicio. El hombre que salió a la puerta a defender el edificio del KGB era de los primeros.

Vio venir aquella muchedumbre desde la distancia y entendió de inmediato que corría riesgo su vida. Tenía que hacer algo. Se encaró con los manifestantes y los amenazó con utilizar las armas que tenían en el interior del edificio. Algunos rebeldes querían lanzarse al asalto de las oficinas ignorando el posible peligro, pero otros empezaron a retirarse y el resto pronto se disolvió.

Los agentes soviéticos dedicaron las siguientes horas a quemar los archivos: informes, análisis, investigaciones, nombres de sospechosos vigilados por el KGB e identidades de espías soviéticos en las dos Alemanias. El mundo, tal y como lo habían conocido hasta entonces, se acababa.

Aquella noche, el agente del KGB que había salvado la oficina de Dresde apenas pudo dormir. Repasaba en su cabeza lo ocurrido en la Alemania comunista en las últimas semanas: la destitución de Erich Honecker, el siniestro líder del país; la elección de Egon Krenz como nuevo secretario general del comité central del partido; la masiva fuga de personas hacia el Oeste, entrando primero en Checoslovaquia, para que les dejaran cruzar la frontera con Austria y, desde allí, ir a la otra Alemania... Algunos viajaron a Praga y se encerraron en la embajada de la Alemania Occidental. Para entonces, el Gobierno comunista checo ya no se sentía con fuerzas para reprimir a su pueblo ni, mucho menos, al pueblo de otros países comunistas, y permitió la entrada masiva de alemanes orientales.

Krenz, condicionado por la enorme presión interna y externa, autorizó que los refugiados en la embajada pudieran viajar en un tren sellado desde Praga hasta Berlín Occidental, con parada en Dresde. El objetivo del sellado era que nadie más pudiera abordar el tren a su paso por la RDA. Mijaíl Gorbachov, secretario general del Partido Comunista de la Unión Soviética, observaba los acontecimientos desde Moscú sin mover un músculo ni decir palabra alguna. Para entonces, la perestroika se imponía. El final de los regímenes comunistas era cuestión de meses. Quizá de semanas. Lo que no tiene remedio no puede ser remediado.

Las nuevas autoridades de la RDA, en el intento de aliviar su precaria situación y reducir tensiones, anunciaron una pronta liberalización de los viajes al extranjero.

El 9 de noviembre de 1989, el jefe del Partido Comunista en Berlín Oriental, Günter Schabowski, dejó una frase para la historia en una caótica rueda de prensa con presencia de periodistas occidentales, que pudo ser vista por los ciudadanos de la Alemania del Este gracias a que la emitían en directo las televisiones de la Alemania del Oeste y su señal se recibía al otro lado de la frontera. Preguntado sobre cuándo entraría en vigor la libertad para viajar, Schabowski respondió: «Hasta donde yo sé, de inmediato».

La realidad es que Schabowski no sabía si lo que estaba diciendo era cierto. Dijo lo primero que se le ocurrió ante una pregunta para la que todavía no había respuesta, o él no la conocía. El desbarajuste del régimen hacía que cada cual intentara salvarse a su manera. Nadie estaba a los mandos.

Horas después, millones de alemanes orientales cruzaron a Berlín Occidental ante la evidencia de que el régimen comunista se desmoronaba y sin que los temibles soldados que vigilaban la frontera, los vopos, hicieran nada por evitarlo, cuando sus órdenes de siempre eran disparar a matar a quien intentara cruzar al otro lado sin permiso.

El 6 de diciembre, después de salvar la sede del KGB el día anterior, el agente soviético se reunió en su casa con una confidente: una entusiasta comunista checoslovaca llamada Andrea Blazek. Se conocían porque, unos meses antes, el servicio checo StB había invitado a sus colegas soviéticos de Alemania Oriental a pasar unos días en Praga. Allí entablaron una relación de confianza profesional y esa relación hizo que estableciera una intensa colaboración: intercambiaban datos y eso ayudaba a ambos a prosperar en sus respectivas agencias de inteligencia. No era un acuerdo entre el KGB y el StB. Era un acuerdo secreto y personal entre un agente del KGB y una agente del StB, sin que lo conocieran sus superiores.

El apartamento del espía soviético estaba en un edificio de arquitectura comunista, con pobre decoración exterior en tonos amarillos y azules. Con el paso de los años, la pintura había perdido su brillo inicial. Ya no era ni amarilla ni azul, ni siquiera su color era identificable. Aquella mole de estética incalificable necesitaba mantenimiento urgente. Pero, aun así, era bastante mejor que la casa de Leningrado en la que el espía ruso vivía antes de ser destinado a Dresde.

—¡Andrea! ¡¿Cómo te va?!

Se abrazaron en la puerta, con la natural asimetría provocada por los más de ciento setenta y cinco centímetros de la esbelta visitante y los menos de ciento setenta del anfitrión. Se dirigieron a una salita de estar con las paredes recubiertas de papel pintado y un ventanuco que apenas dejaba pasar la tímida luz de una tarde de invierno centroeuropea que llegaba desde el exterior. Se sentaron en dos viejos sofás de escay rojo con botones, cuarteados por los años de uso y en los que ya habían dejado reposar sus posaderas varios cientos de personas antes que ellos. Y se sirvieron dos jarras de magnífica cerveza checa que la amable visitante traía de su país de origen.

—Llevo aquí varios días —dijo Andrea en un ruso marcadamente acentuado por un deje checo—. Vine siguiendo al tren de los alemanes orientales que se encerraron en la embajada de Alemania Occidental en Praga. Mis jefes del StB me ordenaron vigilar ese tren hasta aquí y quieren que ahora les informe de lo que pasa en Dresde y en toda Alemania Oriental. Temen que, si el Gobierno cae aquí, también caiga el Gobierno comunista checoslovaco por un efecto dominó.

—Esto se derrumba, amiga mía —apuntó el ruso mientras la checa asentía con amargura y aflicción.

—Pero vosotros, los soviéticos, aguantaréis. Sois más fuertes que nosotros, porque aquí estamos en primera línea frente a Occidente y podemos caer en cualquier momento. Sin embargo, Rusia siempre se ha mantenido erguida. Venció a Napoleón y venció a Hitler. También venceréis ahora.

—No lo creo, Andrea. Ayer, unos manifestantes estuvieron a punto de asaltar la sede del KGB. Lo pude evitar. Pero después llamé al responsable militar del Ejército soviético aquí, en Dresde, para pedir que nos enviara a unos soldados que protegieran el edificio, y ¿sabes qué me respondió? Que eso solo lo harían si lo ordenaba Moscú, y que Moscú estaba en silencio. Gorbachov está dejando que nos hundamos.

—¡Eso es imposible! La Unión Soviética tiene un Ejército imbatible y armas nucleares para enfrentarse a Estados Unidos. Y, además, tenéis el KGB. Estáis en todos los sitios. ¡Vuestros agentes, tus compañeros, están incluso en el Congreso de Washington!

La conversación se paró como si el proyector de una película hubiera detenido su marcha bruscamente y los actores se hubiesen quedado congelados en la pantalla con un gesto de asombro y estupefacción.

—¿En el Congreso de Washington? ¿En el Capitolio? —preguntó intrigado y descreído el agente soviético.

—Claro que sí. Tenéis a ese congresista de Arizona en la Cámara de Representantes —respondió la espía checoslovaca como si lo que estaba diciendo fuera algo de conocimiento general.

—¿Un miembro de la Cámara de Representantes de los Estados Unidos es un espía del KGB?

—¡No es posible que no lo sepas!

Peredélkino, cerca de Moscú, 1 de septiembre (a 66 días de las elecciones)

—Mi querido Misha, aquel espía del KGB destinado en Dresde era yo. Y aquella espía del StB checoslovaco, Andrea Blazek, era la agente de confianza del presidente checo Gustáv Husák que acompañó a Nathalie en su formación para ser una espía.

—¿Y Andrea nunca dijo nada de esto a Husák? —preguntó Serkin intrigado.

—Me aseguró que no. Y Husák no le pidió más datos para no comprometerse. Debía de pensar que a veces es mejor no saber demasiado. Lo que sí hizo Andrea en los años siguientes fue informarse por su cuenta de los progresos de Edward y Nathalie. Le bastó con leer atentamente la prensa americana que periódicamente le enviaban desde la embajada de su país en Estados Unidos. Nunca habló con nadie sobre ello, porque Andrea creía que era un asunto del KGB.

—¿Pero te lo contó todo aquel día en Dresde?

—Sí. Cuando le expliqué que yo no sabía nada, tuvo dudas de darme más datos. Pero finalmente se sinceró. Me dijo que lo hacía porque nuestro mundo comunista se acababa y quizá yo pudiera ayudar a salvarlo. Y me habló de que parecía que Sorokin controlaba aquella operación. Me resultó extraño que el ministro de Asuntos Exteriores fuera el responsable directo de una operación del KGB, pero podía ocurrir.

—¿Y qué hiciste con esa información? ¿No hablaste de esto con tu jefe en la oficina de Dresde?

—¿Con Boris Kovalev? En absoluto. Pobre Boris... El viejo Boris... —dijo Karlov pensativo—. Era un buen agente: serio, comprometido, con un instinto especial, un buen comunista y muy atento con sus subordinados. Pero yo no me fiaba de nadie en aquel momento. No sabía qué iba a pasar con el país y no sabía qué iba a pasar con los agentes del KGB si las cosas iban mal. Preferí guardarme la información por si resultara necesario usarla en el futuro.

—Entonces, no hablaste con nadie...

—Con nadie. El primer problema es que Sorokin había muerto unos meses antes y ya no podía darme datos de la Operación Kazán, aunque en aquel momento yo no sabía aún que ese era el nombre en clave de la misión de Edward. De hecho, yo estaba convencido de que era una misión controlada por el KGB y de que Edward era un agente como yo. Y cuando mis jefes en Moscú decidieron que tenía que abandonar Dresde y volver a Rusia, no dije nada sobre mi conversación con Andrea, porque no me correspondía a mí tener datos de un operativo tan importante en Estados Unidos y podía meterme en un lío por saber demasiado. De manera que investigué por mi cuenta y conseguí acceder al archivo de la Lubianka.

Karlov describió para su amigo cómo engañó a los responsables del archivo del KGB pidiéndoles acceso para buscar unos datos, cuando en realidad buscaba otros. La seguridad en la sede del servicio de inteligencia era una exigencia prioritaria desde siempre. Pero en 1990, el progresivo decaimiento del régimen había hecho que todo aquello que fue intenso en otros tiempos tendiera al relajo. Y eso incluía las medidas de extrema vigilancia que se seguían en la Lubianka y que ya no eran tan extremas.

El agente Karlov pudo, por tanto, hacer búsquedas en el archivo en varias ocasiones. La primera vez trató de encontrar datos sobre operaciones del KGB en Estados Unidos. Se topó con información sobre muchas, pero ninguna involucraba a un congresista de Estados Unidos.

La segunda vez se topó con una carpeta con referencias a Arizona, pero no había nada relevante, salvo algún dato sobre fábricas de armas. Ni Edward ni ningún otro nombre aparecía en esos papeles.

Tardó varias semanas en hacer la tercera visita al archivo, en el intento de que el responsable no sospechara sobre el particular interés de Karlov. Y fue esa vez cuando dio con una primera pista.

—Estaba a punto de marcharme del archivo sin haber encontrado nada. —Karlov reanudó su relato—. Pero cuando recorría las estanterías de vuelta a la puerta de salida, vi una carpeta marcada con el nombre «Eduard Salvinov». Lo que sabía hasta entonces era que nuestro congresista americano se llamaba Edward Brooks; yo no tenía idea de ningún Salvinov. Pero la coincidencia en el nombre de pila me hizo detenerme y mirar para salir de dudas. Y, sí, en esa carpeta encontré un tesoro de datos sobre el joven Edward, sobre su padre y sobre todo lo que pasó después. Fue en esos papeles donde descubrí que a aquella misión la habían bautizado como Operación Kazán. Encontré también que el avión en el que iba Edward había sido derribado sobre el canal de la Mancha y se informaba de que el chico debía de haber muerto junto con el resto de ocupantes del aparato. Y esa carpeta contenía otro documento fechado años después en el que se daba por cerrada sin éxito la Operación Kazán, una vez que el KGB comprobó que con el paso del tiempo no se habían recibido noticias de Edward. Y ¿sabes quién firmó aquel papel? —Karlov hizo una pausa para aumentar la impaciencia de Serkin—. El mismísimo Lavrenti Beria, pocos meses antes de morir ejecutado.

—O sea, que Beria murió creyendo que Kazán había sido un fracaso y que Edward murió en el avión derribado. Y, entonces, el KGB dio carpetazo al asunto sin más —apostilló Serkin.

—Solo Stalin y Sorokin sabían que Kazán seguía adelante, pero también murió Stalin. De manera que solo quedaba Sorokin. Así que dejé pasar un mes, para no levantar sospechas, y volví al archivo de la Lubianka a buscar información sobre Sorokin. Esta vez fue más sencillo. Al jefe que vigilaba el acceso le pedí directamente que me permitiera ver la carpeta con la falsa excusa de que estaba preparando un informe para homenajear a quien había sido durante tanto tiempo nuestro ministro de Asuntos Exteriores. Era la primavera de 1990 y en julio se iba a cumplir un año de su muerte, con lo que aquella mentira podía resultar creíble. El vigilante se la tragó y me llevó a una enorme estantería en la que había cientos de documentos sobre Sorokin.

—No sé cómo era posible encontrar algo entre tanto papel, antes de que estuviera todo digitalizado en los ordenadores...

—Lo primero que hice fue buscar información de Sorokin sobre Checoslovaquia, por si aparecía alguna referencia a la reunión que tuvo con Edward y Nathalie en Praga. Y sí había un documento que coincidía con esas fechas, pero solo citaba conversaciones con los líderes del país. No había nada sobre espías americanos. Ese día estuve cuatro horas removiendo papeles sin encontrar nada más. Al día siguiente volví y entonces busqué cualquier dato que se refiriera al Congreso de Estados Unidos, pero no había ni espías ni figuraba ningún Edward. Hasta que llegó el milagro: una carpeta sobre la enfermedad de Sorokin, sobre su muerte y sobre sus funerales. Tenía más de quinientos documentos. Los hojeé como pude y encontré varios folios grapados que me llamaron la atención porque eran manuscritos. Al pie del último papel figuraba la firma de Sorokin.

—Y ahí encontraste lo que buscabas...

—Encontré algo. Poco, pero suficiente para seguir la pista. Sorokin había escrito esos folios de su puño y letra en el lecho de muerte, cuando ya prácticamente agonizaba en el hospital. Y en el texto figuraba una frase escrita en términos misteriosos, en la que decía: «Lydia, mi amor. Mis queridos hijos Anatoly y Emilia. Y mi esperanza de Kazán».

—Pero esa referencia a Kazán podía ser cualquier cosa.

—Eso pensé yo. Pero no me quise quedar con la duda y decidí ir a ver a Lydia.

—La mujer de Sorokin...

—Esperé al mes de julio de ese año 1990. El día 18 se iba a cumplir el primer aniversario de la muerte de Sorokin y pensé que con ese pretexto me resultaría más sencillo acceder a la casa de Lydia llevando unas flores, por ejemplo. Y así lo hice. Fui el día 17, porque supuse que la viuda iría el 18 al cementerio y sería más difícil coincidir con ella en el apartamento. Cuando llegué, el edificio estaba bien custodiado, como ya imaginaba. Era en la calle Shchuseva de Moscú. Allí no solo vivían los Sorokin, sino otras familias de altos dirigentes del régimen, por lo que supuse que habría un importante despliegue de seguridad. Pero pedí a mi jefe directo que me firmara un documento con el sello del KGB autorizando mi entrada para la entrega de las flores. Le dije que había conocido a Sorokin en Dresde. Era mentira, pero me firmó el papel sin más preguntas. A aquellas alturas del mandato de Gorbachov, todo lo que dependía del Estado soviético estaba en un acelerado proceso de decadencia y ya nadie se responsabilizaba de nada.

—¿Y pudiste hablar con Lydia?

—Por supuesto. Cuando llegué al portal del edificio mostré el documento al agente de seguridad y de inmediato me abrió paso en posición de firmes. Él no sabía si yo era alguien importante o no, pero al ver el sello del KGB, no hizo más preguntas.

Karlov relató a su amigo Serkin que las paredes internas del edificio estaban desconchadas, la pintura original casi había desaparecido sin ser nunca repuesta y el suelo hacía mucho tiempo que añoraba el paso de una pulidora. El ascensor renqueaba por la falta de mantenimiento, pero por suerte subió hasta la quinta planta sin pararse en medio del recorrido. Otro agente de seguridad recibió a Karlov a la salida del ascensor. Ya sabía que llegaba alguien del KGB, porque se lo acababa de decir su compañero del portal a través del auricular con el que se comunicaban. Lo acompañó hasta la puerta y llamó con los nudillos, suavemente. Abrió una joven doncella, alta, esbelta, uniformada y con el pelo recogido, que estaba al servicio de Lydia.

—Pase, por favor —dijo amablemente la muchacha—. ¿Su nombre?

—Karlov, señorita.

—¿Y qué desea?

—Por favor, dígale a la señora que conocí a su marido y que solo quiero entregarle estas flores personalmente, si a ella le parece bien.

—Por supuesto. Espere aquí un momento, por favor.

Al cabo de un minuto, la doncella volvió para acompañar a Karlov al salón del apartamento, donde le esperaba Lydia.

El suelo de madera del pasillo era viejo, pero estaba impoluto. Las paredes habían sido forradas con papel pintado de inspiración floral en colores oscuros, lo que no resultaba especialmente acogedor. La puerta de acceso al salón era de doble hoja, con un cristal traslúcido en el que aparecía un dibujo en relieve. La viuda esperaba al visitante de pie, junto a una mesa rectangular con tres sillas a cada lado y una bandeja dorada en el centro. La decoración era muy recargada, con un mueble de pared abarrotado de pequeñas figuritas de porcelana que, previsiblemente, daban mucho trabajo a la doncella para evitar que se acumulara el polvo a su alrededor.

—Señora Sorokin, mucho gusto en conocerla. Mi nombre es Karlov. Soy agente de la seguridad del Estado.

—Encantada de conocerle, señor Karlov.

La viuda era la imagen clásica de una *babushka*, la típica abuela rusa a la que cualquiera imagina como una de esas muñecas de madera que se abren y contienen otras muñecas dentro. Vestía un traje negro, guardando aún el luto riguroso por su marido, pero en esta ocasión no llevaba un pañuelo anudado a la cabeza, como sí había hecho en el funeral un año atrás, siguiendo la costumbre de su tierra. Lydia nunca fue guapa. Ni siquiera en su juventud. Quienes la habían conocido sí destacaban de ella su vitalidad y una inteligencia natural. Su dominio del inglés había resultado muy útil a su marido en determinadas circunstancias diplomáticas.

—Dice usted seguridad del Estado. ¿Se refiere a la policía?

—No, señora. Me refiero al KGB.

—¡Ah! El KGB... ¡Qué interesante! O sea, que es usted un espía...

—Puede usted decirlo así.

—¿Y qué quiere de mí el KGB, señor Karlov?

—Nada, señora. No vengo en representación del KGB, sino a título personal.

—¿Y debo creerle? —dijo Lydia con ironía y esbozando un asomo de sonrisa.

—No se preocupe por el KGB. Nadie quiere espiar a la viuda de un gran comunista como fue el camarada Sorokin.

Karlov trataba de embelesar a la anciana, pero Lydia no se había dejado embelesar por nadie en su vida. Ni siquiera por su marido. Y menos aún con el viejo truco soviético de hablar del comunismo.

—Pues usted dirá...

—He venido a traerle un pequeño detalle, estas flores, como homenaje a su marido, al que tuve el privilegio de conocer personalmente —dijo Karlov mientras extendía sus manos hacia las de la viuda para entregarle un ramo con dos docenas de hermosas rosas rojas, muy soviéticas.

—Es usted muy amable, señor Karlov —dijo Lydia, mirando las flores y apreciando su aroma—. Son preciosas, y tienen un olor muy agradable.

—Me hace muy feliz que le gusten, señora.

Lydia llamó a la doncella y le pidió que pusiera las rosas en un jarrón con agua.

—Y, dígame, señor Karlov, ¿cuándo se conocieron usted y mi marido? —preguntó la viuda al tiempo que invitaba a Karlov a tomar asiento en un viejo tresillo situado debajo de un cuadro en el que alguien con escaso talento había pintado un lago con cisnes.

—Fue hace unos años en Dresde, en la Alemania Oriental. Estuve destinado allí un tiempo y su marido nos visitó en una ocasión. Fue algo muy emocionante para nosotros, como puede usted imaginar. El señor Sorokin fue un héroe de nuestra patria. —Karlov insistía en el vano intento de cautivar a la viuda.

—Le agradezco mucho sus palabras. ¿Desea usted un café?

—Sí, muchas gracias.

Lydia acababa de hacer un favor a Karlov. Un café le daba algo más de tiempo para encontrar la manera de conseguir su objetivo: ganarse la confianza de aquella mujer para que le dijera algo sobre la Operación Kazán, si es que ella tenía idea de su existencia.

Durante unos minutos, Lydia habló de sus viajes, de sus años jóvenes con Sorokin en misiones en Estados Unidos y en Reino Unido, de sus hijos y del dolor provocado por la muerte de su marido. Y fue entonces cuando llegó el momento.

—Señora Sorokin, quisiera hablarle de algo relacionado con su esposo.

—¡Ah! Creí que había venido a traerme unas flores, pero veo que era para algo más —soltó Lydia con suave e inteligente sarcasmo—. Dígame, ¿en qué puedo ayudarle?

—Espero que no se lo tome a mal, señora. Pero es algo importante. —Karlov puso su mejor cara de niño bueno, aprendida en la academia del KGB—. He tenido ocasión de ver un documento manuscrito del señor Sorokin.

—Mi marido escribió mucho durante su vida. ¿Qué tiene eso de importante? —Lydia lanzaba un regate dialéctico detrás de otro.

—Es un documento muy concreto. Y es especial. Creo que fue el último papel que su marido escribió de su puño y letra.

—¿Y qué tiene de particular ese papel? —La viuda empezaba a sentir curiosidad.

—El camarada Sorokin hace referencia a muchas cosas. Pero hay una que quizá usted me pueda decir qué significa.

—¿Debería saberlo yo?

—Creo que sí, señora.

—Y si lo sé yo, ¿debería contárselo a usted? —Lydia dio un paso al frente, demostrando que el único buen diplomático de la casa no había sido su marido.

—Eso lo decidirá usted, señora. Aunque me acaba de conocer, creo que sabe captar si alguien es digno de confianza o no. Y espero que me considere una persona de fiar.

—Se lo tendrá que ganar, señor Karlov. Pero, dígame, ¿qué es eso tan importante y tan singular que mi marido escribió a mano y que a usted le interesa tanto?

—Hay un párrafo en el que el camarada Sorokin hace referencia a la «esperanza de Kazán». —Karlov pronunció las palabras «esperanza» y «Kazán» muy lentamente, para que no hubiera equívoco posible sobre lo que estaba diciendo.

Lydia estaba a punto de sorber un poco de café con sus ojos fijos en la oscuridad del líquido que tenía delante. Pero su mano se detuvo bruscamente antes de que la taza alcanzara sus labios y la devolvió a la mesa. Después de una tensa pausa, en la que se hizo el silencio en aquel salón, la viuda levantó lentamente la mirada y apuntó sus pupilas a las de Karlov.

—Señor Karlov, Kazán es una hermosa ciudad de Rusia, como seguro que usted sabe. A eso se refería mi marido. ¿A qué otra cosa si no?

—Creo que sí se refería a otra cosa, Lydia. —Karlov optó ahora por utilizar, por primera vez, el nombre de pila de la viuda de Sorokin, remarcando cada letra, buscando una conexión más directa con aquella mujer y mirando intensamente a sus ojos, como si estuviese escaneando su cerebro. Era un arriesgado atrevimiento que podía salir bien o podía salir mal.

Esta vez sí, Lydia cogió de nuevo la taza y saboreó el café, casi con los ojos cerrados, como si estuviera concentrada en su aroma. La dejó otra vez en la mesa, respiró hondo y retomó la conversación.

—¿Qué supone usted, señor Karlov?

—Mi querida señora, prefiero no suponer. Pero tengo algún dato y quisiera que usted me ayudara a confirmarlo.

—¿Y por qué debería ayudarle?

—Porque hay misiones en la vida que no deben dejarse a medias. Y creo que su marido murió antes de terminar una de ellas.

Lydia no respondió de inmediato. Se levantó del sofá para acercarse a la ventana. Desde allí veía un hermoso parque moscovita, iluminado por un espléndido sol de verano. Así estuvo durante un par de minutos, sin que Karlov quisiera interrumpir las cavilaciones de la mujer, aunque empezaba a impacientarse. Su marido había muerto hacía un año. Sus hijos, ya mayores, tenían sus propios asuntos. Sí, le gustaba estar con sus nietos, pero también notaba que la vida estaba despidiéndose poco a poco de ella. Ya no tenía nada que perder. Su marido le había dado algunas instrucciones antes de morir y esta era la hora de cumplirlas. Finalmente, Lydia se volvió hacia su invitado.

—Mire, señor Karlov, mi marido tuvo muchas misiones a lo largo de sus años como ministro de Asuntos Exteriores. Yo conocí detalles de algunas, porque esas cosas se comparten en los matrimonios, por muy secretas que sean. Y, sí, alguna vez me habló de Kazán.

Karlov tuvo que reprimir el entusiasmo que bullía hacia las terminaciones nerviosas de su cuerpo.

—¿Y qué sabe usted? —atinó a preguntar, tratando de ocultar su creciente nerviosismo.

—Lo haremos al revés. Primero, señor Karlov, dígame qué sabe usted y, si su respuesta me satisface, quizá después le cuente lo que sé yo.

—Edward —dijo Karlov secamente.

Lydia miró a Karlov esperando algo más.

—¿Eso es todo?

—Nathalie. —El nombre sonó como un martillazo contra un yunque, a pesar de que había sido pronunciado en un susurro.

De nuevo, nadie hablaba en aquel salón. El silencio era tan tupido que se escuchaba con nitidez el canto de los pájaros que volaban cerca de la ventana y las risas de los niños que jugaban en el parque.

Lydia rompió la pausa llamando a la doncella. La muchacha acudió rauda y ceremoniosa. Su señora le hizo una señal para que se acercara más y le dijo algo al oído que apenas quedó en un bisbiseo. La jovencita salió de inmediato y volvió a los pocos segundos con una pequeña caja de madera adornada con motivos florales. La viuda de Sorokin abrió esa caja, apartó varios pequeños objetos que había dentro y cogió algo con sus dedos. Después devolvió la caja a la doncella y le hizo una señal para que se retirara.

—Señor Karlov, a lo largo de mi vida con Andréi aprendí una cosa: mi papel de esposa del ministro de Asuntos Exteriores de la Unión Soviética consistía en ver, oír, hablar lo justo y callar todo lo demás. Se puede considerar que esa tarea me situaba en un lugar secundario e irrelevante. Y así era. Pero también era insustituible, porque yo era la única esposa del ministro. Hice lo que me correspondía. Y creo que lo hice bien. He conocido a Stalin, a Malenkov, a Khrushchev, a Brézhnev, a Andropov, a Chernenko y a Gorbachov. He tratado personalmente a Roosevelt, a Truman, a Eisenhower, a Kennedy, a Johnson, a Nixon, a Ford, a Carter, a Reagan y a Bush. También a Churchill, a Margaret Thatcher y a todos los primeros ministros británicos que hubo entre ambos.

Lydia tenía memorizados todos esos nombres y por su orden. De repente, interrumpió su discurso. Quería que Karlov entendiera bien sus palabras y se diera cuenta de que no estaba hablando con una ancianita inocente dedicada a las labores de su hogar. Y Karlov no quiso entrometerse en los pensamientos de aquella mujer, porque entendía la tensión que estaría sufriendo en ese momento.

—Con Andréi aprendí a guardar secretos y a cumplir los cometidos que me encargaba —continuó Lydia, pero bajando la voz de forma muy evidente, hasta casi hablar en un susurro—. Y también me encargó un cometido sobre Kazán.

A Karlov se le aceleró el corazón. Notaba los latidos en las venas de su cuello y empezó a sudar visiblemente. El joven agente del KGB no sabía si intervenir para animar a la viuda a que le dijera algo más o esperar para que la iniciativa la llevara ella. Pero no tuvo tiempo de pensar mucho, porque Lydia retomó su relato.

—Mire..., ¿cuál era su nombre?

—Karlov.

—No, hijo. ¿Cómo le pusieron sus padres?

—Iván, señora.

—Iván... Mire, Iván, el día que Andréi murió yo estaba, lógicamente, en el hospital. Los médicos me habían advertido de que era cuestión de horas. En uno de sus pocos momentos de lucidez en medio de la agonía, poco antes de morir, mi marido me llamó. Yo me aproximé a la cama. Me pidió que saliera todo el mundo de la habitación. Así se lo ordené a mis hijos. También se lo indiqué al presidente de la Unión Soviética, Mijaíl Gorbachov, que había acudido a despedirse de Andréi. Cuando mi marido y yo estuvimos solos, me hizo una señal para que acercase el oído y me dijo en voz casi inaudible que quizá algún día aparecería alguien preguntando por Kazán. Si eso ocurría, yo debía pedir a esa persona que dijera algo más. Y si esa persona pronunciaba los nombres de Edward y Nathalie, entonces mi misión sería entregar esta llave a esa persona.

Lydia cogió la mano derecha de Karlov entre las suyas y depositó en su palma un llavero con dos llaves. Una, de apenas tres centímetros de longitud. Otra, un poco más larga.

—Pero aquí hay dos llaves... —apuntó Karlov.

—Esta llave más larga le permitirá abrir la puerta de una casa cuya dirección le daré ahora. Esta otra es de una caja fuerte que está en el baño de la habitación más pequeña de esa casa, oculta detrás del espejo. Vaya allí y coja lo que hay dentro de esa caja fuerte. Luego, deshágase de las llaves. No vuelva aquí a entregármelas. Tengo otra llave de la casa y ya nunca más necesitaré abrir la caja fuerte. Y sepa que, a partir de ahora, será mejor que usted y yo no nos volvamos a ver.

—Señora...

Karlov intentó dar las gracias a esa mujer, pero ella le interrumpió de nuevo.

—No sé qué es Kazán. Tampoco sé quiénes son Edward y Nathalie. Y a estas alturas de mi vida, ya poco me importa. Solo quiero disfrutar de mis recuerdos y de mis nietos. No sé quién es usted. No sé qué ha hecho hasta ahora ni qué hará en adelante. Pero sí quiero, Iván, que sepa una cosa. Escúcheme con atención. —Lydia Sorokin detuvo su discurso durante unos segundos hasta ver a Karlov preparado para entender lo que le iba a decir—: Mi marido fue un gran hombre y nada de lo que haga usted después de recoger lo que haya en esa caja fuerte debe provocar que la memoria de Andréi Andreyévich Sorokin quede manchada para la historia. Prométamelo.

—Señora, tiene usted mi palabra.

—Y dos cosas más, Iván. La primera es que Andréi me encargó que a la persona que pronunciara esos nombres en mi presencia le dijera que su vida dependerá de que siga las instrucciones que encontrará en la caja fuerte. ¿Entiende lo que quiero decirle?

—Creo que sí, señora.

—Seguro que lo entiende. Parece usted una persona inteligente. Pero si no lo es y no hace lo que le digo, se equivocará muy gravemente y se arrepentirá. Si yo fuera usted, no me desviaría. —Karlov se quedó pensativo, pero trató de no dar sensación de estar atemorizado—. Y lo segundo: No sé lo que va usted a encontrar y no sé lo que tendrá que hacer después, pero contrólese. Es lo que Andréi me pidió que le dijera. Contrólese. No deje que se le escape de las manos.

Lydia pronunció esas últimas palabras muy despacio para no dar lugar a ninguna mala interpretación y después cerró la mano derecha de Karlov, en cuya palma había depositado el llavero. A continuación, cogió un lápiz y apuntó en un pequeño trozo de papel la dirección de la casa en la que estaba la caja fuerte.

—Cuídese, Iván.

—Le deseo lo mejor, señora Sorokin. Muchas gracias.

La doncella acompañó a Karlov hasta la puerta. El agente del KGB saludó al policía que le abrió paso hasta el ascensor. Mientras bajaba, guardó las llaves en un bolsillo y trató de memorizar la dirección de la casa para así destruir el papel. Le temblaba el cuerpo. No sabía qué iba a ocurrir, pero estaba convencido de que sería algo importante.

Lydia terminó su café. Ya estaba frío. Volvió a la ventana y vio cómo se alejaba Karlov. La viuda se dio cuenta de que acababa de cumplir el último cometido que le había encargado su marido. Se sentía en paz.

—Y esto es lo que ocurrió, querido Misha, el 17 de julio de 1990 —dijo Karlov a su amigo Serkin cuando la madrugada ya había avanzado en aquella bella noche de verano en las cercanías de Moscú—. ¿Te das cuenta de que han pasado treinta y cuatro años? ¿Y te das cuenta de que aquel joven agente del KGB destinado en Dresde y que se reunió con Lydia Sorokin está ahora sentado delante de ti y es el presidente de Rusia?

—Estoy impresionado, Iván. —El vodka, que ya escaseaba en las botellas, hizo que por primera vez en esa larga madrugada Serkin llamara a Karlov por su nombre de pila, como en los viejos tiempos—. ¿Volviste a ver a la viuda de Sorokin?

—Por supuesto. Diez años después me presenté en su casa sin avisar. Fue a finales de marzo del año 2000, dos días después de ganar mis primeras elecciones a la presidencia.

Para entonces, Lydia estaba a punto de cumplir noventa años. Pero su mente seguía lúcida. Me reconoció al instante. Le llevé un ramo con dos docenas de rosas rojas, como la primera vez. Y ella me invitó a un café con pastas. Parecía como si estuviéramos repitiendo la escena una década después.

—¿Y te habló de Kazán?

—Sí, pero con mucha sutileza. ¡Qué gran mujer! No había perdido esa picardía que demostró en nuestra primera conversación de diez años atrás. Lo primero que hizo fue regañarme.

—¡¿Te regañó?! Jajaja...

—¡Sí! Jajaja... Porque me recordó que la primera vez que nos reunimos dijo que no deberíamos vernos nunca más. Yo lo había olvidado, pero ella seguía teniendo una memoria prodigiosa. Se acordaba de todo lo que habíamos hablado. Y después me miró a los ojos, bajó la voz y me dijo: «Enhorabuena, Iván. Y no por tu victoria en las elecciones. Enhorabuena por las victorias que Kazán conseguirá para nosotros en el futuro».

—O sea, que estaba al tanto del ascenso político de Edward.

—Creo que lo sabía todo.

—¿Vivió mucho más tiempo?

—Cuatro años más. Nunca olvidaré a esa mujer inteligente y valiente.

—Una historia magnífica, presidente... Pero aún no me has contado qué había en la caja fuerte. Ni tampoco me has dicho dónde estaba.

—Es cierto. Bueno, ya es muy tarde, pero, si quieres, te cuento el final de esta historia antes de irnos.

—Estoy impaciente.

—Pues echa un último trago de vodka y ven conmigo.

Karlov se levantó bruscamente. Los guardaespaldas, que trataban de no dormirse de pie después de toda una noche de vigilancia, sufrieron un repentino sobresalto al ver levantarse a su jefe y volvieron la cabeza desde la lejanía de los veinte metros que los separaban. Iban a acercarse casi a la carrera para escoltar al presidente, pero Karlov les indicó con la mano que no se movieran. Y así lo hicieron.

—Entremos en la dacha, Misha.

Serkin siguió los pasos de Karlov. Entraron en la casa y subieron las escaleras hasta la planta de arriba. Serkin estaba intrigado como pocas veces. Karlov se dirigió al baño de la habitación más pequeña, encendió la luz, miró el reflejo de su amigo en el espejo, agarró el marco de cristal y lo apartó de la pared con un movimiento suave.

—Esta es la caja fuerte de Sorokin.

Aquella casa de Peredélkino, cerca de Moscú, era la dacha del, por muchos años, ministro de Asuntos Exteriores de la Unión Soviética, Andréi Andreyévich Sorokin.

Peredélkino, 18 de julio de 1990

Un viejo Lada Riva fabricado a principios de los setenta en la planta rusa de Toliatti, de un rojo descolorido y castigado por la escasez de mantenimiento, enfiló algo renqueante la avenida moscovita de Kutuzovsky para salir de la ciudad en dirección suroeste, dejando atrás una estela de humo más negro que gris y que brotaba por el tubo de escape a borbotones. El tráfico era intenso pero fluido. Amanecía una hermosa mañana de miércoles en pleno verano.

El joven agente del KGB Iván Karlov aún se sentía impresionado por la charla que había mantenido el día anterior con Lydia Sorokin. A esa hora, la viuda debía de estar en el cementerio llevando flores a la tumba de su marido, en el primer aniversario de su muerte.

El coche rojo llegó hasta la carretera E30 y media hora después estaba en Peredélkino. Karlov no conocía el lugar. Para orientarse, desplegó un plano sobre el asiento del acompañante. Callejeó por la localidad, se alejó del casco urbano hacia una zona boscosa y al cabo de unos minutos vio la dacha. Primero pasó de largo, tratando de comprobar si había vigilancia. Vio a un policía, pero no estaba cerca de la casa, sino a unos cuatrocientos metros. Por su uniforme, parecía ser un agente local. Karlov dio otra vuelta para confirmar que no corría peligro antes de aparcar el coche a unos doscientos metros de la casa.

La dacha, la residencia de descanso de Sorokin, estaba en un entrante del bosque, rodeada de árboles de gran altura que en esa estación del año florecían con toda su intensidad y colorido. Era de madera oscura, con dos plantas rematadas por un techo a dos aguas acostumbrado a soportar el peso de la nieve que se acumula en invierno. Cada planta disfrutaba de un amplio mirador panorámico que empezaba en un lateral de la casa y la rodeaba por completo hasta el lateral opuesto. Eso permitía que cualquier persona pudiera ver desde el interior la arboleda a un lado y a otro, mientras la luz inundaba las estancias del hogar. Aquel era un lugar inspirador en el que habían disfrutado del descanso y las conspiraciones políticas los más altos jerarcas del régimen soviético. Algunas purgas en el Partido Comunista de la Unión Soviética se decidieron en los conciliábulos de las dachas.

No se veía a nadie en los alrededores, pero se podía dar por seguro que las demás casas estarían habitadas en esos días de verano. Karlov caminó resuelto desde el coche. La entrada principal estaba en el lado sur de la vivienda. Tenía unas escalinatas de madera que daban acceso a la puerta. El agente del KGB sacó el llavero de su bolsillo derecho y avanzó unos pasos más por un estrecho camino asfaltado que apenas permitía dar cabida a un vehículo. Si se cruzaban dos, uno tendría que esperar.

La puerta estaba pintada de blanco sobre un hermoso marco de una madera algo castigada por el tiempo. Karlov metió la llave en la cerradura y comprobó con satisfacción y alivio que hacía su trabajo. La entrada daba paso, en un lado, a un salón de espacio generoso y, al otro, a una escalera. Había bastante polvo, lo que evidenciaba el escaso uso que se había dado a la casa en los últimos meses.

Karlov puso su pie izquierdo sobre el primer escalón para subir a la planta de arriba, pero se detuvo de inmediato al notar cómo crujía la madera del suelo ante su peso. El ruido le asustó. Dio un paso atrás y se quedó inmóvil. Confiaba en seguir escuchando el silencio. Estaba aterrado ante la posibilidad, remota, pero no improbable, de haber caído en una trampa. Quizá sus queridos colegas del KGB le estuvieran esperando en la casa y acabara en los calabozos de la Lubianka. Pero eso no ocurrió.

Adelantó otra vez el pie izquierdo y lo posó sobre el primer escalón. Volvió a crujir. Puso entonces el pie derecho sobre el segundo. También crujió. Y así, hasta llegar a la planta de arriba. Allí no había nadie. Encontró un pasillo de unos seis metros de longitud con dos puertas a cada lado. Ahora, tenía que buscar el baño de la habitación más pequeña. Era la segunda puerta a la derecha. Las persianas estaban bajadas y la oscuridad era el único ocupante de la habitación. En el baño aún se veía menos porque no tenía ventana al exterior. Karlov se maldijo a sí mismo por no haber llevado una linterna. «Parezco un principiante», pensó. Sí disponía de guantes para no dejar huellas. De inmediato palpó el espejo, buscó la parte de abajo para agarrarlo por ahí, pero el espejo no cedía. Tiró con más fuerza, pero no lo conseguía. Forzó un poco más y notó cierta holgura, pero temió arrancar el espejo de la pared y que se le cayera encima. Pensó entonces en tratar de abrirlo desde un lado. Ahora cedía más, pero no del todo. Finalmente, lo intentó por la parte de arriba y esta vez el espejo se movió, aunque con alguna resistencia. Sorokin no se lo quiso poner fácil a quien intentara romper su secreto.

Karlov volvió a sacar el llavero de su bolsillo derecho, eligió la llave pequeña y buscó con sus dedos la cerradura de la caja fuerte. La encontró y abrió. No se veía lo que pudiera haber dentro. Metió la mano a ciegas confiando en que nada se la cortara. Parecía estar vacía. Tanteó las paredes, metió el brazo hasta el fondo y después tocó la base de la caja fuerte. Ahí sí había algo. Pasó los dedos por encima, con mucho cuidado. Apenas un roce. No quería sustos. Era un papel. Posó un dedo y lo movió intentando comprobar si estaba suelto o si se trataba de una carpeta. Pero no había carpeta. Buscó el filo de la hoja, agarró el folio con delicadeza para no doblarlo y lo sacó muy despacio. No había nada más.

Cerró la caja fuerte, retiró la llave y la guardó en su bolsillo. Recolocó de nuevo el espejo en su lugar, salió del baño hacia el pasillo, miró a ambos lados y bajó la escalera. Estaba asustado. Aún podía encontrarse con alguna sorpresa desagradable. Antes de salir por la puerta, miró al exterior a través de una ventana. No vio a nadie. Finalmente abandonó la casa, cerró la puerta y caminó tratando de no aparentar impaciencia ni nerviosismo, aunque estaba nervioso e impaciente.

Se percató de la presencia de un hombre a unos trescientos metros: paseaba a un perro. Karlov quiso creer que se trataba solo de eso y no de un agente del KGB. La circulación era escasa, pero había algunos vehículos en las calles adyacentes. Llegó hasta su coche, arrancó sin concederse una mínima pausa y se marchó de allí. Le faltaba el aliento y no por cansancio, sino por la enorme tensión que le encogía cada órgano de su cuerpo.

Decidió no volver a su casa, de momento. Alguien inamistoso podría estar allí a la espera. Creyó que lo más seguro para leer el papel era no aislarse. Si iba a ser detenido, que eso ocurriera después de conocer el contenido de ese documento. No quería quedarse con la duda. Y, en cualquier caso, se sentiría más protegido si estaba rodeado de mucha gente. Por eso se encaminó a los grandes almacenes GUM, en el centro de Moscú, frente al Kremlin. Es un hermoso y enorme edificio construido a finales del siglo XIX, en época de los zares, con cientos de tiendas y una gran galería central en la que las autoridades soviéticas trataban de mostrar a sus súbditos que ellos también podían consumir, como si fueran occidentales.

Aquella mañana de julio de 1990, miles de moscovitas abarrotaban GUM, a muy pocos pasos del despacho del último líder de la Unión Soviética, Mijaíl Gorbachov. Karlov buscó en la galería central uno de los bancos que ofrecían descanso a los compradores. En una zona discreta del lado norte del edificio, Karlov encontró un sitio para sentarse, sin que hubiera nadie a menos de tres metros. Echó un discreto vistazo a su alrededor. La multitud pasaba por delante con sus bolsas. Si miraba hacia arriba, podía ver el techo traslúcido que permitía iluminar las recargadas paredes del interior. Papel en mano, Karlov empezó a leer lo que Sorokin había escrito antes de morir en ambas caras de un folio:

> Si está usted leyendo este documento, es que ha tenido la suerte o la habilidad de acceder a una información que estaba protegida para que solo fuera conocida por mí y por su verdadero y heroico protagonista, que no soy yo. Escribo estas palabras cuando los días de mi vida están cerca de terminar, y se preguntará el motivo por el cual no he dado a nadie los datos de los que usted, un desconocido para mí, sí va a disponer.
>
> El motivo es que son tiempos de desguace del sistema al que he servido con entrega y amor durante décadas. Tengo la sensación de que la Unión Soviética podría expirar casi tan pronto como yo. Por desgracia, nadie a mi alrededor, ni en los órganos del partido ni en los del Estado soviético, ha sido capaz de demostrarme, con una actitud entregada y generosa hacia el comunismo, que sea merecedor de conocer la inmensa obra que se ha realizado desde los años treinta, pasando por la Gran Guerra Patriótica y la Guerra Fría, hasta hoy. Y, más importante aún, capaz de asumir la responsabilidad de gestionar la inmensa obra que se debería realizar a partir de ahora para defender el legado de la Unión Soviética.
>
> Dadas estas circunstancias, me quedaban dos opciones. Una era que mi muerte diera por finalizada la misión, a pesar del mucho esfuerzo realizado durante décadas. La otra, más arriesgada y temeraria, sería entregar las claves de la operación a un desconocido que demostrara sus aptitudes como lo ha hecho usted. He elegido esta segunda opción porque solo alguien inteligente, perspicaz, valiente y arrojado ha podido llegar hasta este papel que está usted leyendo. Y, en cualquier caso, si yo estuviera equivocado y usted no fuera tan inteligente o si fuera un traidor, lo peor que puede pasar es que la misión fracase y no llegue a nada, algo que ya habría ocurrido si yo hubiera decidido apostar por la primera opción: por dejar que se extinguiera con mi muerte.

He preferido, por tanto, darle a la misión una segunda oportunidad y a usted le concedo una ocasión para demostrar sus capacidades. Espero que no la malgaste. Lo que debe saber es sencillo. Solo tiene que memorizar las siguientes instrucciones.

Viaje a Estados Unidos cuando le sea posible hacerlo. No tiene que ser algo inmediato. Las personas a las que deberá buscar allí son pacientes y saben que quizá tengan que esperar un largo tiempo. Viaje cuando pueda hacerlo de forma segura. En Washington o en Phoenix, entre en contacto discreto con Edward o con Nathalie. No le daré más datos sobre ellos porque, si usted ha llegado hasta aquí, ya debería saber quiénes son. Y si no lo sabe, es que no está cualificado para seguir adelante.

Cuando se acerque a cualquiera de los dos, usted dirá en ruso: «Operación Kazán, me envía Andréi».

Bajo ningún concepto trate de entrar en contacto con ellos de otra forma que no sea en persona: ni por teléfono ni por carta. Si eso supone esperar más tiempo, tendrá que esperar. La Operación Kazán no tiene prisa, pero sí exige seguridad y secreto.

Todo lo que debe saber ahora es esto. Lo demás correrá a cargo de Edward y Nathalie, si ellos lo consideran oportuno. Sepa que son unos héroes y así deben ser tratados.

Le deseo lo mejor. Y para que tenga lo mejor, no olvide que la traición tiene un precio. Seguro que conoce la historia de Oleg Penkovski.

P.D. Algo más, y muy importante: haga que la Operación Kazán tenga éxito, pero no permita que se nos escape de las manos.

Al pie del texto figuraba la firma, ya temblorosa, de Andréi A. Sorokin.

Karlov dobló el papel y lo guardó en el bolsillo del pantalón. Respiró con profundidad. El aire entró hasta lo más recóndito de sus pulmones. Miró con disimulo a un lado y a otro tratando de confirmar que nadie le prestaba especial atención y recordó a Penkovski. No había espía en la Unión

Soviética que no conociera el trágico destino de aquel coronel del GRU, la inteligencia militar soviética. Penkovski se entregó a la causa occidental. En 1962 advirtió a Estados Unidos de la instalación de misiles soviéticos en Cuba, a solo ciento cincuenta kilómetros de Florida. Aquella información provocó la Crisis de los Misiles. Penkovski fue descubierto, torturado y ejecutado.

Sobre su ejecución, Karlov recordaba haber conocido varias versiones. La más llevadera, por expeditiva y breve, era la consistente en eliminar al traidor con un certero disparo en la cabeza. La más aterradora, si la anterior no lo parecía, era que Penkovski fue atado a un tablón de madera e introducido aún con vida en un horno crematorio. El resultado final era el mismo, aunque el procedimiento difería sustancialmente.

«No olvide que la traición tiene un precio. Seguro que conoce la historia de Oleg Penkovski». Karlov no tenía intención alguna de traicionar a su país. Pero, por las dudas, decidió no olvidar nunca aquella última frase escrita por Sorokin y dirigida a un desconocido que resultaba ser él.

Tampoco olvidó la postdata: que la Operación Kazán no se le escapara de las manos. Y recordó que era la misma advertencia que le había hecho la viuda de Sorokin apenas veinticuatro horas antes. ¿Por qué? ¿A qué se referían? ¿Por qué había riesgo de que la Operación Kazán se les escapara de las manos?

Washington, octubre 1992

Al abrir las cortinas que moderaban la luz exterior, un intenso rayo de sol se propagó por la habitación del hotel The Capital Hilton. Washington tiene cientos de hoteles, pero no todos están tan bien situados como este. Quienes se hospedan en el Hilton solo envidian a aquellos que disponen del dinero suficiente como para pagar una reserva en el Hay-Adams, un alojamiento aún más lujoso e histórico, plantado frente por frente con la Casa Blanca, en la plaza Lafayette. El Capital

Hilton está apenas trescientos metros al norte, en la esquina de la calle 16 con la K, la zona en la que residen los *lobbies* más poderosos de Estados Unidos.

Karlov llevaba horas despierto. Y no porque le gustara madrugar, sino porque había llegado desde Rusia el día anterior y su cuerpo trataba de adaptarse a la Costa Este norteamericana, distante siete husos horarios de Moscú. Abajo, en la calle, la vida se reactivaba con la intensidad habitual en Washington. La gente pasaba por delante del hotel, con la cartera en una mano y el café en la otra, caminando a paso ligero hacia la oficina. Caballeros con traje y corbata, y señoras con discretos vestidos de corte ejecutivo. Las más jóvenes, con zapatillas de deporte en los pies y zapatos de tacón en una bolsa para ponérselos al llegar al puesto de trabajo.

El funcionario municipal de San Petersburgo y perpetuo espía ruso (aunque sin misión, por ahora) sentía la excitación propia de quien por muchos años había anhelado conocer Occidente. Ya lo hizo unos meses antes, en viajes por varios países de Europa en representación de su ciudad. Pero este era su primer contacto con el enemigo. Ir a Estados Unidos era algo especial. No podía desaprovechar ni un solo minuto. Bajó en el ascensor hasta el inmenso *hall* del hotel, donde hay una cafetería abierta al público. Pasó de largo hacia uno de los salones, en el que se servía el desayuno a los clientes. Había huevos cocinados de todas las maneras imaginables, tostadas para elegir, frutas de cualquier origen posible, cafés procedentes de medio mundo y una variedad de tés tan expansiva que costaba tomar una decisión. Encima de la mesa, el diario *The Washington Post*, cortesía del hotel.

Karlov degustó el desayuno con cierta parsimonia. Quería recrearse en su disfrute. Volvió a la habitación para terminar de acicalarse y salió a pasear por la ciudad acompañado de su secretario. Caminaron cinco minutos hasta la valla que protege el perímetro de la Casa Blanca, después hacia el este por la avenida de Pensilvania, para bajar hacia el sur por la calle 15. Allí, frente al señorial edificio del Tesoro, vieron la llamativa fachada del Old Ebbitt Grill, un hermoso restaurante de gran tradición al que decidieron volver para una comida o una cena cualquiera de esos días. Después, se dirigieron hasta el monumento dedicado al presidente Washington, desde donde observaron en la lejanía, al otro lado del paseo ajardinado conocido como Mall, el colosal Capitolio, sede de las dos cámaras parlamentarias de Estados Unidos. Por primera vez en sus vidas se sentían como turistas, pero tenían más cosas que hacer. Especialmente, Karlov.

La paciencia es una virtud, en términos generales. La paciencia es una virtud imprescindible en labores de inteligencia. Iván Karlov gestionó su inmensa paciencia con la destreza debida. Era el poseedor único de un secreto extraordinario. Tenía que administrarlo sin cometer errores. «Viaje a Estados Unidos cuando le sea posible hacerlo. No tiene que ser algo inmediato». Esas eran las instrucciones de Sorokin.

A lo largo del año 1990, con la Operación Kazán congelada en su mente a la espera de descongelarla, el deterioro de la Unión Soviética había sido progresivo y el del KGB discurría en paralelo. En 1991, Karlov optó por tomar distancia del servicio de inteligencia y apostó por aquello que empezaba a irradiar un calor más intenso: el comunismo decaía y las ansias de democracia se extendían conforme avanzaba la perestroika. Karlov volvió a Leningrado apenas unos meses antes de que la ciudad recuperara su viejo nombre de San Petersburgo. Y lo hizo para unirse al carismático alcalde Anatoli Sobchak.

En agosto de 1991, un fallido golpe de Estado contra Gorbachov fue el último intento del viejo régimen comunista por sobrevivir. Pero lo que provocó, paradójicamente, fue la aceleración de un proceso que ya parecía imparable: la disolución de la Unión Soviética. La bandera roja con la hoz y el martillo fue arriada de la torre del Kremlin la noche de Navidad de 1991 y en su lugar fue izada la bandera tricolor de la Federación Rusa.

Nicolay Yarshin ya era el presidente de Rusia desde el verano anterior y a partir de ese 25 de diciembre asumió también los poderes del antiguo líder soviético. Las demás repúblicas de la URSS optaron por independizarse para ir cada una por su lado.

La apertura hacia el exterior propició que millones de rusos que nunca habían salido de su país pudieran hacerlo con libertad. Y Occidente se abría con facilidad a esos viajeros, como una novedad que parecía promover el olvido de la Guerra Fría y un apasionante trayecto hacia la paz mundial y la prosperidad de todos.

Karlov manejó con habilidad sus contactos en el espionaje y en la política hasta situarse en un puesto clave que le sirviera como pantalla para reiniciar la Operación Kazán. Consiguió que el alcalde Sobchak le nombrara presidente del Comité de Relaciones Exteriores de San Petersburgo. Y eso significaba que su misión consistiría en viajar al extranjero y relacionarse con responsables políticos de otros países. Era el cargo perfecto.

En octubre de 1992, Estados Unidos vivía los últimos días de la campaña para las elecciones presidenciales del 3 de noviembre. A pesar de ser un candidato desconocido para la mayoría de los americanos en el inicio de la campaña, el demócrata Steve Harrison se alzaría con la victoria. Su carisma fue imbatible, tanto como su capacidad para seducir a las masas. Y también le resultó de gran utilidad la torpeza de sus rivales.

Eso ocurriría unos días después. Ahora había dos misiones en paralelo. La primera y oficial, establecer contactos con las autoridades americanas con el objetivo de conseguir apoyo logístico y económico para su ciudad. La segunda y secreta, hablar con Edward Brooks y relanzar la Operación Kazán. Y la buena noticia era que la primera misión iba a permitir realizar la segunda.

Karlov ordenó a su secretario personal que terminara de confirmar la cita oficial con el vicepresidente de la Comisión de Asuntos Exteriores de la Cámara de Representantes, que ya estaba confirmada desde San Petersburgo. La oficina del congresista respondió afirmativamente. La cita se celebraría al día siguiente. Ya sabía que Edward era miembro de la Comisión de Seguridad Nacional y que esa comisión también se reuniría en pleno justo una hora después de su cita.

En unos folletos que recogió en el hotel, Karlov comprobó que había visitas guiadas para turistas al Capitolio. Y se especificaba que cualquier persona podía asistir a las sesiones de una comisión o del pleno siempre que hubiera espacio disponible. Era un intento de demostrar que la democracia es un sistema de puertas abiertas. Esa era la brecha por la que se introduciría para llegar hasta Brooks.

Pasadas veinticuatro horas, Karlov y su secretario estaban en una de las puertas de entrada al edificio Rayburn, frente al Capitolio. Es una ampliación que se terminó de construir en los años sesenta para acoger los despachos de una parte de los miembros de la cámara baja. Allí, una amable recepcionista vestida con traje ejecutivo de falda y chaqueta, y con una carpeta en las manos, esperaba a los dos ciudadanos rusos y los acompañó hasta el lugar de la reunión.

Por el camino recorrieron pasillos inmensos, con puertas a cada lado que daban acceso a las oficinas de los cargos políticos y sus equipos. Algunas estaban coronadas por el escudo del estado al que pertenecía el congresista. Otras escoltadas por banderas de Estados Unidos. Centenares de personas, muchas de ellas muy jóvenes, circulaban por esos pasillos, arriba y abajo, en busca de cualquier cosa imaginable. Eran asistentes de los representantes, encargados de llevar y traer papeles o de administrar mensajes más o menos inconfesables.

Después de setenta y cinco metros de pasillo, escudos y banderas, la recepcionista, Karlov y su secretario pasaron por delante de una puerta con el escudo de Arizona, con la leyenda «*Great seal of the State of Arizona, 1912*». Podía ser el despacho de cualquiera de los nueve miembros de la cámara en representación de ese estado. Karlov se fijó en la placa dorada a la derecha de la puerta. Y no, no era el de Brooks. Figuraba otro nombre.

La caminata por el pasillo aún no había terminado. Recorrieron veinticinco metros más antes de ver de lejos otro escudo de Arizona. Esta vez, con los nervios aflorando por todo su cuerpo, comprobó que sí: en la placa estaba inscrito el nombre de Edward Brooks. La casualidad decidió que la puerta se abriera justo cuando ellos pasaban por delante. Un joven cuidadosamente vestido, con gafas de pasta y el pelo como recién cortado, salía con una carpeta azul. Karlov aprovechó para mirar de soslayo y fugazmente mientras seguía el paso ligero de la recepcionista. En un despacho interior, al fondo de la sala, sentado detrás de una mesa de gran tamaño, creyó ver a Edward. Solo le conocía por las fotografías de la prensa, pero tenía que ser él. Karlov notó una sacudida en sus vísceras. Estaba cerca de retomar la misión. Ahora tenía que guardar la calma y encontrar la manera de llegar hasta él sin levantar sospechas. Esa era la parte más difícil, pero en su mente bullía un plan.

—Pasen aquí, por favor, y esperen un momento —indicó la recepcionista antes de despedirse.

Karlov y su secretario tomaron asiento en una pequeña sala de espera, dentro ya de las dependencias del congresista que ejercía como vicepresidente de la Comisión de Asuntos Exteriores. Un par de minutos después apareció en la puerta una joven vestida con pantalón y chaqueta azules, zapatos negros de tacón y el pelo recogido.

—¿Señor Karlov?

—Soy yo —respondió en un inglés algo primitivo, cargado de fuerte acento ruso, pero correcto y comprensible.

La joven tendió la mano al visitante. Estrechó primero la de Karlov y después la del secretario, que se presentó a sí mismo.

—Acompáñenme, por favor.

Así lo hicieron. Se levantaron y entraron en una pequeña oficina en la que trabajaban tres personas, atrincheradas detrás de sus mesas. Mirando a través de las ventanas se veía la majestuosa cúpula del Capitolio. Y tres pasos más allá, la secretaria abrió una puerta de doble hoja y fabricada en madera noble, que daba acceso al despacho principal.

—Congresista, sus invitados —dijo la muchacha antes de dar la vuelta, abandonar el lugar y cerrar la puerta.

El congresista levantó la mirada de unos papeles que tenía sobre su mesa. Llevaba las gafas de leer colgadas de la punta de la nariz y dirigió sus ojos a los recién llegados por encima de las lentes. Lo habitual cuando se trata de presbicia.

—¡Ah, sí! Buenas tardes, caballeros. Tomen asiento, por favor. Si me dan un minuto, les atenderé de inmediato —dijo a medio camino entre la amabilidad y la falta de tacto con quienes le visitaban.

Karlov y su secretario se sentaron mientras miraban con curiosidad cómo, al otro lado de la mesa, un hombre de unos sesenta años, con las mangas de la camisa recogidas hasta los codos y con el nudo de la corbata aflojado, pasaba las hojas de lo que, visto desde la distancia de casi dos metros, parecía ser un informe.

El despacho era amplio, pero no enorme. Las paredes estaban pintadas de blanco, aunque apenas se veían porque la mayor parte del espacio lo ocupaban muebles de madera cargados de libros y carpetas. La mesa también era de madera, de diseño clásico. Antiguo, para precisar más. Encima había un ordenador portátil cerrado, con el grosor que tenían esos dispositivos a principios de los años noventa. Al lado, un aparatoso teléfono abarrotado de teclas, una bandeja con varias plantas de documentos, una lámpara para leer, un marco con una foto familiar y otro con una foto del congresista estrechando la mano del presidente Bush. Detrás de la mesa había una estantería con algunas fotografías más. Una de ellas, del día en el que el congresista ganó su escaño en la cámara. A un lado, la bandera de los Estados Unidos junto con otra de Colorado, el estado natal del anfitrión. El ventanal permitía ver unos frondosos árboles y, detrás de ellos, el Capitolio.

—Ya está —dijo el congresista mientras se quitaba las gafas, cerraba la carpeta y la depositaba en la bandeja junto con otros documentos—. Espero que me disculpen, pero tenía que terminar de ver esto. Es algo urgente. Sean bienvenidos.

El congresista se levantó de su butacón y dio la vuelta a la mesa para estrechar la mano de sus visitantes.

—Era usted el señor...

—Karlov.

—Eso, Karlov. ¿Y usted?

—Es mi secretario —se adelantó Karlov antes de que su acompañante tuviera tiempo de abrir la boca.

—¡Nancy! —gritó el congresista.

—¿Señor? —preguntó la secretaria al abrir precipitadamente la puerta.

—Por favor, tráeme un café. Y ¿ustedes quieren algo? ¿Un café? ¿Un refresco?

—Un café, gracias —respondió Karlov. Su secretario asintió sin decir palabra.

El congresista recuperó el sitio en el butacón de su mesa y miró durante unos segundos a los dos hombres que tenía delante. Sería una charla entretenida, para así dejar atrás las relaciones con Francia a las que se refería el informe que acababa de cerrar. Ahora podría hablar de la Rusia postsoviética, algo mucho más interesante.

—Dígame, señor...

—Karlov.

—Señor Karlov, ¿cuánto tiempo llevan en Washington?

—Hemos llegado hace un par de días.

—Y ¿cómo han dejado las cosas en Moscú? ¿El presidente Yarshin está consiguiendo hacerse con el mando? —El congresista no tenía intención de perder el tiempo antes de entrar en harina.

—Sin duda. El presidente Yarshin está al mando y la situación ha mejorado mucho en mi país en los últimos meses.

—Pero los datos económicos que he visto en los informes sobre Rusia no son nada buenos. Están ustedes en un momento difícil.

—Es cierto, pero Rusia sigue siendo una superpotencia, y no dejaremos de serlo a pesar de haber tenido algunos problemas últimamente. —Karlov dejó fluir en libertad su vena patriótica; no iba a permitir que un político americano minusvalorara a un país tan grande como el suyo.

—Entiendo —dijo pensativo y algo despistado el congresista—. Pero ¿podemos dar por seguro que no volverá el comunismo?

—Créame, el comunismo es el pasado. Rusia está dando pasos firmes hacia la democracia y hacia la apertura de su economía.

—Esa es una buena noticia, señor...

—Karlov.

—Señor Karlov, espero que así sea. —El político americano habló con el tono desganado propio de quien no confía mucho en la veracidad de lo que le están contando. Y continuó—: Estuve en Moscú cuando empezaba el mandato de Gorbachov. Nos invitó al Kremlin. Me pareció que tenía una visión inteligente del mundo. Pero me temo que las estructuras del régimen eran demasiado rígidas como para facilitar esa apertura a la que usted se refiere. —Karlov miraba al congresista sin dar una respuesta, lo que provocó una cierta tensión ambiental. Ante el silencio algo violento que reinaba en el despacho, el americano retomó la palabra—: Me dicen que trabaja usted en el ayuntamiento de San Petersburgo.

—Así es. Soy el responsable del Comité de Relaciones Exteriores y estoy viajando por todo el mundo para establecer una vía de comunicación con otros países. Ya he estado en Europa Occidental y ahora quiero abrir caminos de diálogo y cooperación con Estados Unidos. Para eso estoy aquí.

—Su alcalde es Sobchak, ¿verdad? —Esta vez sí acertó con el nombre porque lo estaba leyendo en el papel que le había preparado un asistente.

—Sí, señor. Anatoli Sobchak. Me ha encargado que le salude de su parte y que le traslade un mensaje de amistad y colaboración, desde el respeto mutuo.

—Estupendo, estupendo... Devuélvale el saludo de mi parte. Y ¿en qué más puedo ayudarle, señor...?

—Karlov.

—Sí, señor Karlov... ¿En qué puedo ayudarle?

—Me gustaría que se pudiera crear una comisión bilateral que nos permita cooperar con ustedes en todos los ámbitos. Tanto el político como el económico. Y queremos, también, invitar al Congreso de Estados Unidos a que nos visite una delegación en San Petersburgo. Así podrán comprobar personalmente los avances democráticos en mi país.

—Eso sería estupendo. Es importante abrir nuevos caminos de amistad con Rusia y dejar atrás la Guerra Fría definitivamente. Hagamos una cosa. Les voy a dar mi tarjeta con los datos de contacto y ustedes me dan la suya. Encargaré a uno de mis asistentes que se ocupe de conformar un grupo de congresistas para ese apasionante viaje que nos propone. Quizá pudiéramos hacerlo en primavera. Tenga en cuenta que el mes que viene habrá elecciones. Y no son solo presidenciales. Yo mismo compito por mi puesto en la Cámara de Representantes. Y después, en enero, será la toma de posesión de todos los cargos, con lo que hasta marzo o abril no será posible viajar a Rusia.

—Lo entiendo perfectamente. Tenga mi tarjeta con todos los datos que necesita.

—Estupendo. Muchas gracias. Por cierto, ¿les han enseñado ya el Congreso por dentro?

—No. Hemos venido directamente a su despacho.

—Eso hay que arreglarlo —dijo el congresista, dispuesto a epatar a sus invitados rusos; eso también es diplomacia—. Ahora tengo que ir a una reunión en el Capitolio. De camino les puedo enseñar el edificio. Merece la pena. ¿Me acompañan?

—Estaremos encantados.

El congresista se levantó, ajustó el cuello de la camisa, apretó el nudo de la corbata, colocó sus mangas como es debido y cogió la americana de una percha. Se miró en un espejo, le gustó lo que vio y consideró que estaba listo para salir al mundo. Karlov y su secretario también se incorporaron. Volvieron al pasillo por el que habían llegado y lo recorrieron en sentido contrario. De nuevo pasaron por delante de la puerta de Edward, pero esta vez estaba cerrada.

—¿Saben que tenemos un tren subterráneo para desplazarnos entre los edificios del Congreso?

—No. No lo sabía.

—Pues vamos a subir a ese tren.

«Esto no lo tienen en Rusia», dijo para sus adentros el americano.

Bajaron al sótano en un ascensor y esperaron en el andén la llegada de un pequeño tren en el que se desplazaron hasta el Capitolio atravesando el subsuelo de la avenida de la Independencia y de una parte de los jardines que circundan el monumental edificio. Allí, el congresista les mostró la gran sala debajo de la cúpula donde se han velado los cuerpos de los presidentes que murieron durante su mandato, les permitió entrar en el salón de plenos del Senado y después los llevó hasta la Cámara de Representantes.

—¿Qué les ha parecido?

—Es un edificio magnífico. Espero que pueda venir a San Petersburgo para que compruebe que nosotros también tenemos edificios bellísimos. Nuestra ciudad es muy hermosa. Le gustará.

—Seguro que sí, señor...

—Karlov.

—Sí, Karlov. Pues aquí tengo que dejarles. Me espera una larga reunión.

—Solo una cosa más, congresista. He visto en la prensa que a las cuatro se reúne el Comité de Seguridad Nacional y me han dicho que esas reuniones son abiertas al público. ¿Sabe usted si es posible asistir? Me gustaría ver cómo es el funcionamiento de una institución como esa y comprobar si es muy distinto a como lo hacemos nosotros en Rusia.

—Por supuesto. Seguro que les resulta interesante la experiencia. Vengan conmigo. Quedan solo diez minutos para que empiece —dijo el congresista, mirando su reloj.

Recorrieron varios pasillos, bajaron un tramo de escaleras, dejaron atrás algunos despachos y, finalmente, alcanzaron la sala en la que se iba a celebrar el pleno de la Comisión de Seguridad Nacional.

—Aquí es. Pueden pasar y sentarse donde haya un par de sitios libres. Ha sido un placer hablar con ustedes y espero que nos podamos encontrar muy pronto en San Petersburgo.

—Ha sido usted muy amable.

Estrecharon sus manos y los dos ciudadanos rusos entraron en la sala. A la izquierda, encima de una tarima de unos treinta centímetros de altura, había una mesa corrida en forma de semicírculo con sillas para quince personas. Eran los lugares asignados a los miembros del comité. Enfrente, otra mesa para dos personas con micrófonos, reservada para los comparecientes. Y detrás de esa mesa, varias filas de asientos para el público asistente. También había una zona para la prensa. Algunos fotógrafos y cámaras de televisión se sentaban en el suelo, justo delante de la tarima, para disponer del mejor plano posible de los protagonistas.

Un minuto antes de la hora en punto, con extrema puntualidad, varios congresistas entraron en la sala y tomaron asiento en sus respectivos lugares. El presidente del comité ocupó el sillón situado en el centro. El cuarto en entrar fue Edward Brooks. Se sentó a unos tres metros de distancia, a la derecha del presidente, y con otro congresista en medio de ambos. Karlov notaba cómo la tensión crecía en su interior sin poder controlarla. Pero debía intentarlo. Para empezar, necesitaba alejar de allí a su secretario. No podía hacer lo que tenía que hacer con su colaborador al lado. Por tanto, pensó en una excusa para echarlo de allí.

—Debes volver al hotel. Desde la habitación llama a la secretaria del alcalde y le cuentas los avances que hemos hecho hoy. Si esperas mucho más, será demasiado tarde en San Petersburgo.

—¿No le parece que ya es demasiado tarde? ¿No sería mejor esperar a mañana?

—El alcalde me dijo que le tuviéramos informado al minuto, sin importar la hora. Así que, coge un taxi y vuelve al hotel. Cuando llegue te avisaré para ir a cenar.

—Así lo haré. Luego nos vemos.

El secretario se levantó sin apenas ponerse de pie, para no importunar a quienes estaban detrás, y abandonó la sala con presteza. Salió del Capitolio, paró un taxi y se marchó extrañado por la orden de su jefe. Cuando llegara al hotel serían casi las doce de la noche en San Petersburgo. No parecía la hora más adecuada para molestar a nadie. Pero él solo cumplía órdenes.

En la sala del comité, las comparecencias se sucedían ante los ojos de los congresistas y del público. Mientras, Karlov solo esperaba el momento en el que terminara la sesión para buscar la forma de acercarse a Edward y hablar con él. No sería fácil. Había mucha gente y quizá no permitieran a los espectadores salir de la sala hasta que no se hubieran ido los miembros de la comisión. Si eso ocurría, sería imposible cumplir su objetivo.

—Se levanta la sesión —dijo el presidente del comité después de dos largas horas.

Había llegado el momento. Tal y como suponía, los miembros de la cámara fueron los primeros en ponerse en pie y dirigirse hacia la puerta de salida. Edward tardó un poco en levantarse porque estaba revisando unos papeles, lo que hizo que varios de sus colegas pasaran por delante de él. Finalmente se incorporó. El público seguía en sus asientos, a la espera de que los políticos se marcharan. Karlov temía perder aquella ocasión, que podía ser la única. Pero llegó el milagro y tenía que aprovecharlo.

Una periodista, libreta en mano, se acercó a Brooks antes de que saliera de la sala. Quería hacerle unas preguntas. La gente se levantó finalmente y empezó a circular hacia la salida sin que el congresista Brooks se hubiera marchado aún. Karlov también se puso en pie sin apartar la vista de su objetivo. Edward seguía atendiendo a la periodista cuando el ruso llegó hasta la puerta. Estaba a solo dos metros de distancia del hombre con el que hacía años ansiaba encontrarse.

Karlov se detuvo, disimulando, entre el revuelo de periodistas, fotógrafos y camarógrafos de televisión que recogían sus enseres para marcharse. Nadie prestaba atención a aquel desconocido que se había detenido antes de cruzar la puerta.

—Muchas gracias por atenderme, congresista —dijo la periodista después de obtener respuesta a su última pregunta.

—Es un placer —se despidió Edward con cortesía antes de dar media vuelta y enfilar hacia la puerta.

Karlov se abrió paso a empujones en medio de un animado corrillo de informadores y alcanzó a ponerse casi codo con codo con Edward. Era diez o quince centímetros más alto que el ruso. Iba elegantemente vestido con un traje impecable, de sastrería, con la punta del pañuelo asomando por el bolsillo exterior. Coquetería de hombre maduro. Tenía un porte imponente. Se notaría su presencia, aunque estuviera rodeado por una multitud. De hecho, eso era lo que ocurría en aquel preciso momento.

El agente del KGB, reconvertido en alto funcionario municipal de San Petersburgo, encontró por fin la ocasión que buscaba. Había tanta gente y hacían tanto ruido que podría decirle aquellas palabras en ruso que Sorokin le había indicado sin temor a ser escuchado por otros. De manera que se situó ligeramente por detrás del congresista de Arizona, se puso casi de puntillas para elevarse un poco más, acercó su boca a un palmo del oído izquierdo de Edward y cumplió con su misión.

—*Операция Казань, Андрей присылает мне* (Operación Kazán, me envía Andréi).

Edward Brooks se detuvo bruscamente sin dejar de mirar al frente, como si una maldición divina acabara de convertirle en una estatua de mármol. Fue tan violento su frenazo que dos personas que iban detrás chocaron contra su espalda. Y, en cadena, contra esas dos personas chocaron, también, quienes llegaban después. Brooks, muy sereno a pesar de la sorpresa, pidió disculpas con galantería a quienes le acababan de atropellar involuntariamente y después miró a aquel hombre que había pronunciado esas palabras. Los rasgos de la cara evidenciaban su origen eslavo. No alcanzaba el metro setenta de estatura. Tenía el pelo entre rubio y castaño, y ya empezaba a escasear. Su semblante era tan serio que costaba imaginar que los músculos de la cara estuvieran preparados para hacerle sonreír.

Brooks no dijo nada, pero hizo un leve movimiento con la cabeza para que Karlov le siguiera. Lo hizo. Avanzaron unos treinta metros por el pasillo. Ya no había tanta gente. Edward abrió la puerta del baño y el ruso le siguió. Había dos hombres secándose las manos después de habérselas lavado. De inmediato, salieron por la puerta. Edward se agachó para mirar alrededor, casi a la altura del suelo, y comprobar que no había nadie más en los urinarios. Estaban solos. Después volvió hasta la puerta y echó el seguro para que no entrara nadie.

—No hable —dijo Edward en un susurro llevándose el dedo índice derecho a los labios mientras sacaba un papel del bolsillo interior de la chaqueta. Era un folio doblado que contenía algunas notas que había tomado durante la sesión del comité. Lo desdobló y le dio la vuelta para apuntar algo en la otra cara, que estaba en blanco.

Cogió un bolígrafo y escribió en ruso: «*Название вашего отеля и номер комнаты*» (nombre de su hotel y número de habitación). Edward quería confirmar que aquel hombre entendía el ruso y no era un impostor que solo se hubiera aprendido unas pocas palabras de memoria. Karlov escribió «Capital Hilton» y «habitación 365».

Edward volvió a escribir: «*Жди там. я позвоню вам*» (Espere allí. Le llamaré). Karlov lo leyó y asintió. El congresista americano hizo un gesto al ruso para que se quedara, guardó el papel en un bolsillo y salió del baño precipitadamente. El ruso esperó un momento. Se lavó las manos y la cara. Estaba empapado en sudor. Y no hacía calor.

A las ocho de la mañana del día siguiente, el teléfono de la habitación 365 del Capital Hilton sonó con cierto estruendo. Hacía rato que Karlov había pedido que le subieran el desayuno. No quería salir de allí a la espera de que Edward se pusiera en contacto con él. Y eso es lo que estaba ocurriendo.

—¿Dígame?

—Le espero en la habitación 415.

Era una voz seca y en inglés que ni siquiera dijo buenos días antes de colgar sin esperar respuesta.

Solo podía ser Edward, o eso esperaba. Se dirigió al ascensor y subió a la planta de arriba. Caminó hacia el pasillo izquierdo. Veinte metros más allá estaba la 415. Golpeó ligeramente con los nudillos y la puerta se abrió de inmediato sin que pudiera ver quién la había abierto porque, precisamente, se ocultaba detrás de la puerta. Karlov entró sin dudarlo. Era una temeridad. No podía estar seguro de qué le esperaba allí. Pero había viajado hasta Washington para correr el riesgo.

Después de dar el primer paso hacia el interior de la habitación, notó que algo metálico se apoyaba en su sien izquierda. Lo identificó de inmediato: el frío cañón de una pistola con silenciador. No era la primera vez en su vida que le ocurría algo así, aunque sí era la primera sin que se tratara de un ejercicio de adiestramiento de los servicios de espionaje. Aquello no era un ensayo. Karlov se detuvo de inmediato y levantó las manos lentamente hasta la altura de sus hombros para no poner más nervioso a quien le amenazaba. Notó cómo el hombre de la pistola le cacheaba para comprobar que no llevaba armas encima.

—Avance hacia esa silla y siéntese despacio —dijo en un ruso correctísimo y sin acento una voz que a Karlov le pareció la de Edward, aunque de momento no podía ver su rostro para verificarlo—. No quiero un solo movimiento extraño o esta conversación terminará antes de empezar.

Karlov se sentó con suma lentitud, sin bajar las manos y sin volver todavía la cabeza para mirar a quien ahora había cambiado la posición del arma para apuntarle a la nuca.

—¿Quién es usted? —preguntó Edward sin asomo alguno de amabilidad.

—Soy la persona que usted lleva esperando desde que murió Sorokin.

—¿Por qué tengo que fiarme de lo que me dice?

—Porque no tiene otra opción. Si yo no fuera quien soy, en este momento estaría usted en un calabozo siendo interrogado por el FBI y por la CIA, porque le habría denunciado por espía. Sin embargo, estamos juntos en este hotel a punto de entablar una intensa amistad y una colaboración de por vida. O en eso confío.

Karlov estaba sentado en la única silla de la habitación mirando hacia la cama. A su espalda, sin dejarse ver de momento, Edward le apuntaba con una pistola en la nuca.

El congresista americano observó con detenimiento al hombre con el que hablaba. Vestía un traje gris de corte anticuado para los usos occidentales. No llevaba corbata. Tal y como ya había comprobado el día anterior, no era alto, pero sí parecía fuerte. Se notaba que era un habitual del gimnasio.

Finalmente, Edward rodeó la silla y se quedó de pie junto a la cama frente a Karlov sin dejar de apuntarle con el arma. Le pareció que el rostro del ruso resultaba enigmático.

Karlov también hizo su propia radiografía de Edward. Vestía un traje azul marino de sastrería, de no menos de mil dólares, con una corbata Hermès con dibujos geométricos en tonos pastel. Los zapatos parecían ser italianos. Brillaban como si los acabaran de cepillar. Y seguramente eso es lo que había ocurrido. Era alto y atlético. A pesar de que ya no le quedaba mucho para cumplir los setenta, no tenía ni un kilo de más ni un pelo de menos.

—¿Cómo se llama?

—Iván Karlov. Fui agente del KGB, pero ya no estoy en la agencia. Ahora ocupo un alto cargo en el ayuntamiento de San Petersburgo.

—Sorokin nunca hubiera confiado en el KGB para esta misión.

—Sé perfectamente que la Operación Kazán era un secreto entre usted y Sorokin, y que nadie más en la Unión Soviética lo conocía.

—Y, entonces, ¿por qué lo conoce usted?

—Es una larga historia.

—No tengo prisa. Cuéntemela con todo detalle. ¿Cómo ha llegado hasta aquí? ¿Qué le dijo Sorokin?

Karlov se preparó para una larga mañana de explicaciones y detalles. Hizo un recorrido por su misión en el KGB, su paso por Dresde, la charla con la espía checa que le habló de Edward, el encuentro con la viuda de Sorokin y el papel con instrucciones que estaba en la caja fuerte de la dacha.

Para entonces, Edward ya estaba sentado al pie de la cama y había guardado la pistola.

—Y ahora, ¿de qué sirve que continúe activa la Operación Kazán? —se preguntó en alto Edward—. La Unión Soviética ha desaparecido y el Gobierno de Nicolay Yarshin quiere convertir Rusia en un nuevo paraíso del capitalismo, como Estados Unidos.

—Eso no ocurrirá, Edward —replicó Karlov—. Rusia nunca se entregará a Occidente. Hay que tener fe. Este es un periodo de transición y, por tanto, de debilidad. Y es verdad que quizá no vuelva el comunismo. Pero nuestra patria nunca será un país dependiente de Estados Unidos. Solo hay que esperar. Yarshin pasará. Es viejo, está enfermo, es alcohólico... Tiene mucho más pasado que futuro. Pronto, personas como yo ocuparemos posiciones de poder y recuperaremos la grandeza de Rusia. Y necesitamos su ayuda.

—No sé si todo el esfuerzo que hacemos y el riesgo que corremos merece ya la pena —se sinceró Brooks.

—Ahora es más importante que nunca, porque si nos abandonamos, si no seguimos en la lucha, Rusia dejará de ser la patria de la que nos sentimos tan orgullosos y pasaremos a ser una colonia controlada por la Casa Blanca.

—Eso, nunca.

—Pues, entonces, sigamos adelante con la Operación Kazán. Además, el sacrificio de Jonathan lo merece.

Por si no fuera suficiente, Karlov alimentó el deseo de venganza de Brooks al recordar al hijo asesinado en Vietnam por sus propios compañeros del Ejército americano.

Agotaron el contenido de la cafetera y empezaron con las botellas de agua. A mediodía, Edward e Iván ya eran herramientas para una misma misión. La Operación Kazán había renacido. Y lo haría con un tercer participante. Una, en realidad: Andrea Blazek. La espía checa que formó en secreto a Nathalie había sabido reconvertirse con la caída del comunismo. Abandonó el StB sin que nadie conociera su pasado como agente de la policía política del régimen y consiguió trabajar en el equipo del primer presidente democrático, Vaclav Havel. Antes de que Checoslovaquia se partiera en dos, logró su objetivo de que Havel la enviara como alta funcionaria a la embajada en Washington. Y allí, instalada en la capital de Estados Unidos, Blazek se convertiría en el enlace entre Edward y Karlov. Y, después, entre Nathalie y Karlov. Pero, en este primer periodo en la embajada de su país, Andrea se había mantenido a la espera. De momento, era una agente durmiente de Karlov, dedicada a conocer el país, a realizar contactos que le pudieran servir para el futuro y a esperar. Llegaría el momento de activarse.

—Esta debe seguir siendo una misión ajena al KGB y a las demás agencias de inteligencia rusas. Gracias a que ninguna lo sabe hemos tenido tanto éxito durante todos estos años

—dijo Edward después de tres horas de intercambio de datos con Karlov.

—Así tiene que ser. Y no debes temer por mí. He sido agente del KGB, pero ya no sirvo a la agencia. La genialidad de la Operación Kazán es precisamente que no ha sido diseñada ni dirigida ni realizada por el KGB o el GRU o el SVR. Gracias a eso, ni la CIA ni el FBI han podido dar contigo. Ellos quizá busquen a un espía ruso del KGB y tú no eres ruso ni estás en el KGB.

—Debo irme ya, Iván. —A esas alturas de la cita ya se hablaban con la camaradería propia de quienes se pueden llamar por sus nombres de pila—. Tengo una reunión en el Congreso.

—Por supuesto. Pero deberíamos vernos al menos una vez más. Volaré de vuelta a Rusia dentro de tres días y es imprescindible que antes establezcamos nuestros objetivos a corto, medio y largo plazo. Nos tenemos que ver mañana y Nathalie debe estar en esa reunión.

Así lo hicieron veinticuatro horas después. Planificaron las actuaciones más inmediatas. Edward trasladaría a Karlov informaciones relevantes a las que tuviera acceso como miembro del Comité de Seguridad Nacional de la Cámara de Representantes. Pero había algo más importante. Lo más importante: Nathalie.

La más joven de los Brooks tenía treinta y cinco años. Después de su paso por la Universidad de Oxford en los setenta y de su formación como espía comunista en Checoslovaquia, Nathalie había vuelto a Estados Unidos, previo paso fugaz por el Reino Unido para terminar la carrera. En Arizona se ganó respeto como abogada hábil y resolutiva. Ayudó a su padre en la elaboración de informes que llegaban a debatirse en el Capitolio, y se introdujo en las estructuras del Partido Demócrata. Primero, en su estado. Y pronto despertó el interés de la cúpula de la organización en Washington. Nathalie tenía futuro. Y no habría que esperar mucho para comprobarlo.

Pero antes, era prioritario que Edward y Nathalie establecieran su vía de contacto con Andrea Blazek para que trasladara la información a Karlov en Moscú.

—¿Tiene usted reserva?

—Sí, para dos personas. A nombre de Edward Brooks.

—Por supuesto. Acompáñenme, por favor.

La amable camarera del Old Ebbitt Grill cogió dos cartas con el menú disponible y se introdujo en el interior del restaurante, uno de los más conocidos de la capital estadounidense. Ha estado en ese mismo lugar, a pocos metros de la Casa Blanca, desde hace más de ciento cincuenta años. En sus mesas se ha nombrado y destituido a miembros del Gobierno, se han diseñado conspiraciones políticas y misiones de espionaje, se han forjado exclusivas periodísticas y se han fraguado escándalos. No hay miembro del *establishment* washingtoniano que no almuerce o cene periódicamente en el Old Ebbitt Grill.

—¿La reconoceremos? Han pasado muchos años desde que te entrenó y yo solo la vi unos minutos en el hotel de Praga —dijo Edward a su hija cuando se sentaron en una mesa de la primera sala del restaurante. Una mampara de madera respaldaba los asientos de tapiz dando una falsa sensación de intimidad. Una lámpara iluminaba el lugar con una luz tenue y vaporosa para generar ambiente.

—Creo que sí. Pero, si no la reconozco yo ni la reconoces tú, ella nos reconocerá a nosotros —respondió Nathalie, tan intrigada como su padre ante el inminente encuentro, necesariamente furtivo, con Andrea Blazek.

Los comensales buscaron en el menú sus platos favoritos y pidieron dos copas de vino tinto para brindar por su futuro. Veinte minutos después, una mujer de unos cincuenta años entró por la puerta del restaurante. Vestía un elegante traje femenino de chaqueta y pantalón, y llevaba un bolso de marca de no menos de setecientos dólares. Era rubia, con media melena ondulada en peluquería, atlética y maquillada con esmero. Andrea Blazek no había perdido con la edad el atractivo físico que emanaba quince años atrás, cuando Nathalie estaba a sus órdenes.

—Es esa mujer. —Nathalie acercó la cabeza a la de su padre para susurrárselo al oído.

—¿Estás segura?

—Es ella.

Andrea iba sola, como había acordado con Karlov, y se acomodó en un taburete alto de la barra. Pidió un vino blanco que le fue servido de inmediato. Echó una mirada panorámica al restaurante solo con la vista, sin apenas mover la cabeza. No tardó en cruzar sus ojos con los de Nathalie y también vio al hombre que estaba con ella. Reconoció al congresista Edward Brooks. Todo parecía en orden.

Nathalie esperó cinco minutos antes de levantarse. Se acercó a la barra, justo al lado de Andrea, aunque sin siquiera mirarla. Pidió unas servilletas al camarero mientras apoyaba la mano junto a la copa de vino que había pedido la mujer. La espía checa dejó ahí un papel doblado que Nathalie escondió en su mano cerrada. El camarero le dio las servilletas y la joven Brooks volvió a su mesa.

Andrea se tomó diez minutos para terminar la copa de vino, pagó y se marchó, cruzando antes su mirada con Nathalie y Edward una vez más.

Una operación similar, bien con Nathalie o bien con Edward, se repetiría a partir de entonces con un patrón singular: se encontrarían en el Old Ebbitt Grill el primer jueves del mes siguiente. A partir de esa primera reunión, la segunda sería el segundo jueves del mes siguiente. La tercera, el tercer jueves del mes siguiente. Y así sucesivamente. Si alguien no se presentaba a la cita por algún motivo, volverían a intentarlo siete días más tarde. Sería ahí donde intercambiarían informaciones, a través de mensajes simples y concisos, y Andrea los haría llegar a Karlov en Moscú.

Este operativo terminó diez años después, cuando Blazek enfermó. Karlov ya era presidente. Al conocer la situación de su vieja amiga y colaboradora, decidió que no debía quedarse en Estados Unidos, pero tampoco podía permitir que la repatriaran a su país. Para asegurarse de que el secreto seguía a salvo, tenía que ser trasladada a Rusia. Y así se hizo. Andrea Blazek ingresó en un hospital militar de Moscú, bajo estrictas medidas de control, hasta el día de su muerte. Para entonces, internet se desarrollaba de forma muy veloz y eso permitió a Edward, Nathalie y Karlov establecer vías de comunicación directas y seguras sin intermediarios.

Un año antes

—Hola, papá —respondió Nathalie al teléfono en su despacho de abogada en Phoenix, Arizona.

—¿Cómo va todo por allí?

—Bien, sin novedad. ¿Cuándo vienes?

—Estaré allí mañana.

—Estupendo, porque tenemos que hablar.

—¿Pasa algo?

—Las primarias. Tengo que estar ahí. Solo hay que decidir con quién.

Edward guardó silencio durante un instante. También él había pensado en esa posibilidad, pero tenía dudas. Era una gran oportunidad para la Operación Kazán. Pero también suponía un riesgo que debían valorar.

—Te noto muy decidida.

—Lo estoy. Es el momento de ir a por todas.

Nathalie llevaba tiempo reflexionando sobre el siguiente paso a dar. Pero su padre recordó en ese momento las palabras de Stalin en aquel sótano de un lejano pueblo ruso llamado Beleutovo: no dejes que esto se nos escape de las manos. ¿Corrían ese riesgo?

—Lo hablamos mañana. —Edward no quiso dar un sí definitivo, de momento.

Al día siguiente, Edward invitó a cenar a Nathalie en el discreto reservado de un céntrico restaurante de Phoenix. Para entonces, Sorokin ya había muerto, los Brooks ni siquiera conocían todavía la existencia de Karlov y, por tanto, la Operación Kazán estaba en suspenso. Sus dos protagonistas en Estados Unidos no tenían con quién hablar en Moscú. Y si nadie se ponía en contacto con ellos para continuar la misión, el proyecto habría terminado para siempre. Pero Nathalie consideraba que tenían que seguir con sus vidas y con sus objetivos, aunque fuese por su cuenta.

El 10 de febrero de 1992 empezarían las elecciones primarias demócratas con el *caucus* de Iowa, y Nathalie quería optar por un candidato al que apoyar y en cuyo equipo infiltrarse. Sería la primera decisión importante que los Brooks tomarían sin consultarla con nadie, y era necesario acertar, porque un error podría convertir aquella operación en un fracaso definitivo.

—Tengo que hacerlo, papá. Si consigo un puesto relevante en el equipo de quien alcance la nominación, podríamos relanzar la Operación Kazán. ¿No te das cuenta?

Nathalie empezaba a dar por amortizado a su padre. El centro de todo ya no podía ser Edward. Ahora, el centro sería ella. Pero Edward estaba convencido de que era un peligroso error. Había pasado toda la noche en vela dando vueltas a la cabeza hasta llegar a esa conclusión.

—Kazán solo tiene sentido si hay alguien en Moscú a quien informar. Y no tenemos a nadie. Además, la sobreexposición pública por ocupar un cargo importante en la candidatura a la presidencia te situará en el foco de los medios y, aún más peligroso, en el foco del FBI. Cualquier pequeño detalle podría provocar una investigación que terminaría en una catástrofe para nosotros.

—Tener miedo no es lo que te enseñaron nuestros camaradas en Rusia, ni lo que me enseñaron a mí en Praga.

Nathalie endureció el tono de su voz, que se volvió imperativo. Edward se sorprendió. Era cierto que había visto a su hija evolucionar hacia posiciones cada día más radicales, pero la idea de infiltrarse en la campaña presidencial de los demócratas era ir demasiado lejos.

—No debes hacerlo, Nathalie —dijo Edward, dirigiendo su mirada a los ojos de su hija.

—No seas cobarde, papá.

La conversación se había transformado en un pugilato que empezaba a resultar violento. Edward se dio cuenta, por primera vez, de que ya no estaba en condiciones de controlar a su hija.

—No me insultes —cortó en seco Edward, tratando de no levantar la voz—. Sobrevolé una Europa en guerra, me lancé en paracaídas sobre un campo de batalla, tuve que matar a soldados alemanes y engañar al Ejército americano. Y me he jugado la vida aquí durante décadas. No me hables de cobardía.

—No hiciste todo eso para que ahora nos quedemos de brazos cruzados. Nuestros camaradas no nos perdonarían si no actuáramos ahora que podemos hacerlo. Es mi obligación. Y también es la tuya.

El duro ataque de Nathalie a su padre quedó interrumpido por la entrada de un camarero en el reservado.

—¿Desean un postre los señores?

La tensión no animaba a comer nada más. Padre e hija pidieron cafés, aunque se enfriaron sobre la mesa.

—Stalin me dijo que esto no se nos podía escapar de las manos —dijo Edward ante la mirada inquisitiva de Nathalie—. Y esa instrucción también te implica a ti.

—Stalin te envió a Estados Unidos para que hicieras algo grande. Ahora me toca hacerlo a mí. Y lo voy a hacer.

—Es un error.

—Es solo el principio. Llegaré lejos —sentenció Nathalie, ignorando la advertencia de su padre—. Pero me tienes que ayudar. Tus contactos son imprescindibles para que esta misión tenga éxito. Es mi misión, y es la tuya. Eso también te lo dijo Stalin.

Edward se encontraba ante el dilema que le había planteado Stalin en la única conversación que mantuvieron. La recordaba como si se hubiera producido ayer. El líder soviético le había dicho: «Cuando tengas dudas sobre qué hacer, recuerda algo: haz aquello que puedas controlar; no dejes que esto se nos escape de las manos». Y estaba convencido de que una situación como esa estaría fuera de su control. Pero también sentía que su cometido había llegado a su fin y que ahora le correspondía a Nathalie asumir el mando. Además, era consciente de que no podría frenarla. De manera que tenía dos opciones: o la abandonaba a su suerte, con el riesgo de que la descubrieran y, a través de ella, también a él; o la ayudaba, en el intento de controlar lo que pudiera.

—Creo que te equivocas, Nathalie. Pero ahora la Operación Kazán es tuya. Te ayudaré y trataré de que no elijas el peor camino. Es verdad, Stalin me encargó una misión y por eso estaré a tu lado. Pero también me dijo que no se me escapara de las manos. Este es el momento de que no se te escape a ti. No lo olvides.

Nathalie no contestó. Prefirió escuchar solo la parte que le interesaba de la respuesta de su padre: la ayudaría.

La charla continuó hasta la madrugada en la casa de Edward. Después de muchas deliberaciones, de analizar la situación política del país y de escudriñar a cada uno de los aspirantes, apostaron por el senador de Nebraska Bob Kerrey. Era un héroe de Vietnam, condecorado con la medalla de honor por su labor en los Navy Seals, el cuerpo de élite militar de operaciones especiales. Los sondeos auguraban muchas opciones de victoria para Kerrey frente a rivales aparentemente mucho más débiles como Tom Harkin, Jerry Brown, Paul Tsongas o el semidesconocido gobernador del semiignorado estado de Arkansas, Steve Harrison. Kerrey era más famoso, tenía mucha más experiencia política y, sin duda, le sobraban los apoyos. Edward movió sus hilos en el Capitolio y no tardó mucho en colocar a Nathalie en el grupo de colaboradores directos de Kerrey, dentro del equipo de campaña.

Pero pronto se vio que aquella elección había sido un error. La candidatura de Kerrey nunca levantó el vuelo. Y quien demostró casi de inmediato la potencia de sus opciones fue el hasta entonces casi anónimo Steve Harrison.

Edward y Nathalie actuaron rápido. A finales de febrero de 1992, antes de que en marzo llegara el momento más intenso de las primarias, el mayor de los Brooks dio un viraje completo a sus movimientos internos en el Partido Demócrata. Descolgó el teléfono y llamó a uno de los responsables de la campaña de Harrison. Le conocía bien, porque había sido uno de sus asesores en varias de las elecciones a la Cámara de Representantes.

—¡George! ¡¿Cómo te va?!

—Hola, congresista, ¿cómo estás?

—Te llamo para felicitarte por el gran trabajo que estás haciendo en la campaña de Steve.

—Muchas gracias, Edward.

—¿Cómo está tu familia?

—Todos están muy bien, aunque ahora nos vemos poco.

George respondía con desgana. Sabía que Edward Brooks no le llamaba para preguntarle por su familia. Ahora que el viento soplaba a favor de Harrison, las personalidades más destacadas del Partido Demócrata empezaban a prestarle la atención debida, después de haber ninguneado su candidatura durante meses.

—Seré breve, George. Te llamo para darte un consejo que puede resultaros muy útil a ti y a Steve. Acertarás si hablas con mi hija Nathalie durante diez minutos.

—¿Me llamas para que meta a tu hija en el equipo de campaña de Harrison? —George estaba convencido de que le iba a pedir algo, pero eso le parecía demasiado.

—Créeme, si transcurridos esos diez minutos no te interesa nada lo que te ha dicho, os despedís y hasta la próxima. Solo quiero que hables con ella. Lo demás decídelo tú.

George asintió con desgana. No tenía intención de aceptar la sugerencia, pero tampoco quería desairar a un congresista que le había dado trabajo en el pasado. Y nunca se sabe a quién te vas a ver obligado a pedir ayuda durante una campaña electoral. La política, como la vida, está llena de deudas cruzadas por favores concedidos o recibidos.

La cita tuvo lugar tres días después en un pequeño restaurante de la ciudad de Atlanta, en Georgia, donde los sondeos auguraban la victoria de Harrison en las primarias del estado. En efecto, la victoria se produjo. George, que inició la charla con actitud descreída, quedó de inmediato impresionado por las ideas novedosas, la capacidad comunicativa y el entusiasmo de Nathalie. La joven Brooks no volvió ese día a Washington. Una hora después estaba estrechando la mano de Steve Harrison como nuevo miembro del equipo de campaña del candidato. Pasado un mes, se integró en el núcleo duro que elaboraba la estrategia. En septiembre, conseguida la nominación y a dos meses de las elecciones presidenciales, Nathalie ya era la jefa de la campaña del aspirante demócrata.

El 3 de noviembre de 1992, Harrison ganó las elecciones. A última hora de la noche, eufórico, pero con el peso de la púrpura presidencial sobre los hombros, se dirigía a sus seguidores en una plaza de la ciudad de Little Rock, en su estado natal de Arkansas.

—Mis queridos compatriotas americanos —dijo el vencedor desde la tribuna, adornada a su espalda con dos docenas de banderas del país—. En este día, con grandes esperanzas, el pueblo de Estados Unidos ha votado por una nueva etapa, por terminar con la Guerra Fría y mirar hacia el nuevo siglo.

Antes de poner fin a su discurso de aceptación de la victoria, Harrison nombró a sus colaboradores más cercanos para agradecer su ayuda.

—También quiero dar las gracias a Nathalie Brooks. ¿Dónde estás, Nathalie? —Harrison se puso una mano en la frente, a modo de visera, para evitar que la intensa luz de los focos le deslumbrara, y buscó con la mirada a un lado y a otro hasta que encontró el rostro de Nathalie en medio del gentío.

Las cámaras también la buscaron y ofrecieron un plano corto de su rostro. Nathalie aparecía en los televisores de todo el mundo a través de la emisión internacional de la CNN. Decenas de dirigentes políticos rusos, incluido el presidente Nicolay Yarshin, veían esa imagen desde sus residencias en Moscú sin saber que aquella mujer joven a la que acababa de citar por su nombre el presidente electo de Estados Unidos era una espía surgida de lo más profundo de la ya desaparecida Unión Soviética. Solo lo sabía Iván Karlov, que, sentado también delante de la televisión de su casa en San Petersburgo, veía a Nathalie y se sentía henchido de poder y rebosante de ambiciones de futuro. La Operación Kazán había dado un paso determinante sin que Edward y Nathalie lo supieran todavía, porque ya no estaba Sorokin y desconocían que existiera alguien llamado Karlov que sería su próximo enlace en Rusia. Llegarían días de mayor gloria.

Al pie del escenario, en una de las primeras filas y rodeada de una multitud apasionada y feliz, Nathalie Brooks saboreaba su propia victoria recordando a su hermano asesinado. Se sentía reivindicada frente a su padre. Había tomado una decisión a pesar de Edward y este éxito le había dado la razón.

—¡Nathalie! Pasa, pasa. ¡Cómo me alegro de verte, amiga!

Los ciento noventa centímetros de presidente electo, con sus manos como sartenes, recibieron a Nathalie en la residencia del gobernador de Arkansas, cargo que todavía a finales de noviembre de 1992 ocupaba quien ya se preparaba para vivir en la Casa Blanca. Estaba en mangas de camisa, con una enorme taza de café en la mano izquierda y una sonrisa que abarcaba el amplio territorio disponible entre una oreja y su contraria.

Habían pasado tres semanas desde la jornada electoral y Steve Harrison ya estaba conformando su futura administración. Tenía que nombrar a unas cinco mil personas para cargos importantes en Washington. Era una tarea complejísima, que requería de una enorme cantidad de entrevistas para seleccionar o rechazar a los aspirantes. Todos los nuevos presidentes han sufrido en ese proceso, porque siempre se comete algún error en las designaciones. Y esos errores se suelen traducir, con el paso del tiempo, en problemas políticos, escándalos periodísticos y hasta procesos judiciales. Algunos, muy serios.

Harrison encargó esa delicada labor a Warren Cross, un veterano y muy respetado miembro del Partido Demócrata, que después sería su primer secretario de Estado. Tenía sesenta y siete años. Conocía perfectamente las claves de la política americana y las necesidades del Gobierno. Sabía lo que quería y, tan determinante como eso, sabía lo que no quería.

Pero el puesto más importante, en el que no cabía error posible y que debía ser de la confianza personal del presidente, lo iba a decidir el propio presidente.

—Siéntate, por favor. Tenemos cosas importantes de las que hablar. Pero, cuéntame, ¿cómo están Carl y las niñas?

—Están muy bien. Por suerte, estos días hemos podido estar juntos un poco más de tiempo, después de tantos meses de campaña.

—Claro, claro... Me alegro mucho. También tienes que ocuparte de tu familia. No solo me tienes que cuidar a mí. Jajaja... Y para que puedas cuidar mejor de ellos y a la vez cuidar de mí, es conveniente que vayas buscando casa en Washington.

Nathalie no sabía qué le iba a proponer Harrison, pero desde hacía semanas estaba convencida de que sería un puesto importante. Quizá en el gabinete del presidente, elaborando informes o preparando discursos. Pero no esperaba que le ofreciera ser la jefa de ese equipo, la responsable de establecer la estrategia política de la Casa Blanca, la persona que negocia en nombre del presidente, aquella que conoce los secretos mejor guardados del país. Estaba a punto de cambiar su vida para siempre. Y estaba a punto de cambiar para siempre la Operación Kazán.

El 20 de enero de 1993, día de la toma de posesión de Steve Harrison, Nathalie Brooks adquiría la condición de jefa de Gabinete del presidente de los Estados Unidos: el segundo cargo con más poder político en el país y muy por encima del que tiene el vicepresidente, que es extraordinariamente limitado.

Ahora, la Operación Kazán había alcanzado velocidad de crucero. Un año y medio antes, cuando Edward invitó a cenar a Nathalie y decidieron a quién apoyarían en las elecciones primarias, padre e hija estaban huérfanos. No tenían contacto alguno en Moscú tras la muerte de Sorokin. Pero todo fue distinto a partir del mes de octubre de 1992, cuando Karlov se hizo presente en Washington para reactivar el operativo. Y ahora, empezando el año 1993, una espía al servicio de Rusia era jefa de Gabinete del presidente de Estados Unidos y otro agente era miembro del Congreso. Stalin nunca pudo soñarlo. Sorokin jamás se atrevió a imaginarlo. Iván Karlov lo había conseguido.

Moscú, junio de 2000

La panza del Air Force One, el avión del presidente de Estados Unidos, soltó su tren de aterrizaje y el morro azul del aparato enfiló la pista del aeropuerto moscovita de Vnúkovo. El cielo no estaba del todo despejado llegada la media tarde de un lunes que, en cualquier caso, ya era casi veraniegamente luminoso.

El avión tomó tierra sin novedad y el presidente Steve Harrison descendió por las escalerillas para abordar su coche oficial, escoltado por no menos de quince vehículos más. De inmediato, la caravana abandonó el aeropuerto y se dirigió a gran velocidad hacia el Grand Hotel Marriott de Moscú, a solo cinco minutos del Kremlin.

Las calles habían sido vaciadas por las autoridades para que no hubiera coches que molestaran al invitado y para que no se acumulara gentío que pudiera regalar al presidente de Estados Unidos un recibimiento más jubiloso de lo que el nuevo presidente ruso estaba dispuesto a aceptar. Cordialidad, sí. Frialdad, también.

—¿Se puede, presidente? —preguntó el fiel secretario del líder ruso desde el otro lado de la puerta del despacho del Kremlin, después de golpear suavemente con los nudillos.

—Adelante, Grigori.

—Señor presidente, el presidente de Estados Unidos ya ha aterrizado y se dirige al Marriott.

—Gracias. Avísame cuando llegue.

—Por supuesto, presidente.

Hacía seis meses que Iván Karlov ocupaba la presidencia de la Federación Rusa, después de la dimisión de Nicolay Yarshin y de ser designado a dedo por su antecesor. Y hacía solo tres meses que esa designación a dedo había sido confirmada por los votantes de Rusia en las elecciones presidenciales. Karlov se estaba asentando en el poder y no tenía intención alguna de perderlo ni de compartirlo.

El presidente ruso pretendía deslumbrar a su invitado y organizó para él una cena de gala que se cerró con un concierto de jazz, el género musical favorito de Harrison. Al día siguiente, en un fastuoso escenario y con la sala desbordada por autoridades y periodistas, ambos presidentes firmaron un acuerdo sobre armamento, para después ofrecer una rueda de prensa conjunta. Aquella sería la última cumbre rusonorteamericana protagonizada por Harrison, porque estaba en el final de su mandato. Apenas le quedaban siete meses más. Por el contrario, para Karlov era la primera de muchas. Ni él ni nadie podían saberlo todavía, pero estaba en el inicio de un liderazgo que duraría tanto o más que el de Stalin.

Terminados los actos programados, Karlov se despidió de su homólogo americano a las puertas del Kremlin. El presidente ruso trataba de estirar su brazo derecho para estar lo menos cerca posible del presidente americano, que era veinte centímetros más alto. Y Harrison, consciente de ello, se acercaba lo más que podía para dejar en evidencia la distinta envergadura de cada cual, como si las relaciones internacionales dependieran de los centímetros de estatura que un mandatario pudiera aportar.

Karlov estrechó después la mano de la jefa de Gabinete de la Casa Blanca, Nathalie Brooks. Era la primera vez que se veían cara a cara desde hacía casi ocho años, en aquella reunión secreta en el hotel Capital Hilton de Washington. Se miraron fijamente a los ojos y sonrieron con cordialidad diplomática. No hacía falta más para renovar su fidelidad mutua.

—Adiós, señor presidente. Mi más sincera enhorabuena. Ha sido un privilegio estar aquí —dijo Nathalie.

—El privilegio ha sido mío, Nathalie —respondió Karlov.

A Harrison le resultó extraña, por inusual, la aparente camaradería con la que el presidente de Rusia se había dirigido a su jefa de Gabinete, utilizando su nombre de pila en lugar de su apellido o su cargo, pero pensó que serían las nuevas formas que un hombre joven como Karlov pretendía establecer en el Kremlin.

Después de los protocolos de despedida, Harrison y Brooks entraron en el coche oficial y se dirigieron hacia la última cita antes de abandonar Rusia: la dacha de Nicolay Yarshin. Cuando el líder de Estados Unidos todavía estaba a mitad del camino, en la dacha sonó el teléfono del expresidente ruso. Un asistente de Yarshin lo descolgó.

—Dígame.

—Soy Grigori, el secretario del presidente Karlov. Quiere hablar con el presidente Yarshin.

—Un momento, por favor —respondió el asistente mientras se acercaba al salón para entregar el teléfono a su jefe.

—Soy Nicolay Yarshin.

—Señor presidente —dijo Grigori, respetando la denominación honorífica que correspondía a Yarshin por haber sido lo que fue—, le paso con el presidente Karlov.

—Querido Nicolay, ¿cómo estás?

—Hola, presidente, me alegra mucho oírte.

La conversación fue corta, pero cargada de contundencia verbal y política. Minutos después, un Yarshin cansado, envejecido, castigado por la enfermedad y por el alcohol, salía a la puerta de la dacha a recibir al presidente de Estados Unidos que tanto le había ayudado a mantenerse en el poder durante aquellos difíciles años.

Harrison y Yarshin abrazaron sus respectivos enormes cuerpos de un metro noventa centímetros cada uno, entraron en la casa, la atravesaron por completo y salieron por la parte de atrás hacia el jardín. Allí, Yarshin invitó a tomar asiento al presidente y a su jefa de Gabinete.

—Tu nuevo presidente no me genera demasiada confianza —se sinceró Harrison cuando su anfitrión ya iba por el tercer vodka y había bajado la guardia—. Nicolay, tú eres un demócrata y lo has demostrado, pero este Karlov no es como tú. Lo he notado hoy.

—Quizá tengas razón, Steve, pero ya no soy el presidente. Ya no tengo el poder. Solo soy un viejo y enfermo expresidente.

En ese momento, Yarshin bajó drásticamente el tono de su voz y se acercó a Harrison.

—Mira, Steve. Karlov me ha llamado antes de que llegaras para dejarme claro que quien manda ahora es él, que no admite que charlas como esta que tenemos tú y yo ahora se conviertan en una conspiración para debilitar su poder, y que la política de Rusia no se decide en mi dacha, sino en el Kremlin. Me ha dicho que Rusia nunca más se pondrá de rodillas ante Estados Unidos.

Nathalie archivó aquellas palabras de Yarshin en su cerebro y unos días después estaban sobre la mesa de Karlov gracias a la intermediación de la espía checa Andrea Blazek. «Es evidente que ya mandas mucho, querido presidente», fueron las últimas palabras del mensaje que Brooks envió a Karlov.

Peredélkino, cerca de Moscú, 1 de septiembre (24 años después, a 66 días de las elecciones)

—¡Es asombroso! —exclamó Serkin ante el relato de su amigo y jefe Karlov—. ¡No ha existido una operación de inteligencia en la historia que haya conseguido un éxito ni remotamente parecido!

—Nadie ha llegado tan lejos —confirmó el presidente ruso, ensoberbecido, cuando los dos comensales se sentaron de nuevo a la mesa del inmenso jardín de la dacha de Peredélkino, después de haber visto la caja fuerte que en su día guardó el gran secreto: la carta de Sorokin con las instrucciones de la Operación Kazán a la que solo un hombre en el mundo, Karlov, había sido capaz de acceder.

Los escoltas tenían ya serias dificultades para sostener la verticalidad o para no dormirse de pie, después de tantas horas nocturnas de vigilancia. Pero ni Karlov ni Serkin parecían preparados para terminar su charla y retirarse a dormir.

—La información que recibí de Edward y Nathalie desde 1993 me permitió dar el salto de la política local de San Petersburgo a la gran política de Moscú. Empecé gestionando el patrimonio nacional. Con los datos secretos que manejaba, conseguí que Yarshin me nombrara después jefe del espionaje ruso. Al poco tiempo me eligió primer ministro. Y, de inmediato, me designó como su sucesor. Querido Misha, como bien sabes, en solo cinco años pasé de simple colaborador del alcalde de San Petersburgo a la presidencia del país. Y, gracias a eso, tú dejaste de ser mi secretario en el ayuntamiento y ahora estás aquí, conmigo, como jefe del SVR, compartiendo el mayor secreto de este mundo.

—Y yo te agradezco esa confianza, presidente.

—Y ahora, Misha, míranos: estamos en este hermoso lugar, disfrutando de esta larga velada, preparando nuestra próxima misión para colocar a nuestra espía en la Casa Blanca, mientras a mí nadie me podrá echar nunca del Kremlin después de haber ganado el referéndum para cambiar la Constitución y eliminar los límites a la reelección presidencial. Tenemos que reconocernos a nosotros mismos que hemos hecho un trabajo formidable.

—Ha sido extraordinario, presidente.

—Pero ahora debemos asegurar el siguiente paso. Nathalie tiene que ganar las elecciones y eso requiere dos cosas fundamentales. La primera, Misha, es redoblar nuestra tarea de control de las redes sociales e internet en Estados Unidos. Los occidentales han demostrado ser suficientemente estúpidos para creerse cualquier mentira que les contamos en las webs y las cuentas falsas de Twitter y Facebook que creamos en Rusia. Son tan ingenuos y tienen una mentalidad tan adolescente que ellos mismos se encargan de multiplicar su difusión retuiteando nuestros mensajes o reenviándolos por WhatsApp. De eso ya se encargó nuestro cocinero de hoy en las elecciones anteriores, con su ejército de *bots*, y lo repetirá ahora. La otra tarea te compete a ti, Misha.

—Estoy a tus órdenes, presidente, como siempre.

—La primera premisa en una operación como esta es no fiarse de nadie. La segunda es que solo tú y yo sepamos lo que está pasando. Si esta operación llega a oídos de cualquier otro, no solo será un fracaso para nosotros, sino que puede tener consecuencias impredecibles. Quién sabe si, incluso, una guerra. Tu misión prioritaria a partir de ahora será mantener el silencio. Jamás nadie debe saber lo que tú y yo sabemos. Tendrás que vigilar a todos nuestros servicios de inteligencia para enterarte de inmediato de cualquier posible filtración. Y si la filtración llega a producirse, tendrás que tapar esa fuga con limpieza, pero sin piedad. Cuando digo sin piedad, quiero decir sin piedad, como hemos sabido hacerlo en el espionaje ruso desde siempre.

—Así será, presidente.

—Y para que tengas la potestad de hacer todo eso, además de ser el jefe del SVR, también te voy a nombrar director de la Inteligencia Rusa. Es un cargo de nueva creación que dependerá directamente de mí y que tendrá el mando único sobre todos los servicios de espionaje: el SVR, el FSB, el GRU y el resto de agencias policiales o de cualquier ámbito, incluso judiciales, que tengan departamentos que realicen cualquier tipo de investigación. Tú tendrás la autoridad para saber todo lo que sepa hasta el último policía local del pueblo más perdido del país. Y todo significa todo.

—Te agradezco mucho la confianza que depositas en mí, una vez más. —Serkin se sentía poderoso.

—Y, por supuesto, lo que sepas tú lo sabré yo.

—Nunca lo dudes, presidente.

—Ahora, tu misión es monitorizarlo todo y poner remedio a la más mínima sospecha que nos haga temer una filtración.

—A tus órdenes, como siempre.

Iván Karlov se puso en pie. Sus escoltas reaccionaron de inmediato como si alguien hubiera pulsado el botón de encendido de sus músculos y articulaciones. El presidente y su nuevo director de la Inteligencia Rusa se abrazaron.

—Nunca olvides dos cosas —dijo Karlov en susurros, en medio del abrazo y acercando sus labios al oído derecho de Serkin—. No olvides cómo trata Rusia a sus traidores. Y tampoco olvides que, aunque ahora soy el presidente, un día fui espía. Y, como bien sabes, un espía nunca deja de serlo.

Serkin tragó saliva tan abruptamente que Karlov pudo escuchar con claridad el efecto que eso tenía en la garganta de su subordinado. Le había infundido terror. Ese era el objetivo.

Madrid, 10 de septiembre (a 56 días de las elecciones)

Hermosa terraza situada en el ático de un edificio de quince plantas, al norte de Madrid. Toldo color crema como frontera del sol. Cómodo butacón de mimbre. Reposapiés y dos mesas pequeñas a los lados. La espalda, apoyada en el respaldo del butacón. Las piernas estiradas, con los talones descansando sobre el reposapiés. Un ordenador portátil sobre los muslos descubiertos, otro en la mesita situada a su izquierda, otro más en la mesita de la derecha, un teléfono móvil de última generación tirado en el suelo y, a su lado, otro móvil antiguo sin acceso a internet. Ambos, conectados a cargadores.

Teresa vestía camiseta de tirantes y pantalón corto. Le gustaba disfrutar del cielo madrileño y del frescor de las mañanas de verano, cuando ya se acercaba el otoño. Se instalaba en el amplio balcón de su apartamento con todo el aparataje informático a su disposición, que era mucho y diverso, para paladear el aire del exterior. A esas alturas de septiembre, lo normal es que la temperatura madrileña no se encolerizase de forma inmisericorde, como ocurre en julio o agosto cuando el calor es penetrante, y se podía disfrutar de un ambiente más agradable.

Llevaba días chapoteando aquí y allá en los archivos del CNI y en internet tratando de encontrar la conexión entre Boris Kovalev, Ocaso y Leonard. Tardó diez segundos en dar con Kovalev. No necesitó realizar una gran investigación: con solo teclear el nombre en Google aparecieron varias noticias sobre él. Una de ellas, la que contaba la visita del presidente ruso, Iván Karlov, a quien había sido su jefe en Dresde, cuando ambos estaban en el KGB. Kovalev también figuraba en los archivos de la agencia de inteligencia española. En uno de ellos se aportaban su edad, algunas de las misiones que se le conocían, y el dato de que su hijo vivía en Londres y trabajaba en el mercado financiero de la City. Hasta aquí, todo iba rodado. Pero ahora estaba atascada porque no encontraba nada sobre Ocaso y Leonard podría ser cualquiera. No aparecía una sola referencia a ese nombre relacionado con el espionaje de ningún país. Al menos, nada que conociera el CNI. Y no quería preguntar a la CIA para no destapar las indagaciones en las que trabajaba, porque Teresa y Pablo habían decidido, de momento, mantenerlas bajo secreto, siguiendo la orden que recibieron en el inicio de su colaboración de que los datos de sus pesquisas no debían circular libremente por los despachos de ambas agencias.

En medio de esas cavilaciones, sonó uno de sus dos teléfonos móviles: un viejo Siemens C65 de 2004. El otro era el último modelo de iPhone. Solo Pablo llamaba a ese móvil. Solo

Teresa debía responder. De hecho, fue Pablo el que se hizo con dos dispositivos de ese modelo antiguo, previo a la era de los *smartphones*, para comunicarse con Teresa con menos riesgo de ser monitorizado por oídos ajenos y poner más difícil un posible *hackeo*.

—¿Qué te has puesto hoy? —Pablo ni siquiera dijo buenos días.

—Eso que te gusta tanto —respondió Teresa con picardía.

—Voy para allá.

—Ni se te ocurra. Déjame trabajar. No he podido avanzar mucho estos días. Estoy atascada.

—¿Hasta dónde has llegado?

—No he encontrado mucho más de lo que cualquier analfabeto informático pueda conseguir en Google. Lo único nuevo es alguna operación de Kovalev en sus años jóvenes y poco más. Lo demás, ya lo sabes: tiene a su hijo en Londres y le visita a menudo.

—Tengo que encontrarme con él. Si es necesario, viajaré a Moscú. Pero hay que averiguar dónde vive.

—No debes ir a Moscú para eso. Seguro que el FSB le vigila por viajar tanto a Inglaterra. Podrías meterte en la boca del lobo. Deja que nuestro chico intente enterarse de algo. —«Nuestro chico» era Maxim Kuzmin, el joven espía ruso que ahora trabajaba para el CNI y la CIA—. Voy a pasar la mañana intentando colarme en los ordenadores de las compañías aéreas —añadió Teresa—, a ver si consigo saber si el viejo ha viajado recientemente a Londres o si tiene alguna reserva para hacerlo pronto.

—Quieres decir que vas a entrar ilegalmente en los sistemas informáticos de varias líneas aéreas, saltándote la normativa nacional y la internacional, para conseguir datos confidenciales sobre sus pasajeros.

—Tal cual.

—*Okey*. Dedica la mañana a eso, intenta que no te detengan y ya me ocupo yo de organizar algo para la tarde y la noche, ¿te parece?

—Espero que el plan incluya un poco de piscinita, por favor...

—Hecho.

—Muac.

La tarde, con treinta y tres grados a la sombra a pesar de que el verano estaba cerca de terminar, incluyó, en efecto, un rato de piscina en la casa de Elena, la madre de Pablo, en el exclusivo barrio de La Moraleja, al norte de Madrid. Sus labores profesionales como alta directiva durante años le habían permitido disponer de un nivel de vida muy desahogado. Ahora, ya en su jubilación, disfrutaba de sus ahorros, de la notable renta generada por sus inversiones, de un enorme caserón circundado por un hermoso jardín exquisitamente cuidado, de una amplia piscina y de la reconfortante sombra de un árbol frondoso y amenazador. «Cualquier día se me cae encima de la cama», repite Elena cada vez que un invitado muestra su asombro por el ciclópeo ejemplar de ramas altas, inacabables e inquietantes.

Teresa se metió en la piscina un minuto después de llegar y se negaba a salir. Pablo se dio un rápido chapuzón y ya estaba tomando un refresco al sol, bronceando la piel que cubría los músculos que acababa de esculpir durante un par de horas en el gimnasio. Estaba sentado junto a su madre.

—Estás delgado.

—Estoy bien, mamá.

—No comes.

—Como todos los días, tres veces.

—Pues no sé dónde lo metes.

—Hago ejercicio.

—Tengo comida en la nevera, por si queréis cenar aquí.

—Cenaremos en alguna terraza, mamá. Pero gracias.

—Te gusta Teresa, ¿verdad? —Siempre se interesaba por las relaciones de su hijo.

—Somos buenos amigos.

—Te gusta mucho, ¿verdad? —insistió Elena, como si Pablo no hubiese abierto la boca para responder.

—Sí, pero solo somos buenos amigos —respondió Pablo, sin que se lo creyera él ni se lo creyera su madre.

—Demuéstrale cuánto te gusta. A veces eres demasiado despegado.

—Teresa lo sabe, pero es una mujer muy independiente. Y me gusta que lo sea.

—Teresa es estupenda.

—Lo sé.

—Cuídala.

—Ya lo hago.

—No lo suficiente.

—Mamá, ya vale. —Pablo se sentía agobiado.

—Cuídala —insistió Elena.

—¿Has hablado con papá? —Perkins cambió de tema abruptamente en el intento de que aquella conversación no derivara en un conflicto familiar sin base alguna.

—Hablé ayer con él. Se aburre. Y cuando se aburre, engorda.

—Pues habrá que entretenerle.

—No sabe estar solo. Os pasa a todos los hombres cuando os hacéis mayores.

—¿Eso lo dices por papá o es una advertencia que me haces a mí?

—Tú sabrás si cuidas a Teresa todo lo que ella merece.

—¡¿Otra vez?!

—Y tú, ¿has hablado con tu padre últimamente? —Elena decidió frenar su propio contraataque.

—La semana pasada. También noté que está deseoso de hacer algo. Pero no te apures porque pronto le daré alguna tarea para que tenga algo interesante en lo que ocuparse.

—Bueno, os dejo, que me tengo que marchar. He quedado con unas amigas. Podéis dormir aquí si queréis.

—Dormir, no. Pero estaremos un rato más para disfrutar de la piscina y de la sombra de este árbol que se te va a caer encima cualquier día.

Elena asintió, besó a su hijo en la mejilla, lanzó otro beso con la mano a Teresa, que seguía nadando, y se marchó.

—Te quiero, mamá.

—Cuídala.

—Lo haré. Descuida.

Pasados unos minutos, Teresa salió del agua con la femenina elegancia con la que lo haría una sirena si tuviera piernas. Se enfundó en una toalla y se detuvo de pie frente a Pablo.

—Todavía no tengo nada de Ocaso ni de Leonard, pero sigo buscando. Creo que Kovalev está en Londres en este momento. He encontrado su reserva de avión en British Airways. Viajó desde Moscú hace unos días. Tenía billete de vuelta para ayer, pero lo canceló y, de momento, no figura ninguna reserva para su regreso a Rusia. No está en la lista de Aeroflot ni en la de ninguna otra compañía con la que pudiera volar a Moscú haciendo escala en alguna ciudad europea.

—Eso coincide con la información que me ha enviado Maxim hace un par de horas. Dice que Kovalev no está en su casa de Moscú desde hace días. Tiene que estar con su hijo.

—También tengo la dirección de su hijo. No hay nada que te dé tanta información como los archivos informáticos de los departamentos de Hacienda de cada país. No siempre es fácil colarse en ellos, pero cuando entras te enteras de todo. El hijo gana una pasta y tiene un apartamento impresionante.

—Tengo que ir a Londres —sentenció Pablo.

—Quieres decir que tenemos que ir a Londres...

—Eso. Tenemos que ir a Londres. Hay que encontrar a Kovalev y hablar con él.

—Iremos también a un musical en el West End y a cenar en un sitio bonito junto al Támesis.

—Eso: a un musical en el West End y a cenar en un sitio bonito junto al Támesis.

—Así me gusta.

Teresa se quitó la toalla, la dejó en una hamaca y entró en la casa a paso lento y armonioso. Pablo la siguió sin mirar al suelo en ningún momento. Y Teresa sabía que Pablo la seguía y no miraba al suelo.

Londres, unos días después

—*Do you really need three laptops, one iPad and two mobile phones?* (¿De verdad necesita tres ordenadores portátiles, un iPad y dos móviles?).

El agente de aduanas del aeropuerto londinense de Heathrow mostró cierta incredulidad cuando una joven con pasaporte español abrió su *trolley* y le enseñó el llamativo arsenal tecnológico que llevaba dentro. Solo paraban a algún pasajero de vez en cuando y de forma aleatoria, para realizar una revisión de trámite, y le había tocado a Teresa.

—Soy empleada de una empresa informática y estas son mis herramientas de trabajo —dijo con su mejor inglés y su sonrisa más encantadora.

—¿Y este móvil tan antiguo? ¿Todavía funciona? —El agente hacía años que no veía un modelo como el viejo Siemens C65 de 2004.

—Funciona de maravilla. Me gusta coleccionar teléfonos de todas las épocas.

El policía dejó pasar a Teresa sin pedir más explicaciones, pero con cara de no creerse casi nada de lo que acababa de escuchar. Pablo la esperaba ya al otro lado del control. A él solo le habían pedido su identificación. Es la lotería de todas las fronteras. Te pueden registrar hasta dentro de los calcetines, o puedes pasar como si estuvieras en el pasillo de tu casa.

—¿Algún problema?

—Le ha extrañado que llevara tanto armamento —ironizó Teresa, refiriéndose a sus múltiples dispositivos—. Le he dicho que trabajo en una empresa informática.

—¿Siempre eres igual de eficiente?

—Siempre y en todo.

Las habitaciones eran meramente funcionales. El lujo se paga muy caro en cualquier sitio, pero en Londres resulta carísimo. El Park Plaza County Hall es un hotel sobrio, sin alardes, correcto. Pero está extraordinariamente bien situado, detrás del London Eye (la famosa noria de la capital británica), junto a la estación de tren de Waterloo, en la ribera del Támesis y a pocos minutos a pie del palacio de Westminster, cruzando el puente que lleva ese mismo nombre.

No había vistas que disfrutar. De hecho, la ventana de la habitación daba al patio interior del edificio. Pero no estaban en Londres para quedarse en el hotel y esperaban no tener que pasar muchos días allí. Por el contrario, la mesa que Pablo había reservado para cenar ofrecía una de las mejores vistas de la ciudad. Su madre le recomendó que cuidara más de Teresa y estaba siguiendo fielmente esas instrucciones.

—Esta vez te has esmerado —reconoció Teresa.

—Es que soy un caballero.

Estaban en la terraza del restaurante Le Pont de la Tour, frente al Tower Bridge, degustando deliciosos platos de la cocina francesa. La noche era clara, sin nubes y con una temperatura excelente. No hablaron de negocios. Era su momento.

Por la mañana empezó el trabajo. Todo estaba por hacer. La única información de la que disponían por el momento era la dirección del hijo de Kovalev: un apartamento de cuatro habitaciones. Iniciarían la vigilancia de inmediato.

No tenían datos sobre las costumbres del viejo espía ruso, aunque dieron por supuesto que, tratándose de una persona mayor, querría salir a dar paseos cada día. Es lo que suelen hacer los jubilados para mantenerse activos.

El edificio de viviendas en cuestión se construyó en Picadilly, frente a los tupidos árboles del Green Park y con esquina a las calles Bolton y Clarges. Era necesario divisar las entradas de los tres portales, uno con salida a cada calle, pero tratando de pasar desapercibidos. Picadilly es una avenida de doble sentido en la que no se puede aparcar. Por tanto, tendrían que estar de pie, parados en la acera o dando paseos, como simples transeúntes. Las otras dos calles eran más estrechas, lo que dificultaba una vigilancia a la intemperie, que podría resultar sospechosa a los ojos de algún diligente observador. Pero, al contrario que en Picadilly, en las dos calles laterales sí se podía estacionar durante un rato y permanecer dentro del coche a la espera de acontecimientos.

Optaron por repartirse las tareas. Alquilaron un coche con el que Teresa dio varias vueltas a la manzana hasta que encontró un hueco libre en la calle Clarges, junto a un edificio victoriano de tres plantas y un ático. Podría quedarse allí mientras no apareciera la policía local.

Pablo se puso una gorra y unas gafas de sol para ocultar parcialmente su rostro y dio varios paseos. Unas veces, por la acera junto al edificio y otras, por la acera de enfrente. Eran cerca de las ocho de la mañana. Cada vez más gente caminaba con presteza hacia sus lugares de trabajo y el tráfico ya era intenso.

En las dos horas siguientes, el portal se abrió varias veces y salieron algunos de los inquilinos vestidos con gran formalidad. Iban a la oficina. Todos eran de mediana edad y resultaba evidente que no eran pobres. Para entonces, Pablo había dado unas veinte vueltas y durante un rato se instaló junto a la verja del Green Park como si estuviera esperando el autobús, aunque no subió a ninguno.

A las nueve y media, la puerta se abrió de nuevo y esta vez salió a la calle un anciano. Teresa se percató de inmediato y envió un mensaje a Pablo: «¿Le has visto?». El móvil de Perkins vibró en su bolsillo y respondió: «No. ¿Dónde está?». «Acaba de pasar delante de mí. Puede ser él, pero no estoy segura», respondió Teresa.

Perkins cruzó Picadilly a la carrera sin buscar un paso de cebra y sorteando peligrosamente los coches que circulaban en ese momento. Llegó hasta Clarges y empezó a caminar todo lo rápido que podía. Miró de soslayo a Teresa, que seguía dentro del coche, y ella le señaló con un gesto dónde estaba el anciano. Pablo vio la espalda de ese hombre unos cincuenta metros más adelante. Podía ser él, pero ni Pablo ni Teresa estaban seguros. Solo disponían de un par de fotos publicadas en la prensa rusa cuando Kovalev se reunió con el presidente Karlov. Tenían que intentar ver su cara de frente. Perkins cruzó la calle para caminar por la otra acera y tratar de ponerse a la altura del supuesto Kovalev.

Teresa arrancó el coche de un brusco acelerón, casi quemando los neumáticos; salió hacia Picadilly de forma suicida, sin mirar ni a un lado ni a otro; se saltó la línea continua para enfilar hacia la izquierda; adelantó a un taxi a toda velocidad; volvió a saltarse la línea continua para girar de nuevo a la izquierda y tomar la calle Bolton, cruzándose en medio del tráfico que iba en sentido contrario; terminó de dar la vuelta a la manzana y volvió a entrar en Clarges desde más atrás para enfrentarse de cara al supuesto Kovalev, en el intento de identificarle mejor y, en su caso, de ayudar a Pablo a salir de allí si era necesario.

Cuando Teresa dobló de nuevo hacia Clarges, vio a su objetivo apenas a cinco metros. Sí, era él. Pablo estaba un poco más atrás, en la acera de la derecha. Pero, de pronto, se percató de que algo iba mal: a veinte metros había dos hombres jóvenes vestidos con cazadoras. A Teresa le pareció que miraban demasiado fijamente al anciano. Detuvo el coche un momento para observar con más detenimiento y ver algo que le pareció definitivo: el supuesto Kovalev se paró junto a un escaparate y los dos hombres que parecían seguirle también se detuvieron en seco. Y cuando el viejo espía ruso reanudó su paseo, los dos hombres volvieron a caminar. Teresa sacó el móvil y llamó a Pablo.

—¡Creo que le están siguiendo!

—¡¿Qué dices?!

—Hay dos tíos jóvenes, vestidos con cazadoras, que van detrás de él y unos pocos pasos por detrás de ti. Parecen dos Geyperman.

Pablo volvió la cabeza hacia su derecha y hacia atrás, y los vio. Eran altos, morenos, con el pelo corto, pantalones vaqueros y cazadora. Como había dicho Teresa, eran como Geyperman moldeados en la misma fábrica de muñecos-soldado.

Pablo decidió detenerse un momento para que pasaran de largo, pero sin perder de vista ni a uno ni a los otros. Después, reanudó la marcha. Ya no solo seguía a quien creía que era Kovalev, sino también a dos individuos que podían ser sus guardaespaldas, o policías de paisano, o agentes de la inteligencia británica, o de la CIA americana o del FSB ruso. En cualquiera de los casos, era una mala noticia, porque acercarse a Kovalev y hablar con él se acababa de convertir en una misión mucho más compleja.

A paso lento pero firme, el anciano avanzó por Clarges hasta entrar a la izquierda en la calle Curzon, a la altura del hotel Washington Mayfair, que hace esquina. Pocos metros más allá se detuvo de nuevo delante de una puerta negra y brillante, casi idéntica a la del número 10 de Downing Street que da acceso a la residencia del primer ministro británico.

De hecho, esa puerta también tenía un brillante 10 que destacaba sobre el fondo negro, porque era el número 10 de esa calle. A su lado, un bonito escaparate repleto de libros: la elegante librería Heywood Hill.

El hombre que podría ser Kovalev abrió la puerta y entró en la tienda. Perkins vio cómo los Geyperman se miraban entre sí y hablaban en voz baja. Daba la sensación de que no sabían qué hacer. De inmediato, volvieron sobre sus pasos y entraron en una cafetería. Uno de ellos fue a la barra a pedir algo de beber; mientras, el otro se instaló junto a la cristalera para mantener la vigilancia sobre la puerta de la librería.

Pablo continuó su camino hasta llegar frente a la tienda. Se percató de que, por algún motivo que desconocía, el escaparate tenía una docena de libros y no menos de diez eran sobre Rusia, la Unión Soviética, Lenin y Marx. Le resultó extraño y hasta divertido. Perkins dio un paso y entró en la librería. Pensaba que era su única oportunidad de acercarse a Kovalev sin tener a los dos Geyperman pegados a su trasero.

El móvil vibró. Perkins vio que tenía un mensaje de Teresa: «¿Dónde estás? Te he perdido de vista».

«En una librería en el 10 de Curzon. Los Geyperman están en la cafetería de enfrente. Voy a hablar con él», escribió Pablo en su móvil.

«*Okey*. Me muevo. Intentaré estar cerca por si tengo que recogerte», contestó Teresa.

«Vigila a los Geyperman y si salen de la cafetería, me avisas», añadió Pablo.

Teresa volvió a incumplir un par de normas de circulación, se cruzó en medio del tráfico, esquivó a un peatón para no atropellarlo, ignorando la existencia de un paso de cebra, y alcanzó la calle Curzon. Rápido vio la librería y, un poco más adelante, encontró un sitio para detener el coche y esperar. Desde allí podía vigilar la cafetería. Si salían los Geyperman, avisaría a Pablo.

El hombre al que buscaban entró hasta el fondo de una sala repleta de libros, con estanterías en las paredes y mesas en el medio, cargadas de ejemplares a la venta. Solo había tres personas más, pero ninguna estaba junto al objetivo de Perkins.

Pablo se acercó como si estuviera interesado en alguno de los libros que llenaban aquel lugar. Cogió uno y lo abrió mientras miraba de reojo al anciano que tenía a solo dos metros haciendo lo mismo: hojeando un libro sobre el presidente de Rusia, con una fotografía de Iván Karlov en la tapa. Dio un paso hacia él, comprobó que ningún otro cliente se aproximaba en ese momento, respiró hondo para calmar la tensión que le invadía y le habló.

—*Интересная книга о президенте Карлове. Разве это не правильно, Борис*? (Un libro interesante sobre el presidente Karlov. ¿No es así, Boris?)

Kovalev se quedó sorprendido al escuchar a ese hombre joven hablarle en un ruso muy correcto, aunque con un evidente acento extranjero. Aun así, la veteranía le hizo reaccionar como lo había hecho durante décadas de dedicación al espionaje: no movió ni una ceja, supo disimular la impresión inicial y ni siquiera volvió la cabeza para mirar a su interlocutor.

—Habla usted muy bien mi idioma —respondió Kovalev en ruso, sin dejar de hojear el libro que tenía entre sus manos—. Pero no es usted ruso, ¿verdad?

—Le siguen dos hombres.

Perkins evitó responder a la pregunta de quien en ese momento ya había podido confirmar que era Boris Kovalev.

—Lo sé, hijo. Siempre llevo a alguien detrás cuando estoy en Londres. ¿Son compañeros suyos?

—No.

—Aunque no es ruso, podría usted ser del FSB. Los de la *rezidentura* de la embajada en Londres pagan bien los servicios ajenos.

—Quiero hablar con usted.

—Pero también podría ser del MI6. —Kovalev ignoró la petición de Perkins, como si hablara solo—. He notado que algunas veces también me siguen los británicos.

—Quiero hablar con usted —insistió Perkins, pero sin elevar el tono de su voz.

—No. Quizá no sea del MI6, porque tiene usted acento americano. ¿Es de la CIA?

—¿Quién es Ocaso? —Perkins lanzó la flecha directamente al centro de la diana.

Esta vez sí, Kovalev dejó de mirar el libro, levantó la vista, puso sus ojos en los de Pablo y permaneció así varios segundos en silencio.

—¡Ah! Es eso. Mire, joven. Si es usted del FSB, mañana estaré muerto. Quizá esta misma tarde. Si es usted del MI6, debería hablar con sus amigos de la CIA para hacerles ver que son muy torpes. Y si es usted de la CIA, deberían trabajar un poco mejor, porque no se enteran de las cosas que pasan en su propio país.

—¿Qué quiere decir? ¿A qué cosas se refiere?

—No voy a decirle nada más.

Perkins vio que la conversación entraba en vía muerta y no podía alargar la charla rodeados, como estaban, de otros clientes de la librería. Además, los Geyperman podían llegar en cualquier momento. De inmediato, tomó la decisión de jugársela.

—Si no me dice nada más, en cuestión de días su hijo perderá el permiso de trabajo y de residencia en el Reino Unido, y será deportado a Rusia.

Perkins acababa de tirarse un farol. Faltaba por comprobar si Kovalev, veterano jugador en las timbas del espionaje mundial, se lo tragaba.

—Eso me hace sospechar que es usted del MI6. Pero da igual. Mire, muchacho, deje en paz a mi hijo y ocúpese de mí. —Kovalev se acababa de tragar el farol, aunque solo fuera parcialmente, ante el riesgo que pudiera correr su hijo—. Creo que sé lo que busca. Pero no le conozco de nada y, por tanto, no me puedo fiar de usted. Aun así, le voy a dar un consejo: olvide Ocaso, no se despiste con eso. Si busca lo que creo que busca, no conviene que se desvíe del camino intentando averiguar qué es Ocaso.

—¿Qué es?

—No pretenderá que haga yo el trabajo que tiene que hacer usted. Si es un buen agente de inteligencia, use eso: su inteligencia. Los agentes jóvenes se han adocenado confiándolo todo a la informática y han perdido el instinto. Y sin instinto y sin riesgo no se puede ser un buen espía.

En ese momento, el móvil de Perkins volvió a vibrar en su bolsillo: «Los Geyperman han salido de la cafetería y van hacia allá», decía el mensaje de Teresa.

Perkins guardó el móvil y se dirigió, ya con más firmeza, a Kovalev:

—Boris, tengo que hablar con usted. Es importante. Los dos individuos que le siguen están a punto de entrar.

—En ese caso, yo que usted me iría ya.

—Tenemos que hablar en otro momento. Necesito más información.

—Creo que compraré este libro sobre el presidente Karlov. ¿No le parece interesante? Que tenga un buen día.

Perkins volvió la cabeza y vio que los Geyperman estaban en la calle, al otro lado del escaparate y mirando hacia dentro. Decidió apartarse de Kovalev y se fue a otra esquina de la librería para que no le vieran. Los Geyperman no entraron. Cruzaron a la acera de enfrente y esperaron. Kovalev se acercó al mostrador donde estaba el dependiente, pagó el libro y se marchó calle arriba, seguido por aquellos dos individuos. Perkins cogió otro ejemplar del libro sobre Karlov, lo compró, salió de la tienda y buscó a Teresa. El coche estaba a unos cien metros.

—¿Es Kovalev? —preguntó Teresa, ansiosa por obtener una respuesta.

—Sí —respondió cortante Perkins mientras se dejaba caer con fuerza sobre el asiento del acompañante.

—¿Has hablado con él?

—Sí.

—¡Joder! ¿Y qué te ha dicho? —Teresa no podía soportar más su impaciencia ni los monosílabos de Pablo.

—En realidad, no sé si me ha dicho mucho o no me ha dicho nada.

—¿Le has preguntado qué es Ocaso?

—Sí.

—¿Y?

—Me ha dicho que no pierda el tiempo con Ocaso.

—¿Y eso es todo?

—Solo eso.

—¿No te ha dado más pistas? Con eso no va a ser fácil encontrar nada.

—Sabemos que tenemos que olvidarnos de Ocaso.

—¡Pues vaya mierda! —exclamó Teresa, irritada por la poca productividad que había tenido la charla de Pablo con Kovalev.

Perkins miró a su compañera con cara de incredulidad y un poco ofendido.

—Pensemos. —Teresa trató de calmar la rabia que sentía para decidir qué era más conveniente ahora—. ¿Seguro que no te ha dado ninguna pista de qué o de quién es Ocaso? —Quería exprimir la memoria de Pablo.

—Kovalev no ha querido hablar de Ocaso. Ni siquiera me ha dicho si es una persona.

—Estoy segura de que es una persona.

—¿Por qué lo sabes?

—No lo sé. Lo intuyo.

—¿Lo intuyes?

—Sin intuición y sin riesgo no se llega a ningún sitio en nuestra profesión.

Perkins miró a Teresa con más intensidad, si es que era posible. Estaba pasmado por lo que acababa de oír.

—Eso es exactamente lo que me acaba de decir Kovalev. Con las mismas palabras.

Teresa puso su gesto más seductor y autoadmirativo.

—Pues eso significa que Kovalev y yo nos podríamos entender muy bien. Así que, voy a hablar con él.

—Va a ser imposible mientras los Geyperman sigan detrás.

—Lo intentaremos mañana. Y esta vez lo haré yo.

Teresa no había terminado de pronunciar la última palabra de su frase cuando pisó con fuerza el acelerador sin miramiento alguno y puso rumbo al hotel. Pablo no sabía qué decir. Pero rompió el silencio mientras el coche circulaba por las calles de Londres al doble de la velocidad permitida.

—He comprado un libro sobre el presidente de Rusia.

—¿Lo vas a leer cuando estemos en la playa? Jajajajaja...

A la mañana siguiente, Teresa y Pablo trataron de cambiar un poco su aspecto. Si se iban a encontrar otra vez con los Geyperman, era mejor que no los reconocieran.

Esta vez Pablo se puso al volante del coche y fue Teresa quien esperó en la acera a cincuenta metros del bloque de apartamentos del que Kovalev había salido el día anterior. Una vez más, el viejo espía soviético puso pie en la calle para dar su paseo matinal. Teresa vio cómo salía del portal justo cuando Pablo le envió un mensaje al móvil: «Ya sale».

Ella no perdió el tiempo en contestar. De hecho, Pablo ya veía a su compañera caminar con presteza hasta situarse a una conveniente distancia de seguridad. Perkins buscó a los Geyperman. Suponía que aparecerían en cualquier momento. Y así fue. Salieron de la nada, como por ensalmo. Perkins envió otro mensaje a Teresa para darle el aviso. No le hacía falta. Ella ya los había visto, como si dispusiera de ojos con visión panorámica de trescientos sesenta grados. Optó por cambiar de acera.

Kovalev caminaba de nuevo hacia la esquina de la calle Clarges, donde veinticuatro horas antes había girado a la izquierda en la calle Curzon para ir a la librería.

«Voy a cruzar el coche en la acera, delante de los Geyperman. En cuanto lo haga, agarra al viejo y entra con él al hotel Washington Mayfair, que está en la esquina. Intentaré que no os vean».

Teresa leyó el mensaje, se acercó a Kovalev y esperó a que Pablo provocara un barullo callejero con el coche y eso le diera el tiempo suficiente para forzar al anciano a entrar en el hotel aprovechando la confusión. Y así ocurrió. Perkins simuló un percance de tráfico, puso el coche en dirección a la acera de enfrente y se subió en ella bruscamente, delante de varios peatones. Detrás de esos peatones estaban los Geyperman, que también tuvieron que pararse en seco ante el riesgo de atropello. Perkins continuó con la pantomima saliendo del coche y pidiendo a gritos disculpas a todo el mundo. Para cuando Pablo volvió a ponerse al volante y sacó el coche de allí, Teresa ya había agarrado a Kovalev por el brazo, forzando al espía ruso a entrar en el hotel.

—¡Señor, señor! ¡Tenga cuidado, que le puede atropellar ese coche! —gritó Teresa al anciano en inglés, aparentando pánico, mientras le empujaba en dirección a la puerta.

Kovalev miró hacia atrás, vio el coche cruzado en la acera y a una docena de personas que parecían discutir con el conductor, al que no identificó como el hombre con el que había hablado el día anterior porque estaba de espaldas. Sin apenas darse cuenta, ya se encontraba dentro del hotel, arrastrado por aquella joven desconocida que no le soltaba el brazo.

—Siéntese aquí y descanse.

Teresa se comportaba como si fuera una experta cuidadora de personas mayores. Forzó a Kovalev a ir más adentro, hasta una cafetería que no podía ser vista desde la recepción.

—¿Está usted bien? ¿Se ha hecho daño?

—Señorita, estoy perfectamente. No me ha pasado nada. ¿Por qué me ha traído aquí? Deje que me vaya.

—No, no, no. Quédese aquí unos minutos, que ahí fuera corre usted peligro.

—Señorita, no hay ningún peligro. Solo ha sido un pequeño incidente de tráfico. Le agradezco sus cuidados, pero me voy. —Kovalev hizo ademán de levantarse. Teresa le frenó en seco.

—No antes de que hablemos de Ocaso, señor Kovalev.

Teresa miró al anciano a los ojos. Kovalev dejó a medias el movimiento para incorporarse, se detuvo en seco y después se dejó caer lentamente sobre el sillón, pretendiendo aparentar una calma que no tenía. Le gustaba que todo estuviera bajo control, pero eso es lo último que ocurría en ese momento.

—Son ustedes muy insistentes —dijo Kovalev, insinuando una media sonrisa.

En la calle, los Geyperman se habían desembarazado de aquel torpe conductor subido con el coche en la acera. Pero cuando levantaron la vista, su hombre no estaba. Decidieron separarse. Uno fue a buscar a Kovalev por la izquierda y el otro, por la derecha. Ambos desaparecieron entre la gente que transitaba por la zona, mientras Teresa trataba de retener al viejo espía.

—Es importante que me diga qué es Ocaso. Y usted también sabe que es importante que yo lo sepa.

—Jajaja... Es una joven muy atrevida, señorita. Ni siquiera nos hemos presentado. Jajaja...

—Los dos sabemos que eso no es necesario. —Teresa se sentó sin remilgos a un palmo de Kovalev y acercó su cara a pocos centímetros, rompiendo cualquier norma de distancia lógica entre dos personas que se hablan—. Usted necesita ayuda para resolver ese problema que guarda en secreto y yo soy la persona que le puede ayudar.

—¿Y por qué se lo voy a contar a usted si no se lo conté ayer a ese otro joven que casi me asaltó en la librería?

—Porque él y yo somos los únicos amigos que le quedan, Boris.

—No necesito amigos, mi querida joven.

—Créame, sí los necesita. Porque tiene dos opciones. O se hace usted amigo mío y me cuenta lo que sabe, o yo seré su enemiga y en cuestión de un par de días su hijo recibirá una notificación oficial del Gobierno británico para que se despida de su bien remunerado empleo en la City, haga las maletas y se suba a un avión con su nuera y sus nietos para volver a Moscú. ¿Y sabe qué? El día que lleguen a Moscú y yo compruebe que ya están allí, enviaré esta carta al jefe de la *rezidentura* del FSB en la embajada de Londres. ¿Quiere que se la lea?

—No hace fal...

—Se la leo de todas formas —interrumpió bruscamente a Kovalev—. «Estimado señor, responsable del FSB en Londres: le hago saber que su compatriota, el exagente del KGB Boris Kovalev, está traicionando a Rusia. Ha entrado en contacto con agentes extranjeros con el objetivo de impedir que triunfe una importante operación de inteligencia que está en marcha». —Teresa hizo una pausa para observar la reacción de Kovalev, que se mantenía en silencio y mirando a un lugar indeterminado del fondo de la sala—. Mire, Boris, si no me cuenta lo que quiero saber, enviaré esta carta, que interesará mucho al FSB, y tanto usted como su hijo, su nuera y sus nietos tendrán un problema muy serio en Rusia. Usted mejor que nadie sabe cómo se pagan las traiciones en su país. Serán unos muertos en vida para el resto de sus días. Eso suponiendo que sigan con vida mucho más tiempo.

Teresa repetía el farol de Pablo, pero subiendo al extremo la carga de la amenaza. Y, esta vez sí, el farol pareció funcionar. Kovalev no creía que el ultimátum fuera real, pero tampoco tenía la seguridad absoluta de lo contrario. Y, desde luego, no quería correr el riesgo de que el chantaje fuera cierto y su hijo, su nuera y sus nietos acabaran expulsados del Reino Unido y sufrieran las consecuencias de ser considerados traidores en Rusia. Ellos no tenían la culpa de que él hubiese sido un espía soviético, ni de que ahora se hubiera empeñado en salvar el mundo avisando a antiguos colegas de que algo podía pasar en las elecciones de Estados Unidos.

—Es usted una joven muy inteligente, señorita... —Kovalev alargó unos segundos la última palabra en el intento de que Teresa le dijera su nombre, pero ella no abrió la boca—. Esta es una demostración de que es inteligente. Nunca hay que dar nombres, ¿verdad? —Teresa siguió escuchando sin decir una palabra y sin retirar sus ojos de los del anciano. Intuía que Kovalev estaba a punto de decir lo que ella quería escuchar. Pero solo fue así parcialmente—. Cuando yo era un joven aspirante a agente del KGB, me enseñaron a no ceder a presiones ni a chantajes de los capitalistas como ustedes. Pero la edad me ha reblandecido.

—Hábleme de Ocaso. —Teresa se impacientaba.

—Usted es española, ¿verdad? —La cara de Teresa se puso pálida en un segundo, pero no dijo nada—. Los españoles y los rusos hablamos inglés con un acento parecido porque nuestros idiomas, aunque son muy distintos, tienen sonidos fonéticos similares, más fuertes que los ingleses. Y como usted no es rusa, entonces debe de ser española. —No hubo respuesta. Llevaba dos minutos observando a Boris sin parpadear, y ya le empezaban a quemar los globos oculares—. Seguro que no me equivoco si le digo que es del CNI. Y eso desmontaría el chantaje al que me quiere someter. Pero le voy a conceder el beneficio de la duda, porque sé que hay mucha colaboración entre el CNI y el MI6, especialmente sobre asuntos relacionados con Rusia y con ciudadanos rusos. Y podría ser cierto que, si no colaboro, quizá los británicos podrían hacer caso a alguna petición del Gobierno español. En realidad, creo que todo esto que le acabo de decir va mucho más allá de las posibilidades que tiene usted, señorita. —Esa vez Kovalev dijo la palabra «señorita» en español—. Incluso yo he colaborado con el CNI. Tengo un par de amigos que fueron agentes de los servicios españoles, y les ayudé a detener a varios mafiosos rusos que se habían instalado en la Costa del Sol. Aquí, en Londres, también hay algunos. Y ¿sabe dónde hay muchos también? En Suiza.

Kovalev hizo una pausa repentina en su relato, como si quisiera fijar aún más la atención de Teresa ante lo que estaba a punto de decir.

—En Suiza ayudé a otro amigo del FIS, el servicio de inteligencia suizo. Por allí también hay mafiosos rusos que guardan su dinero en los bancos de Ginebra. ¿Ha estado usted en Berna? Es una ciudad muy hermosa. Y hay espías de muchos países. En mi época, Suiza era uno de los lugares con más espías internacionales por metro cuadrado. Ahora, quizá haya menos que antes porque las cosas han cambiado mucho y los espías que quedan deben de estar en Zúrich o en Ginebra, que también son ciudades muy bonitas. Pero prefiero Berna. En alguna ocasión he disfrutado en la terraza de un restaurante italiano que se llama... ¿Cómo se llama? ¡Ah, sí! Luce. Está en el centro, cerca del Parlamento federal suizo. ¿Lo conoce? —Teresa solo miraba y trataba de grabar en su cerebro todo lo que decía el anciano. Estaba segura de que, en medio de tanta verborrea, Kovalev le estaba dando pistas—. Pues se lo recomiendo. Hágame caso. Si usted y el joven que me asaltó ayer tienen una amistad que ambos quieran hacer duradera, Berna es una ciudad que merece una visita. Y deberían ir a ese restaurante. Pueden almorzar o cenar. Pero si van ahora, que todavía hace buen tiempo, no pierdan la ocasión de desayunar allí una mañana. Suelen instalar una terraza en la calle y tienen unos bollos italianos estupendos. *Ciambelle fritte*, los llaman. Exquisitos. Y, quién sabe, quizá se encuentren con mi amigo del FIS.

«Berna, restaurante Luce. Berna, restaurante Luce. Berna, restaurante Luce», repetía Teresa en su cabeza para que no se le olvidara. Hacía ya unos segundos que había desconectado del resto de las cosas que le decía el viejo espía ruso.

Kovalev se puso en pie todo lo precipitadamente que puede hacerlo un hombre de su edad.

—Mi querida señorita, si fuera cierto que usted puede destrozar la vida de mi hijo, déjelo tranquilo. Ocúpese solo de mí. Y si ha atendido bien a las cosas que le acabo de decir y es tan inteligente como parece, encontrará lo que busca. Ha sido un placer.

—Iré a Berna y desayunaré en Luce —dijo Teresa mientras Kovalev pasaba a su lado en dirección a la puerta, tratando de recibir algo parecido a una confirmación.

—Va usted por buen camino —respondió Kovalev sin siquiera volver la cabeza, pero era suficiente.

Cuando salió a la calle, el viejo espía soviético reinició su paseo. Avanzó unos cuantos metros calle arriba y comprobó que los Geyperman estaban otra vez detrás de él. Se volvió hacia ellos y les dedicó una sonrisa burlona. Los dos espías se quedaron parados durante un momento y luego reanudaron el seguimiento.

Mientras paseaba, Kovalev tuvo tiempo de reflexionar sobre qué debía hacer ahora. Su primera tentación fue descolgar el teléfono y llamar a Breuer para advertirle de lo ocurrido y para que avisara también a McKenzie. Pero pensó que sería muy arriesgado: la llamada podía ser captada por los británicos, los rusos o los americanos. Incluso por todos a la vez y por algunos más. Por ejemplo, los chinos.

Después de hora y media de camino y de cavilaciones, Boris volvió a casa de su hijo con una sensación y con una decisión. La sensación, por instinto, de que Teresa y Pablo —aunque no conocía sus nombres— podían ser la herramienta para frenar la Operación Kazán; la decisión: volver a Moscú para no provocar la sospecha de sus excolegas de la inteligencia rusa, que surgiría si permanecía mucho más tiempo en Londres.

Teresa salió del hotel casi de un salto y llamó a Pablo, que llevaba quince minutos dando vueltas a la manzana porque no había hueco en el que detener el coche y esperar. Por fin apareció junto a la puerta.

—Tenemos que ir a Berna.

—¿Qué se nos ha perdido en Berna?

—Un espía suizo.

—¿Te ha dicho su nombre?

—No.

—¿Te ha dado alguna foto?

—No.

—¿Una pista sobre su aspecto o su edad?

—No.

—¡Estupendo!

—No te preocupes. Encontraremos a ese hombre.

—¿Le has sacado algo más?

—No. Pero creo que esto será suficiente.

Sede del CNI, Madrid, días después

—¿Qué tal, Jaime? ¿Cómo te va?

A Jaime se le iluminó la cara como si la luz le hubiera brotado desde las entrañas en cuanto vio aparecer a Teresa por la puerta. Estaba perfectamente persuadida de las emociones que despertaba en aquel joven aspirante a espía, aunque no eran recíprocas, en absoluto. Era un buen chico, pero si alguien no te emociona, es que no te emociona. Y Jaime no le emocionaba. Por eso solía evitar el contacto con él a lo mínimo imprescindible para no generar expectativas que pudieran provocar problemas a medio plazo. Pero esta vez iba a hacer una excepción. Pensaba que no tenía otro remedio. No le gustaba hacer lo que estaba a punto de hacer. Pero hay ocasiones en las que determinadas tácticas son necesarias cuando se trata de un fin superior.

Se maquilló un poco más de lo habitual cuando iba a trabajar, eligió ropa con especial detenimiento para resaltar lo que ella sabía que era conveniente resaltar, dejó el pelo volar a su libre albedrío, optó por unos zapatos muy favorecedores y acudió a la oficina en la que trabajan los responsables de contrainteligencia.

—Me alegra mucho verte —dijo Jaime, usando palabras innecesarias porque resultaba evidente su repentino estado de conmoción ante la presencia de Teresa.

—Es verdad que no hemos coincidido últimamente. ¿Estás bien?

—Sí, sí, muy bien. ¿Y tú?

—Muy bien, también.

—¿Puedo ayudarte en algo?

—Pues sí. Como sabes, estoy haciendo un máster de historia del siglo XX. —Por supuesto, Jaime no sabía nada de eso porque, además, tal cosa no ocurría; pero el chico, arrobado, asentía—. Y necesito un pequeño favor: estoy buscando una lista de antiguos espías de países del centro de Europa, como Austria, Alemania y Suiza, que estuvieran en servicio en los años setenta y ochenta.

Teresa bajó la voz cuando hizo esa petición. Jaime acercó un poco más el oído para entender lo que le decía, y colocó los músculos de la cara de tal manera que resultaba evidente su incomodidad. Pero, a la vez, estaba deseoso de satisfacerla.

—No puedo hacer eso... —respondió Jaime en un susurro.

—Ya lo sé —bisbiseó, porque era consciente de que su compañero tendría que cometer dos o tres infracciones, alguna grave, para acceder a esa información y entregársela—. Por eso te lo he pedido a ti, porque estoy segura de que vas a encontrar la manera de solucionar ese pequeño inconveniente.

Teresa sonrió y miró a los ojos de Jaime.

—Si quieres —añadió—, mañana por la mañana nos tomamos un café juntos y hablamos de esto.

A Jaime se le disolvieron repentinamente las dudas y empezó a pensar en cómo sortear la normativa. Ya encontraría la manera.

A la mañana siguiente, Jaime esperaba impaciente la llegada de Teresa a la cafetería. Estaba incluso más atractiva que el día anterior. De hecho, a Jaime le parecía más atractiva cada día que la veía.

—Buenos días.

—Buenos días. Llego un poco tarde, perdona. Me he quedado atrapada en un atasco.

—No te preocupes. ¿Quieres un café?

—Prefiero un zumo de naranja.

Jaime hizo el encargo al camarero, miró a Teresa, puso la mano sobre el periódico doblado que tenía encima de la mesa y lo empujó hacia la chica.

—Dentro del periódico hay un *pendrive*. Contiene una lista de unos quinientos agentes de esa época que me pediste. Incluye fotos de todos.

Teresa estuvo tentada de bromear diciéndole que le quería, pero le pareció que algo así levantaría ilusiones imposibles de cumplir, con lo que puso freno a su entusiasmo.

—No sabes cuánto te lo agradezco. Espero que me den matrícula de honor y la compartiré contigo.

Teresa aguantó unos minutos más, se tomó el zumo de naranja y fingió que tenía una llamada en su móvil.

—¿Sí? ¡Ah! Hola, mamá. Ahora estoy ocupada. ¿Estás en el médico? No me habías dicho nada. Entiendo. De acuerdo. Voy de inmediato. Un beso.

Teresa explicó aceleradamente a Jaime que tenía que recoger a su madre en el médico y que debía hacerlo en ese momento por algún motivo increíble que no entendía. Dio otra vez las gracias a Jaime, le estampó un beso sin cariño en la mejilla y se marchó a la carrera, con un enorme cargo de conciencia. Sabía que lo que acababa de hacer estaba mal. Muy mal. Era un claro abuso emocional de un buen chico al que había hecho correr riesgos en su trabajo sacando información de forma irregular, y ahora lo dejaba tirado en una cafetería. Pero no tenía otra opción, pensó. No es personal, son negocios.

Media hora después, Teresa y Pablo se reunían de nuevo en la casa de Elena, la madre de Perkins. Esta vez no habría tarde de piscina, porque tenían trabajo por delante. Pero ir a La Moraleja, en las afueras de Madrid, les permitía sentirse más aislados y Elena se ocuparía de mantenerlos bien alimentados.

—¡¿Quinientos espías?! ¡¿Te has vuelto loca?! ¡¿Cómo vamos a saber quién es el tipo al que buscamos entre tanta gente?! —Pablo imaginaba semanas enteras de investigación sin tener la seguridad de dar con el espía suizo al que debían encontrar en Berna.

—Será más fácil de lo que crees —respondió Teresa, tan segura de sí misma que pareciera haber reunido cuatro ases y estuviera a punto de llevarse todo el dinero de la timba—. Para empezar, vamos a eliminar de un plumazo a cuatrocientos, porque a Jaime le pedí que me diera una lista con espías de varios países. No quería que supiera que solo buscaba a los suizos. Y suizos solo hay cien.

—Aún son demasiados.

—No tantos. Pero, si quieres, déjame a mí seguir eliminando candidatos y tú ponte en contacto con Maxim.

—¿Qué pasa con Maxim?

—He revisado las listas de pasajeros de las compañías aéreas que operan entre Londres y Moscú, y Kovalev ha reservado un vuelo para mañana en British Airways. Vuelve a casa.

—El que tiene que volver a casa ahora mismo soy yo.

—¿Por qué?

—Porque para comunicarme con Maxim necesito mi edición antigua de *El Quijote*.

Pablo cogió el coche y recorrió los cinco kilómetros que le separaban de su apartamento para recoger el libro. Menos de una hora después estaba de vuelta con Teresa y se puso a la tarea de contactar con su amigo ruso siguiendo el protocolo habitual: seleccionar a través de un código palabras sueltas de esa edición de *El Quijote* que solo tenían él y Kuzmin, escribir el mensaje en un correo en la cuenta de Outlook que compartía con Kuzmin y dejarlo archivado en la bandeja de borradores, sin llegar a enviarlo. Kuzmin debería verlo en cuestión de unos días, como mucho. El mensaje no decía apenas nada, pero no era necesario dar muchas explicaciones. Cuando Kuzmin lo viera, buscaría las iniciales de las palabras repartidas por la novela de Cervantes, las uniría y vería cómo en medio de un largo texto lleno de frases comunes se deslizaba la clave: «Nuestro amigo volverá pronto». Sería suficiente.

Moscú, días después

Sonja adelantó un poco su salida y Maxim retrasó un poco su entrada. Así dispondrían de un rato para una cena rápida en la terraza del FARIII, una hamburguesería que está a unos minutos a pie de la sede del servicio de inteligencia ruso en la plaza de la Lubianka, aunque en una zona discreta.

Maxim pidió su doble hamburguesa de siempre, con mucho kétchup y mucha mostaza. Ya gastaría el exceso de calorías con unos minutos más de *running* al día siguiente. Sonja, más preocupada por su ya de por sí muy cuidada línea, pidió una hamburguesa pequeña y sin aditamentos. Patatas fritas y dos Coca-Colas zero completaron el menú.

Era una noche agradable, aunque las temperaturas moscovitas empezaban a bajar conforme terminaba el verano. Sonja estaba cansada, pero más por la tensión de los últimos días que por sus largas jornadas de trabajo. Maxim repitió la costumbre de otras citas con su amiga: sacó de su mochila una cajita cuadrada, de apenas diez centímetros de lado. Estaba doblada sobre sí misma y cerrada con un broche. La abrió para desplegarla en la mesa. Era un minitablero de ajedrez, con sus piezas dentro. El juego de casillas blancas y negras era la gran afición, casi obsesiva, de Kuzmin desde niño y había encontrado en Sonja una dura competidora.

—¿Sabes algo más? —preguntó Maxim mientras colocaba en el tablero las torres, los caballos, los afiles, la dama, el rey y los peones.

—Poco. Sabemos quién es Kovalev, pero aún no hemos encontrado la conexión con Leonard ni con Ocaso.

—Te dejo jugar con blancas. Empiezas tú.

Sonja dio un mordisco a su hamburguesa mientras miraba el tablero y pensaba en qué apertura utilizar. Optó por hacer avanzar dos casillas el peón de la reina.

—Pero ya me dijiste que probablemente Leonard no era una persona, sino una clave de contacto o algo así —respondió Maxim, replicando con su peón el movimiento de Sonja.

—Eso creo, pero no tengo la seguridad absoluta. Sí sabemos que Ocaso tiene relación con la ciudad de Berna. Podría ser un agente suizo.

—Y de Kovalev, ¿qué sabéis? —Kuzmin disimuló como si no supiera nada del viejo espía soviético, a pesar de que ya había buscado y encontrado datos sobre él en internet.

—Se retiró hace años. En la Lubianka está considerado como un héroe. Por lo visto, fue el jefe del presidente Karlov cuando los dos estaban destinados en la Alemania comunista en los años ochenta. Ahora, su hijo vive en Londres y viaja allí a menudo. Acaba de estar hace unos días, pero ya ha vuelto. —Eso también lo sabía Kuzmin porque se lo había contado Perkins—. Y creo que nuestra gente en la embajada de Londres le ha vigilado.

Kuzmin dejó la hamburguesa a medio morder y sufrió un repentino escalofrío en todo su cuerpo. De inmediato, levantó la vista que tenía puesta en el minitablero de ajedrez. Que el FSB estuviera espiando a Kovalev en Londres significaba que algo importante ocurría.

—¿Estás segura? ¿Por qué iban a vigilar a un jubilado?

—Por lo que me ha llegado, sospechan que pudiera estar en alguna operación de entrega de datos a los británicos o los americanos.

—Pero ¿qué datos va a tener si está retirado desde hace años?

—No lo sé. Pero están muy nerviosos en los despachos de arriba y, al parecer, han grabado imágenes del viejo en Londres reunido con más personas. Y las imágenes ya las han enviado desde la embajada de Londres. Están intentando averiguar quiénes son.

—¿Podrían ser Leonard y Ocaso?

—Sí, suponiendo que Leonard fuera una persona y no una clave de contacto. Aún no lo sé. Pero quizá lo sepamos pronto. Hay una reunión la semana que viene. Están convocados mi departamento y el departamento que maneja el archivo. Ellos son los que tienen las imágenes grabadas en Londres y los que intentan averiguar quiénes son las personas que se reunieron allí con Kovalev. Van a estar también el jefe del FSB y el nuevo jefe de todos los servicios de espionaje.

—¿Serkin?

—Sí.

—Si está Serkin, es que la reunión es importante y algo grave pasa.

—Eso pensé yo cuando me lo dijeron.

—¿Tú irás a esa reunión?

—Sí. Me han convocado para explicar cómo encontré la conexión entre Kovalev, Leonard y Ocaso. Y en estos días tengo que intentar averiguar algo más para contárselo. Jaque.

Sonja acababa de poner en serios aprietos a su contrincante, pero Maxim ya había previsto esa opción. Hizo un movimiento con el único caballo del que aún disponía y ofreció tablas. Sonja las aceptó mientras terminaban los postres. Maxim estiró la mano y estrechó la de Sonja. Ella no se soltó. Se despidieron con un beso en la mejilla. A Sonja el ajedrez empezaba a parecerle poco.

A la mañana siguiente, Maxim se enfundó en su ropa de correr, colocó una gorra con visera cubriendo su cabeza y unas gafas de sol para ocultar su cara lo más posible. Salió por la puerta trasera del edificio de apartamentos en el que vivía, dio varias vueltas de despiste y llegó al mismo centro comercial desde el que semanas atrás había enviado a Perkins, en Madrid, los tres misteriosos nombres que debía investigar: Kovalev, Leonard y Ocaso. Ahora, siguiendo el protocolo y utilizando las palabras de *El Quijote*, Maxim informaba a Perkins de la reunión de alto nivel convocada en la Lubianka unos días después.

Por la tarde, antes de ir a trabajar, Maxim entró en el metro. Cuando llegó a su destino salió a la superficie y caminó unos minutos. Al acercarse al lugar, vio que no debía ir más allá. Fue a comprobar qué ocurría en la calle en la que vivía Boris Kovalev: había un espía en cada esquina.

«Si hoy no aparece, nos volvemos a Madrid», tecleó Teresa en su viejo móvil Siemens sin conexión a internet y pulsó el botón de enviar. El mensaje de texto dio la vuelta al mundo a través del sistema de telefonía móvil global para llegar a otro viejo Siemens que estaba en la mano de Pablo Perkins, apenas a quince metros de distancia. «Me gusta cuando te impacientas», respondió Pablo.

Era el tercer día consecutivo que Teresa desayunaba debajo del toldo rojo que proporcionaba sombra a los clientes del Ristorante Luce, en la Waisenhausplatz de Berna. Ya empezaba a tener cierta familiaridad con el camarero, que no estaba acostumbrado a que turistas como esa joven española fuesen tan insistentes, acudieran todos los días muy temprano y se pasaran allí más de hora y media a solas, tomando un zumo de naranja tras otro. Le parecía un comportamiento poco habitual, algo estrafalario, pero a él le daba igual mientras que la chica pagara. Y, obviamente, lo hacía.

En los dos días anteriores, Pablo se había mantenido a distancia, controlando la escena desde otra cafetería. Pero esta vez se sentó en la misma terraza, aunque en otra mesa.

La tarea de Teresa y Pablo era compleja. La agente del CNI había conseguido los nombres y fotografías de unos cien agentes suizos activos en los años setenta y ochenta. Con un poco de investigación y buceando a través de internet en algunos registros inaccesibles para un internauta profano, pudo confirmar que sesenta ya habían muerto. Quedaban cuarenta. Demasiados. Especialmente teniendo en cuenta que las fotografías de las que disponían eran de hacía treinta o cuarenta años y el aspecto físico de esas personas habría cambiado tanto que les resultaría difícil identificar a cualquiera de ellos, aunque estuviera en la mesa de al lado.

También habían buscado a esos cuarenta en varios registros suizos. Por ejemplo, en el de la propiedad. Pero ninguno de esos antiguos agentes figuraba como dueño de casas o locales en Berna. Eso no significaba que no vivieran allí, pero sus nombres no aparecían y, por tanto, sus direcciones tampoco. Lo que sí pudieron hacer fue descartar veinticinco nombres que encontraron como propietarios de viviendas en otras ciudades suizas. No era una prueba de que no residieran en Berna, pero no podían centrar su atención en la lista completa. Tenían que discriminar y apostaron por los quince que quedaban. Trataron de fijar en su memoria la cara de cada uno de ellos, aunque se tratara de fotografías antiguas. Paciencia.

A las nueve y media de la mañana, Teresa llevaba ya tres zumos de naranja y pidió uno más. Sería el último. Si después de bebérselo no aparecía el hombre al que buscaban, pagaría al amable camarero, volvería al hotel con Pablo, harían la maleta, conducirían su coche alquilado los ciento y pico kilómetros hasta el aeropuerto de Zúrich y regresarían a Madrid. Cogerían un vuelo de Iberia por la tarde que les permitiría llegar a tiempo de dormir en casa.

—¿Otro zumo, señorita? —El camarero se acercó raudo en cuanto vio que Teresa llamaba su atención con la mirada.

—Sí, por favor —respondió la chica en un correcto alemán, aunque había practicado poco últimamente.

—¿No quiere algo de comer?

—No, gracias. Un zumo es suficiente.

—Ahora mismo.

El camarero se dirigió hacia el interior de la cafetería dispuesto a colocar otro vaso de zumo en su bandeja. Teresa ocupaba su tiempo en mirar las fotos y después comparar esas imágenes con el rostro de las personas que estaban en aquella terraza del Ristorante Luce. En ese momento, en una de las mesas a su izquierda, tres mujeres mayores tomaban café. Un poco más a la derecha, una pareja de turistas revisaba un plano de la ciudad. La mesa más cercana estaba ocupada por un matrimonio de jubilados. Una mujer de mediana edad desayunaba sola en una esquina. No lejos de ella estaba Pablo. Y un hombre de avanzada edad acababa de llegar y estaba a la espera de que le atendiera el camarero. Teresa centró su atención en ese hombre. Apenas podía ver su cara, al estar de lado. Hizo esfuerzos por tener su rostro de frente, pero no lo conseguía.

«Mira al hombre mayor que está sentado en la esquina derecha», tecleó Teresa para avisar a Pablo. «Creo que puede ser, pero no estoy seguro», respondió Pablo unos segundos después.

—Aquí tiene su zumo —dijo el camarero, posando el vaso sobre la mesa.

—Muchas gracias.

El camarero se acercó entonces al cliente recién llegado que esperaba para pedir su desayuno. Intercambiaron unas palabras inaudibles para Teresa. Estaban a unos diez metros de distancia. Unos minutos después, el camarero llevó un café a la mesa del desconocido. Cuando terminó de tomarlo, el hombre volvió a llamar al camarero. Pidió algo más. Al cabo de un rato, regresó con la bandeja ocupada por otro café y por un plato que contenía algo de comer que Teresa no podía identificar, aunque le pareció que era un bollo. El camarero sirvió a su cliente y ambos entablaron una breve conversación. Al principio, en voz baja. Pero el camarero debió de decir algo gracioso y los dos rieron y elevaron el tono de voz.

—Jajaja..., sí. Se lo recomendé a un amigo. Le dije que las *ciambelle fritte* de Luce son mejores que las que hacen en Italia. Jajaja... —dijo el hombre al que Teresa no le quitaba el ojo.

«¿Puedes oír lo que dicen?», preguntó Teresa a Pablo. «Me ha parecido que hablaban del desayuno y de Italia. Ha dicho *chiambele* o algo así», respondió Pablo.

¿*Chiambele*? ¿De qué le sonaba eso? Teresa empezó a rebobinar sus recuerdos. No dejaba de repetir esa palabra en su cabeza, pero no conseguía descubrir lo que buscaba en la memoria. Se dio cuenta de que, si era el nombre de algún alimento, debía estar en el menú del desayuno. Empezó a buscar algo que se pareciera... y allí estaba: *ciambelle fritte*. Eran unas rosquillas de receta italiana.

¡Kovalev! El nombre del espía ruso retumbó en el cerebro de Teresa, porque esas palabras las pronunció Kovalev en Londres, cuando le hablaba de los desayunos en este restaurante de Berna. ¡Sí! ¡Kovalev había dicho *ciambelle fritte!* Tenía que ser ese hombre. Quizá acababa de dar con lo que buscaba. Teresa hervía por dentro.

«¡¡¡ES ÉL!!!», gritó Teresa a través de un SMS. «¿Por qué lo sabes?», respondió de inmediato Pablo. «Porque Kovalev me habló en Londres de las *ciambelle fritte*. Es el bollo que ha pedido este hombre y es lo que Kovalev me insinuó que haría».

De su charla con Kovalev en Londres, Teresa fijó en su mente dos datos: que tenía que ir a Berna y que podría encontrar a Ocaso en el Ristorante Luce. Pero no prestó atención al nombre de los bollos. De repente, las *ciambelle fritte* que ella había ignorado le permitían encontrar a la persona que buscaba.

Se sentía entusiasmada, pero ahora no estaba segura de cómo actuar. Llevaban días preparando ese momento, por si llegaba. Y, sin embargo, le asaltaban las dudas: no sabía si acercarse a la mesa y hablar con él, o esperar a que se levantara para marcharse y seguirle.

«¿Qué hago?», preguntó a Pablo. «Espera», respondió.

Pero, igual que otras muchas veces, Teresa hizo lo contrario de lo que le recomendaban. Pensó que sería mejor hablarle allí mismo mientras estuviera sentado. Quizá fuera así más fácil que le prestara atención. Quizá. Al momento, Pablo vio desde su posición cómo Teresa se levantaba, cogía la pequeña mochila que hacía las veces de bolso, caminaba con determinación unos pasos hasta la mesa y se sentaba con todo descaro en una silla libre que había junto a aquel hombre mayor que parecía ser su objetivo.

El hombre dio un mordisco al bollo y giró la cabeza en dirección a esa chica tan atrevida que se acababa de sentar a su lado. Con caballerosidad y aplomo le dio los buenos días esperando que la joven se percatara de que se había equivocado de mesa, que era lo que él suponía que estaba pasando. Pablo observaba atónito y preocupado desde la distancia.

—Buenos días —respondió Teresa en alemán sin moverse de la silla.

—Creo que se ha equivocado usted de mesa, señorita.

—No lo sé. Quizá me lo pueda aclarar usted.

—Como ve, estoy desayunando solo y se ha sentado aquí cuando hay más mesas libres. Si ha venido con alguien, ese no soy yo.

La conversación empezaba a tener tintes extravagantes. Pero por poco tiempo.

—He venido sola.

—Pues no creo que se haya sentado a mi lado porque quiera disfrutar de mi compañía, ¿verdad? —se insinuó con picardía y, ya en ese momento, con alguna impaciencia por terminar con aquella absurda escena.

—No. Aunque su compañía me resulta agradable.

—Agradezco mucho su cumplido. Pero si no le importa, me gustaría seguir con mi desayuno y leyendo el periódico, como estaba haciendo antes de que se sentara conmigo. De todas formas, noto por su acento que no es usted de aquí. ¿Necesita que le ayude con algún consejo para conocer Berna? Es una ciudad muy hermosa.

—Quiero que me cuente qué es Ocaso.

Pronunció esas palabras como quien da un hachazo seco al tronco de un árbol confiando en derribarlo de un solo golpe. El tiempo se paró tanto como se aceleró el corazón de Teresa. El hombre miró el rostro de esa joven con una calma extraña para alguien que debería sentirse inquieto.

—No conozco ningún lugar que se llame así en Berna. ¿Es una calle? ¿Un bar? ¿Un restaurante?

—Estoy aquí porque Boris Kovalev me dio la pista para que le encontrara en este restaurante desayunando *ciambelle fritte.*

El hombre no respondió de inmediato. Se tomó su tiempo para dar otro bocado, sorber un poco de café con parsimonia, limpiarse las manos con una servilleta y acomodarse en la silla como si en ese momento no estuviera pasando nada fuera de lo normal.

—¿Quién es usted?

—Puede llamarme Sara.

—¿De qué parte de España es usted? —dijo Arnold para provocar la sorpresa de Teresa, que no quiso responder—. Habla muy bien alemán, pero su acento es español. En mi trabajo era importante reconocer los acentos. ¿Para quién trabaja?

—No se preocupe. No trabajo para los rusos. Tampoco para los británicos o los americanos. No soy un peligro para usted. Soy de fiar.

—Yo no me fío de nadie. Es por experiencia.

—Lo entiendo. Yo, tampoco. Pero le recomiendo que lo haga. Además, no tiene mejor alternativa, dadas las circunstancias.

—¿Qué circunstancias?

—Que ya he hablado con Kovalev y me ha dado muchos datos.

Teresa-Sara volvió a utilizar la técnica del farol que ya había aplicado con cierto éxito al hablar con el espía ruso. Cuando alguien desconoce cuánto sabes, como poco consigues provocar su confusión y sus dudas. La realidad era que la joven agente del CNI sabía muy poco. Casi nada. Y por eso estaba allí.

—Señorita, no tengo la obligación de hablar con usted sobre ningún asunto. Está en mi país y aquí dispongo de los suficientes contactos como para hacer una llamada y que venga la policía dentro de medio minuto. La detendrán y pasará usted unas cuantas horas en el calabozo hasta que la investiguen por espionaje. Incluso por amenazas. Y se me ocurren varios delitos más.

—No va a hacer eso. Porque si lo hace, les contaré lo que sé sobre usted. Sobre su presente, por colaborar con un espía ruso como Kovalev a espaldas de los servicios de inteligencia suizos. Y también sobre su pasado. No creo que le interese que yo repase ante las autoridades suizas sus actividades en los tiempos de la Guerra Fría, ¿verdad?

Teresa volvía a ir de farol, pero aún con más riesgo porque no sabía nada del pasado de aquel hombre, aunque su bien entrenada intuición le decía que algo tendría que ocultar por sus contactos con un agente del KGB en la época soviética. Tanto en la vida como en el espionaje, no hay nadie que no tenga un pasado con algún episodio inconfesable del que arrepentirse.

Su largo ejercicio profesional había hecho que el veterano espía suizo se hubiera enfrentado a situaciones parecidas otras veces. Y una buena decisión solía ser arañar tiempo al tiempo.

—Usted gana. Pero no hablaré aquí. Recuerde la dirección que le voy a dar. No la apunte en un papel. Memorícela.

Acercó su boca al oído derecho de Teresa y le dio las señas de un apartamento en el centro de Berna, no lejos de donde estaban. Era en el bajo de un edificio.

—Estaré allí a las cuatro de la tarde.

El viejo espía suizo quería alimentar la tensión que ya tendría aquella joven. Ella intentaba aparentar seguridad y firmeza, pero él sabía que estaba asustada.

No iba a llamar a Kovalev, porque era más que probable que tanto su teléfono fijo como su móvil estuvieran intervenidos por el FSB. Una llamada pondría en riesgo la vida de Boris. Esa no era una opción. Pero Teresa no le había dicho que supiera de la existencia de Charles McKenzie. A él sí podría llamarle después para que tuviera información de lo que ocurriese en la inquietante charla que estaba a punto de protagonizar. Hablaría con la chica antes de tomar otras decisiones.

Teresa pagó su consumición y se marchó calle arriba. Pablo se quedó vigilando. Era Arnold Breuer, antiguo agente del FIS, el servicio de espionaje suizo.

Cuando Breuer terminó su desayuno, Pablo le siguió a distancia durante unos minutos mientras hablaba por teléfono con Teresa. Se verían en el hotel una hora después para preparar el siguiente asalto del combate. Se celebraría a las cuatro de la tarde.

Moscú, a mediodía

—Han unido algunos cabos. Saben bastante, pero todavía no lo saben todo.

Sonja Ivanova bajó la voz para pronunciar estas palabras en la terraza del restaurante Sam Prishel, a cinco minutos de la Lubianka. Maxim Kuzmin intentaba captar los sonidos con dificultad, en medio del ruido provocado por el tráfico moscovita, mientras abría la cajita de ajedrez, desplegaba el tablero y colocaba las piezas.

—La *rezidentura* de Londres envió vídeos —continuó Sonja—. En las imágenes se ve a Kovalev. Como te dije, se reunió con otras personas: dos hombres. Los han investigado y parece que uno es americano y el otro es suizo.

—¿Y qué saben?

—Piensan que el americano es un agente de la CIA, pero no me he podido enterar del nombre. Ni siquiera sé si ellos conocen el nombre o solo especulan. También el suizo podría ser un espía. Investigan si tienen algo que ver con Ocaso o con Leonard.

Sonja hizo una pausa, se acercó un poco más a Maxim y le susurró al oído.

—Pero hay algo que tiene a todos muy nerviosos.

—¿Qué pasa?

—Creen que tenemos un topo.

El trozo de carne que Kuzmin acababa de introducir en su boca se quedó atorado en la garganta. Maxim intentó disimular el impacto que había provocado en él esa información. Ahora sabía que media Rusia le estaba buscando. La partida de ajedrez se congeló durante unos minutos.

—¿Un topo? —respondió con una sonrisa burlona tratando con dificultad de aparentar que no se creía nada y, por supuesto, que él no era el topo.

—Han captado un mensaje en internet enviado desde la wifi pública de un centro comercial que está cerca de la embajada americana. No sé lo que ponía el mensaje, pero dicen que es muy sospechoso. Tiene unas claves extrañas que todavía no han podido descifrar.

—¿Un mensaje? ¿Enviado a quién?

—No lo sé. Tampoco sé si los jefes lo saben. Pero se han puesto nerviosos y están buscando a alguien. Tienen varias imágenes de las cámaras de seguridad, y son del día y la hora en la que se envió ese mensaje. Se ve a alguien vestido con ropa de deporte y una gorra. La visera no deja que se le vea bien la cara, pero creo que antes o después le identificarán. Esa persona entró en los baños y salió mucho rato después. Tardó más de lo normal.

—¿Tienen algún sospechoso?

—Supongo que nos están investigando a todos, pero dicen que el tipo de la imagen parece un hombre. Así que creo que a mí me investigarán menos. —A Sonja le entró una risa nerviosa, como si se sintiera liberada—. A los hombres os mirarán de arriba abajo. Y no sois más de veinte los que habéis estado en contacto directa o indirectamente con este caso. Tú eres uno de ellos.

—No tienes escapatoria. —Maxim señaló a Sonja la posición de las piezas y le explicó que había perdido toda opción de ganar. Sonja derribó al rey sobre el tablero aceptando su derrota.

Pero lo último que le apetecía ahora a Maxim era ocuparse de lo que tenía delante de los ojos en su pequeño tablero. Solo quería salir corriendo, pero aprovechó su jugada ganadora para darle un giro a la conversación y calmar los nervios. Acababa de saber que todos los servicios de inteligencia de Rusia buscaban a un topo. Y ese topo era él. Estaba aterrorizado. Aún no le habían descubierto, pero la pregunta no era si le descubrirían, sino cuándo. Necesitaba pensar. Era evidente que tenía que escapar, pero sería difícil y peligroso. Tenía que elegir la forma y el momento. Hablaría cuanto antes con Pablo. Pero ahora debía aparentar tranquilidad. Y la única manera que se le ocurrió para desviar la atención de Sonja fue hablar de ajedrez.

—Te he ganado utilizando la estrategia de Ingmar Larsen.

—¿Quién?

—El campeón del mundo de ajedrez, Ingmar Larsen. Es noruego. Con una jugada parecida a esta ganó la final al americano Fabiano Caruana. Larsen es un genio. Sigo todas sus partidas por internet. Hace movimientos increíbles.

—¿Ya no hay rusos? Se suponía que los mejores ajedrecistas del mundo eran nuestros.

—Soviéticos. Los mejores eran soviéticos. Los soviéticos y Kasparov. Solo el americano Bobby Fischer fue capaz de plantar cara al ajedrez soviético. ¿Has oído hablar de él?

—Sí. Dicen que era un poco raro.

—Pero tenía un talento increíble. La Guerra Fría se jugó sobre un tablero de ajedrez en 1972, cuando Bobby Fischer se enfrentó a Boris Spassky en Islandia. Y ganó Fischer. Fue como si nos hubieran lanzado un misil nuclear.

Maxim trataba de entretener su mente con pensamientos positivos, como que la victoria que acababa de conseguir frente a Sonja suponía una recuperación de su autoestima como ajedrecista. Estaba acostumbrado a ganar casi siempre a sus rivales, pero Sonja se lo ponía cada vez más difícil.

Dos horas después, Kuzmin entraba en el centro comercial Atrium, a quince minutos del centro de Moscú, para conectar su móvil sin tarjeta a la wifi pública. Esta vez no utilizó la cuenta de correo de Outlook, que era la vía habitual de comunicación con Perkins. Usó una cuenta alternativa, el plan B que tenían establecido si sospechaban que el plan A había sido descubierto. Y eso era exactamente lo que ocurría. Tenía que pedir auxilio. Quizá era el momento de acogerse a la promesa que le hicieron en Madrid: si las cosas iban mal, le sacarían de Rusia. Usó las claves habituales extraídas de la vieja edición de *El Quijote* y envió un mensaje de socorro. Ahora solo podía esperar, pero sentía miedo.

Berna, esa tarde

La furgoneta azul estaba aparcada junto al número 2 de la calle Nägeligasse de Berna. Desde ese lugar, y oculto detrás de los cristales tintados del vehículo, podía ver con claridad la entrada del número 5 de Predigergasse, un edificio que hacía esquina, con varias motos y bicicletas aparcadas cerca del portal. También tenía a la vista un amplio margen de la calle, lo que le permitía cumplir su primer objetivo: comprobar si la joven con la que estaba a punto de reunirse iba sola o había alguien más en los alrededores que vigilara la escena. Si lo hubiera, podría ser un compañero de la joven. Pero pudiera tratarse también de un agente de cualquiera de los servicios de inteligencia, amigos o enemigos.

Eran las tres de la tarde. Faltaba una hora para la cita. Algunas personas caminaban por las aceras. Aparecían por una esquina y desaparecían por la siguiente. Cinco coches estaban aparcados en la zona, todos ellos con cristales transparentes. No se veía a nadie en su interior. A las cuatro menos cuarto llegó una furgoneta. Solo tenía ventanas en la parte delantera. La trasera era una caja blanca cerrada con el nombre de una empresa de reparto. El conductor bajó del vehículo, abrió la puerta de atrás y sacó una caja de cartón. Debía de contener algo muy pesado, porque le costó llevarla en brazos hasta la entrada de un comercio. Un empleado salió a recoger el paquete, el repartidor volvió a su furgoneta, arrancó el motor y se marchó. Falsa alarma.

A las cuatro menos diez decidió salir del vehículo para ir al apartamento. Tenía que llegar antes que la chica, porque no quería entrar a la vez que ella para evitar que alguien les hiciera una foto juntos. Tal cosa podía ocurrir porque, a pesar de que no parecía haber nadie sospechoso en la calle, era imposible saber si estaba siendo vigilado desde el interior de algún edificio cercano. Tampoco sabía si en la zona había cámaras de seguridad que no estuvieran a la vista.

Entró en el portal y bajó unas pocas escaleras hasta el rellano de acceso al apartamento que estaba algo por debajo del nivel de la calle. Una de las ventanas de la vivienda daba al exterior, justo a la altura de la acera y a menos de dos metros a la derecha del portal. Apostado detrás de esa ventana, solo podía ver la entrada del edificio. Tenía que conformarse con eso.

Dos minutos antes de la hora establecida, Teresa entró en su ángulo de visión. Parecía ir sola. Un hombre joven pasó a su altura haciendo deporte. Desapareció de la vista a la carrera en un instante fugaz. Una mujer mayor caminaba por la acera de enfrente con una bolsa de la compra en la mano derecha. También pasó de largo, aunque a un ritmo más pausado que el deportista. Cada pocos segundos, algún coche circulaba por esa calle o las adyacentes, pero ninguno se detenía ni aparcaba. No había nadie más.

Teresa llegó hasta el número 5 de Predigergasse a la hora prevista. Sola, aparentemente. La puerta era de doble hoja, con rejas de hierro, coronada por una marquesina de gusto discutible que estaba conformada por más rejas metálicas y un cristal traslúcido. Buscó en el panel de comunicación con las viviendas. Abajo vio el botón que tenía que pulsar. Lo hizo y sonó un pitido de aviso.

—Estoy aquí.

Nadie respondió, pero de inmediato se escuchó el mecanismo que liberaba la cerradura de la puerta automáticamente y que se activaba desde cada uno de los apartamentos del edificio. Teresa empujó con dificultad la pesada reja de hierro para abrirse paso y entró, pero no dejó que la puerta se cerrara. Sacó de su bolsillo una pequeña pieza de madera en forma de cuña y la puso en el suelo, justo en el estrecho hueco con el marco de la puerta, para que se mantuviera abierta. Dos segundos después, el deportista que unos instantes antes había pasado corriendo delante de los ojos de Breuer entró veloz en el portal y retiró la cuña. El *runner* era Pablo.

Teresa bajó con muchas precauciones las escaleras hasta llegar a la puerta del lugar en el que estaba fijada la cita. Tocó con los nudillos. Alguien activó el picaporte desde el otro lado y el camino al interior quedó expedito.

—Pase —se escuchó en un susurro.

Teresa cumplió la orden después de oír la invitación, pero no vio a la persona que pronunció la palabra. De hecho, no veía apenas nada porque el apartamento estaba en penumbra. Y tampoco pudo reconocer en ese momento la voz de su interlocutor. Sí pudo hacerlo un segundo después.

—La estoy apuntando con una pistola. No haga movimientos extraños o morirá. Atienda bien a lo que le digo: no se dé la vuelta, deje el bolso en el suelo muy despacio y camine hacia delante lentamente.

La puerta se cerró. Al otro lado, Pablo esperó por si tuviera que intervenir. Llevaba varias pequeñas herramientas metálicas que, en condiciones normales, le permitirían forzar la cerradura para acceder al interior del apartamento, como había aprendido a hacer en la escuela de la CIA. Haría tal cosa si Teresa daba un grito o si escuchaba una pelea o un disparo.

Teresa cumplió la orden que Breuer le acababa de dar, dejó el bolso en el suelo y avanzó unos pasos.

—Deténgase. Ahora quítese la ropa.

Teresa se sintió aterrorizada. ¿Era una trampa? Le estaban apuntando con una pistola, no sabía si en ese lugar había más personas, no podía volver atrás porque la puerta ya estaba cerrada y ahora se tenía que desnudar. Aquello iba muy mal y estuvo a punto de gritar para pedir la ayuda de Pablo. Pero cuando sus cuerdas vocales se preparaban ya para provocar un estruendo, decidió aguantar un poco más.

—Le he dicho que se quite la ropa. —Esta vez, el tono de Breuer se volvió imperativo.

—Pero...

—¡Quítese la ropa, ahora! —No fue un grito, porque hablaba en susurros, aunque lo pareció.

Desde el rellano, Pablo apoyó el oído en la puerta, pero apenas era capaz de captar un ligero rumor. No llegó a entender lo que se decía en el interior del apartamento. Teresa empezó por quitarse los zapatos deportivos. A continuación, levantó los brazos despacio, se quitó la chaqueta y la dejó caer al suelo. Después, se desabotonó la blusa y la posó encima de la chaqueta. Dejó el sujetador para más adelante y optó por seguir con el pantalón vaquero. Desabrochó el botón, bajó la cremallera y empujó la cintura de la prenda hacia abajo. Ahora, solo tenía puesta la ropa interior. Hizo una pausa, en la esperanza de que el hombre que supuestamente tenía una pistola en la mano fuera condescendiente y no le exigiera más.

—No se mueva.

Fue un respiro. Teresa quedó a la espera anhelando indulgencia. El hombre se acercó y cogió la ropa del suelo. Revisó los bolsillos y cada costura. No encontró nada. Registró el bolso. Sacó todo su contenido. Había dos teléfonos móviles, uno de ellos muy antiguo. Encontró también un pintalabios, unos pañuelos de papel, un bolígrafo y una pequeña botella de agua medio llena. También tenía una cartera con algo de dinero en francos suizos y euros, varias tarjetas de crédito, la tarjeta del hotel donde estaba hospedada y un carné de identidad español a nombre de Sara Bermúdez García.

—¿Qué hace una española metida en este lío?

Teresa no contestó. Estaba asustada y dando vueltas a la cabeza buscando la manera de huir de allí si fuera necesario. Sin moverse, para no enfadar al hombre de la pistola, giró los ojos de un lado a otro. Necesitaba inspeccionar el lugar y encontrar, si la hubiera, una vía de escape. Pero también era imprescindible actuar con inteligencia y sin precipitación, y no asumir más riesgos de los que ya asumía.

El hombre metió todos los objetos en el bolso, salvo los móviles y el lápiz de labios.

—Apague los teléfonos.

Alargó el brazo y entregó los móviles a la chica. Ella los desbloqueó con sus claves y los apagó. Era solo una medida de protección suplementaria, porque el espía suizo llevaba consigo un inhibidor de señal que ya había inutilizado los teléfonos desde hacía quince minutos.

—Démelos.

Teresa se los devolvió. Después, rompió el pintalabios por si dentro hubiera algún micrófono o un dispositivo de localización. No había nada.

—Vístase.

Una sensación de alivio recorrió el cuerpo de Teresa, pero eso no le hizo confiarse. Aún estaba en peligro. Tardó en vestirse mucho menos tiempo del que invirtió en desnudarse. Cuando terminó se quedó en pie a la expectativa. No sabía qué sería lo siguiente.

—Le pido disculpas por haberla obligado a quitarse la ropa, pero era la manera más respetuosa de comprobar que no llevaba nada peligroso encima. La otra forma hubiera sido palparle todo el cuerpo. Espero que lo entienda.

—Lo entiendo y le disculpo.

Teresa quiso rebajar la tensión. Responder de otra forma habría roto el intento de entente cordial que aquel hombre parecía haber iniciado después de la escena de la ropa.

—Siéntese en esa silla.

Teresa hizo lo que le decía y se acomodó. Ahora estaban cara a cara. Breuer se dirigió hacia la ventana de la estancia y abrió la cortina un par de centímetros para que entrara un poco más de luz. Después se sentó en otra silla frente a la chica.

—¿Para quién trabaja?

Teresa no respondió.

—Mire, señorita, si usted no hace un esfuerzo por responder a mis preguntas, será más difícil que yo haga un esfuerzo por responder a las suyas.

—Ya le he dicho esta mañana que no trabajo para los rusos ni para los americanos ni para los británicos. Y tampoco trabajo para los servicios suizos. Creo que con eso puede ser suficiente.

—Hace años conocí a un alto cargo del Seced. ¿Sabe de qué hablo?

—Del servicio de inteligencia de la dictadura de Franco.

—Luego creo que lo cambiaron de nombre cuando murió Franco, ¿verdad?

—Cesid.

—Eso, Cesid.

—Ahora se llama CNI.

—Y usted trabaja para el CNI, intuyo.

—Sí y no.

—Explíquese.

—Trabajo para el CNI, pero no estoy aquí con usted por orden del CNI. De hecho, el CNI no sabe que estoy aquí ni que estoy haciendo esta investigación ni sabe nada de usted. Y le doy mi palabra de que ni el CNI ni ningún otro servicio de inteligencia tendrán noticia de lo que me cuente hoy.

—Usted sabe igual que yo que la palabra de un espía no vale nada. Por eso somos espías.

—Pero ahora no le hablo como una espía, porque no estoy en misión oficial. Ni siquiera es una misión extraoficial. Actúo por mi cuenta. Digamos que le hablo como una investigadora independiente.

—No sé si eso me tranquiliza o me provoca más preocupación.

—Créame, acabo de hacer un esfuerzo de sinceridad. De todo lo que hemos hablado, la única mentira es que me llamo Sara. Pero eso ya lo sabe, porque en este trabajo todos tenemos más de una identidad.

—Sin embargo, usted sí conoce mi nombre real.

—Arnold Breuer.

—¿Se lo dijo Kovalev?

—No. Kovalev solo me puso en la pista de Berna y del restaurante Luce. Y también me habló de las *ciambelle fritte.* Así he dado con usted.

—Seré generoso, porque supongo que si Kovalev le dio las pistas suficientes para que me encontrara, debió de ser porque se fio de usted, aunque no la conociera de nada. Y sé que Boris siempre ha sido muy hábil, muy intuitivo y tiene buen ojo. Pocas veces se ha equivocado cuando ha decidido ponerse en manos de alguien, como ha hecho en su caso. Pero antes de que hable yo, quiero que me cuente todo lo que Boris le dijo, dónde se lo dijo y en qué circunstancias se lo dijo.

Teresa hizo un relato somero de su conversación con el espía ruso en Londres, sin desvelar todavía la existencia de Pablo.

—Y dígame algo más: ¿por qué buscó a Kovalev? ¿Qué le llevó hasta él?

—Un contacto en Rusia me dio tres nombres: Kovalev, Leonard y Ocaso. Él no sabía qué significaban, pero sabía que significaban algo porque los servicios rusos estaban nerviosos tratando de averiguar lo mismo que yo intento averiguar ahora. Fue fácil dar con Kovalev en Londres, porque allí vive su hijo. Ahora quiero saber qué o quiénes son Leonard y Ocaso.

—Olvídese de Leonard.

—Eso mismo me dijo Kovalev.

—Seguro que en la academia de espías le explicaron lo que es una maniobra de despiste.

—Sí.

—Eso es Leonard: una maniobra de despiste para gentes como usted. —Breuer sonó desagradable con esta apreciación.

—¿Y Ocaso? —preguntó Teresa, comiéndose para sus adentros la inamistosa insinuación de Breuer.

—Le diré qué es Ocaso si usted me dice su nombre real y el del joven que está al otro lado de esa puerta intentando escuchar lo que hablamos aquí dentro. —Teresa encajó como pudo el impacto provocado por la repentina evidencia de que Breuer era tan inteligente como parecía. Sabía que la joven española no estaba sola—. No. No diga una palabra —ordenó Breuer a Teresa.

El suizo se levantó, dio tres pasos hacia su izquierda, abrió una puerta que daba acceso a otra estancia del apartamento, la cerró a su espalda y Teresa se quedó sola en el salón a media luz. No sabía qué hacer: si permanecer quieta, seguir a

Breuer o marcharse de allí. Pero cuando daba vueltas a su cabeza para tomar una decisión, la puerta de la calle se abrió de repente y por ella entró Pablo con los brazos en alto y seguido de Breuer, que le apuntaba con una pistola.

—¿Estamos todos o falta alguien más? —preguntó Breuer con ironía.

—Estamos todos —confirmó Teresa con desgana mientras miraba a Pablo con gesto de reproche.

—Si pretenden salvar el mundo, deben preparar sus operaciones un poco mejor. Los servicios americanos y los rusos se toman estas cosas muy en serio.

Teresa y Pablo asumieron el sermón de un experto veterano y guardaron silencio.

—Quítese la ropa —ordenó Breuer a Pablo.

Perkins se sorprendió tanto como se había sorprendido Teresa unos minutos antes. Pero se lo pensó menos que ella. Se quitó las zapatillas de correr, los pantalones cortos y la camiseta. Cuando procedía a seguir con la ropa interior, Breuer le dijo que era suficiente. Revisó las prendas y encontró los utensilios para abrir puertas sin permiso. Los metió en un cajón.

—Ya no necesita esto. Y ahora, vístase y siéntese con su amiga. Porque supongo que son amigos, ¿verdad?

Nadie respondió. Breuer permaneció en pie mirando alternativamente a los ojos de sus dos invitados.

—Y usted, ¿cómo se llama? —preguntó Breuer.

—No importan nuestros nombres, señor Breuer —respondió Pablo.

—Lo que me importe o no me importe es asunto mío, ¿no le parece, señor Perkins?

Pablo y Teresa se quedaron petrificados al comprobar que aquel veterano espía suizo sabía hacer su trabajo y había averiguado al menos el nombre de uno de los dos.

—¿Cómo...? —balbuceó Pablo sin que Breuer le permitiera terminar la pregunta.

—¿Cómo sé su nombre? Los jóvenes espías piensan que los viejos, los de la Guerra Fría, estamos obsoletos. Y quizá no les falte razón, porque seguro que ustedes manejan mucho mejor que yo las nuevas tecnologías y, además, están en plena forma física. ¡Mírese! ¡Es usted un atleta! ¡Y usted también, señorita! Pero en esta profesión hay más cosas. Y esas cosas se aprenden con el tiempo, con la práctica del oficio.

Breuer hizo una breve pausa para deleitarse con el pasmo de aquella pareja de novatos.

—Pablo Perkins, ¿verdad? —insistió Breuer mientras daba dos pasos hacia un lado y dos pasos hacia el otro, para mantenerse siempre en el mismo sitio—. Nació en Madrid, pero tiene también la nacionalidad americana. Es agente de la CIA e hijo de un agente de la CIA.

Pablo notó que dos gruesas gotas de sudor resbalaban desde su nuca y descendían con lentitud, como excavando un surco, por la columna vertebral hacia el hueso sacro. Teresa permanecía inmóvil, casi inerte, tratando de aparentar normalidad en medio de una escena perfectamente anormal.

—Y usted, señoritaaaaa... —Breuer alargó deliberadamente la pronunciación de la palabra mientras metía la mano en el bolsillo interior de su chaqueta buscando algo. Sacó un papel, lo desdobló, se puso las gafas que aliviaban su presbicia y leyó el contenido—. Discúlpenme, pero a mi edad la memoria funciona de forma discontinua. Es usted la señorita Teresa Fuentes, agente del CNI. Encantado de conocerla.

Pablo y Teresa miraban fijamente a Arnold. Estaban atónitos, acobardados y expectantes ante la sorpresa que les pudiera esperar ahora. Porque daban por hecho que las sorpresas no habían terminado. Breuer se acercó a una mesita que tenía detrás y durante tres segundos perdió el contacto visual con sus invitados. Pablo, en un súbito ataque de testosterona, quiso aprovechar el momento para abalanzarse sobre Arnold, pero cuando hizo el amago de levantarse Teresa le retuvo lanzándole una mirada casi homicida. Una agresión física a aquel hombre podía impedir que les contara lo que querían saber y les metería en un lío irreparable con la policía.

Breuer cogió una botella de agua mineral y tres vasos. Los llenó y los repartió.

—Seguro que a todos nos viene bien humedecer nuestras gargantas en este momento tan intenso, ¿no les parece? Y quizá así se relaje su amigo Pablo, que estaba a punto de echarse encima de mí —dijo con ironía mirando a Teresa.

El viejo es un lince, pensaron Pablo y Teresa al unísono.

—Y ahora, ¿podemos hablar? —preguntó Perkins, tratando de que su voz no pareciera trémula, sino firme.

—Por supuesto. Para eso estamos aquí.

—¿Qué es Ocaso? —Teresa trató de resituar la cuestión sin perder más tiempo.

—¡Ah, es cierto! Nos habíamos quedado en esa parte de la conversación cuando nos interrumpió el joven Perkins con sus maniobras al otro lado de la puerta.

—¿Qué es Ocaso? —insistió Teresa, en esta ocasión con un tono de voz casi inquisitorial.

—Mire, señorita Fuentes, no están ustedes en una situación, digámoslo así, de superioridad en este momento. Es justo al revés. Debería ser yo quien empezara con las preguntas, dado que acabo de desmontarles su plan de principiantes en un par de minutos. ¿No le parece que me he ganado ese derecho?

—Está bien —intervino Pablo—. Pregunte lo que quiera y después preguntaremos nosotros. ¿Le parece más justo así?

—Lo sería si yo no supiera de ustedes todo lo que necesito saber. Son ustedes los que no saben apenas nada de mí. Pero está bien. Hagámoslo así. Preguntaré yo primero. ¿Qué están buscando?

—Creemos que está en marcha una importante operación de los servicios rusos en Occidente —tomó la palabra Perkins—. Tenemos un contacto muy bien situado en Moscú. Nos ha dado algunas pistas y nos ha informado de movimientos que se están produciendo entre los servicios de inteligencia. Los datos de este contacto nos llevaron hasta Kovalev. Y Kovalev nos ha traído hasta usted.

—¿Sabe, señor Perkins? Esta es una buena forma de empezar. Si es sincero, de sus palabras deduzco que no tienen ni idea de lo que está pasando. Y no se lo reprocho. Cuando se inicia una investigación siempre se parte de cero. Y tengo que reconocerles que ya han superado esa línea de la nada y han llegado un poco más arriba. No mucho, es verdad. Pero están arrancando.

Breuer hizo una pausa que le permitiera analizar el estado anímico de sus interlocutores. Los veía expectantes y algo atemorizados.

—Seré generoso con ustedes —continuó el suizo—. Les contaré algo sin necesidad de que me lo pregunten. Sé que están un poco sorprendidos porque conozco sus identidades y su procedencia. No ha sido difícil conseguir esos datos, no crean. Antes le decía a la señorita Fuentes que hace muchos años, en los tiempos de la dictadura de Franco, conocí a agentes de los servicios españoles. De la misma manera, tuve contacto con agentes de la CIA. Es verdad que tanto ellos como yo estamos retirados del servicio activo, pero todos mantenemos cierta relación con los departamentos en los que hemos trabajado. Conocemos a personas bien situadas. Y, aunque las agencias se renuevan y los responsables cambian, incluso una mole de cemento puede tener alguna grieta, por leve que sea, por la que se filtra el agua. Ahora, he podido aprovecharme de una pequeña grieta. Esta mañana, cuando la señorita Fuentes y yo hemos terminado de hablar y nos hemos citado aquí esta tarde, me he percatado de que un hombre joven me seguía discretamente en mi vuelta a casa. Mientras venía detrás me resultaba más difícil hacerle una foto. Pero he doblado una esquina con el móvil en mi oreja, como si estuviera hablando por teléfono, y al colocarme en perpendicular, he podido hacer varias fotografías. Eran un poco lejanas, pero permitían identificar a la persona si se la conoce.

Breuer se sabía al mando de la situación. Pablo y Teresa estaban atónitos.

—Lo primero que hice —continuó Arnold— fue ponerme en contacto con un compañero de la inteligencia suiza. No es muy ortodoxo el favor que le pedí, pero en homenaje a los viejos tiempos me permitió sentarme con él delante de un ordenador para revisar fotografías de agentes españoles. Si la señorita que me abordó en la cafetería era española, como delataba su acento, supuse que él también podría serlo. Pero en nuestros archivos no encontramos a nadie que se pareciera a usted, señor Perkins. De manera que decidí hablar con ese viejo amigo del Seced que antes cité en el inicio de esta agradable charla con la señorita Fuentes. El nieto de ese viejo amigo es ahora agente del CNI y en un par de horas le hizo llegar a su abuelo, y su abuelo a mí, el dato que buscaba: el joven de la foto se llama Pablo Perkins y es el enlace entre la CIA y el CNI. Y me dijo también que tiene como contacto directo en el CNI a una tal Teresa Fuentes. Hablé después con un antiguo colega de la CIA. Él está jubilado, como yo, pero sabe bien dónde moverse y a quién preguntar. También hay grietas en Langley. Él me ha dado algunos datos más, como que el padre del señor Perkins fue agente de la CIA.

Breuer detuvo su relato a la espera de una reacción. Pablo y Teresa le miraban en silencio. Pero por poco tiempo. Querían respuestas y las querían ya.

—¿Quién es Ocaso? —dijo por fin Perkins.

El espía suizo se tomó dos segundos antes de responder.

—Ocaso soy yo.

—Ocaso es usted... —repitió Perkins casi como un autómata—. Supongamos que dice la verdad.

—Es la verdad —replicó Breuer.

—Entonces está usted en peligro, porque nuestro hombre en Moscú nos dijo que el FSB tenía tres nombres: Kovalev, Leonard y Ocaso. A Kovalev lo tienen controlado porque es uno de los suyos. Usted dice que Leonard es solo una maniobra de distracción, luego no sería una persona. En ese caso, los rusos estarían persiguiendo a un fantasma, como hemos hecho nosotros hasta que nos hemos sentado en esta habitación. Ahora sabemos quién es Ocaso, pero quizá los rusos también lo sepan y le estén buscando. Y lo sabemos Teresa y yo, luego nos hemos convertido, probablemente, en otro objetivo porque tenemos esa información y, además, estamos ahora aquí sentados delante de usted.

—Están asustados, ¿verdad? —Breuer seguía practicando el juego del veterano que se burla de las inconsistencias del novato—. No siempre es malo asustarse —continuó el suizo—. Es un mecanismo psicológico que puede salvarte la vida. Es mucho peor ser un temerario. Es verdad que, a veces, un comportamiento irreflexivo te permite alcanzar logros inesperados. Pero hay cementerios llenos de temerarios, mientras que el miedo es un gran salvavidas.

—¿No cree que estemos en peligro? —Teresa interrumpió la disertación filosófica de Breuer tratando de ir a lo práctico.

—Nadie está libre de riesgos. Pero tengo el convencimiento de que ustedes y yo estamos relativamente a salvo. Sí es seguro que los espías rusos nos buscarán porque querrán tenernos controlados y evitar que les estropeemos su plan. Y, previsiblemente, nos encontrarán. Son muy buenos. Alta calidad y excelencia. La ventaja es que asumen con deportividad que sus enemigos en el mundo actúen igual que ellos. Entienden que eso es parte del juego. Lo que no admiten es que un desertor ruso siga con vida. Si hay algo que ha caracterizado a los servicios de inteligencia desde la era soviética, es que suelen ejercer la violencia hasta sus últimas consecuencias, pero solo con otros rusos. Lo que castigan es la traición. Si leen la historia del espionaje, encontrarán muchos ejemplos. Pero ahora no tenemos tiempo para que yo les cuente la vida y la muerte de los espías rusos. Porque sí hay en este momento dos personas que están en verdadero peligro: Boris Kovalev y el amigo que ustedes tienen en Moscú. Ellos son rusos y serán considerados traidores. Si no les ayudan, no vivirán mucho más tiempo. Según les ha contado su contacto en el FSB, a Boris ya lo tienen controlado. Y a su amigo no tardarán mucho tiempo en identificarlo.

—El problema para Kovalev es que ha vuelto a Moscú. Ya no está en Londres —informó Teresa.

—Tampoco Londres es un lugar seguro para un traidor ruso. El KGB y el FSB han eliminado, o casi, a varios en el Reino Unido. ¿Han oído hablar de Alexander Litvinenko?

—Sí. Lo envenenaron con polonio —respondió Pablo.

—¿Y a Serguéi Skripal y su hija Yulia? —insistió Breuer.

—A ellos los quisieron matar con el agente nervioso novichok, pero sobrevivieron —dijo Teresa.

—Eso dicen los británicos, que sobrevivieron. Espero que sea así. Es lo mismo que le pasó a Alexei Navalni, el líder opositor. Y si les hago la lista completa, esta conversación no terminaría hoy. Quizá tampoco mañana. Pero hay prisa. Tenemos que avisar a Boris y a su amigo, el traidor.

—Pero también tenemos que frenar la operación de los rusos en Occidente y todavía no sabemos en qué consiste.

—Ustedes no lo saben. Yo sí. Y ya nos hemos puesto a trabajar mi amigo americano y yo. Pero la solución no es sencilla.

Teresa y Pablo miraron a Breuer con la intensidad propia de quien está esperando conocer algo importante y quiere conocerlo ya.

—No esperarán que se lo cuente, ¿verdad?

—Para eso hemos venido a Berna. —Teresa optó por su tono de voz más cariñoso y encantador.

—Todavía no me fío de ustedes lo suficiente. Creo que tienen buena intención, pero son tan inocentes como un pajarillo recién salido del cascarón. No se lo reprocho. Todos hemos sido así alguna vez. Pero se han metido en un lío y no sé si están capacitados para salir de él, ni para ser nuestros compañeros de viaje. Más que una ayuda, pueden ser ustedes un estorbo.

—Quizá no tengamos la experiencia suficiente —intervino Pablo—. Pero, como ha podido comprobar, hemos averiguado cómo llegar hasta aquí y le hemos encontrado. Y, además, usted sabe que sin ayuda no podrá salvar a Kovalev, ni mucho menos a nuestro contacto en Moscú, porque ni siquiera conoce su nombre. Y, algo muy importante: es verdad que nosotros no tenemos todos los detalles de lo que pasa, pero sí sabemos que pasa algo grave. Si usted no nos da más datos, la CIA al completo se pondrá a trabajar en este caso porque yo les advertiré de que deben hacerlo. Y usted no quiere que avise a la CIA, ¿verdad? Sospecho que no se fía de las grandes agencias de espionaje occidental, porque, si se fiara, ya se lo habría contado a ellos.

Touché. Arnold entendió el mensaje. La historia que hasta hacía unos pocos días solo conocían unos espías jubilados que se reunieron en Londres ya no era propiedad exclusiva de esos tres hombres. Si la información no hubiese trascendido más allá, podrían intentar gestionarla por su cuenta. Pero los dos jóvenes que tenía delante ya estaban sobre la pista y ahora solo había dos opciones: tenerlos como amigos o tenerlos como enemigos. Y era mejor que fueran sus amigos. Además, Breuer era consciente de que él y McKenzie estaban atascados. Habían analizado distintas alternativas desde que Kovalev les contó toda la historia en Londres, pero en ninguna encontraban el remedio que buscaban. Eran conscientes de que ellos solos no podrían frenar el desastre. Quizá con esos dos jovenzuelos, tampoco. Pero ya no tenían opción.

—¿Saben quién fue Tip O'Neill? —preguntó Breuer sin venir a cuento después de unos segundos de pausa reflexiva.

—Durante muchos años fue el presidente de la Cámara de Representantes de Estados Unidos. —Pablo se sabía de memoria la lección de historia contemporánea que había aprendido en la universidad americana en la que estudió. Teresa giró la cabeza para mirarle, sorprendida de que conociera ese nombre del que ella no había oído hablar en su vida.

—Muy bien, señor Perkins. O'Neill era el *speaker* de la Cámara cuando Ronald Reagan llegó a la presidencia de los Estados Unidos en 1981. O'Neill era perro viejo. Llevaba casi veinte años en el Congreso de Washington en representación de los demócratas cuando el republicano Reagan ganó las elecciones. Una de las primeras reuniones del nuevo presidente fue con Tip O'Neill. Pura cortesía. Reagan era un novato en Washington y debía ser amable con las altas instancias de la ciudad. No era un *insider*, como dicen allí. Solo había hecho política en California y no conocía con detalle las claves que se utilizan en la capital federal. De manera que O'Neill quiso darse importancia y presumir de experiencia advirtiendo al nuevo presidente de que no sabía dónde se había metido. Le aconsejó que se olvidara de las formas tradicionales de la política pequeña que se practica en los estados. Y le dijo: «Ahora está usted en las grandes ligas». Seguro que el joven Perkins, que es americano, sabe lo que son las grandes ligas, ¿verdad?

—La liga de béisbol —dijo Pablo, con desgana, porque se sentía examinado y eso no le gustaba.

—Pues les digo a ustedes lo mismo que Tip O'Neill le dijo a Reagan: olvídense de esas pequeñeces de las que se han ocupado hasta ahora. Estamos en las grandes ligas del espionaje. Aquí se juega con fuego. Y no tengan dudas de que se quemarán. Nos quemaremos. Lo que tenemos que conseguir es que nuestras quemaduras no sean mortales. Si tenemos que salvar el mundo, que sea salvándonos nosotros también, si eso es posible.

Teresa y Pablo acogieron el nuevo sermón de Breuer con un entusiasmo moderado y con un temor creciente, pero asumiendo la lección. Ahora la duda era saber a qué se refería el suizo cuando hablaba de salvar el mundo.

—De acuerdo —se adelantó Teresa—. Pero cuéntenos qué está pasando.

—Lo sabrán. Pero no ahora. Es mejor que no lo sepan todavía. Cuantos más datos tengan en este momento, mayor será el peligro para ustedes, para Boris, para su amigo ruso del FSB, para mí y para el éxito de la operación. Se lo digo porque van a tener que ir a Rusia. Quizá no los dos, pero sí al menos uno de los dos. Tienen que ayudar a Kovalev y a su contacto en el FSB.

—No iremos a ningún sitio si no sabemos para qué. No ayudaremos a nadie si no nos explica qué sentido tiene que nos juguemos el tipo. ¿No decía usted que es mejor no ser temerario? —sentenció Pablo.

Breuer se puso en pie y buscó de nuevo la botella de agua para servirse un trago. Llenó el vaso, se volvió hacia sus invitados, bebió, se aclaró la garganta y dejó el recipiente sobre la mesa como si estuviera realizando un acto cargado de solemnidad.

—Está bien. Son ustedes novatos, pero veo que tienen la ambición suficiente para estrenarse en las grandes ligas. Les deseo suerte. La van a necesitar. Pero no les voy a contar toda la historia, porque es demasiado larga para el tiempo que tenemos. Debemos irnos de aquí cuanto antes. No sabemos dónde están ahora nuestros colegas rusos. Quizá los tengamos al otro lado de la puerta. Ya tendrán tiempo de conocer todos los detalles en otro momento. Pero sí les diré lo fundamental. —Los ojos y los oídos de los dos principiantes se concentraron en lo que estaba a punto de ocurrir—. Si no lo evitamos, es posible que las elecciones americanas que se celebran dentro de pocas semanas las gane un espía de Moscú.

A Pablo y a Teresa se les encogieron los pulmones y dejaron de respirar. Se quedaron inmóviles, hasta que pudieron reaccionar.

—¡¿Nathalie Brooks?! —casi gritó Perkins, con gesto de terror.

—Nathalie Brooks —confirmó Breuer, quien, al contrario que Pablo, apenas movió los músculos faciales al pronunciar ese nombre.

—Y ahora, ¿qué hacemos? —preguntó Teresa, incapaz de ordenar sus ideas ante la noticia que acababa de recibir y que se sentía incapaz de asimilar.

—Ya les he dicho que tenemos que salvar el mundo. Pero para salvar el mundo, primero tenemos que salvar a nuestros amigos. Uno de ustedes tiene que ir a Moscú.

La reunión no debía continuar por más tiempo. Los tres se sabían un posible objetivo del espionaje ruso. Salieron por separado. Primero, Pablo. Volvió al hotel para recoger sus cosas y las de Teresa. Ella se marchó unos minutos después para ir a por el coche. Ambos se citaron al cabo de una hora a las afueras de Berna. Desde allí viajaron por carretera hasta Ginebra para no volver a Madrid desde el aeropuerto de Zúrich, por el que habían llegado a Suiza. Breuer regresó a su casa tratando de aparentar normalidad. Una desaparición inmediata podría llamar demasiado la atención. Pero ya había puesto en funcionamiento todas las prevenciones.

En el vuelo, Teresa y Pablo apenas hablaron. No se fiaban de ninguno de los pasajeros con los que compartían viaje. Ni siquiera del piloto. Estaban hambrientos, pero no pidieron nada de comer ni de beber. Temían ser envenenados con novichok o con polonio o quién sabe con qué otra cosa. Sus cabezas no dejaban de cavilar sobre lo que sabían y sobre lo que les faltaba por saber. Pablo debía viajar a Moscú para salvar a Maxim y avisar a Kovalev del peligro que corría. Ya tenía una idea sobre cómo hacerlo, aunque era muy arriesgada. En realidad, ningún plan alternativo estaría libre de peligros.

Pero también le asaltaba una duda: su obligación era comunicar a los responsables de la CIA lo que acababa de averiguar y, sin embargo, estaba convencido de que, si esa información llegaba a determinadas personas en la agencia, y después más arriba, podría producirse un desastre de consecuencias incalculables.

Esa noche, ya en Madrid, Pablo decidió compartir sus pensamientos con Teresa. Pero, cuando iba a hacerlo, asistió a un nuevo ejemplo de que su compañera siempre iba dos pasos por delante.

—Tengo una duda —dijo ella, antes de que él abriera la boca y pudiera pronunciar esas mismas palabras, como estaba a punto de hacer.

—¿Qué pasa?

—Hasta ahora, hemos investigado casi por libre, sin dar explicaciones a nuestros superiores, porque ni siquiera sabíamos si lo que estábamos investigando era importante o no. Podía ser una falsa alarma o un asunto corriente, de los muchos en los que trabajamos habitualmente. Pero este no es un asunto cualquiera. Esto nos sobrepasa. Estamos obligados a comunicar todo lo que sabemos a nuestros superiores. Tú, a la CIA, y yo, al CNI. Necesitamos su autorización. No podemos seguir con esto por nuestra cuenta. Pero si esta información la conoce más gente, puede ocurrir un desastre.

—Lo tuyo es brujería, ¿verdad? ¿Me lees la mente? He estado todo el vuelo desde Ginebra dando vueltas a eso mismo.

—¿Y qué hacemos? —Teresa no quería perder el tiempo alargando innecesariamente la conversación.

—Estamos obligados a informar a las agencias, pero creo que eso es lo peor que podríamos hacer. Es un dilema insalvable, diabólico.

Se miraron en silencio. Conocían la pregunta. Pero ¿tenían la respuesta?

—Necesitamos consejo. —Teresa mostró el camino.

—Y, ¿a quién se lo pedimos?

—A tu padre. Él sabrá lo que debemos hacer.

Pablo cogió su móvil y llamó. Después de unos breves saludos de rigor, fue directo a la cuestión.

—Papá, tienes que venir a Madrid ya. Debemos hablar de un asunto profesional importante.

Matthew Perkins entendió que se trataba de algo tan serio que no debía discutirse ni por teléfono ni mediante un intercambio de correos electrónicos. Solo en persona y en un lugar seguro.

Eran las seis de la tarde en la Costa Este de Estados Unidos. Había un vuelo a Madrid a las diez de la noche. Si quedaba alguna plaza libre, podría aterrizar en el aeropuerto de Barajas a la mañana siguiente. Si el problema era urgente, tenía que darse prisa. Matthew abrió su ordenador, buscó en las webs de viajes, pagó el billete —carísimo, al tratarse de una compra al límite de tiempo— y diez minutos después estaba descargándose la tarjeta de embarque. «Espero que merezca la pena el gasto», pensó. Doce horas después, a media mañana, Pablo recogía a su padre en la terminal 4 del aeropuerto de Madrid. Al rato, los dos y Teresa se reunían en la casa de Elena, madre de Pablo y esposa de Matthew.

El veterano exagente de la CIA sintió un estremecimiento cuando le contaron quién era de verdad Nathalie Brooks. Se levantó, salió al jardín y dio un pequeño paseo en solitario para reflexionar. Solía encontrar la solución para muchos problemas. Esa había sido su profesión. Pero esta duda era demasiado difícil como para sustanciarla con una respuesta monosilábica, con un simple y rotundo sí o no. ¿Informar o no informar a la superioridad? Había matices que tener en cuenta y se podían correr muchos riesgos, empezando por los legales. Pero, al cabo de unos minutos, Matthew creyó encontrar un resquicio por el que escapar a esa disyuntiva, de momento.

—Todos los agentes tenemos la orden de informar a nuestros superiores sobre las investigaciones en marcha —explicó Matthew Perkins, cuando volvió al interior de la casa—. Eso es obvio. Pero hay un detalle que no es tan obvio.

—¿Cuál? —preguntaron Teresa y Pablo, casi a coro.

—¿Tenéis la orden verbal o por escrito de informar de inmediato, o en un plazo establecido, de cada detalle nuevo de vuestra investigación?

Pablo y Teresa se miraron el uno al otro, buscando una respuesta común. Y la tenían.

—A mí —dijo Pablo—, me dicen que tengo que informar, pero nunca me han especificado en qué momento concreto debo hacerlo.

—Mi caso es parecido —apuntó Teresa—. No recuerdo que nunca me hayan ordenado informar al minuto.

—Entonces —concluyó Matthew—, en términos estrictamente jurídicos, nadie os podrá acusar ante un tribunal de una ilegalidad, porque ni verbalmente ni por escrito os han comunicado que tengáis que informar de inmediato o en un plazo fijo sobre cualquier novedad. En la práctica sí incumplís una orden, pero desde el punto de vista penal no habréis cometido un delito. Si os descubren, os despedirán sin honores, pero no os podrán llevar ante los tribunales. Digamos que haréis una trampa fea, pero legal. La duda es si debéis correr ese riesgo.

Matthew tenía una respuesta clara para esa pregunta, pero la dejó en el aire a la espera de lo que tuvieran que decir Pablo y Teresa. Ellos eran los que debían tomar la decisión, porque ellos eran los que asumirían el riesgo.

—Si informamos de esto ahora, no sabemos hasta qué oídos llegará y las consecuencias pueden ser terribles —apuntó Teresa.

—Tenemos estos datos gracias a que hemos trabajado por nuestra cuenta y en absoluto secreto. En cuanto esto lo conozca más gente será incontrolable —añadió Pablo.

—Creo que debéis seguir así un poco más —sentenció Matthew—. Antes de informar hacia arriba, es más urgente sacar de Rusia a vuestro amigo del FSB y avisar a Kovalev, aunque mucho me temo que el viejo ya no se podrá salvar. Y después, iremos paso a paso. Cuando tengamos algún dato más, ya pensaremos cuál es el siguiente escalón que subimos. ¿Qué es eso que dice tu entrenador favorito? —preguntó, mirando a Pablo.

—Partido a partido.

—Eso, partido a partido.

Tercera parte

Ajedrez en Manhattan

(Maxim)

Moscú, 6 de octubre (a 30 días de las elecciones)

Muchos de los pasajeros del avión se despertaron cuando el tren de aterrizaje se posó sobre la pista del aeropuerto internacional de Moscú-Sheremétievo. Habían madrugado para embarcar en Madrid a las cinco de la mañana en un vuelo chárter con ciento cincuenta hinchas del Atlético de Madrid. Otros cinco aviones hacían ese mismo trayecto con el mismo tipo de pasaje. Su equipo jugaría esa noche frente al Lokomotiv de Moscú un partido de la fase de grupos de la Champions League y al terminar serían conducidos en autobuses hasta el aeropuerto para volar de vuelta a casa. Iban a ser veinticuatro horas de actividad continua. Solo habría tiempo para dormir en el avión.

Pablo Perkins no descansó en las más de cuatro horas de viaje. Sabía que iba a llegar a Moscú esa mañana, pero no sabía si podría salir de allí por la noche ni si podría cumplir con el objetivo real del viaje, que no era asistir al partido, aunque sí iría al estadio. Iba a correr el mayor riesgo al que se había expuesto en su vida. Disponía de poco tiempo para dar a Maxim Kuzmin en persona las instrucciones necesarias para que pudiera salir de Rusia. Y trataría de reunirse con Boris Kovalev para avisarle del riesgo que corría su vida. Todo eso en las apenas ocho o nueve horas que iban a pasar entre el aterrizaje y el inicio del partido.

Los ciento cincuenta pasajeros abandonaron el avión a las once de la mañana, hora de Moscú, con sus bufandas y camisetas rojiblancas, sus mochilas con lo básico para pasar el día y con sus entradas para el partido. Perkins era uno de los pocos que viajaba sin la compañía de algún amigo o familiar, pero llevaba consigo dos entradas: una para él y otra para Maxim. Pensaba que sería en las gradas del estadio, rodeados de una multitud de espectadores haciendo ruido, donde podría darle la información asumiendo menos riesgos.

Todos los viajeros pasaron los controles aeroportuarios con relativa facilidad, aunque con la lentitud habitual. Perkins utilizó su pasaporte alternativo, con identidad falsa. Después, subieron a varios autobuses que los llevaron al centro de Moscú. Allí podrían visitar la ciudad durante las horas previas al partido. Se apearon cerca de la Plaza Roja. En pocos minutos, la hinchada se había dispersado por las calles adyacentes, mezclada entre los moscovitas que iban y venían. Perkins entró en los almacenes GUM, frente al Kremlin, se dirigió a los baños y se encerró en uno de ellos. Allí guardó su bufanda y su camiseta del Atlético en la mochila. Llevaba otras para que se las pusiera Maxim y así pudiera pasar desapercibido entre los aficionados cuando estuvieran en el estadio. Se colocó una gorra con visera que resguardara su rostro, aunque fuese parcialmente, de la vista de los demás y salió a la calle. Paró un taxi y se dirigió a la calle en la que vivía Kuzmin. Se acercó a la puerta del edificio. En el lado izquierdo estaba el panel con los botones que permitían comunicarse con cualquiera de los apartamentos. Pulsó el correspondiente al de Maxim.

Kuzmin dormía después de una larga jornada de trabajo en el turno de noche, como era habitual. Necesitó que la llamada de Perkins sonara varias veces. Cuando por fin la oyó, temió que su final hubiera llegado. Se levantó sobresaltado, suponiendo que el espionaje ruso le había descubierto y que sería detenido de inmediato. Respondió atemorizado.

—¿Quién es? —preguntó a media voz.

—¿Es usted Dimitri? —preguntó una voz de hombre en ruso, pero con un evidente acento extranjero.

—No. Se ha equivocado.

—¿Está usted seguro de que no es Dimitri?

El cerebro de Maxim recuperó el contacto con la realidad, después de despejarse del sueño recién interrumpido, y se percató de lo que ocurría. Era el acento con el que Perkins hablaba en ruso y, sí, era su voz.

—Ahora mismo bajo.

Perkins se apartó de la puerta de acceso y buscó refugio a unos cincuenta metros, en una esquina junto a un árbol frondoso que le permitía vigilar la escena con cierta distancia. Cinco minutos después vio salir a Maxim. El joven ruso caminó de frente sin detenerse esperando que Perkins se hiciera presente de alguna manera. Cruzó la calle cuando se lo permitió el semáforo. Perkins le siguió sin acercarse, suponiendo que Maxim le estaba dirigiendo hacia algún lugar en el que encontrarse sin riesgo de ser descubiertos. Unos minutos después, Kuzmin dobló hacia la derecha en un callejón estrecho. Allí esperó. Perkins llegó un par de minutos después.

—Toma esta bolsa. Dentro hay una camiseta y una bufanda del Atlético. También tienes una entrada para el partido de esta noche. Tu asiento está al lado del mío. Allí hablaremos. Y te he traído un pasaporte español, un permiso de conducir, una tarjeta de crédito y un teléfono móvil. El tuyo déjalo encendido en tu apartamento para que piensen que sigues allí cuando ya te hayas ido. Utiliza el nuevo si lo necesitas. Mi número no está registrado en la tarjeta para evitar riesgos. Memorízalo.

—¿Cuándo me sacarás de aquí? Me van a descubrir en cualquier momento.

—Te sacaremos esta semana. Pero hablaremos esta noche.

—¿Qué está pasando? ¿Hay alguna operación en marcha fuera de Rusia? ¿Por qué el FSB sabe que hay un topo? —Kuzmin quería más información.

—Ahora no tenemos tiempo.

—Quiero saber qué está pasando. —Maxim agarró del brazo a Perkins para impedir que se marchara sin responder.

—Es mejor para ti, y para todos, que no lo sepas todavía. Cuando estés a salvo te lo contaremos.

Perkins se quitó de encima la mano de Maxim y se marchó por un lado de la calle. Kuzmin se fue por el otro.

Pablo no dijo a Maxim que su siguiente destino era el domicilio de Boris Kovalev. Tampoco eso debía saberlo. Si el espionaje ruso detenía a Kuzmin esa misma mañana, no podría contarles a dónde iba.

Otro taxi llevó a Perkins hasta el barrio de Kovalev. No quiso que le dejara en el lugar exacto. Se bajó a unos diez minutos de camino a pie. Cuando estaba a doscientos metros de la puerta afinó sus sentidos de espía. Suponía que Kovalev estaría vigilado y así era: había un coche aparcado en las cercanías con un individuo al volante y le pareció que otros dos, que estaban en esquinas distintas de la calle, también tenían un aspecto poco amistoso. Era evidente que le verían, pero tenía que actuar sin levantar sospechas, como si fuera un vecino más. No disponía de llave con la que acceder al portal, de manera que solo se acercó cuando vio que una vecina estaba a punto de salir. Entró dando los buenos días a la señora. Avanzó unos metros más para alejarse de la puerta y subió algunos peldaños de la escalera. No quería estar expuesto mientras permaneciera en el rellano. Esperó allí un minuto hasta confirmar que los vigilantes que controlaban a Kovalev no se habían movido de su sitio. Así era.

Entonces subió a pie hasta la planta en la que vivía Kovalev. No había nadie en el pasillo. Estaba despejado. Se dirigió hasta la puerta y pulsó el timbre. Los cinco segundos que Boris tardó en abrir le parecieron interminables. Pero finalmente lo hizo.

—¿Le puedo ayudar? —dijo el viejo espía en el mismo momento en que se percató de quién acababa de llamar a su puerta.

Pablo se puso el dedo índice en la boca para indicarle que guardara silencio. Estaba seguro de que habría cámaras y micrófonos en el apartamento. Por eso, ni habló ni entró. Se quedó en el pasillo.

Boris volvió un instante al interior de la casa y regresó de inmediato con las llaves. Salió, cerró la puerta e indicó a Perkins que le siguiera por el pasillo. Llegaron hasta otra escalera.

—Aquí podemos hablar —dijo Kovalev en un susurro—. En realidad, quien va a hablar es usted, supongo.

—Está en peligro, señor Kovalev. Sus colegas rusos le vigilan porque saben que está al corriente de la operación en marcha.

—¿Y para decirme esto ha venido desde tan lejos? Mire, hijo, nada de lo que me diga me sorprenderá.

—Debe huir. Debe volver a Londres. Su vida está en riesgo.

—He vuelto a Moscú precisamente por eso, mi querido joven. Si me van a eliminar, prefiero que lo hagan aquí y no en Londres. Allí sería un problema para mi hijo. Le señalarían como el hijo de un espía asesinado por traidor. Sin embargo, cuando me maten aquí harán que parezca una muerte natural, sin escándalos ni batallas entre el FSB y el MI6. Y hasta puede que me dediquen un homenaje. Conozco muy bien a mi gente. Siempre actúan así. Y mi hijo podrá vivir orgulloso.

—Debe huir.

—No hay lugar en el mundo donde pueda esconderme. Créame. Sé de lo que hablo. Es usted el que debería cuidarse. No tenía que haber venido. Váyase de Rusia cuanto antes. Y si consigue salir de aquí, vaya a Estados Unidos y trate de encontrar allí algo parecido a vida inteligente. Alguien debe parar esta locura. Y ya no queda mucho tiempo para eso.

—Hemos tomado *ciambelle fritte* con su amigo.

—¡¿No me diga?! Son ustedes unos principiantes, pero van por el buen camino. Seguramente mi amigo les dio algunas instrucciones. Háganle caso.

—Le envía un abrazo.

—Devuélvaselo cuando le vea. Y en Estados Unidos busque a Charles McKenzie.

—¿Cómo?

—Busque a Charles McKenzie. Es un colega suyo. McKenzie. No lo olvide. Salúdele de mi parte.

—Charles McKenzie —repitió Perkins para sí mismo—. No lo olvidaré. Cuídese mucho.

—Cuídense ustedes. Y ahora, en lugar de bajar por las escaleras por las que subió antes, baje por estas. Saldrá por otra puerta.

Boris hizo una pausa y agarró a Pablo por un brazo antes de terminar la conversación.

—Esto se nos ha escapado de las manos a todos, hijo.

Al salir del portal, vio a otros dos individuos que parecían vigilar la zona, pero no eran los mismos que controlaban la otra puerta y, por tanto, no le habían visto entrar unos minutos antes. Kovalev se asomó a la ventana cuando Perkins se alejaba. Ambos sabían que no volverían a verse.

Había una cola de cincuenta metros para entrar al estadio. Los aficionados del Lokomotiv de Moscú lanzaban gritos y cantaban canciones de ánimo a su equipo, mientras los cientos de hinchas del Atlético se apretaban los unos contra los otros para acceder a las gradas por la misma puerta. El proceso era largo: espera en la fila, comprobación de que la entrada no era falsa, cacheo completo y, finalmente, indicaciones para ocupar el asiento asignado. Cuando Perkins llegó al suyo, Kuzmin ya estaba allí con su bufanda y su camiseta del Atlético.

—Yo debería sentarme en la grada contraria y con otra camiseta. Soy hincha del Lokomotiv —se quejó Maxim cuando Pablo se sentó a su lado.

—Pues siento comunicarte que os vamos a ganar. La buena noticia es que lo podrás celebrar con nosotros. Te sienta muy bien esa camiseta —se burló Perkins para rebajar la tensión que los dos sentían.

El árbitro hizo sonar su silbato para que empezara el partido. Los gritos eran continuos en un lado y en otro del estadio, con los aficionados puestos en pie moviendo sus banderas y sus bufandas. Era un buen momento para dar las instrucciones a Kuzmin. Pablo le entregó un pequeño papel con unas pocas líneas escritas a mano. Maxim lo leyó con detenimiento y se lo devolvió.

—Es muy arriesgado —susurró Kuzmin.

—Cualquier alternativa es peor —respondió Perkins—. Lo hemos pensado bien.

No hablaron más hasta el descanso del partido. Entonces abandonaron la grada y buscaron la zona de los bares y los aseos, donde la gente camina de un lado a otro antes de volver a su asiento para asistir a la segunda parte del encuentro. Era un buen sitio para hablar sin ser oídos.

—El primer plan era que vinieras esta noche en nuestro avión de vuelta a Madrid con un pasaporte falso, mezclado con los demás aficionados. Pero sería arriesgadísimo. Lo más seguro es que acabáramos los dos detenidos.

—Pero no llegaré vivo hasta la frontera.

—Es tu única opción.

Perkins puso fin a la conversación y Kuzmin no insistió más. Ambos volvieron a su localidad para ver lo que quedaba de partido. Empate a uno. El árbitro pitó el final. Se despidieron con una mirada. Kuzmin abandonó la grada en dirección a los aseos, donde se quitó la camiseta y la bufanda del Atlético. Después caminó durante casi una hora. Tenía que reflexionar antes de incorporarse a su trabajo como cada noche. Era martes y el plan de huida se activaría el sábado. Faltaba demasiado tiempo. En cualquier momento alguien del FSB descubriría que el topo era él. Pero no tenía alternativa. Debía esperar unos días más y después actuaría con rapidez y, si era capaz, también con serenidad.

Moscú, 8 de octubre (a 28 días de las elecciones)

—¡¡¡Hay que encontrar al topo!!!

El grito de Mijaíl Serkin se oyó incluso al otro lado de las paredes insonorizadas y blindadas de la sala de crisis del FSB. El jefe de la inteligencia rusa y amigo personal del presidente no había dado un solo dato a nadie sobre la Operación Kazán, pero temía que una fisura en el aparato de espionaje acabara por filtrar información relevante a cualquiera de sus subordinados y eso provocara un colapso en la operación. Tenía que encontrar al topo y acabar con él antes de que todo fuera un desastre. No habría compasión para el traidor ni para los jefes del servicio de inteligencia si no daban con él.

—Creo que estamos cerca, señor —respondió el responsable del FSB—. Tenemos una imagen que ya se está analizando.

Y la lista de sospechosos se ha reducido. Empezamos con veinticinco, pero ahora son solo trece.

—¿Esos trece saben que están en la lista? —preguntó Serkin.

—Creemos que no, señor. Pero, para evitar sorpresas, ya los tenemos sometidos a una vigilancia discreta, incluso en sus casas.

—¿Dónde está esa lista?

—Son estos, señor.

El responsable del FSB pulsó el botón de un mando a distancia y en la pantalla que ocupaba toda una pared aparecieron las fotografías de trece hombres con sus nombres al pie. Uno de ellos, el quinto, era Maxim Kuzmin.

Serkin se acercó a la pantalla para observar más de cerca aquellos trece rostros.

—¿En qué departamento trabajan?

—Los hay de tres departamentos.

—¿A qué información tienen acceso?

—Algunos, a datos de contraespionaje. Rastrean llamadas telefónicas e internet en busca de mensajes sospechosos. Otros trabajan en la coordinación de operaciones en el extranjero.

—¿Cuántos se ocupan de las operaciones en el extranjero?

—Los cinco últimos de la lista, señor.

Serkin pidió más información sobre esos cinco sospechosos. Le entregaron una carpeta con detalles sobre cada uno de ellos. La revisó mientras todos los presentes en la sala guardaban silencio, expectantes.

—Son todos hombres —constató Serkin a la vista de las fotografías e insinuando una pregunta sin llegar a plantearla.

—Por la fotografía que tenemos del sospechoso, es un hombre, o eso nos parece.

—Quiero verla.

Un segundo después, la pantalla mostraba la imagen borrosa captada desde una cierta lejanía por la cámara de seguridad de un centro comercial. Se veía a un hombre con ropa deportiva y una gorra que ocultaba su rostro. Parecía joven, por su aspecto físico. Estaba a punto de entrar en los baños.

—¿Cuándo podrán identificarlo? —presionó Serkin.

—Si todo va bien, quizá tengamos la respuesta antes de que termine la semana.

—Puede ser demasiado tarde —dijo Serkin.

—Trabajamos lo más rápido que podemos, señor.

Serkin volvió a mirar la fotografía antes de dirigirse otra vez a los presentes.

—¿Quién es este? —Impaciente, señaló un nombre en la carpeta.

—Maxim Kuzmin —respondió el responsable mientras pulsaba el botón para que su rostro apareciera en la pantalla.

Serkin miró fijamente los rasgos faciales de ese joven sin apenas respirar. Estaba obsesionado con encontrar al topo de inmediato y ocuparse de él.

—¿Qué saben de Kuzmin?

—Es un buen analista. Lleva tiempo trabajando en el turno de noche. Ese horario coincide con la tarde en Estados Unidos y Canadá. Por eso se ocupa, sobre todo, de asuntos que tienen que ver con Norteamérica. Pero también de otros países. Ha hecho algunos trabajos importantes, que nos han permitido descubrir a varios traidores y también a algunos agentes extranjeros. Kuzmin es quien dio el primer aviso de que había un mensaje sospechoso transmitido de Moscú a Suiza.

—Si fue Kuzmin quien nos dio esa información, ¿qué motivo hay para sospechar de él?

—Su tipología física. Es similar a la del hombre del centro comercial. Los otros doce también tienen esa misma tipología. No hemos querido descartar a ninguno, aunque Kuzmin no es el primer candidato. Estamos focalizando la vigilancia con más intensidad en otros, pero vigilamos a todos.

—¿Qué tipo de vigilancia?

—Tenemos agentes controlando los exteriores de sus viviendas. Hacemos seguimientos cuando salen. También tenemos micrófonos en las casas de todos. Y hemos colocado cámaras en siete: en las de los principales sospechosos.

—¿Por qué no se instalan cámaras en todas?

—No disponíamos de equipos suficientes hasta hoy y hemos tenido que seleccionar.

—¡¿Cómo es posible?! —bramó Serkin—. ¡¿Rusia no dispone de cámaras de vigilancia para trece sospechosos?!

—Ayer no, señor. Hoy ya sí. Los agentes están a la espera de que salgan de casa los seis sospechosos a quienes aún no les hemos instalado las cámaras. En cuanto salgan, entraremos a colocarlas. Esta noche tendremos imagen de todos.

—¡Es increíble! ¡Es intolerable! ¡Quiero un informe sobre esas carencias! ¡Pongan ya esas cámaras!

—Lo haremos de inmediato, señor.

Todos los presentes en la sala se quedaron en silencio observando al furioso jefe del espionaje, a la espera de alguna nueva reacción. Serkin volvió a mirar la imagen de Kuzmin en la pantalla durante varios segundos más, hasta que se encaminó hacia la puerta. Pero antes de salir dio media vuelta, miró a sus subordinados y lanzó una advertencia.

—Tienen cuarenta y ocho horas para encontrar al topo. Ni una más.

Serkin salió de la sala a paso ligero dejando atrás a un grupo de altos responsables del espionaje atemorizados ante las consecuencias que pudiera tener el incumplimiento de esa orden. Eran las cinco de la tarde del jueves. No disponían de mucho margen.

Moscú, 10 de octubre (a 26 días de las elecciones)

La imagen que ofrecía el espejo era desoladora. Las ojeras estaban tan marcadas que parecían recién esculpidas con un cincel. Los ojos, vidriosos, podían quebrarse como el parabrisas de un coche cuando le golpea una piedra a gran velocidad. Sentía los labios resecos, como si llevaran un día entero quemándose al sol. Pero no era eso lo que había ocurrido. La realidad es que acababa de llegar a casa después de una larga noche de trabajo en la oficina de los analistas del FSB, no había dormido desde hacía más de quince horas y no podría dormir en las siguientes, porque estaba a punto de iniciar la mayor y más peligrosa aventura de su vida. Maxim Kuzmin tenía que huir. Ya era un traidor y ahora se iba a convertir en un desertor. Se sentía como si caminara sobre una fina placa de hielo que crujiera bajo sus pies, a punto de hundirse en las frías aguas de un lago en invierno.

La tarde anterior visitó a su madre. Ella no lo sabía, pero era la última vez que iba a ver a su hijo. En realidad, la anciana no sabía eso ni casi nada. Estaba en una residencia para personas mayores con problemas de salud. Sufría un progresivo deterioro de sus capacidades cognitivas. Todavía, en algún momento fugaz, reconocía a su hijo cuando lo veía, aunque no siempre ocurría. Lo que sí había olvidado para siempre era buena parte de su vida.

Fue funcionaria en el ayuntamiento de Moscú. Tenía una pensión baja, pero suficiente para sufragar el gasto de la residencia. Aun así, Maxim aportaba dinero periódicamente para que siempre dispusiera de lo necesario.

La enfermera le condujo hasta una sala. Estaba sentada en un sillón mirando a través de la ventana hacia el jardín.

—Hola, mamá.

La anciana no respondió ni dejó de mirar por la ventana. Su hijo cogió la mano de su madre y la acarició. Intentó que se pusiera en pie y lo consiguió con alguna dificultad. Caminaron agarrados del brazo hasta el jardín. El sol hacía que la temperatura fuese agradable para pasear.

—¡Max! ¡Cariño! —De repente la mujer parecía tener un instante de lucidez.

—¿Cómo estás, mamá?

No hubo respuesta. Maxim acompañó a su madre durante más de una hora paseando por los jardines de la residencia. No había forma de mantener una conversación lógica. Pero la anciana sonreía. Parecía feliz y episódicamente hablaba con su hijo como si recuperara la consciencia. De nuevo ocurrió después de veinte minutos de silencio.

—¿Qué tal está tu amiga? Se llama Sonja, ¿verdad?

—Está muy bien. Le daré saludos de tu parte.

—Parece buena chica. ¿No te gusta?

—Somos buenos amigos.

—Sé cariñoso con ella.

—Lo soy, mamá.

La oscuridad volvió de nuevo al cerebro de la anciana, que se sumió en una nueva fase apenas contemplativa, como si el mundo se moviera a su alrededor, pero ella solo fuese una espectadora silenciosa y extraviada.

Después de un largo rato de paseo, Maxim abrazó a su madre como no recordaba haberlo hecho nunca. Ella notó el cariño de aquel abrazo, aunque no podía procesarlo en su mente desordenada. Solo era una sensación instintiva. Su hijo la besó en la frente. Ella no necesitaba otra cosa. Maxim trató de reprimir las lágrimas. Consiguió hacerlo, pero solo hasta que se despidió de su madre y cerró la puerta de la residencia a su espalda. Entonces lloró desconsolado. Daba por seguro que no volvería a verla. Y también daba por seguro que, si pudiera verla de nuevo, para entonces ella quizá ya habría olvidado que tuvo un hijo.

A la mañana siguiente, sábado, estaba listo para iniciar su viaje sin retorno. Las instrucciones eran claras: saldría de su apartamento tratando de no ser visto y alquilaría un coche con el pasaporte español, el permiso de conducir y la tarjeta de crédito que le había entregado Perkins cuatro días atrás. El pasaporte no tenía el sello de entrada a Rusia, pero suponían que en la oficina de alquiler de coches no se fijarían en ese detalle. No suelen hacerlo, porque no es asunto suyo. Correría el riesgo. Maxim conduciría hasta la frontera con Finlandia y allí trataría de pasar el control con su verdadero pasaporte ruso, porque los guardias fronterizos, al contrario que el empleado de la empresa de alquiler de coches, sí se percatarían de la falta del sello que debieron estampar en el pasaporte español cuando hubiera llegado al aeropuerto de Moscú. Y prefirieron no falsificarlo porque podría ser aún peor. Era un peligro que no iban a asumir.

Encendió la televisión de su apartamento y puso el volumen a un nivel medio, el habitual. Sabía que tenía varios micrófonos repartidos por la casa. Había detectado dos la noche anterior y no dudaba de que habría más. La buena noticia era que no encontró ninguna cámara. Eso no le hacía estar seguro de que no las hubiera, pero quiso confiar en que, en ocasiones, hasta los más diestros en el arte del espionaje pueden fallar. Si había cámaras, estarían viendo lo que ocurría allí y tardarían minutos en proceder a su detención. Estaba preparado ante esa eventualidad. Pero, de momento, seguía adelante con su plan.

El ruido de la televisión mantendría ocupados a quienes monitorizaran las escuchas. Mientras, Maxim se daba la última ducha en el que fue su hogar durante unos años. Después, con sigilo, metió unas pocas cosas básicas en una mochila, se vistió con un pantalón vaquero, camisa, cazadora y zapatillas deportivas, y se preparó para salir sin ser visto.

Miró desde la ventana tratando de identificar a posibles observadores que le estuvieran vigilando en la calle. Rápidamente vio a dos que controlaban la puerta principal del edificio. Y creía que habría alguno más en la parte de atrás, aunque no podía asegurarlo desde su posición.

Esos hombres estaban a la espera de que Kuzmin saliera del edificio. Dos de ellos procederían a su seguimiento a pie o en coche. Otros dos entrarían en el apartamento para instalar las cámaras de vigilancia que ahora sí tenían. Pero Kuzmin seguía arriba. Eso pensaban.

Maxim llegó a la conclusión de que no podría salir a pie sin ser visto. La única manera de pasar desapercibido sería meterse en el coche de algún vecino. Abandonó para siempre su teléfono móvil en el apartamento. Lo dejó encendido y enchufado para que no se apagara por falta de batería y siguiera emitiendo su señal de posición para quien lo estuviera monitorizando, como le había indicado Perkins. Apagó el volumen para eliminar el sonido de las llamadas o de los mensajes que pudiera recibir. Sería sospechoso que el móvil sonara y nadie respondiera. Abrió la puerta y comprobó que el pasillo estaba vacío, pero cuando se apresuraba a marcharse se percató de algo: olvidaba su cajita de ajedrez. No se iría sin ella. Estaba encima de la mesa del salón. La guardó en su mochila y bajó por las escaleras con el sigilo al que obligaban las circunstancias. Llegó hasta el sótano 1, la primera planta del *parking*, y se ocultó detrás de una columna. Allí esperó hasta estar seguro de qué coche elegir. Casi todos eran modelos recientes, modernos, consistentes, y eso dificultaba la labor de abrir sus puertas por la fuerza y ponerlos en marcha sin llave. Pero al fondo vio un viejo Lada. Debía de tener cerca de treinta años y esa era la buena noticia: la cerradura sería frágil y hacer el puente para arrancarlo era casi un juego de niños.

Caminó a paso rápido hasta el Lada y empezó a manipular la puerta, pero un hombre entró en el *parking* en ese momento. Kuzmin se arrojó al suelo para esconderse hasta que el vecino se metió en su coche y emprendió la marcha. Se puso en pie de nuevo, maniobró en la cerradura, consiguió que cediera y entró. Buscó los cables, los peló y al tercer intentó consiguió que el motor se pusiera en marcha. Comprobó que había poca gasolina en el depósito, pero no necesitaba mucha. Le bastaba con salir del *parking* y recorrer unos cientos de metros para alejarse del lugar sin ser visto.

Buscó el mando a distancia para abrir la puerta del garaje, pero no lo halló. Ese era un problema, porque le obligaría a esperar a que saliera otro coche para ir detrás. Eso podía ocurrir pronto o tarde, y empezaba a tener prisa por escapar. Por suerte, antes de que pasaran cinco minutos alguien apareció, se subió a otro coche y se encaminó hacia la salida, accionó el mando y la puerta se abrió. Kuzmin se puso detrás, bajó el parasol con el objetivo de dificultar su identificación desde fuera y salió del lugar hasta perderse por las calles de Moscú.

Miró por el retrovisor tratando de comprobar si le seguían. Creía que no, pero era imposible tener la seguridad completa. Se dirigió a un centro comercial cercano, entró en el *parking* subterráneo, aparcó el coche y lo abandonó. No había mucha gente porque era temprano, pero aun así pudo perderse por una esquina del recinto hasta salir al exterior. Paró un taxi y pidió que le llevara a una calle paralela a la de la oficina de alquiler de coches. Evitó que le dejara en la puerta. Iría andando.

Allí alquiló un BMW. Necesitaba un coche que tuviera velocidad por si la necesitaba para escapar de una posible persecución. En efecto, tal y como suponía, el empleado de la oficina no prestó atención a los sellos del pasaporte, solo al nombre que figuraba en él. Fotocopió el permiso de conducir español y cobró el servicio con la tarjeta de crédito. Todo en orden. Kuzmin habló en un ruso deficiente, tratando de disfrazarlo con acento español. No tuvo que esmerarse demasiado. Al oficinista le bastaba con confirmar que el pago se había realizado correctamente. Lo demás le daba lo mismo. Le entregó la llave, le dio un mapa de carreteras de cortesía y le deseó buen viaje.

Maxim puso su mochila —el único equipaje que llevaba— en el asiento del acompañante, buscó el teléfono móvil que le había entregado Perkins y utilizó una aplicación de navegación para que le marcara la ruta a seguir. Destino: Vaalimaa, el puesto fronterizo entre Rusia y Finlandia. Tardaría entre diez y doce horas en recorrer la distancia de novecientos kilómetros, dependiendo de las circunstancias que pudiera encontrar por el camino.

Dejó atrás Moscú y cuatro horas después se detuvo en una estación de servicio para recargar el depósito, descansar y comer algo. Pero también para comprobar si le seguían. Repostó gasolina, aparcó el coche junto al bar de la carretera y entró al baño. Al salir, buscó con la mirada a posibles vigilantes. Sospechó de dos hombres que estaban en un lado de la barra. Pidió una bebida y un bocadillo. Se sentó en una mesa junto a la ventana. Desde allí podía ver a esos dos hombres dentro del bar y también a quien pudiera haber fuera, junto a los coches aparcados.

Los sospechosos salieron a los pocos minutos, subieron a una furgoneta y se marcharon. Falsa alarma. Y en el aparcamiento solo se veían personas que entraban o salían de la gasolinera o del bar. Kuzmin terminó su consumición, subió al BMW y desapareció por la carretera en dirección a San Petersburgo, siguiendo su camino hacia Finlandia.

En Moscú, los agentes que vigilaban el edificio de apartamentos en el que había vivido Kuzmin empezaban a impacientarse.

—Sigue dentro —dijo a través de su móvil el jefe del operativo sobre el terreno—. Los de las escuchas dicen que la televisión está puesta.

—Quizá haya decidido pasar el sábado en casa —pensó en alto el responsable que dirigía a los agentes desde las oficinas del FSB—. Esperad un poco más. No podemos correr el riesgo de entrar por las bravas y que luego Kuzmin resulte ser inocente. Nos despedirían a todos.

—Recibido.

A esa hora de la tarde, Kuzmin llevaba ya siete horas de viaje. El navegador le indicaba que antes de que pasaran tres horas estaría en la frontera. Paró de nuevo en otra estación de servicio. No necesitaba más gasolina. Tenía suficiente combustible para llegar a su destino. Pero sí quería ir al baño y tomar un café que le ayudara a mantenerse alerta. De paso, volvería a comprobar si alguien le seguía. Todo parecía normal. Regresó al coche y reanudó el viaje.

Una hora y media después, el responsable del equipo que vigilaba a Kuzmin recibió una nueva llamada de la central.

—¿Sigue dentro?

—No ha salido y la televisión está encendida.

—¿Y el teléfono?

—Está en la casa. Lo tenemos localizado.

—¿Ha sonado alguna vez? ¿Ha recibido mensajes? ¿Habéis oído a Kuzmin descolgar el móvil para hablar con alguien?

—No.

—¡¿En ocho horas no ha hablado con nadie?! ¡¿Somos estúpidos o qué?! ¡¿Cómo va a llevar todo el día sin hablar por teléfono?! ¡¡¡Subid de inmediato al apartamento a ver si está!!! ¡¡¡Seguro que se os ha escapado!!!

—¡Vamos ahora mismo!

El jefe dio orden a uno de sus subordinados para que le acompañara. Llamaron a varios vecinos hasta que alguien les abrió la puerta del portal. Uno de los agentes subió por el ascensor y el otro por la escalera. Forzaron la cerradura para entrar. La televisión seguía encendida. El móvil estaba en la mesilla de noche y enchufado para que no se descargara la batería. Pero no había rastro de Kuzmin. Ya era evidente: el topo era él. Pero también era evidente que había escapado.

—¡No está! —gritó al teléfono el jefe del operativo—. ¡Mierda, mierda, mierda!

El responsable del FSB colgó el móvil casi con violencia y marcó otro número. Llamó a Serkin.

—El topo es Kuzmin, pero ha huido.

Serkin dio varios gritos que asustaron al secretario que estaba al otro lado de la pared. Amenazó con despedir a todo el equipo de investigación y con encerrar a cada uno de sus miembros en alguna cárcel lejana.

—¡¡¡Cuando estéis famélicos en Siberia os mataré con mis propias manos!!!

Sin haber recuperado la serenidad, Serkin ordenó que enviaran la foto de Kuzmin a todos los policías de Rusia, especialmente a los de fronteras, y que les dijeran que se trataba de un peligroso asesino que se hacía pasar por agente del FSB. Eran las ocho de la tarde. En ese momento, Maxim Kuzmin ya tenía a la vista el puesto fronterizo por el que pretendía cruzar a Finlandia. Había llegado hacía cuarenta minutos y se topó con una larga fila de coches y camiones esperando para pasar el control de pasaportes y la aduana. Pero para el momento en el que Moscú dio la orden de búsqueda y captura, ya solo tenía delante tres vehículos. Si todo iba bien, en quince o veinte minutos habría realizado los trámites y saldría de Rusia para siempre. Estaba impaciente y asustado.

—Buenas noches. Pasaporte, por favor.

El agente de fronteras pidió la documentación a Kuzmin con la pretendida severidad con que lo suelen hacer todos los componentes de ese gremio en cualquier lugar del mundo.

—¿Puede abrir el maletero, por favor?

Kuzmin salió del coche y se dirigió al maletero. Lo abrió. No había nada.

—¿Sale usted de viaje sin equipaje?

Solo voy a estar fuera hasta mañana. Lo que necesito lo llevo en la mochila.

—¿Puedo verla? —La pregunta era una orden.

—Por supuesto.

Kuzmin dio dos pasos hasta la puerta del acompañante, la abrió, agarró la mochila, corrió la cremallera y mostró su interior al agente.

—¿Eso es todo?

—Ya le digo que es solo para un día.

El policía empezaba a dudar seriamente de lo que le contaba Maxim.

—Cierre el coche con llave y acompáñeme a la oficina, por favor —dijo el agente con tono imperativo.

—No es necesario...

—Aunque se lo diga con amabilidad, no se lo estoy pidiendo. —El policía interrumpió bruscamente a Kuzmin, dejando claro que le estaba dando una orden.

Maxim vio que la situación empezaba a ser peligrosa y decidió jugárselo todo a un solo movimiento.

—Soy oficial del FSB. Estoy en una misión.

Los dos hombres se miraron fijamente durante unos segundos.

—Demuéstremelo, pero si hace un movimiento que no me guste, le pego un tiro aquí mismo.

—Si me lo permite, voy a sacar mi identificación. La tengo en el bolsillo interior de mi chaqueta. No voy armado.

—Hágalo con mucho cuidado y lentamente —amenazó el policía con la mano apoyada en la pistola que tenía en un costado.

Kuzmin buscó en el bolsillo de su chaqueta muy despacio y sin dejar de mirar al agente. Sacó la tarjeta y se la entregó. El policía vio la fotografía y leyó los datos.

—Maxim Kuzmin... Tengo que comprobarlo con mi superior. Venga conmigo. No haga un movimiento raro.

El corazón latía muy rápido dentro del pecho de Maxim. Acababa de asumir un riesgo enorme. No sabía si iba a salir de la oficina en libertad o esposado.

—Capitán, este hombre dice ser agente del FSB y quiere pasar a Finlandia. Asegura que está en una misión. No lleva equipaje.

—¿Maxim Kuzmin? —preguntó el jefe después de revisar la identificación que le entregaba su subordinado.

—Sí, señor.

—No tengo ninguna notificación de que por esta frontera vaya a pasar un agente del FSB. Nos avisan cuando eso va a ocurrir.

—Con el debido respeto, señor. Les avisan cuando se trata de una operación de rutina. Si la misión tiene más importancia, se suele guardar el secreto.

—Si eso es así, usted ha hecho muy mal su trabajo, porque le hemos detectado.

—Es posible que tenga usted razón, pero yo no considero peligroso avisar a la policía rusa de una misión en la que esté trabajando. Por eso se lo he dicho al agente.

—Voy a llamar a Moscú para confirmar si lo que me dice es cierto.

—Si hace eso, el FSB no va a tener más remedio que suspender la misión porque ya la conoce demasiada gente y eso no va a gustar a mis jefes. Podrían tomar alguna represalia contra ustedes por haber interrumpido el tránsito de un agente con la documentación en regla, desarmado y que no parece suponer ningún peligro. Y, además, habrían paralizado una operación en marcha sin ningún motivo.

El jefe del puesto fronterizo se mantuvo en silencio durante unos segundos reflexionando sobre lo que acababa de oír. No quería líos. Miró de nuevo la tarjeta de identificación de Maxim. Dudó. Le resultaba irritante la actitud ensoberbecida de ese joven del FSB. «Se creen los reyes del universo», pensó para sí. No tenía ganas de asumir el riesgo de ser represaliado por el servicio de espionaje, como decía Kuzmin, pero tampoco iba a rendirse del todo.

—Voy a comprobar si hay alguna orden de detención contra usted. Si no la hay, podrá seguir con su misión. De aquí no saldrá una sola palabra.

Maxim temió lo peor. No sabía si para entonces el FSB habría lanzado ya alguna alerta para proceder a su detención. Y si tal orden existía, era obvio que llegaría en primer lugar a las fronteras.

El jefe del puesto escribió el nombre de Kuzmin en el ordenador esperando una respuesta. Después de cinco segundos, en la pantalla apareció el mensaje de que no se buscaba a ningún Kuzmin. Aun así, el policía abrió la lista de individuos en busca y captura, con la foto de cada uno. Quería ver las caras de aquellos hombres, por si el nombre no coincidiera, pero el rostro sí. Se tomó un rato para hacerlo. No tenía prisa y, además, disfrutaba maltratando psicológicamente a ese joven de comportamiento tan engreído. Al cabo de varios minutos, levantó la cabeza, estiró el brazo y devolvió la tarjeta a Kuzmin.

—Es una estupidez ir a una misión secreta con un carné de identificación del FSB. ¿No le parece? La policía finlandesa le puede detener y habrá un problema grande cuando vean que es usted un espía.

Maxim rebuscó en el disco duro de su cerebro una respuesta adecuada para salir de ese apuro, para el que no se había preparado.

—Quizá tenga razón, pero usted no me ha detenido precisamente porque llevo encima este carné.

El jefe de policía empezaba a estar muy alterado con aquella situación, pero no quería meterse en más problemas potenciales con las autoridades de Moscú.

—Váyase.

Kuzmin trató de disimular su euforia, dio media vuelta y salió de la oficina. Entró en el coche y empezó a avanzar hasta el puesto fronterizo de Finlandia, que era el siguiente obstáculo. La tensión le hacía sudar en abundancia. Había tenido mucha suerte al conseguir que los policías no llamaran a Moscú. Y, algo más: había sido también muy afortunado porque el agente ruso no le pidió la documentación del coche, elaborada con un pasaporte y un permiso de conducir españoles. Ambos falsos. Tenía uno de esos documentos en el zapato izquierdo bajo la planta del pie y el otro en el zapato derecho bajo la planta del otro pie. No los había destruido por si en el camino le paraban los agentes de tráfico y tenía que justificar el alquiler del coche.

En el puesto fronterizo finlandés los trámites fueron más sencillos. El policía miró el pasaporte ruso de Kuzmin con cierta rapidez, porque tenía una larga fila de coches detrás y quería agilizar el paso. Pidió que abriera el maletero, comprobó que estaba vacío, selló el pasaporte con desgana y precipitación, se lo devolvió a Maxim y le dijo que continuara. En ese momento, Kuzmin miró por el retrovisor. Tenía varios coches detrás, muy cerca. Pero enfocó la vista incluso más atrás, hacia el puesto ruso, y vio como salían corriendo a toda velocidad varios agentes de fronteras en dirección al puesto finlandés.

Kuzmin pisó con suavidad el acelerador, pasó la frontera y entró en Finlandia.

Solo un minuto antes, una llamada urgente procedente de Moscú se había recibido en la oficina rusa de la frontera con la orden de detener a un tal Maxim Kuzmin. Se trataba, según decía el comunicante, de un peligroso asesino que se hacía pasar por agente del FSB.

Media hora después, los agentes encargados de controlar la frontera rusa, los mismos que habían permitido pasar a Kuzmin, salían del puesto esposados por policías de otro departamento. El jefe de los servicios fronterizos de Rusia fue detenido en su propio despacho de Moscú. También salía esposado el máximo responsable del FSB y varios de sus subordinados de mayor rango. No se informó sobre su destino. Pasado un mes, sus familias seguían sin conocer su paradero. La orden procedía del responsable del espionaje ruso y amigo del presidente Karlov, Mijaíl Serkin.

La segunda orden que dio Serkin después de purgar a la cúpula del FSB y del servicio de control de fronteras fue activar a sus espías en Finlandia.

—Acaba de cruzar la frontera de Vaalimaa. Va en un BMW blanco matrícula de Moscú. Hombre joven. Mide un metro ochenta. Lleva documentación falsa. Ahora te envío varias fotografías. Si lo encuentras, no actúes. Pero no le quites el ojo.

La voz en el auricular del móvil era de su oficial de contacto en Moscú. La llamada la había recibido Heli Salminen, una joven oficial del servicio de inteligencia finlandés con destino habitual en la zona fronteriza con Rusia, pero agente doble a sueldo del FSB.

—Estoy a cinco minutos. Voy para allá.

Salminen recorrió a toda velocidad los pocos kilómetros que le separaban de Vaalimaa.

Kuzmin siguió las instrucciones de Perkins. Nada más cruzar la frontera, a la derecha hay un centro comercial llamado Zsar, un *outlet* con un amplio aparcamiento en superficie. Debía dejar el coche allí y encontrarse con Teresa en el arco de entrada a la zona de tiendas. Se vieron. No se saludaron. Teresa caminó aceleradamente hacia un Audi 6 rojo aparcado a pocos metros. Kuzmin la siguió a cierta distancia. Solo aceleró para entrar en el coche cuando escuchó que el motor se ponía en marcha.

Teresa enfiló el carril que los alejaba del *outlet* y que llevaba hasta la salida del recinto y la carretera general. En ese momento, entraba por el carril contrario un Mercedes Clase A de color blanco conducido por Salminen. La agente doble vio venir de frente el Audi rojo y se fijó en sus ocupantes. Conducía una mujer joven. Al acompañante lo identificó de inmediato, aunque solo pudo poner sus ojos en él durante apenas un segundo. Era el hombre de la foto que acababa de recibir.

Salminen continuó su marcha para no despertar sospechas, pero en cuanto vio por el retrovisor que el Audi se alejaba por la carretera, dio media vuelta de un volantazo y empezó a seguirlo en la distancia.

—Oye, Siri, llama a *isä* (papá, en finés).

Era el nombre con el que guardaba en la agenda de su móvil iPhone a su contacto en Moscú y lo activó con el manos libres.

—¿Ya?—respondió con una pregunta, la voz al otro lado del teléfono.

—Soy su dama de compañía. De momento, vamos en dirección a la capital. Pero no está solo ni en un BMW. Va en un Audi rojo con una mujer. El BMW lo ha dejado en el aparcamiento.

—No me separo del teléfono.

—Te llamaré.

En el Audi, que iba unos cuatrocientos metros más adelante, Kuzmin puso a Teresa al tanto de las novedades. Le contó lo ocurrido en la frontera y que el FSB había puesto ya en marcha un operativo para darle caza.

—¿Tienes todavía los documentos españoles? ¿El pasaporte, el permiso de conducir y la tarjeta de crédito? —preguntó alterada Teresa mientras mantenía la vista en la oscuridad de la carretera.

Sin decir palabra, Kuzmin se dobló sobre sí mismo, se quitó los zapatos y sacó los documentos del interior de sus calcetines.

—Hay que deshacerse de eso —dijo Teresa.

Un par de kilómetros más adelante, la espía española desvió el coche por una vía de servicio hasta una zona de descanso en la carretera. No había nadie. Llevó el coche a un lugar apartado, junto a un grupo de árboles frondosos. Cogió los documentos, unas tijeras, una lata de conservas vacía que había guardado en su mochila para usarla en ese momento y un mechero. Cortó los documentos en trozos muy pequeños y encendió el mechero para quemarlos. Al cabo de unos minutos, los restos de los documentos estaban chamuscados e irreconocibles dentro de la lata. Ahora, eran polvo que esparcieron por el bosque. Ya no existían.

Mientras estaba en esas operaciones, el Mercedes blanco pasó de largo por la carretera, pero vio que el Audi estaba parado en la zona de descanso. Salminen continuó la marcha, pero redujo la velocidad. Un poco más adelante, salió de la ruta en la entrada de un camino forestal. Allí detuvo el coche y apagó las luces. Suponía que era cuestión de minutos que Kuzmin y la mujer que conducía el coche pasaran por allí. Y así fue. Un momento después, el Audi rojo reanudó su camino.

Salminen esperó unos segundos, volvió a la carretera y de nuevo activó su móvil.

—Oye, Siri, llama a Jyrki.

El tono de llamada sonó dos veces antes de que respondiera una voz de hombre.

—Estoy en Porvoo. Toma nota: Audi 6 de color rojo, matrícula LBG-785. Un hombre y una mujer. Jóvenes.

—Lo tengo.

Jyrki colgó el teléfono, cogió una chaqueta, las llaves del coche y salió de un apartamento en Söderkulla, a menos de veinticinco kilómetros de Porvoo en dirección a Helsinki. Entró en un Volkswagen Golf de color gris y se situó en un lateral de la carretera desde donde podía ver con claridad a los coches que pasaban. Diez minutos después apareció un Audi rojo con la matrícula que tenía apuntada. El Golf inició la marcha y se situó unos doscientos metros por detrás.

Heli y Jyrki realizaban este tipo de tareas para el FSB con cierta regularidad y eran bien recompensados. Si se hacía el seguimiento con un solo coche durante muchos kilómetros, los perseguidos podrían percatarse más fácilmente de que tenían a alguien detrás. Por eso era mejor hacerlo con dos coches.

—Oye, Siri, llama a Heli.

—¿Lo tienes?

—Justo delante.

—Ya te veo. Estoy tres coches por detrás de ti. Me alejaré un poco más. No cuelgues.

—Recibido.

—No sé si irán al centro.

—Lo sabremos pronto. Estamos a punto de llegar a la E18. Ahí tienen que optar por seguir de frente hacia la ciudad o coger la circunvalación.

En efecto, el Audi rojo tomó la E18 hacia el norte. No iban al centro. Unos kilómetros después tomaron la salida de la 45.

—¿Van al aeropuerto? —dijo Salminen en el teléfono.

—No. Siguen hacia el norte.

—No los pierdas de vista.

—Los tengo delante.

El Audi se apartó de la 45 y dobló a la derecha.

—Se han metido en una zona residencial. Calle Laaksotie, dirección sur. Ahora doblan a la izquierda por Purotie. Y ahora, la primera a la derecha, que no sé cómo se llama. No les puedo seguir en esta calle tan pequeña porque se podrían dar cuenta.

—Aparca ya y ve a pie. Yo estoy llegando.

—Recibido.

Estacionó el coche. La zona estaba oscura, pero a unos cien metros vio el Audi rojo entrar en el garaje de una casa. Se acercó a pie, pero optó por permanecer oculto y observar. Cogió el móvil, activó la cámara, hizo *zoom* sobre la pantalla para acercar la imagen y tomó varias fotografías del vehículo antes de que desapareciera en el interior del garaje de la casa.

—Están localizados. El coche ha entrado en una casa y ellos están dentro. Tengo un par de fotos, aunque creo que demasiado lejanas. Y está oscuro.

—Quédate ahí y espérame.

El Mercedes de Heli Salminen apareció un minuto después. El frío ya era intenso. La temperatura no superaba los cuatro grados y bajaría aún más durante la madrugada.

—Ve al fondo de la calle. Yo me quedo en este lado —dijo Salminen en el teléfono.

Su compañero le indicó la vivienda que debía vigilar, le envió las fotos y se situó donde decía Heli. Ambos, cada uno en un coche y en un lado distinto de la calle, se prepararon para una larga noche en vela dentro de sus vehículos, con la calefacción bien alta y varios litros de café para no dormirse. Siempre que salían de casa para una misión llevaban un termo lleno, por si acaso.

—Hay un vuelo de Finnair a Zúrich a las siete cincuenta y cinco de la mañana —informó Teresa a Maxim en el salón de la casa—. Este es un nuevo pasaporte español, aunque ni aquí en Finlandia ni en Suiza tendrás que pasar el control de policía porque son países que están en territorio Schengen. Solo te lo pedirán en la puerta de embarque para comprobar que el nombre coincide con el de la reserva del vuelo. Aquí la tienes. Esta es una tarjeta de crédito para los gastos que necesites hacer. También te doy quinientos euros y quinientos francos suizos en efectivo. Si necesitas más dinero en metálico, puedes sacar en cualquier cajero. Este móvil tiene una tarjeta con un número de España.

—¿Y qué hago en Zúrich?

—Coge un taxi en el aeropuerto y ve a Sihlcity. Es un centro comercial que está en las afueras. Allí busca un Starbucks. Está en una placita. No tiene pérdida. Al entrar hay cuatro o cinco escalones a la izquierda para bajar hasta el mostrador. Y a la derecha del mostrador hay una mesa junto a un ventanal. En esa mesa estará Pablo desde las once de la mañana hasta la una del mediodía. Si en esas dos horas no apareces, Pablo se marchará, pero volverá a las tres de la tarde y te esperará durante una hora más, hasta las cuatro. Y si tampoco apareces, entonces te llamará al móvil. Será el último recurso, porque lo mejor es que no te hagamos llamadas de teléfono.

—¿Y no sería mejor que yo pudiera llamar a Pablo si tengo un problema?

—No te voy a dar el número de Pablo ni el mío. No podemos correr el riesgo de que nos llames. Si tienes algún problema en Zúrich, no te podremos ayudar. Lo siento. Te tendrás que apañar tú solo hasta encontrarte con Pablo. Él te dará más instrucciones. No disponemos de gente de apoyo. Para tenerla nos habríamos visto obligados a contar la historia completa al CNI y a la CIA, y eso podría tener consecuencias imprevisibles. No nos queda otro remedio que asumir riesgos. A nosotros y a ti. Tenemos que seguir actuando por libre.

—¿Me tendré que quedar en Zúrich?

—Te lo contará Pablo. Ahora es mejor que no sepas nada más porque, si el FSB te encuentra, te sacaría la información, y un problema que ahora es solo tuyo se convertiría en un problema nuestro. Si caes tú, no sirve de nada que caigamos también Pablo y yo.

Maxim miró con desconfianza a Teresa. No le gustaba ir a ciegas. Pero no tenía alternativa.

—Te he preparado un *trolley* con algo de ropa. Te he comprado un traje, una camisa, una corbata, un abrigo, ropa interior y unos zapatos elegantes. Te harás pasar por un hombre de negocios que está de viaje por Europa. También tienes un maletín de ejecutivo. La mochila la dejarás aquí. Saca lo que necesites. En el maletín tienes varias carpetas con membrete de una empresa española de informática. Si alguien te pregunta, podrás responder con soltura, porque la informática es tu especialidad. También llevas un ordenador portátil en el que ya hay documentos e informes de esa misma empresa, como si los hubieras elaborado tú. Y en el baño tienes un neceser con productos de aseo.

—¿A qué hora nos vamos?

—Irás tú solo al aeropuerto. Saldrás por el otro lado, a la calle paralela, aunque me temo que si el FSB nos tiene localizados, habrá agentes en toda la zona. Pero no tenemos elección. Tendrás que saltar la valla trasera de la casa y atravesar el jardín de los vecinos. Un taxi vendrá a recogerte a esa calle a las siete menos cuarto. Desde aquí, apenas tardarás diez minutos en llegar a la terminal. Ya llevas tarjeta de embarque y no tienes que facturar equipaje, así que puedes ir directamente al control de seguridad y al avión sin pasar por el mostrador.

Maxim revisó todo lo que Teresa le acababa de dar y vio que el *trolley* ya estaba preparado. Él nunca había tenido una maleta tan bien organizada, con todo limpio y planchado. Se dio una ducha reconfortante. Había sido un día muy duro y le esperaban más días duros por delante.

—Necesito hacer una gestión con mi banco por internet.

—Puede ser peligroso. Nos estarán rastreando en la red.

—Tengo que transferir mi dinero a la cuenta de mi madre. Es imprescindible para que la sigan tratando en la residencia.

—¿Por qué no lo haces cuando estés a salvo?

—Para entonces me habrán bloqueado el dinero, si es que no lo han hecho ya.

Teresa dudó por un momento, pero no se podía negar.

—Utiliza este móvil.

Entregó a Maxim un teléfono con línea de una compañía finlandesa. En dos minutos, Kuzmin vació su cuenta bancaria para transferir sus ahorros en rublos a la cuenta desde la que se pagaban los gastos para el cuidado de su madre. Había llegado a tiempo. Pero aún quería algo más.

—¿Qué está pasando? —preguntó a Teresa.

—No debes saberlo todavía. Pronto te lo contaremos. Pero es necesario que tú sí me cuentes lo que sabes.

Maxim tenía muchas dudas, pero no podía ofrecer un plan alternativo, por lo que decidió dar a Teresa la información de la que disponía.

—Hay una analista del FSB. Se llama Sonja Ivanova. Es amiga mía. Al menos, era mi amiga hasta ayer. Hoy debe de estar muy enfadada conmigo, no sé si por haberme fugado o por haberla dejado en Moscú. Ella es quien descubrió que había algo detrás de los nombres Ocaso, Kovalev y Leonard. Seguro que el FSB le ordena que me busque a mí y a quien me haya ayudado. Nos estará buscando a los dos. Y es muy buena.

—Lo tendremos en cuenta. Ahora duerme —le dijo Teresa—. Yo me quedaré vigilando hasta que te marches por la mañana. No creo que tus amigos del FSB estén demasiado lejos.

Teresa no se equivocaba. A cien metros de distancia, oculto al doblar una esquina, un Mercedes tenía en su interior a una agente que no paraba de tomar café caliente de un termo. Y, al otro lado, aguardaba otro agente en un Volkswagen Golf.

—Es la hora —anunció Teresa a Maxim, que estaba terminando de vestirse.

Aún no había amanecido. Kuzmin ajustó el nudo de la corbata, se puso el abrigo, agarró el mango del *trolley*, puso el maletín encima y salió de la casa por la parte trasera. Teresa le siguió para echarle una mano con el equipaje. Maxim saltó sin dificultad la valla hacia el jardín del vecino. Teresa levantó el *trolley*, lo pasó por encima del cercado y Kuzmin lo recogió al otro lado. Hicieron esa misma operación con el maletín.

Maxim se ocultó detrás de un seto en el jardín de los vecinos a la espera de que apareciera el taxi. Cuando lo vio venir, se acercó presuroso y el coche se alejó de inmediato. Dobló la primera calle a la izquierda, en dirección a la autopista del aeropuerto, y pasó junto a un Mercedes que estaba aparcado en la esquina. Su ocupante, algo adormecida, vio un taxi con un cliente en el asiento trasero. El vehículo circuló fugazmente delante de sus ojos, pero percibió que en él iba un hombre joven.

—Acaba de pasar un taxi. —La agente Salminen llamó a su compañero—. Apenas he podido ver al cliente, pero puede ser él. Habrá salido por detrás. Le voy a seguir. Tú quédate y vigila la casa.

Maxim, sentado en el asiento trasero, activó la cámara de su móvil y simuló que se lo acercaba al oído, pero en realidad lo que hacía era grabar un vídeo de lo que pudiera ocurrir detrás del taxi. Cuando llegara al aeropuerto, vería la grabación y podría comprobar si algún coche le había seguido. Sería la prueba de que Moscú le tenía controlado. Detrás, un Mercedes con una agente doble finlandesa a sueldo del FSB ruso se mantenía a una cierta distancia. El coche del otro agente finlandés continuaba apostado cerca de la casa para vigilar a la mujer que debía de estar dentro. Pero ahora el agente tenía un problema: si el hombre había salido de la casa por la parte trasera, quizá la mujer hiciera lo mismo. El agente no podía cubrir las dos calles a la vez. Tuvo que apostar y optó por vigilar la calle de atrás.

Minutos después, un hombre elegantemente vestido, con pasaporte español falso, con un *trolley* y un maletín entraba en la terminal para volar a Zúrich.

A las puertas, Heli Salminen llamaba por teléfono a un contacto dentro del aeropuerto de Helsinki.

—Necesito que me ayudes.

—Llámame un poco más tarde. Ahora estoy ocupado.

—No te estoy pidiendo un favor.

—¿Qué quieres? —dijo la voz al cabo de dos segundos de silencio ante la evidencia de que acababa de recibir una orden taxativa.

—¿Estás en el control de seguridad?

—Sí.

—Dentro de un momento va a estar ahí un hombre joven, entre treinta y cuarenta años. Pelo corto. Algo más de uno ochenta, traje azul marino, corbata, abrigo, un *trolley* de color oscuro y un maletín negro.

—Hombres como esos hay muchos.

—Ten los ojos bien abiertos. Estará a punto de pasar por el control.

El comunicante mantuvo activa la llamada. Pasados dos minutos, vio a alguien que coincidía con la descripción. Se apartó de las máquinas en las que se escanean los equipajes, levantó disimuladamente el móvil e hizo una fotografía. De inmediato, se la envió a Salminen.

—¿Es este?

La agente abrió la foto en su móvil.

—Sí. Dime qué vuelo coge.

Kuzmin dirigió sus pasos hacia los baños más cercanos a su puerta de embarque y se encerró en uno de los compartimentos. Sacó su teléfono móvil y buscó la grabación que acababa de hacer desde el taxi. Un Mercedes parecía haberle seguido. No podía estar del todo seguro, porque el movimiento del taxi le había hecho perder la imagen en algunos momentos y quizá el Mercedes que se veía al principio no era el mismo que aparecía al llegar al aeropuerto. No pudo percibir la matrícula porque el coche se mantuvo alejado. Pero sí era el mismo modelo y el mismo color.

Quince minutos después, entró en su avión y el comunicante del aeropuerto envió un mensaje a Salminen con el número de vuelo y su destino. Ese mensaje y las fotografías de Maxim en solitario y con Teresa en el coche fueron reenviados de inmediato al teléfono de un oficial de inteligencia ruso en Moscú, y de ahí al responsable del equipo del FSB en el consulado de Rusia en Zúrich. Kuzmin era perfectamente identificable en la imagen captada en el aeropuerto de Helsinki. Pero la foto en la que se veía a la mujer que conducía el Audi rojo era inservible: demasiado lejana, muy oscura y con una definición insuficiente. Además, el pelo suelto sobre su cara hacía imposible ver sus facciones.

—¿Ha salido la mujer? —preguntó Salminen a Jyrki.

—No la he visto, pero no me fío.

—Avísame de cualquier movimiento.

Pasados unos minutos, Jyrki perdió la paciencia. Dio una vuelta a la manzana con el coche. Pasó por delante de la puerta de la casa. No apreció movimiento alguno. Se acercó hasta el garaje. A través de una rendija pudo comprobar que el Audi seguía allí. Aún no había amanecido. Volvió al coche y dio otra vuelta a la manzana. Al doblar la esquina, vio a unos cuatrocientos metros una figura humana que cruzaba la calle apresuradamente, a pesar de que no había tráfico alguno. Llevaba una mochila a la espalda. Parecía una mujer, aunque estaba lejos y la oscuridad no le permitía apreciarlo con seguridad. Jyrki optó por seguir circulando, como si fuese un vecino que acabara de salir de casa camino del trabajo. Al acercarse, pudo confirmar que era una mujer. Teresa giró la cabeza al escuchar el motor de un coche. El instinto de autoprotección hizo que acelerara el paso. De inmediato, se dio cuenta de que había cometido un error, porque esa actitud resultaba sospechosa. Y, en efecto, resultó sospechosa. «Tiene que ser ella», dijo Jyrki para sus adentros, pero recordó que la orden que tenía no era la de capturar a la mujer, sino solo vigilarla con discreción y tenerla localizada.

Teresa intentaba no dejarse vencer por la creciente angustia que sentía. Sí, era una espía, pero no era James Bond. Estaba especializada en realizar análisis utilizando ordenadores, no en enfrentarse físicamente con agentes enemigos. Ahora se encontraba en una situación inédita para ella, en la que quizá tuviera que utilizar la fuerza para defenderse. De momento, trataría de huir. Miró a su alrededor buscando un lugar en el que meterse y por el que no pudiera entrar un coche, pero no había callejones estrechos entre las casas. No le quedaba otro remedio que allanar la propiedad de alguien, de manera que saltó la valla del jardín más cercano.

Jyrki detuvo la marcha bruscamente, salió del Golf y corrió hacia la valla. Estaba muy oscuro y no veía a nadie. Rodeó la casa para ir a la parte trasera. La mujer tampoco estaba allí. Volvió sobre sus pasos y saltó la misma valla que Teresa, tratando de seguir su rastro. Caminó, ahora sí, despacio y con tiento. No quería sorpresas. Comprobó que no había nadie oculto detrás de unos setos que ocupaban el perímetro del jardín. Avanzó un poco más hasta llegar a la valla trasera. No parecía haber nadie, pero quería confirmarlo.

Teresa estaba escondida, tumbada en el suelo, justo al otro lado y con su cuerpo pegado a la valla. Se le había acelerado la respiración y casi podía escuchar los latidos de su corazón. Con la mano derecha, tanteó el suelo sigilosamente y a ciegas. Buscaba algo contundente que le sirviera de defensa. Encontró una piedra y la agarró con fuerza. Si tuviera que utilizarla, solo serviría para aturdir a su perseguidor y ganar unos segundos, pero eso le daría un mínimo margen para intentar huir.

Jyrki apoyó las manos en la valla para darse impulso y saltar por encima. Si lo hacía, caería sobre Teresa. Levantó los talones del suelo para iniciar el salto con las puntas de los pies cuando la puerta de la casa se abrió de repente y un hombre salió con un maletín, dispuesto a coger su coche aparcado en la puerta. El vecino se asustó al ver a un intruso en su jardín y dio un grito. Jyrki trató de calmarlo asegurando que se había equivocado, aunque sus explicaciones eran de difícil comprensión. El dueño de la casa lanzó varios improperios, mientras sacaba el teléfono móvil de su bolsillo amenazando a Jyrki con llamar a la policía. En medio de las voces de ambos, Teresa se incorporó ligeramente y caminó agachada hacia la calle trasera. Saltó otra valla con extremo cuidado de no hacer ruido y se perdió entre los árboles de un parque. Al otro lado de ese parque, la agente del CNI entró en un Renault gris que estaba aparcado desde el día anterior, preparado para salir de allí.

Jyrki pudo calmar al vecino y convencerlo de que no era necesario llamar a la policía. Volvió al coche y se marchó de inmediato. Dio varias vueltas por el barrio, pero la mujer a la que buscaba había desaparecido. Llamó a su compañera para comunicarle lo ocurrido. Solo habían sido capaces de cumplir una parte de la misión, aunque era la más importante: mantener controlado a Maxim Kuzmin.

Esa misma mañana, en la terminal del puerto de Helsinki, Teresa abordó el ferri que une la capital finlandesa con Tallín, la capital de Estonia. Desde allí volaría a Madrid, vía Londres, para dar un rodeo.

Moscú, 11 de octubre (a 25 días de las elecciones)

—Señor Serkin, puede pasar.

El secretario personal de Karlov dejó expedito el camino hacia la puerta que daba acceso al despacho del presidente de la Federación Rusa, que estaba en Kremlin a pesar de ser domingo. Vestía ropa informal y no llevaba corbata. Iván se levantó de inmediato al ver entrar a su amigo y se acercó a él para darle un abrazo.

—¿Cómo estás, Misha?

Serkin no respondió a la pregunta. Había decidido ir directo al asunto asumiendo que Karlov entraría en cólera. Serkin daba por seguro que, al acabar la conversación ya no sería el responsable de la inteligencia rusa. Su duda era mucho más profunda: no sabía qué iba a ocurrir con su vida cuando hubieran pasado apenas unos minutos.

—Ya sabemos quién es el topo, presidente. Pero no lo tenemos. Ha conseguido salir del país, aunque está controlado.

Serkin optó por no buscar atajos. Karlov guardó un silencio deliberado mirando con intensidad a los ojos de su viejo amigo. Sabía que cuando estaba unos segundos sin hablar generaba pánico en sus interlocutores. En esos segundos tenían la sensación de que el oxígeno que estaba entrando en sus pulmones podía ser el último que respirarían.

—¿Se te ha escapado el traidor, Mijaíl? —Karlov decidió no utilizar de nuevo el apelativo cariñoso de Misha. La conversación entraba en una fase imprevisible.

—Sabemos dónde está y nuestros hombres le siguen de cerca. Daremos con él y haremos lo que tú consideres más oportuno, presidente.

—¿El jefe de la inteligencia rusa ha venido al despacho del presidente para decirle que se le ha escapado un traidor?

—Presidente...

—No puedo creer lo que oigo, Mijaíl.

—En este momento, el traidor está en un vuelo hacia Zúrich. Nuestra gente del consulado ya vigila el aeropuerto.

Karlov volvió a hacer una larga pausa. Al menos, eso le pareció a Serkin esperando, como esperaba, que el presidente ordenara su inmediata detención o algo peor.

—Mijaíl, me has defraudado.

—Presidente, creo que...

—¡No me interrumpas! —bramó Karlov fuera de sí—. ¡Me has defraudado! ¿Quién es el traidor?

—Maxim Kuzmin.

—¿Kuzmin? ¿Quién es Kuzmin?

—Analista del FSB.

—¿Qué sabe de Kazán?

—No sabemos lo que le han podido contar sus contactos en el exterior. En Rusia no ha tenido acceso a la información necesaria. Pero sí ha conocido el nombre de alguien que quizá sepa algo sobre Kazán.

—¿Quieres decir que, además de ti y de mí, hay alguien más que sabe qué es Kazán? ¡Se suponía que esto solo lo sabíamos tú y yo!

—También lo puede saber Boris Kovalev.

Karlov quedó conmocionado por la novedad. Kovalev había sido su jefe cuando ambos eran agentes del KGB en los años ochenta en la República Democrática Alemana. Sentía un gran cariño por ese hombre, ya anciano, y respetaba su trabajo de décadas al servicio de la Unión Soviética y de la Federación Rusa.

—¿Por qué sospechas de Kovalev?

—Mi trabajo es sospechar, presidente. Especialmente de alguien que lo conoce todo de nuestros servicios de inteligencia y que no sabemos qué contactos haya podido tener a lo largo de su vida.

—¿Kovalev está controlado? —preguntó Karlov en voz baja, mostrando un evidente desengaño e impactado todavía por la noticia.

—Tenemos agentes a las puertas del edificio en el que vive. Sabemos que ha estado unos días en Londres con su hijo, que reside allí. Nuestra gente en la embajada le siguió. Lo hacen siempre que está en Inglaterra. Y tengo que decirte, presidente, que Kovalev se reunió con dos hombres. Creemos que uno es agente de la CIA. El otro aún no lo hemos identificado.

De nuevo, se hizo el silencio en el despacho. El presidente apartó la mirada de Serkin y se dirigió hacia el ventanal. Con los ojos puestos en los jardines del Kremlin, Karlov habló despacio:

—Y Kuzmin, ¿qué tiene que ver en todo esto?

—Kuzmin tuvo acceso al dato de que Kovalev estaba en contacto con agentes extranjeros, aunque no conoce el motivo de ese contacto. Creemos que solo sabe eso, pero es seguro que sospecha que ocurre algo importante y esa información se la pasó a alguien fuera de Rusia. Aún no sabemos a quién. Lo estamos investigando. También hemos descubierto que al menos una persona le ha ayudado en Finlandia. Una mujer. Kuzmin no está solo en esto.

—¿Esa mujer está controlada?

—De momento, no.

—¡¿No?! —Karlov volvió a gritar—. Si te he entendido bien, Mijaíl, en este momento ya no solo conocemos la Operación Kazán tú y yo. Ahora, Kovalev tiene datos y se los ha contado a alguien de la CIA en Londres y a otra persona que no sabemos quién es ni dónde está. Ese agente de la CIA, cuyo nombre desconocemos, estará en algún lugar, también desconocido, de Estados Unidos y podrá contar lo que sabe a otra mucha gente. Kuzmin tiene datos, no sabemos cuáles ni cuántos, y está en un avión volando a Suiza. Alguien con quien contactó Kuzmin por internet sabe algo, pero no tenemos ni idea de quién es ni de dónde está. Y una mujer que le ayudaba en Finlandia tiene datos y tampoco sabemos ni quién es ni dónde está ahora. ¿Podría ser peor este desastre, Mijaíl?

—Lo siento, presidente —respondió Serkin, tratando de no bajar la mirada para no parecer derrotado por completo.

—Debería ordenar que te eliminaran discretamente. —Karlov ya no podía disimular su resentimiento—. O, quizá, debería eliminarte yo mismo en este momento. Pero si hago eso, la Operación Kazán habrá terminado porque no podré confiar la información a nadie más.

El presidente Karlov volvió despacio hacia su mesa y se sentó en la silla recostándose en el respaldo antes de continuar.

—No tengo alternativa a dejar esto en tus manos, Mijaíl. Pero ahora hay mucho más trabajo que hacer: debes controlar a cada uno de esos individuos para evitar que acaben con Kazán. Me refiero a los extranjeros. A los dos rusos no hay que controlarlos. Ya sabes lo que corresponde hacer en su caso. En Rusia no se tolera la traición. —El presidente hizo una pausa para que Serkin asumiera bien el mensaje que acababa de recibir—. Y Kazán debe seguir adelante. Hasta el final —remató Karlov, mirando fijamente a los ojos de Serkin.

—Acaba de aterrizar.

El mensaje llegó al teléfono de Serkin media hora después de su tensa conversación con el presidente.

—Mi orden es terminante: nuestros hombres en Zúrich deben seguir al objetivo. Lo importante ahora no es capturarlo de inmediato, sino saber si se reúne con alguien y averiguar la identidad de esa persona o personas. Quiero información al minuto de cada paso que dé.

Maxim Kuzmin salió del avión, caminó por el *finger* a paso ligero arrastrando el *trolley* y con el maletín colgado de un hombro, y buscó en la terminal las indicaciones para acceder a la zona reservada a los taxis. Subió en uno y pidió que le llevara a Sihlcity.

—Tenemos al objetivo delante. Va en un taxi. Se dirige al centro de Zúrich.

Dos agentes rusos, falsamente acreditados como funcionarios del consulado, habían identificado a Kuzmin nada más salir de la terminal y ahora le seguían por las calles de la ciudad. De nuevo, Maxim grabó con disimulo a los coches que iban detrás del taxi, en el intento de detectar si le vigilaban.

Pasados veinte minutos, el taxi llegó a Utoplatz, donde está la calle peatonal por la que se entra al centro comercial. Maxim pagó al taxista en efectivo, con los francos suizos que le había entregado Teresa en Helsinki. Caminó con su *trolley* y su maletín hacia la zona de las tiendas, mirando a un lado y a otro en busca del Starbucks. Eran las doce y media. Según el plan, Pablo debía esperar hasta la una. Llegaba a tiempo.

Kuzmin accedió a una placita al aire libre. A la izquierda, el río Sihl con una carretera construida justo encima del cauce. De frente, la puerta de entrada a la parte cubierta del centro comercial. A la derecha, apareció ante sus ojos el Starbucks que Teresa le describió con precisión la noche anterior. Uno de los dos agentes rusos había bajado del coche y seguía a su presa a unos cien metros de distancia mezclado entre el gentío que transitaba por la zona.

Maxim se encaminó hacia la cafetería. Empujó la puerta, se abrió paso, bajó los escalones que están a la izquierda y vio a Pablo en una de las mesas del lado derecho, junto a un ventanal. El plan previsto se estaba cumpliendo.

—Os vamos a eliminar de la Champions. El Atleti cada día juega mejor —dijo Perkins con gesto pretendidamente serio, a pesar de la broma, cuando vio aparecer a Kuzmin.

—Eso ya lo veremos. En Madrid os vamos a ganar —respondió Maxim en español, al tiempo que dejaba el *trolley* y el maletín junto a la silla en la que se iba a sentar.

—Esto es para ti —dijo Pablo mientras acercaba un vaso a Maxim—. Es *frappuccino* con caramelo y un poco de canela. En Madrid lo pedías cuando ibas con alguien al Starbucks.

—No pierdes detalle.

—¿Ha ido todo bien?

—Creo que me siguen.

—Ya lo supongo.

—Un coche iba detrás de mi taxi en Helsinki, camino del aeropuerto. Ahora he grabado un vídeo con el móvil mientras venía hacia aquí, pero aún no lo he visto.

—Dame el teléfono.

Maxim se lo entregó y Pablo vio las imágenes del recorrido por las calles de Zúrich. Después de observar un coche en el primer minuto de la grabación, aceleró la imagen hasta el último minuto y comprobó que ese mismo coche seguía detrás del taxi al llegar a su destino.

—Sí. Te han seguido. Deben de estar cerca. Pero no ha entrado nadie después de ti y desde aquí —Pablo miró a través de la ventana y de la cristalera de la puerta— tampoco veo a nadie cerca. Tenemos un par de minutos para las instrucciones.

Pablo le pidió todos los documentos que le entregó Teresa la noche anterior y le dio los nuevos: otro pasaporte español, con nombre distinto. Ese pasaporte ya tenía un visado para viajar a Estados Unidos: un visado I, que es el que se da a los periodistas.

—El pasaporte español lo he conseguido sin mucho problema —explicó Pablo—. En Madrid tengo varios contactos en la policía. Pero el visado americano ha sido un dolor de cabeza porque no podía pedírselo a la CIA. Hubiera tenido que dar demasiadas explicaciones. Al final, me lo ha conseguido un conocido que tengo en el consulado en Madrid. Se la ha jugado porque me debía un favor. Pero ahora se lo debo yo a él. Ha corrido un gran riesgo.

Perkins informó a Kuzmin de que volaría a Washington al día siguiente y después viajaría a Nueva York. Le explicó que si le hacían preguntas antes de embarcar o cuando llegara a Washington, les dijera que iba a cubrir las elecciones americanas para la cadena de televisión española Antena 3. Le entregó una acreditación como periodista de ese medio.

—Hay un detalle importante. Cuando estés en el aeropuerto de Washington y vayas a pasar el control de pasaportes, intenta evitar que te toque un policía de origen hispano. Al ver tu pasaporte, quizá quiera hablar contigo en español y se dará cuenta de que tu acento es extraño.

Perkins sacó un sobre de su mochila. Contenía dos mil dólares en efectivo y dos tarjetas de crédito.

—Ahora, Maxim, atiende bien: me voy a marchar por esa puerta lateral. —Pablo volvió la cabeza hacia su derecha para dirigir la mirada de Kuzmin—. Creo que no me han visto contigo. Tú vas a esperar cinco minutos. Después, sal por donde has entrado, ve a la derecha hasta la puerta por la que se accede al centro comercial. Entra. Camina tranquilo, párate en alguna tienda y compra algo. Disimula. Sigue después hasta el final. Hay una puerta de cristal para salir al *parking* cubierto. Yo te estaré esperando con un coche en marcha. No me reconocerás, porque llevaré una peluca larga y barba postiza. Pero es un Audi de color negro. En cinco minutos.

—¿Qué está pasando, Pablo?

Kuzmin no quería acabar la conversación sin saber algo más. Había tenido que huir de su país porque disponía de información delicada. Pero no sabía por qué esa información era tan importante.

—Es mejor que no lo sepas todavía. Cuando estés a salvo te lo contaré todo.

Perkins se levantó sin dar tiempo a la réplica de Maxim, se puso la mochila al hombro y salió del Starbucks por la puerta lateral. Kuzmin terminó el *frappuccino* aparentando una tranquilidad de la que carecía. Pasados cinco minutos, recogió sus cosas y salió del local por donde había entrado. Siguió el camino marcado por Pablo, accedió al centro comercial, se detuvo en un par de tiendas, compró un libro y después llegó al *parking*. Allí estaba el coche. Maxim arrancó a correr. Abrió con violencia la puerta trasera derecha del Audi negro, arrojó dentro el *trolley* y el maletín, y se lanzó de cabeza sobre el asiento, al tiempo que Perkins apretaba el acelerador.

Uno de los dos individuos que habían seguido a Kuzmin hasta el centro comercial inició una carrera desesperada detrás del coche. No pretendía alcanzarlo, sino saber qué salida tomaba. La orden de Moscú no era secuestrar o matar al traidor, de momento, sino tenerlo controlado. Los responsables de inteligencia querían saber con quién se relacionaba antes de tomar una decisión definitiva. El otro agente llamó de inmediato a los dos compañeros que estaban a la espera en un coche, fuera del recinto. El vehículo se puso en marcha a toda la velocidad posible para dar la vuelta al centro comercial, pero llegó tarde. El Audi se había perdido por unas calles poco transitadas de la zona, hasta llegar al centro de la ciudad.

—Creo que les hemos dado esquinazo —dijo Perkins, mirando más al retrovisor que hacia delante—. ¿Estás bien?

Kuzmin estaba tirado a lo largo del asiento trasero, tumbado encima del *trolley* y del maletín, sin levantar la cabeza.

—Me he dado un golpe en la cara, pero estoy bien.

—Esto es lo que vamos a hacer. Te voy a llevar a la estación de Oerlikon, a las afueras de Zúrich, que es un lugar más discreto que la estación central. Allí cogerás un tren al aeropuerto y te dirigirás al hotel Radisson Blue, que está dentro de la propia terminal. Ya hay una habitación reservada con el mismo nombre que aparece en tu pasaporte español. No salgas en todo el día. Toma esta bolsa. Guárdala en la maleta. Aquí tienes comida. No necesitarás pedir nada. Mañana viajarás a Washington en un vuelo previsto para las doce y media del mediodía. Y en Washington, en el aeropuerto Dulles, te estarán esperando. Este es el billete de avión.

Pablo alargó su mano derecha hacia atrás mientras sujetaba el volante con la izquierda, y Kuzmin cogió el billete de tren y la tarjeta de embarque del avión sin incorporarse del asiento en el que seguía tumbado. Los guardó en el maletín y esperó hasta que Perkins detuvo el coche a doscientos metros de la estación de Oerlikon. Maxim caminó hasta el andén. El tren llegó de inmediato y en diez minutos estaba en la terminal del aeropuerto. Buscó con la mirada algún cartel que le indicara por dónde ir al hotel. Lo encontró y siguió las señales en medio del gentío. La recepción del Radisson Blue está en un patio central cubierto. Ese día, el patio estaba abarrotado de gente que asistía al evento de una empresa, lo que podía permitir al desertor ruso pasar desapercibido.

La recepcionista le entregó las llaves de la habitación y Kuzmin subió en un ascensor panorámico hasta la segunda planta con dos mujeres y un hombre. Se dirigió a la habitación y se encerró, siguiendo al pie de la letra las instrucciones recibidas.

—Está en la habitación 208 del Radisson Blue, en el aeropuerto. ¿Qué hago?

La agente rusa en el teléfono era una de las dos mujeres que había subido en el ascensor con Kuzmin.

—Mantente alerta.

El jefe del operativo llamó al responsable del equipo en el consulado suizo. Y el responsable envió el mensaje a Moscú: «Está controlado».

Quien no estaba controlado era el hombre que conducía el coche en el que Kuzmin había salido del centro de comercial.

—Señor, el traidor está en un hotel del aeropuerto de Zúrich.

Mijaíl Serkin, el amigo del presidente y jefe de la inteligencia rusa, se encontraba de nuevo en la sala de reuniones de Moscú con los mandos de los diferentes servicios.

—¿Sabemos qué va a hacer?

—Creemos que mañana va a volar a Washington. Hemos entrado en el sistema informático del hotel. Está alojado con nombre falso español. Y ese mismo nombre figura en el listado de pasajeros de un vuelo a Washington mañana a mediodía.

—¿Hay alguna noticia del hombre que conducía el coche en Zúrich?

—No, señor.

Esta vez, Serkin intentó guardar la calma. Evitó gritar. Bajó el tono de su voz, pero puso un gesto severo.

—De manera que una mujer ayudó al traidor en Finlandia. Un hombre le ha ayudado en Suiza. Y no sabemos ni quiénes son ni dónde están esas dos personas.

Serkin se puso en pie y empezó a caminar alrededor de la mesa generando en la media docena de altos cargos de los servicios de inteligencia que asistían a la reunión el mismo pánico que el presidente Karlov había generado en él.

—¿Se dan cuenta de que no saber quiénes son esas personas hace que no podamos todavía eliminar al traidor? Kuzmin debería ser liquidado de inmediato. Pero necesitamos que continúe su huida para que sea él quien nos lleve hasta sus contactos, hasta esas personas que le están ayudando a escapar y que ustedes han sido incapaces de identificar. Y eso significa dos cosas: más riesgo para nuestra gente y la posibilidad de que, al final, la operación de acabar con el topo fracase. —Serkin hizo una pausa. Quería dar tiempo a sus interlocutores para que asumieran el razonamiento. Y después continuó—: Si acabáramos ahora mismo con el traidor en ese hotel de Zúrich, dejaríamos cabos sueltos, porque los dos individuos que le han ayudado quedarían fuera de nuestro radar para siempre y no sabríamos quién más participa en esta deserción. El problema no es solo Kuzmin, sino todo lo que puede haber detrás de Kuzmin. —Serkin guardó el secreto de Kazán—. Ahora no tenemos otro remedio que dejar a ese traidor volar a Washington y eso lo complica todo aún más.

El jefe de la inteligencia rusa dio unos pasos más con las manos entrelazadas en la espalda y mirando al suelo, hasta que comunicó su decisión a los presentes.

—Mantengamos el seguimiento en Washington. Y si esta vez también le ayuda alguien, ¡averigüemos quién es!

Serkin salió de la sala sin despedirse seguido de los escoltas que le esperaban en la puerta. Mientras caminaba a paso ligero, sacó su móvil del bolsillo y de inmediato informó de las novedades a Karlov. El presidente seguía furioso.

Pero antes de marcharse, Serkin se paró en medio del pasillo y dio media vuelta. Regresó a la sala de reuniones, donde los responsables de inteligencia aún recogían sus documentos y ordenadores.

—¿Quién está trabajando en esta operación aquí en Moscú? ¿Quién ha *hackeado* los ordenadores del hotel y de las líneas aéreas?

—Un equipo de analistas, señor. Los mejores que tenemos.

—¿Cuántos son?

—Cinco, señor.

—Son demasiados. Esta operación debe ser discreta. Cuantas menos personas participen, mejor.

—¿Cuántos deben ser, señor?

—¿Podríamos conseguir la información con una sola persona?

—Eso podría hacer que avanzáramos más despacio. Pero si usted lo ordena, haremos todo lo posible. Dejaremos solo a una analista.

—¿Una? ¿Quién es?

—Sonja Ivanova. Es la mejor. En realidad, es quien ha conseguido la mayoría de los datos que tenemos hasta ahora.

—¿Dónde trabaja?

—En el departamento de analistas del FSB.

—¿No es ahí donde estaba Kuzmin?

—Sí, señor.

—¿Se conocen?

—Todos se conocen en ese departamento. Tenían turnos diferentes. Kuzmin trabajaba de noche. Empezaba justo cuando terminaba Ivanova. Pero hemos sabido que alguna vez se han visto fuera de la oficina.

—¿Eso quiere decir que son amigos o novios? Se supone que tenemos un control estricto sobre las relaciones entre agentes del servicio.

—Sí, señor. Parece que solo eran amigos.

—¿Parece? ¿Solo parece? ¿No la habéis interrogado todavía?

—Lo haremos de inmediato, señor.

—Quiero que la interroguéis hasta mañana por la mañana, sin parar un minuto. No la dejéis dormir. Y cuando termine el interrogatorio, quiero un informe inmediato de lo que ha dicho. Y hablaré personalmente con ella.

—Empezaremos ahora mismo.

—¿Y dicen que el pasaporte falso que lleva Kuzmin es español?

—Sí, señor.

—¿No podría ocurrir algo tan simple como que quienes le están ayudando sean españoles?

Nadie respondió a la obvia pregunta de Serkin.

—Pongan a trabajar a nuestra gente de la embajada en Madrid. ¡Ahora!

Veinticuatro horas después, una esbelta joven de pelo rubio se presentaba ante la secretaria de Mijaíl Serkin.

—Sonja Ivanova está aquí, señor —anunció la secretaria.

Serkin ya había leído el informe sobre el interrogatorio al que sus servicios acaban de someter a Sonja. La joven analista dijo casi toda la verdad: que en ocasiones se veía con Maxim fuera del trabajo; que lo hacían porque ambos son muy aficionados al ajedrez, y reconoció la equivocación de haber dado a Kuzmin alguna información que no debió compartir con nadie. Por ejemplo, las sospechas sobre Kovalev y el dato de que se buscaba a un topo. Eso le puso sobre aviso y le permitió escapar. Aunque estuvieron horas tratando de que Sonja reconociera que Maxim era su novio, la joven analista lo negó. Lo negó, incluso, cuando hubo una amenaza cierta de utilizar métodos violentos en el interrogatorio. Pero no la creían y decidieron someterla al polígrafo.

Una vez conectada al detector de mentiras, Sonja dio, una por una, las mismas respuestas ante las mismas preguntas. El aparato confirmó que todo lo que decía era cierto. Maxim no era su novio. El polígrafo lo certificó, porque esa era la verdad. Pero los interrogadores cometieron un error: no le preguntaron si ella pretendía que lo fuera, porque habría tenido que responder que sí y, como consecuencia, se hubiera considerado que Sonja actuó erróneamente al estar condicionada por sus sentimientos hacia Kuzmin.

A pesar del miedo, la tension y el agotamiento que la atenazaban, Sonja avanzó con paso resuelto hasta el interior de un despacho de más de sesenta metros cuadrados, con amplios ventanales y una decoración sobrecargada. Trataba de aparentar que no se sentía abrumada por la responsabilidad ni por el hecho de que Kuzmin fuera un traidor que había desertado gracias a la información que ella le facilitó indebidamente. Se debatía entre una mezcla de sentimientos negativos: odiaba a Maxim por haberla engañado, por haberse fugado y por ser un traidor. Y a la vez, odiaba a Maxim porque no le preguntó si quería fugarse con él. Ella sí lo habría hecho en su lugar.

Sonja trató de contener el ritmo al que latía su corazón. Se sentía aterrorizada, pero aún mantenía el control. Estaba a punto de reunirse a solas con el máximo responsable de la inteligencia rusa. Un simple analista nunca despachaba con alguien tan importante.

—Sonja, mucho gusto en conocerla. Siéntese, por favor.

Serkin se presentó con pretendida amabilidad. La joven se sentó en una silla junto a la mesa de reuniones del despacho. Serkin colocó otra silla justo delante para tener a aquella novata apenas a dos palmos de su cara. Pretendía amedrentarla.

—Me han contado que es usted una magnífica analista. La mejor.

—Se lo agradezco mucho, señor.

—En absoluto. Soy yo quien se lo tiene que agradecer. Si es tan buena analista, es porque trabaja duro y, por supuesto, porque es inteligente.

—Hago mi trabajo lo mejor que puedo, señor.

—Dígame, Sonja, ¿qué le gustaría hacer en el futuro?

—Me gustaría ir al Instituto Bandera Roja del SVR.

—Buena elección. Allí estudié yo.

—Lo sé, señor. En la oficina a todos nos gustaría seguir sus pasos. Es usted un referente.

—Sabe que no es fácil conseguir una plaza...

—Sí, son muy exigentes. Tendré que esforzarme.

—Estoy convencido de que lo conseguirá.

—Agradezco su confianza, señor.

—Pero ha cometido un error muy grave. —Sonja guardó silencio a la espera del castigo que podría sufrir—. Ha facilitado la fuga de un traidor —dijo Serkin, fijando su mirada inquisitiva en los ojos de la joven—. Y eso, en sí mismo, es otra traición. —Sonja no sabía si disculparse o mantenerse callada. Al cabo de un segundo, decidió hablar, pero ya era tarde. Serkin se adelantó—: Quiero pedirle algo, Sonja. —Serkin se inclinó hacia delante y puso su cara a pocos centímetros de la de Sonja—. La mejor forma de deshacer una traición es que nos ayude a encontrar al traidor.

—Haré todo lo posible, señor —respondió Sonja, creyendo encontrar un salvavidas al que agarrarse en medio de un océano que estaba a punto de engullirla.

—Lo sé, lo sé... Pero quiero que me diga una cosa. Y es imprescindible que sea muy sincera conmigo, Sonja.

—Por supuesto, señor.

—Descríbame el tipo de relación que mantenían Kuzmin y usted.

—Éramos compañeros de trabajo.

—Sí, de eso ya estoy informado. Pero seguro que hay más datos que conviene que yo conozca. ¿Se llevaban bien?

Sonja empezaba a sentirse agobiada al ver que se repetía el interrogatorio que ya sufrió durante las veinticuatro horas anteriores. Y, esta vez, ese interrogatorio lo hacía el propio Serkin. La conversación derivaba por vericuetos problemáticos y hasta peligrosos, porque quizá esta vez sí le hiciera la pregunta que no le habían hecho antes. Pero mantuvo la calma, como aprendió en la academia de espías.

—Éramos buenos compañeros. Nos ayudábamos cuando era necesario.

—¿Confiaban el uno en el otro?

—Todos los compañeros confiamos los unos en los otros.

—Sonja, no le aconsejo que siga por ese camino. —Serkin se echó hacia atrás bruscamente, endureció su tono de voz y lo acompañó con una mueca de agresividad en su rostro—. Podría ser mi hija. Llevo muchos más años que usted en el servicio de inteligencia y sé perfectamente cuando alguien me engaña o cuando no me dice toda la verdad. Y creo que no me engaña, pero tampoco me dice toda la verdad.

—Maxim Kuzmin era el compañero con el que más confianza tenía, señor.

—Así es mucho mejor, Sonja. Y ahora, dígame: ¿esa confianza especial era solo profesional o también era personal?

—Éramos buenos amigos. Nada más.

—Los buenos amigos se hacen confidencias, ¿verdad? —Sonja no respondió. Daba por hecho que la situación tendía a empeorar—. Sonja, le he hecho una pregunta y me gustaría obtener una respuesta.

—Maxim no me dijo nada sobre sus intenciones, si es eso lo que quiere saber, señor. Me enteré de su deserción igual que los demás. —Sonja optó por dar una contestación tangencial a la pregunta.

—Suponiendo que eso sea cierto, ¿no tuvieron ninguna conversación, digámoslo así, privada?

—Almorzamos juntos unos días antes.

—¿Y no le dijo nada?

—No.

—¿Nada le hizo sospechar?

—No.

—¿De qué hablaron?

—Comentamos la investigación sobre Kovalev. También hablamos de los dos hombres con los que se reunió en Londres. Los datos que consiguió Kuzmin me sirvieron para continuar la investigación. También le conté que había un topo al que estaban buscando.

—Entonces, fue usted quien le dijo a Kuzmin que buscábamos a un topo...

—Sí, señor.

—¿Y qué respondió Kuzmin? ¿Cómo se comportó?

—Parecía extrañado, pero en ese momento no me dio la sensación de que se preocupara por lo que le acababa de decir. No sospeché de él en absoluto.

—Pues se equivocó.

—Lo sé, señor.

—Debe aprender la lección: los sentimientos no pueden afectar a su trabajo. No creo en absoluto que ustedes fueran solo amigos. Pero fuera su amigo o incluso su amante, o su novio, o su esposo, un traidor es un traidor. —Sonja guardó silencio, pero no apartó la mirada de Serkin. Sostuvo el gesto con gallardía ante lo que pudiera pasar en ese momento. Y no descartaba que el castigo fuese terrible—. Mire, Sonja, en circunstancias normales sería usted apartada del servicio, sometida a una intensa investigación, a interrogatorios aún más duros del que acaba de sufrir y, previsiblemente, tendría que asumir responsabilidades penales graves. —Serkin hizo una pausa y, aunque no tenía sed, bebió un sorbo de agua antes de continuar; porque quería mantener acobardada a la joven que tenía delante—. Pero voy a hacer una excepción. Todos podemos cometer errores y seguir adelante siempre que aprendamos de ellos. Y quiero saber si ese es su caso. Quiero saber si será capaz de sobreponerse a este error terrible que ha cometido y de devolver a su país lo que le ha quitado. Usted es quien mejor conoce a Maxim Kuzmin, y usted tiene que ayudarnos a no perder su rastro y a identificar a quienes le han ayudado a escapar.

—Lo haré, señor —respondió Sonja casi sin dejar que Serkin terminara de pronunciar la última palabra de su soflama.

La oferta que acababa de recibir daba a Sonja la opción de salvarse de la cárcel y algo más: hizo aflorar con más fuerza los deseos de venganza. Se sentía engañada por Maxim.

—Bien. En ese caso, quiero saber si le dice algo el hecho de que Kuzmin haya viajado con un pasaporte falso español.

—Cualquier opción es posible en este momento: que Kuzmin haya sido captado por los servicios españoles o los británicos o los americanos o cualquier otro. Pero creo que primero tenemos que seguir esa pista del pasaporte español.

—Estupendo. ¿Y tiene ya alguna idea?

—Pediré una lista de agentes españoles del CNI especializados en Rusia. Y, por supuesto, también analizaremos la lista de los agentes de la CIA y del MI6 en España.

—En ese caso, vuelva ya al trabajo —dijo Serkin, levantándose de su silla; Sonja también lo hizo—. Y quiero que hagamos una cosa. —Serkin metió la mano en el bolsillo interno de su chaqueta y sacó una tarjeta—. Aquí está mi teléfono móvil. Lo conocen muy pocas personas. Cuando tenga un dato nuevo, por poco importante que le parezca, llámeme. Hágalo antes de hablar con su superior inmediato. Seré yo, personalmente, quien le diga a usted la información que puede compartir con sus jefes. Hable primero conmigo. Siempre.

—Así lo haré, señor.

—No me defraude por segunda vez, Sonja.

—Eso no ocurrirá, señor.

Sonja estrechó la mano de Serkin, dio media vuelta y se dirigió a la puerta del despacho.

—¡Ah! Una cosa más, Sonja.

—¿Señor?

—Esta es una de esas situaciones en la vida que pueden tener dos resultados muy distintos: o excelente o pésimo. Si tiene éxito y gracias a usted damos con el traidor y con quienes le ayudan, se le abrirán las puertas del Instituto Bandera Roja. Si fracasa, las cosas serán difíciles para usted en el futuro. Y me ocuparé personalmente de que así sea. Tanto para lo bueno como para lo malo.

—Lo entiendo, señor.

—Y no olvide cómo se ha comportado Kuzmin. No solo ha traicionado a Rusia. Usted también ha sido traicionada.

Serkin hurgó en la herida. Se guardó para el final esta herramienta emocional con la que pretendía condicionar el comportamiento de Sonja. Y lo consiguió. La analista del FSB salió del despacho con el miedo en el rostro y con un creciente deseo de encontrar a Maxim para pagarle con la misma moneda.

Zúrich, 12 de octubre (a 24 días de las elecciones)

—El *check out*, por favor.

—¿Ha consumido algo del minibar?

—Tres Coca-Colas.

—Perfecto. Aquí tiene la factura. ¿Pagará en efectivo o con tarjeta?

—Con tarjeta.

Kuzmin entregó la tarjeta de crédito a la recepcionista, pagó los gastos de la habitación y se marchó en dirección a la terminal del aeropuerto. Pasó con paciencia y temor el control de seguridad y también el largo control de pasaportes que se exige en los viajes a Estados Unidos. Su documento español estaba a nombre de una persona ficticia, pero era un pasaporte real emitido en una comisaría de policía española. Y el visado era del consulado americano en Madrid, conseguido por Pablo Perkins a cambio de un favor que todavía estaba pendiente de devolver. Todo en orden.

El desertor ruso con nombre falso español ocupó su asiento en clase *business* y trató de descansar. Pensaba que al llegar a Washington sería un hombre libre.

Washington, horas después

—Mi amigo ya ha llegado.

El mensaje de móvil fue enviado desde la puerta de salida de la terminal a los ocupantes de un coche en la zona de espera del aeropuerto. Los agentes de la oficina de la inteligencia rusa en la embajada de Washington estaban en marcha.

A media tarde, hora de la Costa Este de Estados Unidos, el desertor ruso Maxim Kuzmin abandonaba la sala de llegadas del aeropuerto Dulles. No sabía qué hacer. No reconocía ninguna cara entre las personas que esperaban a quienes salían después de recoger sus equipajes. Se quedó un rato en pie para dejarse ver, pero no ocurrió nada. La gente pasaba a su alrededor sin detenerse ni hablarle. Después de varios minutos infructuosos, optó por dejar la terminal. Caminó despacio, subió por una rampa arrastrando su maleta, la puerta automática se abrió a su paso y respiró el aire fresco del condado de Loudoun, en el estado de Virginia, a media hora de la capital de Estados Unidos. Había varios coches estacionados con sus ocupantes dentro y, a la derecha, una larga fila de taxis. Se dirigió hacia allí envuelto en una avalancha de dudas. No sabía si lo correcto hubiera sido quedarse en el interior de la terminal a la espera de que alguien apareciera por allí. Pero ya no podía volver. Tenía que apañarse solo. Unas veinte personas formaban la cola para coger un taxi. Se puso al final de la fila. Al cabo de unos segundos, se colocó detrás un hombre de unos setenta años de edad, con una poblada barba cana, enormes gafas oscuras que le cubrían media cara y una mochila a la espalda.

—¿No cree que el Atlético mereció ganar al Lokomotiv?

El hombre de la mochila susurró estas palabras en español acercando su boca al oído izquierdo de Maxim. El joven ruso se sobresaltó, pero pudo controlar la tentación de volver la cabeza y se mantuvo en silencio a la espera de oír algo más.

—Pablo me ha dicho que comparta el taxi contigo —dijo la voz del hombre a la espalda de Kuzmin.

Maxim se tranquilizó al escuchar el nombre de Pablo. Necesitaba calmarse. Cuando le llegó su turno, entregó el *trolley* al chófer para que lo guardara en el maletero y entró en el taxi, donde ya se había sentado el misterioso acompañante con la mochila.

—Ha cogido un taxi con otro hombre. Voy detrás.

La llamada para comunicar la nueva situación de Kuzmin duró tres segundos. No se necesita más para pronunciar nueve palabras. Un Toyota blanco inició la marcha en cuanto arrancó el taxi. Lo siguió por la carretera estatal 267 en dirección a la capital.

—Vamos al cruce de la calle M con la 30, en Georgetown.

El hombre de la mochila dio la indicación pertinente al taxista y después se dirigió a Maxim en un susurro.

—Dame el móvil.

Kuzmin sacó el teléfono de un bolsillo y se lo entregó al desconocido sin saber si lo que hacía era una buena idea o su condena definitiva, pero ¿qué alternativa tenía? El hombre manipuló el dispositivo como si supiera bien lo que hacía, hasta desactivarlo por completo. Después, lo arrojó por la ventanilla. Los dos ocupantes de los asientos traseros se mantuvieron en silencio durante la media hora que duró el trayecto. El Toyota iba trescientos metros por detrás, sin acercarse, pero sin perder de vista su objetivo.

El taxi atravesó el río Potomac, enfiló la calle M y llegó al cruce con la 30. Los pasajeros bajaron del coche, recogieron sus cosas y caminaron por la 30, calle abajo, hasta la entrada a la plaza interior del apartahotel Georgetown Suites. No hizo falta registrarse. Ya lo había hecho el hombre de la mochila el día anterior, cuando se alojó allí por primera vez. Fueron directamente a un apartamento de la tercera planta, con un gran ventanal hacia esa plaza interior, lo que les permitiría ver si alguien sospechoso se acercaba. Aunque, en realidad, era difícil saber quién sería sospechoso entre las muchas personas que entraban y salían a lo largo del día.

—Esta es tu habitación. No deshagas el equipaje, porque estaremos poco tiempo aquí.

—¿Quién es usted?

Kuzmin no podía esperar más para saber con quién estaba tratando.

—Soy Matthew Perkins, el padre de Pablo.

Maxim sintió un enorme alivio y estrechó la mano de ese hombre con satisfacción. Ahora creía estar más seguro. En ese momento, un agente ruso avisaba a su embajada en Washington del lugar en el que estaba el objetivo vigilado. La embajada contactó de inmediato con los responsables del operativo en Moscú. El traidor seguía monitorizado. De momento.

Matthew puso en marcha el plan de huida sin perder un minuto. Kuzmin descansaría unas horas, pero después saldría en coche hacia Nueva York.

—¿Y mi pasaporte americano?

Maxim estaba impaciente por tener la seguridad de que estaba protegido por la CIA, como le habían prometido cuando se convirtió en agente doble.

—Todo a su tiempo. De momento seguirás con el pasaporte español. Una vez en Nueva York, cuando ya estés asentado allí, recibirás un pasaporte americano con tu nueva identidad y la tarjeta de la seguridad social, que es casi más importante que el pasaporte. Ahora tienes que dormir un poco, porque te irás esta madrugada.

—¿Me iré? ¿Tú no vienes?

—Tienes que ir tú solo. No podemos asumir el riesgo de que nos localicen juntos.

Matthew le explicó que se iría más tarde y que volvería a las cinco de la madrugada con un camión de reparto, como el que cada día llevaba los productos frescos para el desayuno de los clientes del apartahotel. El camión entraría marcha atrás hasta una zona de carga y descarga. Allí tendría que estar Kuzmin esperando. Después, le llevaría hasta un *parking* subterráneo en la ciudad de Alexandria, a pocos minutos de camino, donde cogería un coche para conducir hasta Nueva York.

—No los vemos, pero es muy posible que estén ahí abajo —dijo Perkins, mirando por la ventana del apartamento a la zona de entrada al recinto—. No te preocupes. Te sacaré de aquí sin que te vean. No te podrán seguir.

A la una de la madrugada, Matthew se afeitó la barba y se puso una gorra para que su aspecto fuese distinto del que tenía unas horas antes en el aeropuerto. Aun así, salió del apartahotel por una puerta de servicio para ir a por el camión de reparto. A las cinco de la mañana, tal y como habían previsto, el camión entraba marcha atrás en la zona de carga y descarga, donde Kuzmin esperaba sin poder disimular la tensión. Matthew bajó del camión, abrió la puerta trasera y empezó a sacar cajas con pan, bollos, zumos y otros alimentos para el desayuno. Maxim subió al vehículo sin ser visto. Matthew cerró la puerta, entró en la cabina y arrancó. Pasaron por delante de una furgoneta negra con los cristales tintados. Perkins no sabía que dentro estaban los espías rusos y los espías rusos no sabían que dentro de ese camión iba el desertor.

Un cuarto de hora después, Maxim bajó del vehículo a veinte metros de la entrada de un aparcamiento subterráneo en Alexandria.

—El coche está abierto. Las llaves están debajo del asiento del acompañante. En el maletero hay un falso suelo que se abre. En ese hueco hay un móvil. En la lista de contactos del teléfono hay muchos números. Es para despistar. Solo necesitas uno: es el único que tiene un nombre que empieza por V. Pero no debes llamar nunca, salvo que estés en grave riesgo. Y nadie te llamará. Si algún día suena ese teléfono, es porque algo va muy mal.

Maxim empezaba su viaje en solitario hasta Nueva York, hacia la que debía ser una nueva vida como ciudadano anónimo de los Estados Unidos. Sentado al volante del coche, su mente volvió por un instante a Moscú. Imaginó a su madre en la residencia, habitante de un mundo en el que solo vivía ella. Estaría bien, quiso creer. La cuidarán, se quiso convencer. Pero, ¿qué ocurría con Sonja?

La tentación de sentirse arrepentido se apoderó de su estado de ánimo. Había engañado a una amiga, abandonándola a su suerte, y ahora estaba a la fuga sin siquiera haber dejado un mensaje de cariño. Sonja siempre le gustó, pero no consiguió que sus emociones fueran tan profundas como las que parecía tener ella. Y ahora estaría en serios apuros. Kuzmin sabía bien cómo reacciona el espionaje ruso ante una deserción como la suya: acosarían a cualquiera que hubiera tenido alguna relación con el traidor y Sonja era un objetivo evidente. La interrogarían, la amenazarían y la chantajearían para que les ayudara a encontrarle. Y quizá después la encerrarían durante años. Estaba afligido, pero, a la vez, asustado ante la posibilidad de que ella le encontrara. Porque, si había alguien en el mundo que pudiera hacerlo, era Sonja.

Moscú, 13 de octubre (a 23 días de las elecciones)

—¡¿Otra vez hemos perdido su pista?!

Mijaíl Serkin no podía estar más irritado. El traidor había

conseguido esquivar el seguimiento de los agentes rusos en Estados Unidos.

—Hemos comprobado que ya no está en el hotel de Washington. Seguimos buscando, pero de momento no tenemos datos.

—¡¿Dónde está Sonja Ivanova?! —gritó Serkin en la sala de reuniones de la inteligencia rusa—. ¡Quiero verla ahora mismo!

—Vendrá de inmediato, señor. La avisaré.

—¡Y, ustedes, fuera de aquí!

Sonja llegó pasados cinco minutos. Entró en la sala espoleada por las prisas y atemorizada ante la evidencia de que la búsqueda no iba bien. Era la primera vez que estaba allí. En ese lugar solo se reúnen los jefes de los diferentes servicios y ella no lo era. Había pantallas en las paredes y una gran mesa ovalada. Serkin la esperaba al fondo, sentado en una silla y repasando papeles.

—Venga aquí, Sonja —dijo Serkin dejando de gritar—. Siéntese, por favor. Supongo que está al tanto del último desastre.

—Me dicen que han perdido la pista de Kuzmin.

—Se les ha escapado en Washington y ahora no sabemos dónde está. Esto ya no se resuelve con agentes de campo. No podemos tener a miles de espías recorriendo cada calle de Estados Unidos buscando a un solo hombre. Tiene que encontrarlo usted. Revise hasta la esquina más lejana y oculta de internet, rastree llamadas telefónicas, correos electrónicos o señales de humo, pero ¡encuentre a ese traidor!

—Tengo alguna pista, señor.

—¿Qué sabe?

—Usted me dijo que Kuzmin se había fugado con un pasaporte español y que eso podría suponer que quizá fueran españoles quienes le ayudaron a huir.

—Exacto. ¿Hay novedades sobre eso?

—Nuestra gente de la embajada de Madrid ya me ha enviado el listado que le dije y he averiguado algo, señor. Creo que Kuzmin fue captado por la CIA y por el CNI en Madrid.

—¿A qué fue Kuzmin a Madrid?

—Hizo un máster en una especialidad informática. Busqué datos sobre ese curso y los crucé con el listado de agentes que me envió nuestra embajada. Uno de los profesores que dio clase a Kuzmin se llama Pablo Perkins y creo que es agente de la CIA. Estoy casi segura. Pero de lo que sí estoy segura al cien por cien es de que es hijo de un agente de la CIA llamado Matthew Perkins, que estuvo destinado en Madrid hace años y se casó con una española. Este nombre lo he conseguido en la base de datos del FSB, que tiene un catálogo de agentes de la CIA identificados a lo largo de los años.

—Ese Pablo Perkins podría ser uno de los que ayudó a Kuzmin a escapar. Quizá el que conducía el coche en Zúrich.

—Es posible, pero será difícil confirmarlo porque Perkins viajaría con pasaporte falso. No he encontrado su nombre en ningún hotel ni en ningún listado de pasajeros de avión. Ni tampoco aparece su segunda identidad.

—¿También ha conseguido su segunda identidad?

—Sí, señor. La he averiguado porque Perkins estuvo aquí, en Moscú, tres días antes de la fuga de Kuzmin.

—¡¿Y no se enteró ninguno de los miles de policías, soldados y agentes de inteligencia que tenemos en este país?! —Serkin entró en cólera, se puso en pie en pleno arrebato de ira y empezó a dar vueltas por la sala lanzando improperios.

Sonja esperó unos segundos a que dejaran de escucharse palabras malsonantes para continuar su relato.

—Vino camuflado entre un grupo de aficionados del equipo de fútbol del Atlético de Madrid, para un partido contra el Lokomotiv. Lo encontré cruzando en el ordenador los datos, pasaportes, números de teléfono y fotografías de los pasajeros que habían llegado a Moscú en las dos semanas anteriores a la huida de Kuzmin. El programa de reconocimiento facial tardó un tiempo en procesar toda la información, pero acabó encontrando similitudes físicas entre un pasajero llegado desde Madrid en un vuelo chárter para ese partido de fútbol y un hombre que entró unas horas después en el edificio en el que vive Boris Kovalev. Hace ya semanas que grabamos a todos los que entran y salen de ese edificio y tenemos también la imagen que siempre capturan las cámaras del control de pasaportes del aeropuerto. Y era Perkins.

—O sea, que Perkins se reunió con Kovalev... —murmuró Serkin pensativo, como diciéndoselo a sí mismo.

—Y supongo que también se reunió con Kuzmin en algún momento del día para preparar la fuga.

—Y saldría de Rusia igual que entró...

—Sí, señor. Esa misma noche, al terminar el partido y en el mismo avión. Volvió a Madrid y quizá sea el hombre que ayudó a Kuzmin en Zúrich, pero eso no lo he podido confirmar porque la señal del móvil que usó aquí, en Rusia, no ha sido captada en Suiza en esos días. Ni tampoco utilizó la misma identidad. Si era él, llevaba otro teléfono y otro pasaporte.

—Ahora falta que identifiquemos a la mujer que ayudó a Kuzmin en Finlandia.

—Creo que ya sé quién es.

—¿También?

—Puede tratarse de una tal Teresa Fuentes. Trabaja para el servicio de inteligencia español. Cuando nuestros agentes en Madrid estaban investigando a Perkins, comprobaron que tenía contacto habitual, casi permanente, con esa mujer. Por eso la investigaron también a ella y confirmaron que es agente del CNI. Podría ser la persona de enlace de Perkins para las operaciones de colaboración entre la CIA y el CNI.

Sonja entregó a Serkin una carpeta con los datos y las fotografías de Perkins y Fuentes. El jefe de los espías rusos revisó los papeles con parsimonia fijándose en los detalles del informe. Estaba cada vez más furioso, pero trató de serenarse para continuar la reunión que, a pesar de los desastres que se acababan de poner de manifiesto, estaba resultando muy productiva.

—Si Perkins trabaja para la CIA y Fuentes para el CNI, debemos suponer que las jefaturas de esas dos agencias están al corriente de todo...

—Es posible, señor. Pero no es seguro. He pedido información a nuestras *rezidenturas* en Washington y en Madrid. Por supuesto, no les he dado ningún dato de los que le acabo de informar a usted. Pero pedí que monitorizaran si se producía alguna actividad especialmente intensa en estos días, tanto en la CIA como en el CNI, y caben dos posibilidades: o disimulan muy bien o no saben nada. No han detectado movimientos inusuales. Quizá Perkins y Fuentes estén trabajando igual que yo para usted: solo para un jefe concreto, sin informar a nadie más. Cuando se trata de una operación importante, esto es muy habitual para evitar fugas de información.

Serkin escuchaba las explicaciones de Sonja sin levantar la mirada del informe que le había entregado. Seguía pasando las páginas y observaba cada detalle. Y así, sin levantar la cabeza, se dirigió de nuevo a su agente:

—¿Ha hablado de esto con alguien más?

—No, señor. Los datos de ese informe solo los conoce usted. Me dijo que no hablara de esto con nadie y eso he hecho. Aunque cada vez es más complicado.

—¿Qué quiere decir?

—Que es difícil que mis superiores directos, e incluso mis compañeros, no tengan curiosidad por saber lo que hago. Y no descarto que alguien pueda entrar en el sistema informático para revisar mis búsquedas y los programas que utilizo. He introducido cortafuegos y trampas, y eso retrasará sus intentos de averiguarlo. Pero antes o después accederán al material. De todas formas, no les podría contar nada más porque usted no me ha dicho qué sabía Kuzmin para tener que fugarse. Y eso es lo que ellos querrán saber también: por qué se fugó.

Serkin levantó, por fin, los ojos de la carpeta y miró fijamente a esa joven tan sagaz con severidad.

—Eres muy perspicaz. —Serkin tuteó a la joven agente por primera vez y habló marcando con una pausa cada palabra—. Por eso he querido que trabajes para mí. Pero no des un paso más, no vaya a ser que te resbales. —Serkin se incorporó para acercarse hasta colocar su cara a pocos centímetros de la de Sonja. Casi podía rozar su nariz con la otra—. Si te cuento por qué ha huido Kuzmin, tendría que hacer contigo lo mismo que haremos con él: me vería obligado a eliminarte. Y no quisiera hacerlo. —Sonja sentía terror, pero era capaz de evitar que se notara—. A partir de ahora —continuó Serkin— trabajarás en una sala que habilitaré junto a mi despacho. Recoge tus cosas en la oficina. Yo me encargaré de hablar con tus jefes para que te dejen en paz. Y ahora, tienes más trabajo. Además de buscar a Kuzmin, localiza a Pablo Perkins y a Teresa Fuentes.

Serkin se levantó sin soltar el informe que le había entregado Sonja y salió de la sala casi a la carrera. No se despidió. Una hora después, Sonja estaba instalada en una pequeña habitación de doce metros cuadrados, junto al despacho de Serkin, con tres ordenadores, una impresora, una trituradora de papel y una mesita con botellas de agua y bocadillos. La misión continuaba.

Nueva York, a esa hora

—Este es su apartamento. —El portero del edificio abrió la puerta e invitó a entrar a un joven con evidente acento extranjero—. En la segunda planta hay una sala con lavadoras y secadoras para la ropa. Y al fondo de este pasillo tiene una máquina de hielo y otra de *vending* con bebidas y algunas cosas para comer.

—Es usted muy amable. Gracias. —Maxim Kuzmin trató de despedirse, agobiado por la situación y deseoso de cerrar la puerta y sentirse a salvo por primera vez desde hacía días, aunque fuese una sensación más psicológica que real.

El portero entregó las llaves al nuevo inquilino, pero no se apartaba de la puerta.

—¿De dónde es usted?

—Soy español —respondió el joven después de un largo segundo de duda porque no esperaba la pregunta.

No podía decir que era ruso, por razones obvias. Pero hubiera preferido no verse obligado a responder, temeroso de que el portero fuese mejicano o de algún país de Centroamérica y empezara a hablar con él en español para darse cuenta de la mentira al comprobar sus dificultades con el idioma y su extraño acento. Pero tuvo suerte.

—Yo soy polaco. ¿Le gusta el fútbol? Aquí solo hablan de béisbol.

—Sí, me gusta mucho —respondió Kuzmin con desgana, cada vez más impaciente por terminar la charla y empujando la puerta para intentar cerrarla. Pero el portero no se iba.

—¿Es del Real Madrid o del Barcelona?

Kuzmin había pasado de la impaciencia a la intranquilidad, y de la intranquilidad al deseo de agredir al portero. Pero mantuvo las formas.

—Soy del Atlético —acertó a responder.

—¡Ah! Está bien —respondió el portero, sorprendido de que hubiera gente que se saliera del sistema—. Alguien tiene que ser del Atlético —sentenció finalmente.

—Eso mismo pienso yo. —Kuzmin ya no sabía qué decir.

—Bueno. Me marcho. Si necesita algo, solo tiene que llamarme. Termino mi jornada a las nueve de la noche.

—Muchas gracias. Lo tendré en cuenta.

Se despidieron y, por fin, Kuzmin pudo cerrar la puerta. Nunca había sentido tanto alivio. La huida parecía acercarse a su final, aunque todavía no tuviera el pasaporte americano, aunque ese lugar no fuese su destino definitivo y aunque ahora estuviese solo.

Recorrió el apartamento en unos pocos segundos. Tenía una sola habitación, un salón amplio, un baño y una cocina pequeña conectada con el salón a través de un hueco en la pared. Suficiente para instalarse una temporada que debería ser corta. Todo muy funcional.

Kuzmin se asomó a la ventana y se dejó fascinar por el mar de rascacielos de Manhattan. La vista era espectacular. Ya la disfrutaría. Ahora necesitaba deshacer la maleta y familiarizarse con el apartamento. Sacó la ropa. Las camisas y los pantalones estaban arrugados después del largo viaje. Tendría que lavar y planchar. En el armario principal encontró una plancha. En una esquina vio el *router* de la señal wifi que le mantendría conectado con el mundo, aunque para enviar su primer mensaje a Pablo Perkins utilizaría alguna wifi pública. Control de riesgos. Tenía la orden de no salir durante unos días. Hasta entonces, debería comer sándwiches de la máquina que tenía en su misma planta.

Encendió el televisor. Disponía de unos cien canales. Buscó alguno que diera noticias y encontró Fox News. A esa hora emitía en directo los actos de campaña de los dos candidatos a la presidencia de Estados Unidos. Nathalie Brooks decía algo sobre la trama rusa: «Nunca más consentiremos que Rusia interfiera en nuestro proceso democrático. Ya hubo un candidato republicano que llegó a la Casa Blanca con la ayuda del Kremlin. No permitamos que eso se repita. Hay que parar la trama rusa», gritaba Brooks, mientras sus seguidores la ovacionaban.

Kuzmin miró al televisor pensativo.

TAMPA, FLORIDA, 14 DE OCTUBRE
(A 22 DÍAS DE LAS ELECCIONES)

—A esta distancia, quizá el hierro 7 pueda ser suficiente para dejar la bola bien situada en el *green* —dijo el hombre que había aparecido de repente y sin anunciarse en medio del *rough* del campo de golf, a unos ciento veinte metros del hoyo 10.

Charles McKenzie oteaba el horizonte tratando de calcular la distancia del golpe para elegir el palo más adecuado, cuando aquel individuo le recomendó el hierro 7. McKenzie desvió su mirada de la bandera del hoyo hacia la voz que le hablaba. De inmediato, reconoció a su visitante.

—Hola, Matthew.

—¿Cómo te va, Charlie?

—Llevo días esperándote, pero no creí que vinieras justo hoy y justo aquí. Lástima que llegues un poco tarde para sumarte al juego.

—Tenemos que hablar de un juego más interesante y mucho más peligroso.

—Tienes buen aspecto.

—Tú también, pero no será por el golf, porque dando golpes a la bola no te mueves demasiado.

—Sigues tan simpático como siempre...

—Hago lo que puedo.

McKenzie sacó el hierro 7 de su bolsa de palos con cierta parsimonia, como si estuviera haciendo algo importante. Lo agarró siguiendo los cánones de este deporte, situó sus pies a la distancia debida, ejecutó el *swing* con soltura y golpeó la bola con determinación, convencido de lo que hacía. La bola sobrevoló el campo, alcanzó el *green*, cayó sobre la hierba recién cortada y se detuvo a poco más de dos metros del hoyo.

—Tenías razón: el hierro 7 era el palo correcto —sentenció Charles.

—No todas las recomendaciones se me dan igual de bien.

—Pues ahora tendremos que intercambiar algunas recomendaciones, así que ya te puedes esmerar.

La conversación, todavía intrascendente, continuó durante el paseo a buen ritmo hasta el *green*, donde McKenzie utilizó el *put* con maestría para introducir la bola en el hoyo y culminar un par cinco en solo cuatro golpes.

—Lástima que se tenga que acabar ya, con lo bien que iba...

McKenzie no podía continuar su recorrido hasta completar los dieciocho hoyos del campo. Había cosas urgentes que hacer. Y empezarían a hacerlas en el bar del club.

—Tráigame una cerveza y un refresco de limón, por favor —pidió Matthew Perkins al camarero.

—¿Qué es eso que has pedido?

—La mejor bebida del mundo: una clara; la mezcla de cerveza con refresco del limón. Una maravilla. Deberías probarla. Es lo que más se bebe en los campos de golf de España después de recorrer el campo.

McKenzie pidió lo mismo que Perkins y ambos bebieron para saciar su sed.

—¿Cuánto hace que no nos veíamos? —preguntó McKenzie.

—¿Veinte años? Por lo menos quince —respondió Perkins tratando de hacer memoria.

—Sí, nos conocimos después del 11-S.

—Eso es, cuando nos metieron a los dos en el grupo para investigar a Al Qaeda en Afganistán.

—Hicimos un buen trabajo allí.

—Sí, pero para entonces ya era demasiado tarde. De haber organizado a tiempo ese grupo, quizá habríamos encontrado a Bin Laden antes del 11-S, nada de aquello habría ocurrido y nos habríamos ahorrado también la desastrosa forma de salir de allí en agosto de 2021, y que los talibanes recuperaran el poder.

—Es posible. El problema, Charlie, es saber qué debemos hacer ahora.

Los dos veteranos de la CIA salieron del club de golf. Allí había demasiada gente como para hablar de asuntos importantes. No querían correr riesgos. Decidieron pasear por un jardín cercano, donde podrían mantener la distancia con las pocas personas que deambulaban por la zona.

—Tu hijo se ha metido en un buen lío —dijo McKenzie.

—Y a ti te metió en el lío ese tal Kovalev.

—Conocí a Boris mucho antes que a ti, durante la Guerra Fría. Y también a Arnold Breuer, que me llamó hace unos días para contarme lo que había hablado con tu hijo y con esa otra agente española. Me advirtió de que probablemente vendrías a verme, pero empezaba a impacientarme. Si no hubieras aparecido hoy, habría tenido que tomar las decisiones por mi cuenta.

Durante el resto del paseo, McKenzie hizo a Perkins un relato resumido de lo que Kovalev le había contado a él y a Breuer en Londres. Perkins dio a McKenzie los detalles de la fuga de Maxim Kuzmin, recién llegado a Estados Unidos. Y al final, se planteó la gran pregunta: ahora, ¿qué?

—¿Qué hacemos con la CIA? —preguntó y se preguntó Perkins.

—¿Insinúas que se lo tenemos que ocultar a la agencia? Mi intención era que llamáramos al director de la CIA en cuanto termináramos esta conversación. Es más, deberíamos llamar ahora mismo.

—Sabes igual que yo que si el director de la CIA se entera de esto, todo se va a descontrolar. Él no es un espía. Es un político. Y será inevitable que la información acabe llegando a otros despachos políticos: los de la Casa Blanca y los del Capitolio, porque a ellos les debe su puesto. Y, a partir de ahí, cualquier desastre es posible.

—Pero es irreal pretender que podemos ocuparnos de esto por nuestra cuenta, saltándonos a la agencia. ¿Cuánto crees que van a tardar en enterarse? Eso, si es que no lo saben ya —argumentó McKenzie.

—Si esto trasciende hacia arriba, podemos estar ante un desastre nacional e internacional.

—¿Y entonces? —McKenzie no encontraba solución al dilema.

—Kramer —respondió Perkins sin necesidad de dar más datos.

—Kramer es la CIA. —McKenzie se limitó a constatar una obviedad, pronunciando cuatro palabras en modo cortante.

—Kramer es Kramer —sentenció Perkins.

Matthew lanzó el nombre que tenía en mente desde hacía varios días. Si tenían que ir de la mano de alguien, esa persona era Elisabeth (Beth) Kramer. Había sido compañera de Perkins y de McKenzie en Afganistán y ahora era la número dos de la CIA. Confiaban en ella como los soldados de una unidad tienen que confiar los unos en los otros en medio de la batalla. Y los tres, Perkins, McKenzie y Kramer, se habían jugado la vida juntos en muchas operaciones contra los talibanes y Al Qaeda en Afganistán, y contra el Estado Islámico en Irak.

—¿Beth?

—No se me ocurre otra opción. Sería la forma de hablar de esto con la CIA, pero a la vez asegurarnos de que quien recibe la información es alguien inteligente y prudente. Y, además, es amiga nuestra. Ella debería saber qué hacer a partir de ahora. Y tenemos poco tiempo por delante.

—Esto va a poner a Beth en un compromiso muy difícil, entre su obligación como número dos de la agencia, la necesidad de encontrar una solución a este problema y su amistad con nosotros.

—Estas son las cosas que pasan cuando aceptas cargos tan importantes: que tienes que tomar decisiones difíciles —sentenció Perkins.

—¿Quieres comer algo? Estoy muerto de hambre.

—Yo también.

McKenzie y Perkins volvieron al club, ocuparon una mesa y pidieron algo de comer. En ese momento, el televisor instalado en una pared del restaurante emitía la señal de la CNN. La candidata demócrata Nathalie Brooks hablaba ante una multitud en Miami, en su intento de conseguir la victoria en el estado de Florida, algo fundamental para obtener la presidencia de Estados Unidos.

—¡Es el momento de optar entre continuidad o cambio! —rugía Brooks detrás de un atril en el que dominaba el color azul del Partido Demócrata—. Los republicanos convertirían a Estados Unidos en una sucursal de Rusia. No permitamos que consolide su poder la trama rusa con la vuelta de los Banks a la Casa Blanca. ¡Salvemos América!

Perkins y McKenzie levantaron la vista hacia el televisor a la vez, como si un resorte invisible hubiera activado a los dos al mismo tiempo. Después de escuchar a la candidata, se miraron con gesto grave. Era innecesario decir una sola palabra más. Todo era muy evidente. Pero McKenzie rompió el silencio.

—¿Llamas tú a Kramer o lo hago yo?

Moscú, 16 de octubre (a 20 días de las elecciones)

En la pantalla de la izquierda aparecían centenares de números de teléfono. En la pantalla de la derecha tenía un mapa de Washington y sus alrededores. En la pantalla central, Sonja señalaba los números de teléfono de la izquierda y determinadas zonas del mapa de la derecha en el intento de establecer conexiones sospechosas.

La analista del FSB llevaba dieciocho horas pegada a sus ordenadores. No había dormido en todo ese tiempo, pero aún tenía fuerzas para mantenerse alerta. En la mesa lateral estaban los restos de los sándwiches y las Coca-Colas zero que había consumido. A cada rato, mordisqueaba el trozo de comida que le quedaba en un plato.

El proceso sería largo y complejo, y no existía seguridad de éxito. Había conseguido romper todas las barreras informáticas para entrar en los servidores de las compañías de servicios telefónicos de Estados Unidos. Ya tenía delante de sus ojos cada número de móvil que estuviera en la Costa Este del país. Y ahora, el objetivo era encontrar aquellos cuya señal hubiera sido captada por las antenas de la zona del aeropuerto Dulles alrededor de la hora en la que aterrizó allí Maxim Kuzmin. Después, averiguar si alguno de esos teléfonos pasó también por la zona del apartahotel en el que se alojó esa noche. Y, si esa búsqueda obtenía resultados, quizá podría dar con el número de Kuzmin y seguir sus movimientos.

—Vamos, vamos... Dame números. Vamos...

Sonja llevaba tantas horas sola que ya mantenía conversaciones con la pantalla. El ordenador estaba cruzando números y lugares. Necesitó un tiempo, pero finalmente aparecieron los datos. Había unos trescientos números de teléfono que en algún momento de esa tarde y noche habían estado en el aeropuerto Dulles y en el barrio del apartahotel. Pero existía un problema importante: Sonja daba por seguro que, por un evidente motivo de seguridad, el móvil que le hubieran dado a Kuzmin en Europa no volvería a activarlo en Estados Unidos. Y no sabía si le habían entregado un nuevo móvil con línea americana en el mismo aeropuerto, en el apartahotel o en otro lugar.

Aun así, continuó la búsqueda. De los trescientos números seleccionados por el ordenador, comprobó que doscientos cuarenta y dos parecían ser de personas que vivían en el barrio del apartahotel, porque sus movimientos en esos días fueron relativamente estables. Se desplazaban dentro de la ciudad o en los alrededores y volvían al barrio por la tarde o por la noche. Probablemente, eran residentes.

Los cincuenta y ocho teléfonos restantes se dispersaron por otros lugares de Estados Unidos en las horas o días siguientes, salvo cinco. Esos cinco dejaron de estar operativos desde entonces. Optó por apartarlos y mantenerse alerta por si en algún momento se volvían a activar. De los demás, haría un seguimiento más intenso.

—La primera vez que me pediste una cita fuiste mucho más romántico. Me llevaste a la cantina de oficiales que teníamos en Kabul.

Beth Kramer bromeaba mientras ocupaba una silla junto a la mesa situada en la esquina izquierda del restaurante español La Taberna del Alabardero, a diez minutos a pie de la Casa Blanca. Matthew Perkins llevaba unos minutos esperando.

—Aquí caen menos bombas —respondió Matthew.

—Tienes buen aspecto, a pesar de la edad. —Beth disfrutaba con la ironía permanente.

—Será por no trabajar.

—¿Qué tal se vive cuando estás jubilado?

—Depende de cómo te lo tomes. Puedes dedicarte al golf o puedes salvar el mundo.

—¿Has elegido la segunda opción?

—Para ser exactos, la segunda opción me ha elegido a mí.

—¿Y en qué te puedo ayudar?

—No lo sé, pero sería bueno que hicieras algo.

—Tú dirás.

—¿Has venido sola?

—Todo lo sola que va a cualquier sitio la subdirectora de la CIA. Pero puedes estar tranquilo. No tengo micrófonos. Y el móvil se lo he dejado a mi secretario, que está esperando en el coche. Si recibo una llamada importante, vendrá a avisarme.

—¿Saben con quién estás?

—No. Les he dicho que almuerzo con un viejo amigo. Nadie me podrá acusar de mentir.

—Aquí no podemos hablar muy alto. Hay demasiada gente. Por eso he escrito unas notas en este papel. Quiero que lo leas aquí y me lo devuelvas.

—¿Qué me recomiendas para comer? —dijo Beth mientras cogía el papel doblado por la mitad que le entregaba Matthew.

—Hay un plato que llaman zarzuela de mariscos. Quien lo prueba no lo olvida jamás. La mejor cocina española.

—Pues pide para los dos.

Perkins llamó al camarero para hacer el pedido mientras Beth Kramer desdoblaba el papel. Eran unas diez líneas escritas a mano para no hacerlo en un ordenador y evitar el riesgo de un *hackeo*. El texto no aportaba muchos detalles, pero incluía lo fundamental. No era necesario más en este primer contacto. Kramer lo leyó sin mostrar reacción alguna, como quien no siente ni padece, como si la hubieran anestesiado y pudiera aguantar que le agujerearan la pierna con una taladradora sin sentir dolor. En buena medida, en eso consistía su trabajo. Después, dobló el papel, se lo devolvió a Perkins, cogió su copa y la levantó al aire para brindar.

—¿Por los viejos tiempos?

—Prefiero brindar por los tiempos que estén por venir.

—Es un rioja —dijo sin dudar.

—No sabía que fueras una experta en vinos.

—No soy experta, en absoluto. Sé leer las etiquetas de las botellas. Pero sí soy experta en otras cosas. Ya me conoces. —Kramer insistía en sus ironías, incluso después de haber leído la nota de Perkins.

Matthew esperaba que Beth dijese algo sobre el papel que acababa de leer. Y se estaba impacientando. Pero la subdirectora de la CIA aún seguía procesando la información y una de sus características personales era que nunca se precipitaba. Incluso en las situaciones de mayor estrés, su prioridad era no perder los nervios y no hablar antes de estar segura de lo que iba a decir.

Perkins nunca olvidó cómo, en uno de los ataques sufridos por las fuerzas americanas en Afganistán, un proyectil impactó muy cerca. Beth salió despedida por la onda expansiva y cayó violentamente contra el suelo, con varias heridas en el cuerpo, en medio de una nube de polvo y cascotes desprendidos de una pared. Al tiempo que decenas de militares huían despavoridos, ella se levantó pausadamente, se sacudió el polvo de la ropa y, mientras seguían cayendo proyectiles, caminó hacia el refugio como si paseara por un parque en una bella tarde de primavera. Matthew siempre comparaba aquella escena real con la protagonizada por el actor Robert

Duvall en la película *Apocalypse Now*, cuando encarnaba a un teniente coronel al que le gustaba el olor del napalm por la mañana, y estaba dispuesto a hacer surf en medio de un bombardeo en Vietnam, al grito de «¡Surfearé en este jodido lugar!».

—Su zarzuela de mariscos.

El camarero llegó con la comida y la sirvió a los comensales. Beth probó aquel plato exquisito, lo degustó y se mostró maravillada con la mezcla de sabores penetrantes.

—Riquísimo —constató Beth—. La cocina española está infravalorada. Los italianos y los chinos han sabido manejar el *marketing* mucho mejor para vender sus platos nacionales. Incluso nosotros, con las hamburguesas. Pero nada puede competir con la paella, con la tortilla de patata o con un plato como este. ¡Qué maravilla!

Perkins observaba a Kramer con incredulidad. ¿Cómo podía estar hablando de la cocina internacional después de haber leído un papel en el que se informaba de que la Casa Blanca podía estar a punto de caer en manos de una espía rusa? Pero Beth se tomaba su tiempo para reaccionar. Y no lo hizo hasta que despachó la mitad del plato.

—Es imposible —dijo Beth de repente sin levantar la vista del marisco que tenía delante de su cuchara.

—¿Qué?

—Eso que dices que está pasando. Es imposible.

—Es real, Beth. Créeme. Lo sé. Lo sabemos.

—¿Lo sabemos? ¿De cuánta gente hablamos?

—Media docena de personas. —Perkins no quiso especificar más, de momento. Habría tiempo para los detalles, dependiendo de cómo terminara esa conversación.

—Eso es una multitud. Pero da igual. Es imposible. No puede haber ocurrido. —Beth bajó entonces la voz para hablar en un susurro—. Es una idiotez dar crédito a esa ensoñación.

—No es una ensoñación. Debes tomarlo en serio. He venido a ti porque no me fío de nadie más en la agencia. Y porque no conviene que nadie más en la agencia lo sepa. Necesito que me concedas el beneficio de la duda y que nos reunamos cuanto antes en un lugar seguro para darte todos los detalles que conocemos. Es urgente. No podemos perder un minuto. Faltan solo diecinueve días para las elecciones. Hay que hacer algo ya.

Beth terminó de saborear lo que le quedaba en el plato con cierta parsimonia. Disfrutó de otro trago de rioja como si fuera una versada catadora de vinos. Secó sus labios con la servilleta y levantó la mirada hacia Perkins.

—¿Sigues dando paseos en barco por la costa de Long Island?

EN AGUAS CERCANAS A PORT JEFFERSON, LONG ISLAND, NUEVA YORK, 19 DE OCTUBRE (A 17 DÍAS DE LAS ELECCIONES)

—Es increíble... —se desesperaba Beth Kramer ante sus antiguos compañeros—. Una década tras otra, sin que ninguno de nuestros servicios de inteligencia haya sido capaz de descubrir lo que ocurría... ¡No me lo puedo creer! En estos casi cien años hemos desmontado decenas de operativos del KGB, del GRU, del SVR, del FSB... ¿Os acordáis del proyecto Venona? Estuvimos casi cuatro décadas interceptando y desencriptando mensajes de los servicios soviéticos, desvelando operaciones, deteniendo espías rusos y descubriendo traidores americanos. No hemos dejado de encontrar a espías durmientes, incluso nacidos aquí, en América. Anna Chapman y otros nueve infiltrados... Los detuvimos en 2010. Yo participé en esa operación. Pero ¿esto? ¿Cómo ha sido posible? ¿Cómo ha podido ocurrir?

Matthew Perkins tenía en su mano una cerveza fría. A su derecha, en la cubierta del pequeño barco de recreo, se sentaba Charlie McKenzie. Enfrente, Beth Kramer.

La subdirectora de la CIA había escuchado durante tres horas y en silencio el relato de la Operación Kazán. Beth se sintió primero desconcertada. Después, aterrada. Pero también reconocía el trabajo bien hecho por el enemigo.

—Ha sido un plan brillante, apabullante, casi indetectable —continuó Kramer—. Imaginaos que nosotros hubiésemos puesto a un espía en otro país, trabajando solo, sin la ayuda ni el conocimiento de ninguno de nuestros servicios de inteligencia, apenas controlado por unas pocas personas y con la misión de alcanzar el poder en casa del adversario... Hay que reconocer que Stalin puso en marcha una operación insuperable.

—Y nosotros sabemos la verdad —explicó Perkins— solo porque uno de los depositarios del secreto ha querido abortar la operación: Boris Kovalev.

—Y ahora, Beth, ¿qué vas a hacer? —preguntó McKenzie—. ¿Contarás todo esto al director de la CIA y al presidente?

Kramer no respondió a la pregunta de inmediato, aunque tenía clara la respuesta. Solo quería encontrar las palabras adecuadas, porque estaba a punto de cometer lo que probablemente era una ilegalidad que podría costarle su carrera y quizá la cárcel.

—Mi obligación y, por cierto, también la vuestra, aunque estéis jubilados, es llamar ahora mismo al director de la CIA —respondió Beth al cabo de un largo minuto de silencio—. El problema es que, si cumplo con esa obligación y hablo con él y con el presidente, hundiremos al país en un caos político y social de consecuencias incalculables para Estados Unidos y para el mundo. Pero, si no lo hago, estaré incumpliendo la ley.

—Beth —intervino McKenzie tratando de aportar algún elemento que hiciera a Kramer encontrar la mejor solución a ese dilema—, recuerda tu juramento como subdirectora de la CIA: «Defenderé la Constitución de los Estados Unidos contra todos sus enemigos, extranjeros y nacionales». En este caso estamos ante enemigos de los dos tipos, tanto extranjeros como nacionales. No vas a romper tu juramento. Lo vas a honrar.

—Acabaré en la cárcel —sentenció Kramer.

—Pondrán tu estatua en Langley —respondió Perkins.

Kramer se puso en pie y miró pensativa hacia la costa. En la lejanía se veían las casas de la playa cercana a Port Jefferson.

Después de un largo silencio, Beth contó una historia a sus dos viejos compañeros.

—Mi padre sirvió en la guerra de Corea. Era sargento en el 23° regimiento de infantería. En septiembre de 1951 combatieron en la batalla de Heartbreak Ridge. Llevaban meses de avances y retrocesos. Habían tenido muchas bajas. En varios enfrentamientos, el teniente que los mandaba demostró una evidente incapacidad para dirigir a sus hombres. Y varios de ellos habían muerto por su culpa, porque los envió al matadero con decisiones irresponsables. Una noche, cuando estaban protegiéndose de los disparos enemigos en una trinchera, varios soldados pidieron hablar con mi padre. Le dijeron que tenía que asumir el mando, porque el teniente los llevaría a todos al desastre. Mi padre sabía que tenían razón, pero respondió que su obligación era cumplir las órdenes de su superior y que si no volvían a sus puestos, tendría que denunciarlos por intento de insurrección. En ese momento, un obús enemigo cayó cerca de la trinchera. De inmediato, empezaron a caer más y aquello se convirtió en una lluvia de bombas. El teniente, en lugar de decir a sus hombres que se protegieran, dio la orden temeraria de salir de la trinchera y correr hacia las líneas enemigas. Mi padre cuestionó esa orden diciéndole que era mejor esperar a que dejaran de caer proyectiles, antes de ir al enfrentamiento cuerpo a cuerpo. El teniente respondió a gritos que obedecieran. En ese momento sonó un disparo y el teniente cayó muerto al suelo. La bala no era del enemigo. El gatillo lo apretó uno de los soldados que unos minutos antes había pedido a mi padre que asumiera el mando. «Ahora estamos a sus órdenes, sargento. Si quiere fusilarnos, está en su derecho. Si quiere que luchemos a su lado, lo haremos», le dijeron. La obligación legal de mi padre era proceder a la detención de aquel soldado, denunciar al resto de los insurrectos y llevar a todos ante un consejo de guerra. Incluso, si hubiera fusilado a ese soldado en el acto, quizá le habrían dado una medalla al mérito militar. Pero no hizo nada de eso. Asumió el mando de sus hombres y ellos le siguieron hasta el final. Si hubieran cumplido la orden del teniente, habrían muerto todos y el Ejército americano habría perdido esa posición en la batalla. Mi padre y sus soldados guardaron el secreto de por vida. Solo se lo contó a mi madre una de las muchas noches en las que sufría pesadillas provocadas por el sufrimiento de la guerra y en las que se despertaba llorando como un niño. Y mi madre me habló de aquella historia el día que murió mi padre.

—Tu padre fue un héroe, Beth —intervino Perkins, que estaba demudado después de escuchar la historia.

—Sabemos que la decisión es muy difícil —apuntó McKenzie, tratando de que Kramer se sintiera arropada en un momento tan complejo—. Pero el sargento Kramer es un ejemplo.

—El sargento Robert Kramer —Beth interrumpió a sus amigos— entendió que, a veces, lo patriótico es incumplir una norma para salvar las demás; saltarse una ley para defender el imperio de la ley, para salvar a tus soldados, para salvar la democracia y para salvar a tu país.

Perkins y McKenzie estaban paralizados e impacientes por saber si la subdirectora de la CIA estaba dispuesta a hacer lo mismo que su padre: tomar una decisión posiblemente ilegal y pasar por encima de la superioridad para conseguir un bien mayor.

—Hagámoslo. Paremos esto —dijo Kramer.

Moscú, 20 de octubre (a 16 días de las elecciones)

Sonja ya no recordaba cuándo disfrutó de su último día libre ni de su última hora de sueño. Mientras sus ordenadores cruzaban datos, la agente Ivanova del FSB apuraba la cuarta Coca-Cola zero del día y seguía hablando con las máquinas. Había logrado romper todas las barreras de seguridad de las compañías telefónicas americanas. Así podía acceder a la triangulación de antenas e incluso a la señal GPS para detectar la localización de un teléfono móvil con gran precisión.

—Vamos a aparcar esos cuarenta números de teléfono y nos vamos a centrar en estos dieciocho, ¿de acuerdo, cariño?

Cariño era su ordenador, y la máquina ejecutaba la orden. Durante días, Sonja había realizado barridos exhaustivos de los movimientos de decenas de números de teléfono. Todos descartados. No encontraba el camino y empezaba a desesperarse. Los últimos elegidos eran dieciocho, pero estaba obsesionada con tres números concretos, debido a sus extraños movimientos.

Uno de ellos fue captado por una de las antenas del aeropuerto Dulles la noche en la que Kuzmin llegó a Washington y después se movió a la calle del apartahotel, donde los agentes rusos de la embajada en Washington habían seguido a Maxim. Pero más tarde se perdió la señal y no se volvió a activar. Sonja especulaba con la posibilidad de que el dispositivo hubiera sido destruido para no ser localizable. Al cabo de unas horas, en medio de la madrugada, se activó el segundo número sospechoso en esa misma zona. Se movió a otro lugar de la ciudad, después volvió al barrio del apartahotel y se desplazó de nuevo hasta Alexandria, en las afueras de Washington. Horas más tarde, estaba localizado en el aeropuerto National Reagan de la capital; se perdió la señal —Sonja supuso que podía estar en vuelo—, reapareció en la ciudad de Tampa, en Florida, volvió a desaparecer, se activó de nuevo en Washington, se volvió a desactivar en el aeropuerto National Reagan y en las últimas horas había reaparecido en las cercanías de un pueblo llamado Port Jefferson, en Long Island, a pocos kilómetros de Stony Brook, donde hay una universidad y, por tanto, mucho movimiento de estudiantes. Quizá fuera un estudiante con una gran actividad viajera. Quizá no. El móvil parecía localizado en la zona del puerto.

Y quedaba el tercer teléfono sospechoso. El motivo de que recelara de este número era que se había activado en un lugar concreto de Alexandria apenas un momento después de que el segundo número sospechoso se detuviera justo allí. Sonja buscó en su ordenador el mapa de la ciudad y vio que los dos teléfonos coincidían en un aparcamiento. Podía ser solo una casualidad, pero tenía que mantener la búsqueda, por las dudas. Ese tercer número se movió después desde Alexandria hasta un barrio de Manhattan y permanecía allí, en un tramo de calle con tres enormes rascacielos con varios centenares de apartamentos. Y ese era el problema: no era fácil saber en cuál de ellos estaba. De momento, solo era una posibilidad. Pero ocurrió algo más.

Sonja no había abandonado su mesa, salvo para asearse por las mañanas en una ducha del edificio. Trabajó hasta bien entrada la madrugada esperando que el teléfono sospechoso se moviera, pero pasaba el tiempo y seguía en esa calle de Manhattan. No era normal. Sonja ya estaba obsesionada, pero, pasadas las tres de la madrugada, el cansancio hizo que se quedara dormida sobre su teclado. Hora y media después, uno de los ordenadores emitió una señal de alerta. El teléfono se movía, por fin.

NUEVA YORK, 22 DE OCTUBRE (A 14 DÍAS DE LAS ELECCIONES)

—Una entrada, por favor.

—Son veinte dólares.

Kuzmin pagó los veinte dólares y entró en una gran sala de eventos en el impresionante hotel Crowne Plaza de Broadway, a pocos metros de Times Square, en Manhattan. Maxim era consciente de que no era eso lo que le habían ordenado, pero necesitaba salir del apartamento. Lo haría con cuidado. Llevaba días encerrado. La cabeza le daba vueltas. Estaba impaciente por recibir el mensaje de que su nuevo pasaporte como ciudadano americano estaba listo y que le llevaban a algún lugar de Estados Unidos en el que se pudiera sentir seguro. Pero eso no ocurría.

La instrucción que tenía era permanecer en el apartamento, pero sentía que le faltaba el aire por el largo encierro. Y pasaba algo más: vio en internet que Ingmar Larsen, el campeón del mundo de ajedrez, estaba en la ciudad. En su escondite, solo tenía la opción de mirar la televisión y navegar por la red. Así es como supo que se celebraba el Open de Ajedrez de Manhattan y que Larsen iba a dar una exhibición, jugando una partida simultánea contra varios ajedrecistas. Inicialmente, Maxim trató de frenar sus impulsos. Quería ir, pero le habían dicho que no debía salir a la calle. Sin embargo, la tentación ganó terreno hasta hacerse irresistible. Se convenció a sí mismo de que Nueva York es un hervidero de gente y es fácil pasar desapercibido.

Pensó en no llevar el móvil, pero hubiera sido desobedecer una segunda orden: era necesario que lo tuviera cerca por si se producía alguna emergencia y tenían que hablar con él.

A miles de kilómetros de distancia, Sonja se despertó con la alerta emitida por su ordenador. La analista del FSB detectaba la señal del móvil de Kuzmin sin saber todavía que era Kuzmin quien lo llevaba encima. Siguió su movimiento hasta que se detuvo durante un par de horas en la calle Broadway, muy cerca de Times Square. Buscó en el mapa y vio que allí estaba el hotel Crowne Plaza. No parecía que fuera la pista que esperaba encontrar. Aun así, hizo una búsqueda en internet: ¿pasaba algo especial ese día en ese hotel? Después de un rato vio que en diferentes salas se celebraban la convención de una compañía financiera, unas jornadas de mesas redondas sobre asuntos políticos, un campeonato de ajedrez y la presentación de un nuevo producto de belleza. Nada llamó su atención. Sonja estaba agotada y se quedó dormida de nuevo.

Moscú, 23 de octubre (a 13 días de las elecciones)

—¡¡¡Ajedrez!!!

Sonja se despertó bruscamente. Tenía las teclas marcadas en el lado izquierdo de su cara después de varias horas durmiendo con la cabeza apoyada en el teclado del ordenador.

—¡¡¡Es él!!! ¡¡¡Es Maxim!!! —se gritó a sí misma.

Fue un momento de lucidez en medio del sueño. Se lavó la cara con el agua mineral que le quedaba en una botella, parpadeó con fuerza para aclarar sus ojos, se volvió hacia la pantalla, entró de nuevo en los eventos del hotel Crowne Plaza y buscó más información del campeonato de ajedrez. Esa noche había jugado Ingmar Larsen. Maxim era un loco del ajedrez y un enfermizo admirador de Larsen. Tenía que ser él. Tenía que ser Kuzmin. De inmediato, Sonja se puso en marcha.

—La señorita Ivanova quiere verle, señor. Dice que es urgente.

La secretaria del jefe del espionaje ruso abrió paso a Sonja, que esta vez entró en el despacho de Serkin sin ningún papel. No había tiempo para redactar informes.

—Señor, creo que tengo a Kuzmin.

—¿Estás segura?

—Segura, no. Pero estoy convencida. Necesito la ayuda de nuestra gente en Nueva York.

—Cuéntame. ¿Qué sabes?

—Señor, estos días me he infiltrado en los sistemas de las compañías americanas para rastrear móviles. Después de descartar varios millones de números, he conseguido fijar dos teléfonos concretos y creo que uno es el de Kuzmin. Y es posible que el otro sea de la persona que le ha ayudado a su llegada a Estados Unidos.

—¿Por qué crees que es Kuzmin?

—Por el ajedrez.

—¿Cómo?

—Le resumo la historia porque es demasiado larga. El móvil que he detectado se activó en Alexandria, cerca de Washington, un día después de la llegada de Kuzmin a Estados Unidos. Ese móvil se desplazó por carretera hasta una calle de Manhattan en la que hay varios rascacielos de apartamentos. Y no se ha movido de allí durante días. Supongo que quería mantenerse oculto y protegerse. Pero, de repente, anoche se movió. Se desplazó desde el apartamento hasta el hotel Crowne Plaza, muy cerca de Times Square.

—¿Y?

—Busqué si había algún evento estos días en ese hotel.

—¿Y?

—Que hay un torneo de ajedrez y anoche jugó allí el campeón del mundo, Ingmar Larsen.

—¿Y?

—Kuzmin es un loco del ajedrez y admira a Larsen. Es él. Estoy segura de que Kuzmin estaba allí. No se lo perdería por nada del mundo.

Serkin puso un gesto de incredulidad. No le parecía que las explicaciones de Ivanova fuesen prueba suficiente para dar por seguro que Kuzmin era la persona que llevaba ese móvil en su bolsillo. Pero no tenía una alternativa mejor.

—¿Qué necesitas?

—Mover a nuestra gente en Nueva York. Hay que enviar a alguien a esa calle a vigilar los edificios de apartamentos y esperar hasta que aparezca. Estoy convencida de que aparecerá.

—No hables de esto con nadie. Ni una palabra.

—Nunca lo hago, señor.

Serkin no siguió estrictamente la petición de Ivanova. Sí envió a dos individuos a buscar a Kuzmin, pero no encargó esa labor a los agentes de inteligencia del consulado en Nueva York. No quería dar información a nadie más ni provocar la curiosidad de los oficiales del servicio de inteligencia. Y, mucho menos, que la CIA o el FBI siguieran a sus agentes, a los que probablemente tenían identificados como espías, aunque de forma oficial solo fueran funcionarios de bajo nivel del consulado ruso. Cuando Sonja abandonó el despacho, Serkin descolgó el teléfono y marcó un número de Grozni, la capital de Chechenia. Quien recibió la llamada ni siquiera saludó. Sabía que no tenía que hablar, solo escuchar.

—Necesito a tu gente en Nueva York.

Un grupo de la mafia chechena controlado por Serkin y con tentáculos en Estados Unidos se encargaría de comprobar si, como decía Sonja, Maxim Kuzmin era el hombre que fue a ver el campeonato de ajedrez. La mafia tiene tres grandes virtudes para el mal: no hace preguntas, guarda los secretos y no tiene prejuicios. Los servicios de inteligencia oficiales hacen el trabajo inconfesable. La mafia hace el trabajo sucio.

Media hora después de la llamada, dos individuos estaban apostados en la zona. No conocían la identidad del hombre al que tenían que identificar. Tampoco les importaba. Disponían de una foto. Su trabajo consistía en avisar si lo veían, averiguar dónde se alojaba, tenerlo controlado y esperar nuevas órdenes. Y esta era solo su primera misión.

«Ya estoy en la floristería». El mensaje de móvil era un primer aviso de que la vigilancia empezaba a dar resultados. Mientras en Nueva York dos individuos seguían esperando a que apareciera Maxim Kuzmin, en Washington otro de los hombres del jefe mafioso checheno se ocultaba en el interior del vehículo en el que había seguido a Matthew Perkins hasta el barrio de Adams Morgan. Perkins aparcó en la calle Biltmore. Caminó por un callejón que daba acceso a la parte trasera de las casas y entró en una de ellas. Esa casa era la floristería, según el código pactado por los mafiosos.

El vigilante no sabía quién era Perkins. No era asunto suyo saberlo. Le habían encargado una doble misión. La primera, averiguar dónde iba, si se reunía con otras personas y, en su caso, fotografiarlas. La segunda, realizar una labor de contravigilancia: percatarse de si alguien más vigilaba a Perkins y a sus posibles acompañantes. Podía ser cualquiera: la CIA, el FBI, el FSB... Para cumplir su tarea, cuando Perkins cerró la puerta de la casa a su espalda, el observador entró con su coche en el callejón y se detuvo en una zona apartada, pero con una visión clara del lugar, lo que le permitiría hacer las fotografías que le habían encargado. Después de un rato en labores de centinela, llegó a la conclusión de que no había más vigilantes que él.

Perkins fue el último en llegar a la casa. En el salón, confortablemente amueblado y con las cortinas cubriendo las ventanas, le esperaban Beth Kramer, Charlie McKenzie, Arnold Breuer, Pablo Perkins y Teresa Fuentes. Eran las seis personas no nacidas en Rusia —además de Edward y Nathalie Brooks— que conocían la Operación Kazán y ahora tenían que planear cómo hacerla fracasar.

Kramer había realizado las gestiones necesarias para que la presencia de Pablo y Teresa en Estados Unidos estuviese justificada ante sus respectivas agencias. En la CIA, ordenó que Pablo se desplazase durante unas semanas a Washington para un curso de formación. Y, dado que Teresa era su contacto en el CNI, solicitó al servicio de inteligencia español el permiso para que ella también asistiese a ese curso que no existía.

—Hace tiempo que estoy jubilado —dijo Breuer— y mi contacto con la realidad de los servicios de inteligencia en estos tiempos modernos es escasa. Pero hay cosas que no cambian. Y una verdad incuestionable es que cuantas más personas conocen un secreto, más posibilidades hay de que ese secreto lo conozcan muchas más, antes o después. Es como las hormigas: si ves una en el salón de tu casa, puedes dar por seguro que hay más, aunque no las veas.

—Aquí somos seis —intervino McKenzie—. Además, está Boris Kovalev, que sería el séptimo conocedor del secreto. También lo tiene que saber el presidente Karlov. Mi duda es qué otras personas han podido tener acceso a esta información en Rusia.

—No creo que muchas —señaló Kramer—. En Rusia nada funciona bien: ni la economía ni la sanidad ni el ejército... Pero son unos maestros en el arte del espionaje. Y Karlov es un espía. Aunque ahora sea el presidente, nunca ha dejado de ser un espía. Es muy hábil evitando filtraciones. Ha organizado los servicios de inteligencia como él ha querido. Ha colocado allí a su gente. Y sabemos que cada uno de sus hombres de confianza conoce una cosa, pero solo él las conoce todas. No creo que haya más de una o dos personas que estén al tanto de los detalles.

—Y tenemos a Kuzmin en Nueva York —apuntó Pablo—. Necesitamos ya un pasaporte americano para él. Hay que sacarlo del apartamento cuanto antes y llevarlo a otro lugar más seguro, en algún rincón perdido del país.

—Eso no podré hacerlo, de momento —informó Kramer—. Quizá dentro de unas pocas semanas, pero no ahora. ¿Kuzmin sabe qué es Kazán?

—No —dijo Teresa—. Sabe que pasa algo grave, pero no sabe lo que es. Me lo preguntó a mí y también a Pablo, pero no le hemos dicho nada.

—Bien —intervino Matthew—, pues tenemos que trabajar dando por hecho que esta operación la conocemos los que estamos aquí, además de los Brooks, Kovalev, Karlov y quizá alguien más en Rusia.

—Y Sonja Ivanova.

Teresa lanzó el nombre de la analista del FSB y explicó a los demás lo que Kuzmin le había contado de Sonja cuando estaban en Helsinki: que fue ella quien detectó en internet las palabras Ocaso, Kovalev y Leonard, y que fue ella quien informó a sus superiores.

—A esta hora, Ivanova podría estar en una prisión de Siberia, acusada de ayudar a Maxim a desertar. Pero no podemos descartar que ella sea la encargada de seguirnos desde Moscú. Y tampoco podemos descartar que ya nos tenga controlados de alguna manera. Kuzmin dice que es muy buena —sentenció Teresa.

Kramer sacó de su bolso un ordenador portátil. Buscó una aplicación de mensajería encriptada y tecleó: «Necesito información sobre Sonja Ivanova, analista del FSB. Alto secreto». El texto lo recibió de inmediato un agente de su confianza en la CIA.

—Pronto sabremos algo de ella —informó Beth—. Ahora, a trabajar.

La reunión continuó durante toda la mañana. Se revisó la agenda de campaña de Nathalie Brooks, pero solo aparecían sus actos políticos de los próximos dos días, porque el equipo de la candidata iba cambiando los planes dependiendo de la evolución de los sondeos diarios. Al día siguiente estaría en Pensilvania, Carolina del Norte y Florida, donde las encuestas auguraban una gran igualdad. Y dos días después, en Michigan, Wisconsin y Ohio, donde también se preveía un empate. Eran algunos de los estados en los que realmente se jugaba el resultado de las elecciones.

La duda de los reunidos en aquella casa era qué hacer para frenar la Operación Kazán sin provocar una crisis política, y quién sabe si bélica, en Estados Unidos y en el mundo.

—Por desgracia —sentenció Kramer, después de un largo debate—, no disponemos de muchas opciones, porque solo quedan trece días para la votación. Hace unos meses podríamos haber organizado un operativo de más amplio alcance para evitar la victoria de Brooks en las primarias demócratas. Así habríamos terminado con Kazán antes de llegar a las elecciones. Pero ahora no tenemos margen. Por tanto, seguiremos el plan que hemos trazado.

Pasado el mediodía, con una decisión tomada, aunque estuviera llena de dudas, se levantó la reunión. Saldrían de uno en uno, cada dos o tres minutos. El primero en abandonar la casa fue Arnold Breuer. Volvería de inmediato a Suiza. Su labor había terminado después de dar a sus interlocutores toda la información de que disponía. Breuer fue quien puso en marcha el operativo tras la llamada inicial de su amigo, el exagente del KGB Boris Kovalev. También fue él quien hizo que los datos sobre la Operación Kazán llegaran a Estados Unidos a través de su otro amigo, el exagente de la CIA Charles McKenzie. Ahora asistiría a los acontecimientos desde su hogar en Berna, disfrutando de la jubilación en compañía de su esposa y tomando café con *ciambelle fritte* cada mañana en el restaurante Luce. Guardaría el secreto hasta el fin de sus días. Estaba entrenado para ello. Dos horas después, embarcó en un avión a Zúrich.

Durante la reunión, y sin perder detalle de lo que allí se decía, Matthew Perkins y su hijo Pablo se colocaron por turnos detrás de una ventana, haciéndose hueco entre las cortinas para ver sin ser vistos y observar qué ocurría fuera. ¿Habría alguien vigilando? No notaron nada extraño. Varios coches habían pasado de largo durante las horas que llevaban allí y los que estaban aparcados no se movían. Tampoco se apreciaba movimiento en su interior. Algún peatón caminaba fugazmente por esa zona de callejones, aunque sin detenerse. Al terminar la reunión, padre e hijo se apostaron en dos ventanas para controlar con más detalle la salida de la casa. Fue en ese momento, justo después de que Breuer se marchara, cuando ocurrió algo.

—Pablo, ¿puedes ver el coche azul de la derecha? El Chevrolet.

—Afirmativo.

—Me ha parecido que se movía el chasis, como si hubiera alguien dentro.

—No veo ningún movimiento.

—Ahora, no. Pero hace un momento me ha parecido que sí.

Padre e hijo se mantuvieron en silencio durante treinta segundos más hasta que Pablo notó otro movimiento.

—¡Sí, sí! ¡Se ha movido!

—¡Yo también lo he visto! —confirmó Matthew—. No le quites ojo. Hay que organizar esto.

Matthew se apartó de la ventana y se dirigió a los demás asistentes a la reunión.

—Parece que hay alguien ahí fuera. Prestad atención: Pablo ha dejado su coche en una de las salidas de este callejón y yo, en la otra. Vamos a hacer lo siguiente. Primero de todo: Charlie, llama a Arnold y dile que esté pendiente de su espalda hasta que suba al avión. Ahora voy a salir yo. Pablo se quedará aquí para seguir vigilando ese coche. Supongo que quien esté dentro querrá averiguar cuántos somos y quiénes somos, porque si hubiera pensado que solo había una persona en la casa, habría seguido a Arnold y no lo ha hecho. Eso significa que sabe que somos más. Yo iré hacia la calle principal y vigilaré desde mi coche. Después saldrás tú, Charlie. Si no te decimos nada, sigue tu camino como si no pasara nada. Después, será tu turno, Beth. Harás lo mismo que Charlie: sigue tu camino si no te decimos nada. Luego, Teresa. Y, finalmente, Pablo irá a su coche.

Así lo hicieron. Matthew salió de la casa, caminó unos cien metros, llegó a la calle principal y se metió en su coche. Pablo no apreció movimiento alguno en el Chevrolet. A los dos minutos se marchó Charlie McKenzie. Esta vez sí tembló ligeramente el vehículo del vigilante. Al momento se fue Beth. Caminó trescientos metros, paró un taxi y se alejó de la zona. Teresa hizo lo mismo. Y llegó el turno de Pablo. Siguió las instrucciones de su padre y se ubicó al lado contrario del callejón. Los dos Perkins estaban ahora haciendo pinza sobre el Chevrolet. Uno a cada lado, a unos cien metros de distancia. Saliera por donde saliera, ese coche tendría a uno de los Perkins pegado al maletero.

«Dos flores y cuatro arbustos». El mensaje llegó al móvil del jefe mafioso en Chechenia desde el coche aparcado cerca de la casa del barrio de Adams Morgan, en Washington. Según el código establecido, las flores eran mujeres y los arbustos, hombres. El vigilante, oculto detrás de los cristales tintados del vehículo, utilizó el *zoom* de su cámara hasta el límite y pudo fotografiar a las seis personas que salían de la casa. Cuando llegó al convencimiento de que ya no saldría nadie más, descargó la memoria de la cámara en un ordenador portátil conectado a internet por un dispositivo móvil, envió las fotos encriptadas a su jefe en Chechenia y este las transmitió a Mijaíl Serkin, en Moscú. Una vez despachado el material, el mafioso checheno dedicó los siguientes diez segundos a borrar las fotos de la memoria de la cámara y del ordenador. Tenía orden de no dejar huellas. Todo en apenas un minuto, sin salir del coche.

El vigilante se incorporó en el asiento del conductor, arrancó y se dirigió hacia la calle en la que le esperaba Pablo.

—Viene por mi lado, papá —dijo Pablo hablando al teléfono que tenía en el salpicadero del coche, conectado al sistema de manos libres.

—Síguelo. No lo pierdas de vista. Doy la vuelta y me pondré detrás de ti.

El Chevrolet salió del callejón y se incorporó a la circulación. Pablo dejó que avanzara unas decenas de metros y empezó a seguirlo. Diez segundos después, el coche de Matthew apareció en el retrovisor de su hijo. El Chevrolet dobló a la derecha. Circulaba despacio. Se paró ante un semáforo en rojo. Otro coche se detuvo detrás y, después, el de Pablo. El semáforo cambió a verde y el tráfico se reanudó. El vigilante checheno dobló a la izquierda manteniendo una prudente velocidad, sin movimientos extraños. Varias manzanas más adelante, otro semáforo se puso en rojo. El conductor del Chevrolet miró por el retrovisor. Vio con claridad a la conductora del coche que tenía detrás. Nada llamó su atención. Enfocó después su vista al siguiente coche. Estaba demasiado lejos para observar con suficiente nitidez la cara de quien iba al volante. Aun así, no le gustó lo que vio. Era un hombre. No apreciaba las facciones de su cara, pero sí le parecía reconocer la chaqueta que tenía puesta. Era como la de uno de los individuos de la casa. No estaba seguro, pero se temía lo peor. El semáforo se puso en verde. El conductor del Chevrolet reanudó la marcha, pero ahora no dejaba de mirar al retrovisor. Dobló a la izquierda y comprobó que el coche sospechoso le seguía. Dobló a la derecha y se mantenía detrás.

—Creo que se ha dado cuenta de que le sigo, porque no hace más que girar a un lado y otro. —Pablo informó a su padre desde el teléfono.

—Párate un momento. Le seguiré yo. Cuando pase por delante de ti, espera un poco y me sigues a mí.

Pablo se apartó como si quisiera aparcar. Al momento, su padre pasó a su lado y se situó a una distancia prudencial del Chevrolet. El conductor se dio cuenta de que el coche que parecía haberle seguido ya no estaba. En otro semáforo en rojo volvió a mirar a través del retrovisor. La cara de quien iba detrás no le sonaba de nada. Pero la del siguiente sí le resultó familiar. ¿Podía ser otro de los asistentes a la reunión a los que había fotografiado un rato antes? Quizá se había vuelto paranoico, pero repitió la misma coreografía de antes para comprobarlo: dobló a la izquierda y le seguía; dobló a la derecha y le seguía. Tenía que escapar.

Intentó hacerlo al llegar a otro semáforo en rojo. Se lo saltó, aceleró a fondo y giró a la derecha para desaparecer de la vista de su perseguidor. Matthew también pisó el acelerador, dio un volantazo para sortear al coche que tenía delante y provocó que varios peatones se tuvieran que apartar de un salto para no ser atropellados, mientras gritaba al teléfono las instrucciones que debía seguir Pablo en un nuevo plan improvisado.

—Avanza dos manzanas más y luego intenta cruzarte con él de frente.

—¡Oído!

Pero no funcionó. El Chevrolet pasó como una exhalación por delante de Pablo antes de que pudiera interponerse en su camino. Detrás, igual de rápido, iba Matthew, y Pablo se sumó al cortejo pisando el acelerador sin medida.

La persecución se convirtió en una conducción alocada por las calles de la ciudad, que expulsaba a los demás automóviles de la calzada. El mafioso checheno recorría la calle Kalorama cuando giró repentinamente a la derecha para incorporarse a la avenida Connecticut, hacia las afueras del barrio. Pablo aceleró aún más, y se puso en paralelo con su padre y detrás del Chevrolet, que apuró todos sus caballos de potencia. Esa fue su perdición. Tuvo que frenar en seco para evitar un golpe frontal y perdió el control. Derrapó, se cruzó en la carretera, chocó contra el lateral de un camión que circulaba en sentido contrario y provocó que las ruedas de un lado perdieran el contacto con el asfalto. Se elevó en el aire, dio dos vueltas de campana y voló por encima del quitamiedos y de la valla del puente sobre el río Rock Creek.

Pablo y Matthew pararon en seco, salieron de sus coches a la carrera y se acercaron a mirar. El Chevrolet, con las ruedas hacia arriba y con el techo hacia abajo, se hundía en las aguas poco profundas del Rock Creek. El conductor no salió a la superficie. Los Perkins volvieron a sus coches y se marcharon de allí antes de que llegara la policía.

Una hora después, una grúa sacó del agua el vehículo accidentado. El techo se aplastó contra las rocas del fondo. Dentro estaba el cadáver de un individuo que no llevaba documentación encima. En el habitáculo del automóvil encontraron una cámara profesional sin tarjeta de memoria. El ordenador y la tarjeta salieron despedidos durante el vuelo desde el puente y se perdieron en el fondo del río. No se envió a los buzos porque nadie sabía que tal cosa había ocurrido. De todas formas, ni el ordenador ni la tarjeta tenían contenido alguno. Fueron vaciados antes de que se iniciara la persecución.

Moscú, 24 de octubre (a 12 días de las elecciones)

«Es él». No era necesario gastar más palabras. El mensaje apareció en la pantalla del móvil de Mijaíl Serkin. Lo enviaba el jefe de la mafia desde Grozni, en Chechenia. Sus hombres en Nueva York habían visto a Kuzmin salir de uno de los edificios de apartamentos que vigilaban. Y ya sabían en cuál se alojaba. Se mantendrían alerta. No iban a perder de vista a su objetivo.

Pero había un segundo mensaje de los chechenos y era más preocupante: «Problemas en el otro sitio. Hablemos». Serkin marcó el número de inmediato. El jefe mafioso le informó de lo ocurrido. No disponía de todos los detalles, pero su hombre en Washington había desaparecido y temía que los ocupantes de la casa tuvieran alguna responsabilidad en lo ocurrido. Serkin le dio orden de no hacer nada. Meterse en más investigaciones podría ser peor. Lo importante era que ya tenían las fotos de quienes se reunieron en la casa. Ahora, debían mantener el control sobre Kuzmin.

Serkin terminó su llamada con el jefe checheno y pidió hablar con el presidente Karlov. Fue recibido media hora después.

—Presidente, hemos localizado a Kuzmin.

—¿Dónde?

—En un apartamento de Manhattan.

—Sigamos el procedimiento habitual.

—¿De inmediato?

—No.

Karlov se levantó de la silla y, antes de continuar con las instrucciones, dio unos pasos en silencio hacia la ventana de su despacho con vistas a los jardines del Kremlin.

—Creo que el momento más adecuado podría ser el día de la votación. Si lo hacemos antes, provocaríamos demasiado alboroto, porque los medios americanos acusarían a Rusia y eso alteraría la campaña electoral. Ese día de la votación estará todo el mundo muy ocupado con el resultado. Cualquier otra noticia pasará casi desapercibida y para nuestro hombre será más fácil escapar.

—¿Estás pensando en algún especialista en concreto?

—Serguéi Ivanovich Petrov.

—¿El francotirador?

—Sí.

—¿Crees que ese es el mejor método?

—Estoy seguro. Si enviamos a alguien al apartamento, la operación puede terminar en un tiroteo, porque es posible que Kuzmin tenga un arma. Antes o después identificarían a nuestro hombre y eso provocaría un escándalo. Si intentamos eliminar a Kuzmin con novichok o con polonio, sería como si hiciéramos una declaración oficial diciendo que hemos sido nosotros. Y solo hacemos eso cuando sí queremos que se sepa que hemos sido nosotros. Pero esta vez tenemos que disponer de una buena coartada. Es suficiente con que se den cuenta nuestros agentes y que lo entiendan como un escarmiento, como algo que también les puede pasar a ellos si nos traicionan. —Karlov se apartó de la ventana y miró a Serkin para terminar su explicación—. La mejor opción, Mijaíl, es enviar a Petrov. Él podrá aplicar el protocolo sin acercarse a Kuzmin. Da la orden de que alguien busque en Nueva York un lugar desde el que un francotirador pueda disparar en la distancia a través de las ventanas del apartamento de Kuzmin. Y que lo haga con un arma americana, no rusa. Petrov no fallará y tendrá mejores opciones para huir que un agente que tenga que entrar en un enfrentamiento cuerpo a cuerpo.

—Pongo en marcha el operativo de inmediato. Y algo más, presidente: también tenemos controlados a los contactos de Kuzmin. Seguiremos el protocolo cuando se trata de extranjeros, si le parece bien.

Karlov dudó. El protocolo, con pocas excepciones, consiste en eliminar a los traidores rusos, pero solo controlar, y no liquidar, a quienes trabajan para servicios extranjeros. El criterio que se sigue desde los albores de la Unión Soviética es que la eliminación de un traidor ruso fortalece el sistema interno, porque envía un mensaje muy evidente al resto de los agentes: dejarse tentar por el enemigo se paga con la vida. Por el contrario, eliminar a un espía extranjero pone en riesgo a los espías propios en misiones en el exterior, que pueden ser utilizados por otros países como moneda de cambio o en una represalia, y debilita la posición internacional del país.

Esta vez, la duda de Karlov se debía a que, en sentido estricto, Kazán no era una operación de los servicios de inteligencia rusos. Se trataba, precisamente, de una operación al margen de esos servicios. Pero, de igual manera, el presidente sabía que, si se llegaba a filtrar, nadie lo entendería así: se acusaría a Rusia y cualquier agente occidental que hubiese sido eliminado podría servir como excusa para una respuesta internacional con consecuencias imprevisibles.

—¿Quiénes son? —preguntó Karlov antes de dictar su sentencia.

—Tenemos alguna pista, pero aún lo estamos investigando.

Serkin mentía. Para entonces, ya conocía la identidad de quienes se habían reunido en Washington, entre ellos la subdirectora de la CIA. Pero no iba a compartir esa información con nadie, y menos aún con el presidente. Ese era su poder y, quizá, su seguro de vida: saber lo que Karlov no sabía.

—¿La CIA? —preguntó Karlov.

—Creemos que hay alguien de la CIA, pero todavía no estamos seguros de que actúe en nombre de la CIA, porque no hemos detectado movimientos extraños en la cúpula de la agencia. Quizá se trate de un lobo solitario.

—¿Un lobo solitario en la CIA? —A Karlov no le cuadraba esa explicación de Serkin.

—He preguntado a nuestra gente en Washington, que tiene contactos en Langley, si ha notado algo extraño o más nervios de los habituales en la jefatura de la CIA y aseguran que no.

—Sigamos el protocolo, de momento —resolvió Karlov después de unos segundos de reflexión, de dudas y de sospechas.

—Intentaremos que se mantengan alejados de Kazán.

—¡No lo intentes! ¡Hazlo! —bramó Karlov con el ánimo cada vez más encendido ante la posibilidad de que la Operación Kazán fuera cortocircuitada justo antes de alcanzar su ya inminente meta—. ¡Tenemos que saber dónde están y lo que hacen para adelantarnos a sus movimientos!

Serkin volvió a su despacho. Llamó al jefe del SVR, el servicio de inteligencia exterior, y le dio la orden de activar a Serguéi Petrov, uno de sus mejores francotiradores, formado con los *spetsnaz,* las fuerzas de élite del Ejército. Hablaba alemán como un alemán porque se había criado en la RDA. No fallaría. Su misión: acabar con Kuzmin.

Después hizo llamar a Sonja Ivanova.

—¿Señor?

—Sonja, ¿mantienes el control del móvil de quien ayudó a Kuzmin a su llegada a Washington?

—Sí, señor.
—¿Dónde está ahora?
—Sigue en Washington.
—No lo pierdas. Concéntrate en él, dime dónde está y trata de controlar también los números de móvil de quien esté cerca.
—Lo haré, y seguiré también a Kuzmin.
—¡No! ¡Olvídate de Kuzmin! Ya lo controlo yo.
Serkin no quiso dar más información a Ivanova. El traidor ya era hombre muerto. Cuestión de días. De momento, lo vigilarían los chechenos. Después, llegaría Petrov.

Moscú, 30 de octubre (a 6 días de las elecciones)

Sonja Ivanova salió de su oficina con varios papeles en la mano. Había acumulado mucha información. Tenía que hablar con Serkin.
—Señor, han pasado cosas importantes.
—¿Qué tienes?
—Me dijo usted que hiciera un seguimiento del teléfono que estaba en el aeropuerto de Washington cuando llegó Kuzmin. —Sonja desplegó sobre la mesa un mapa de Estados Unidos—. Desde Washington —continuó— se desplazó a Nueva York. Eso ocurrió unos días después de la llegada de Kuzmin. Pero estuvo poco tiempo en la ciudad. Se movió a un lugar llamado Port Jefferson, que está aquí —Sonja señaló un punto del mapa con su dedo índice derecho—, en Long Island. De hecho, durante unas horas mi ordenador localizaba el teléfono en el mar. Supongo que estuvo en un barco. Y en ese barco había dos móviles más.
—¿Tres personas?
—Sí, porque cuando volvieron a tierra firme se desplazaron a lugares diferentes. Los otros dos teléfonos no eran de una sola persona, porque se movieron por separado.
—¿Algo más?
—Mucho más, señor. Unos días después de esa reunión en Port Jefferson, esos mismos tres teléfonos coinciden en un

barrio de Washington. Y allí aparecen tres móviles más. Seis personas estuvieron juntas durante varias horas en esta calle. —Sonja sacó un plano de la ciudad de Washington y apuntó a un lugar concreto—. Pude afinar más la localización y fijé su posición en esta casa. Está en la zona de Adams Morgan. Y entonces pasó algo extraño, señor.

Todo esto ya lo sabía Serkin gracias al trabajo de sus amigos chechenos, pero Sonja desconocía esa colaboración de su jefe con la mafia.

—¿Qué pasó?

—Más o menos en esos mismos minutos apareció allí un séptimo teléfono, que también estuvo durante esas horas en la zona, pero no en la casa, sino cerca. De pronto, ese teléfono y dos de los que estaban juntos se movieron muy rápido por las calles hasta que pararon en seco a la altura de este puente. De repente, el séptimo móvil desapareció de la pantalla, se perdió su señal y los otros dos se fueron de inmediato. Era muy extraño. Por eso busqué en internet alguna información en los medios de comunicación de Washington y daban la noticia de un accidente. Un coche cayó a este río, llamado Rock Creek. Dentro había un hombre muerto que no llevaba documentación y que solo tenía una cámara profesional. Las noticias que se publicaron decían que no había fotos en la cámara, que la memoria estaba vacía.

Sonja hizo una pausa esperando alguna reacción de Serkin, que no se produjo. Él ya lo sabía todo, pero quería conocer qué más detalles había averiguado su analista. Ivanova reanudó entonces su relato.

—Señor, es posible que ese hombre vigilara a las seis personas que estaban juntas, quizá reunidas en la casa. Podría ser uno de nuestros agentes en Washington.

—¿Tienes algo más? —Serkin interrumpió bruscamente a Sonja sin dar ni pedir más explicaciones sobre ese episodio, como si no tuviera especial importancia.

—Sí, señor. Tengo una sospecha. He seguido el movimiento de esos seis teléfonos de Washington. Uno de ellos se ha quedado en la ciudad todos estos días y en un lugar muy importante. Señor, creo que ese móvil ha estado en la sede de la CIA en Langley. Estoy casi segura, aunque es un dispositivo que hace cosas extrañas: se pierde y se recupera la señal cada poco tiempo. Debe de tener algún sistema para evitar que lo detecten. Pero en determinados momentos sí he podido localizarlo allí. —Serkin volvió a guardar silencio cuando Ivanova esperaba algún comentario, de manera que la agente siguió hablando—: Ese teléfono no se ha movido de Washington. Otro ha viajado a Suiza. Y los cuatro restantes se han desplazado a lugares diferentes de Estados Unidos por separado. —Sonja volvió a señalar el mapa—. Han estado en Michigan, Pensilvania, Wisconsin, Florida, Ohio, Carolina del Norte y en algunos estados más. He buscado información sobre qué pasaba en esos lugares cuando los móviles estaban allí. Y, señor, había actos de campaña de la candidata en las elecciones Nathalie Brooks.

Serkin intentó no ofrecer signo alguno de alteración o sorpresa. Apenas se inmutó. Solo miraba el mapa, como si esperase alguna información suplementaria de Sonja. Quería saber hasta dónde había llegado y qué sospechas tenía.

—Señor, creo que la fuga de Kuzmin y estos movimientos de las personas que le han ayudado a huir tienen alguna relación con las elecciones americanas. Estoy convencida.

El silencio se instaló durante unos segundos en el despacho de Mijaíl Serkin, hasta que el jefe del espionaje ruso tomó su decisión.

—Has hecho un gran trabajo, Sonja. Es una información muy importante. Quiero que sigas monitorizando esos teléfonos y que me informes al minuto de todo lo que averigües.

—Así lo haré. Pero tengo algo más, señor.

—¿Qué más?

—También he seguido monitorizando estos días el móvil de Kuzmin.

—Te dije que dejaras de seguir a Kuzmin.

—Lo sé, señor. No ha sido una decisión voluntaria. —Sonja no decía la verdad—. Ha sido un error. Olvidé desactivar el seguimiento y el ordenador ha mantenido la búsqueda de movimientos. Y creo que debe usted saber esto. Ya le dije que Kuzmin había ido a un hotel a ver un campeonato de ajedrez.

Desde aquel día solo ha salido de su apartamento una vez más. Y he detectado que hay dos teléfonos que se mueven con él. Supongo que serán nuestros agentes en Nueva York, pero quería que usted lo supiera por si no fuera así.

—Gracias por la información. Pero olvida a Kuzmin. Ya no es necesario que controles su móvil ni tampoco los otros dos que dices que le siguen. El asunto de Kuzmin se va a resolver de inmediato. Yo me ocupo de eso. Tú céntrate en los demás. No los pierdas de vista.

—Así lo haré, señor.

Sonja recogió sus mapas y sus papeles, y salió del despacho convencida de que Maxim Kuzmin estaba sentenciado. Lo merecía. ¿Lo merecía? Tenía sentimientos contradictorios. Maxim era un traidor a su país y debía ser castigado por ello. Pero también pensaba que el país no era justo con sus ciudadanos. Por eso comprendía a quienes tomaban la decisión que había tomado Maxim. Ella había hecho el trabajo que le correspondía hacer, que era dar con él. Y, sin embargo, no sentía satisfacción por el éxito conseguido. Nunca pudo imaginar que un día tendría que señalar a su amigo para que alguien acabara con su vida. Lo que iba a ocurrir era terrible.

En cuanto Sonja cerró la puerta del despacho, Serkin buscó su móvil y llamó a Grozni.

—Tu hombre en Washington está muerto. Olvídalo. Ya no hay remedio. Los de Nueva York deben seguir controlando a nuestro objetivo. Y tengo otro encargo. Necesito a la gente que tienes aquí, en Moscú. Te enviaré la foto de una joven. Prepara el operativo. Que parezca un robo.

Washington, Moscú, Nueva York, Phoenix, del 5 al 6 de noviembre. noche electoral en Estados Unidos

—Señor, lo siento mucho. Nuestros analistas dicen que ya no tenemos ninguna opción.

Un apesadumbrado asistente entró sin llamar en la sala que el expresidente de Estados Unidos utilizaba como despacho en su mansión de Florida. Tenía la orden de hacerlo si disponía de información relevante. Ya era definitivo: su hijo había perdido las elecciones.

Richard Banks ocupaba un butacón colocado delante de su mesa y entre los dos tresillos que están situados en paralelo junto a la chimenea. A la reunión asistían el candidato derrotado, sus principales colaboradores, varios antiguos altos cargos de su administración y los máximos responsables de la campaña.

Banks se levantó con gesto deprimido y melancólico. Después de un larguísimo día de tensión, aún llevaba la corbata bien ajustada al cuello y mantenía puesta la chaqueta. Dignidad de expresidente, en toda circunstancia. Dio unos pasos hacia la ventana que estaba detrás del escritorio de su despacho y que daba al jardín. Al fondo se veía el Atlántico.

—Sois los únicos que os habéis mantenido fieles a este proyecto, a mí y a mi hijo —dijo Banks de espaldas a sus interlocutores y con la voz propia de quien se siente vencido—. Quiero que sepáis que nunca lo olvidaré. Muchos otros me han traicionado en estos años. Esos malditos periodistas consiguieron echarnos de la Casa Blanca con sus *fake news*. Y ahora lo han manipulado todo en nuestra contra.

Banks hizo una larga pausa mientras se volvía para mirar a sus colaboradores.

—Pero debemos mantener vivo nuestro legado. No podemos desfallecer. Millones de americanos están con nosotros y merecen tener un liderazgo que seguir.

El joven y abatido Richard Banks II, con los ojos vidriosos, se puso en pie, dio unos pasos hacia la ventana, se abrazó a su padre y lanzó una promesa de venganza.

—¡Ese liderazgo lo componemos quienes estamos ahora en este despacho! Hoy nos han arrebatado lo que es nuestro, pero ¡volveremos de alguna forma! ¡Lo haremos!

Todos los presentes se levantaron de sus asientos y aplaudieron al expresidente y al candidato perdedor. Mientras, en los televisores que se habían instalado en la sala para seguir la noche electoral, los presentadores de las diferentes cadenas se apresuraban a ofrecer la noticia histórica que se acababa de producir: la candidata demócrata Nathalie Brooks sería la primera mujer en presidir Estados Unidos.

—Se mueve —dijo en Moscú un hombre vestido con ropa deportiva oscura, avisando por su móvil al compañero que vigilaba la esquina contraria.

La chica salía de casa. Era más temprano de lo habitual. Llevaban varios días de guardia delante de ese edificio de apartamentos de Moscú y pudieron comprobar que solía ir a trabajar después de las ocho. Pero esta vez se había adelantado.

Sonja Ivanova dio vueltas en la cama durante toda la noche, en una disputa sin éxito contra el insomnio, y en medio de un dilema en el que sentimientos encontrados afloraban en su mente y en su alma para batallar entre sí. Desde hacía días, mientras investigaba desesperadamente la forma de dar con Maxim, su yo más profesional la impulsaba a tratar de convencerse a sí misma de que debía conseguirlo, porque Maxim no merecía otra cosa que ser capturado por desertor. Era un traidor a su país y no existía otro criterio que se debiera aplicar.

Pero Sonja no era solo una espía: también se sentía emocionalmente traicionada. Llegó a creer que su amistad era profunda y que esa amistad podía prosperar, pero él había aprovechado esa cercanía para conseguir información y fugarse. Era una humillación como persona y como mujer. Y, sin embargo, estaba abrumada por el remordimiento de haber puesto a Maxim en el centro de una diana. ¿Realmente merecía morir? ¿No se habría ido ella también? ¿Iba a dejar que le mataran sin hacer nada para evitarlo? Maldecía a Maxim por haberse fugado y por haberlo hecho sin decirle nada. Al mismo tiempo, estaba convencida de que habría huido con él de haber tenido esa opción. Y, entonces, ella también sería una traidora.

Sí, después de horas en vela, tomó su decisión: tenía que hacer algo para detener aquella locura.

Llevaba una cazadora con la capucha puesta y una bufanda que le tapaba media cara en el intento de encubrir su identidad. Pero quienes vigilaban a la chica sabían perfectamente quién era. Caminó en dirección sur con paso muy acelerado, casi a la carrera. A esa hora empezaba a haber bastante gente en la calle.

—No la pierdas de vista.

El segundo vigilante seguía a Sonja a cierta distancia, mientras el primero iba un poco por detrás para no levantar sospechas. Era el momento. Tenían que cumplir la orden. No se les podía escapar.

Después de recorrer unos cuatrocientos metros, Sonja cambió de dirección y tomó una calle a la derecha. Se trataba de una avenida amplia, con un tráfico intenso y con más peatones. Era el lugar que la analista del FSB había elegido para actuar. En una zona concurrida, como aquella, sería sencillo pasar desapercibida entre la gente.

Ivanova se detuvo un momento. Miró a derecha e izquierda buscando un objetivo. En la parada de autobús vio a una mujer de unos setenta años. Era lo que buscaba: alguien que no pudiera correr detrás de ella si el plan salía mal y tuviera que huir. Fue hacia la mujer y se puso a su lado.

—Señora, ¿para aquí el autobús que va al centro comercial?

—Sí, hija. Esta es la parada.

—Muchas gracias. Y no tendrá usted un pañuelo de papel, ¿verdad?

—¡Claro que sí!

La inocente mujer abrió su bolso para buscar los pañuelos. Sonja pudo comprobar que allí tenía el teléfono móvil. Eso es lo que necesitaba. Cogió el pañuelo que le ofreció la mujer mientras le hablaba del resfriado que sufría y que le hacía tener una fuerte congestión nasal.

—Pues el mejor remedio para eso —dijo la mujer metiendo otra vez la mano en su bolso— es tomarse una de estas pastillas cada seis horas. Yo las llevo siempre encima.

La usuaria del autobús cogió la cajita del medicamento para enseñársela a la joven y Sonja la entretuvo con más conversación mientras le robaba el móvil.

—Muchas gracias, señora. Voy a buscar una farmacia para comprar la medicina. Adiós.

—¡Pero a esta hora las farmacias están cerradas! —gritó la mujer mientras Sonja se alejaba del lugar apresuradamente.

Los dos vigilantes vieron a Ivanova reanudar la marcha y aceleraron el paso. Sonja dobló la esquina para entrar en una calle pequeña y poco transitada. Sacó de su bolsillo un cable de apenas diez centímetros de longitud. Un extremo lo conectó al móvil que acababa de robar. El otro, a su propio teléfono, que disponía de un programa capaz de encontrar en pocos segundos la clave de cualquier dispositivo para desbloquearlo. Así fue, y de inmediato marcó un número sin dejar de caminar a toda velocidad: era el número con el que siguió los pasos de Maxim Kuzmin en Nueva York. No podía llamarle desde su propio móvil. Era seguro que estaría controlado y, si comprobaban que llamaba a Maxim, sería su final.

En ese momento, Maxim estaba a punto de quedarse dormido en el sofá del apartamento de Manhattan. Ya era medianoche en la Costa Este de Estados Unidos. Había jugado unas partidas de ajedrez contra sí mismo y el pequeño tablero con el que huyó desde Moscú estaba sobre la mesa, con varias piezas ocupando todavía sus casillas. Ahora, veía en televisión el discurso con el que el candidato derrotado aceptaba la victoria de su rival.

—Queridos compatriotas —decía Richard Banks II en el televisor—, quiero felicitar a Nathalie Brooks por su triunfo. Deseo que tenga también mucho éxito al frente del Gobierno. Y os pido a todos que nos esforcemos en ayudar a la nueva presidenta para unir al país.

Los cientos de asistentes al discurso aplaudían las palabras de Banks. Muchos de ellos lloraban la caída de su líder. Maxim observaba la escena desde el salón con cierta perplejidad. «En Rusia no pasan estas cosas», pensó. Allí, el presidente siempre es el mismo, aunque haya elecciones. De hecho, Iván Karlov era el presidente de Rusia desde que Kuzmin tenía uso de razón.

De repente, el móvil que Matthew Perkins había entregado al desertor ruso a su llegada a Washington empezó a sonar y a vibrar sobre la mesita situada junto al sofá, provocando el sobresalto de Maxim. Se suponía que ese teléfono sonaría solo en caso de urgencia. Quería confiar en que, por fin, fuera el aviso de que iban a buscarle para ir a un lugar más seguro y definitivo, con su pasaporte americano. De hecho, Kuzmin tenía siempre preparada una bolsa con lo básico para huir de inmediato si se producía la llamada.

Maxim se incorporó y acercó sus ojos a la pantalla del móvil. Aparecía un número que no recordaba haber visto antes. Pero sí identificó el prefijo: era de Rusia. ¿Cómo era posible que le llamaran desde Rusia? ¿Cómo podía alguien tener ese número? Nada bueno podía ocurrir si contestaba a esa llamada. «Pero quizá sea el principio de mi *California Dreamin'*», pensó cuando un arrebato de esperanza le provocó un temblor incontrolable. Dudó, mientras el móvil seguía sonando y Sonja, en Moscú, se desesperaba aguardando una respuesta. Finalmente, no quiso quedarse con la duda. Arriesgó y contestó.

—¿Quién es? —dijo en inglés, con voz temblorosa, tratando de disimular ante un posible interlocutor ruso.

—¡Soy yo, no cuelgues! —Sonja no iba a pronunciar nombres, porque alguien podría estar a la escucha y sabía que Maxim reconocería su voz.

—¡¿Cómo has conocido este número?!

La pregunta era retórica y el propio Kuzmin se dio cuenta de inmediato: estaba hablando con la mejor especialista del FSB. Lo había conseguido ella misma.

Sonja no tenía tiempo para explicaciones.

—¡Estás en peligro!

—¿Cómo? ¿Qué dices?

—¡Estás en peligro!

—Pero...

—¡Van a por ti!

Kuzmin tardó apenas un instante en digerir lo que estaba ocurriendo. Sonja nunca hubiera asumido el riesgo que esa llamada suponía para ambos si no se tratara de una verdadera emergencia. Probablemente, de una situación extrema. Debía actuar con rapidez, pero no sabía qué hacer.

—¡¿Cómo puedo escapar?! —preguntó con angustia.

Sonja no supo qué contestar. Se dio cuenta de que, en realidad, estaba llamando a Maxim solo para anunciarle su muerte, porque tenía el convencimiento de que nada podría evitar ese desenlace. Finalmente, después de un segundo de silencio, respondió con voz derrotada:

—No puedes.

A Sonja se le escaparon de la boca esas dos palabras que no quería pronunciar, pero era exactamente lo que pensaba.

Maxim pulsó el interruptor de una lámpara. Necesitaba luz. Tenía que recoger la bolsa que había preparado para huir y algunas cosas más que estaban repartidas por el salón del apartamento. Se puso en pie en un movimiento fulminante y con el teléfono apoyado en la oreja derecha, mientras escuchaba a su amiga advertirle de su inminente final.

En otro edificio de apartamentos, situado a doscientos ochenta y tres metros de distancia —según marcaban los instrumentos de medición—, un francotirador de élite afinaba su vista en la mira telescópica del McMillan Brothers Tac-50, un fusil de precisión americano del que disponía para cumplir su misión. El cañón del arma, con el silenciador, estaba apoyado en el marco de la ventana, ligeramente abierta. Serguéi Petrov se había formado en el servicio de inteligencia militar ruso (GRU) y ahora estaba entregado a las tareas de la inteligencia exterior en el SVR. Su puntería era ya una leyenda entre sus compañeros.

Petrov acarició el gatillo mientras hacía el último ajuste en su visor. Llevaba un largo rato esperando el momento adecuado. El blanco, cuya identidad desconocía, había pasado varias veces por delante de la ventana, pero sin detenerse. Ahora, su decisión es que no esperaría a que se parara. Si volvía a pasar, dispararía. Pero sí se detuvo por un momento. No necesitaba más. Se encendió una luz al otro lado de la ventana de aquel apartamento y la silueta de un hombre apareció justo ahí. No podía apreciar su rostro, porque lo impedían las cortinas. Pero no necesitaba ver la cara de su víctima antes de ejecutarla. Y lo hizo.

Disparó con decisión. El silenciador del arma apenas dejó que se escuchara un mínimo zumbido en medio del rumor inextinguible de Manhattan, incluso a altas horas de la noche. Sabía que iba a cumplir la misión que le habían encomendado. La única bala que estaba en el cargador tardó apenas un suspiro en recorrer la distancia entre los dos edificios. Salió desde una ventana y entró de inmediato a través de otra, quebrando el cristal. Después, impactó en el hueso parietal derecho del cráneo de Maxim Kuzmin, atravesando su cabeza de lado a lado, con orificio de salida por el parietal izquierdo. Un disparo impecable. La masa encefálica se esparció por el salón, como los restos de una sandía que llegara desde el cielo y se estrellara contra el suelo. Kuzmin se desplomó muerto. El pequeño tablero de ajedrez se cubrió de sangre. El teléfono móvil cayó sobre la alfombra mientras Sonja gritaba desde Moscú.

—¡Maxim! ¡¿Qué ha pasado?! ¡He oído un golpe! ¡Maxim! ¡¿Estás bien?!

Pero Sonja no pudo preguntar más. Dos hombres se abalanzaron sobre ella y la derribaron. En el suelo, la golpearon con fuerza en la cabeza y en el cuerpo hasta dejarla semiinconsciente. Apenas podía respirar cuando uno de los atacantes la apuñaló en el abdomen. La abandonaron allí mientras se desangraba. Se llevaron el móvil por el que estaba hablando, otro que tenía en un bolsillo y una pequeña cartera con su identificación. Tenía que parecer un robo. Minutos después, un viandante avisó a la policía. Una mujer joven yacía en el suelo. Nadie había visto nada.

En el apartamento de Nueva York, con el cuerpo sin vida de Maxim Kuzmin tirado en el suelo y la llamada telefónica con Moscú todavía activa, la pantalla del televisor, salpicada por restos de sangre, seguía encendida y ofrecía el discurso de la presidenta electa de Estados Unidos.

—Mis queridos compatriotas —decía Nathalie Brooks ante miles de fervorosos seguidores en Phoenix—. Hoy habéis dejado claro que queréis iniciar un nuevo tiempo. Nadie podrá decir ahora que América no sea el lugar en el que todo es posible, en el que cualquier sueño se puede cumplir. El sueño de que una mujer llegue a la Casa Blanca.

Mientras los aplausos de Phoenix se escuchaban en todo el mundo a través de las cadenas internacionales de televisión, en Nueva York Serguéi Petrov abandonaba el apartamento dejando allí el Tac-50 con el cañón todavía caliente por el certero disparo. Salió a la calle, caminó dos manzanas, paró un taxi y pidió que le llevara al distrito del Bronx. Allí, en un *parking*, le esperaba un coche. Tenía la llave. Lo abrió, se puso al volante y condujo hacia el norte en dirección al pequeño puerto de New Rochelle.

Cuando Petrov subía a ese coche en el Bronx, en un antiguo edificio de viviendas de Moscú el viejo espía del KGB Boris Kovalev desayunaba mientras se conectaba a la CNN americana por internet. El amanecer llegaría en cuestión de minutos. Se sentía en paz consigo mismo. Había hecho lo que debía. Su amigo Arnold Breuer le había enviado días atrás un breve mensaje de solo tres palabras: «Todo va bien». Kovalev no sabía cuál era el plan de Breuer y McKenzie, pero estaba convencido de que lo habrían acometido con inteligencia y prudencia. Sin embargo, le chocaba ver a Nathalie Brooks dar su discurso como ganadora de las elecciones. Cuando recibió el mensaje de Breuer supuso que evitarían la victoria de Brooks de alguna manera. Pero, al ver que no era así entendió que habrían encontrado otra fórmula más imaginativa de cortocircuitar la Operación Kazán. Estaba tranquilo y tenía la conciencia en paz.

—Este es nuestro tiempo —decía Brooks desde la pantalla del ordenador portátil de Kovalev—. Tenemos que crear nuevas oportunidades para nuestros hijos. Recuperaremos la prosperidad y buscaremos la amistad de quienes en el mundo aparecen hoy como nuestros adversarios o nuestros enemigos.

El viejo Boris escuchó a la vez el discurso y un ruido extraño en la puerta de su casa. Alguien estaba forzando la cerradura. Volvió la mirada y vio entrar a un hombre joven que se paró delante de él, apenas a dos metros. Kovalev no se asustó porque no le sorprendía.

—Ha llegado mi hora, ¿verdad? —preguntó Boris al desconocido, sin ápice de nerviosismo ni temor—. Lo esperaba desde hace tiempo. Sabía que esto acabaría así. —El hombre no respondió. Solo le miraba—. ¿Cómo te llamas, hijo? No te preocupes, porque voy a morir y me llevaré ese secreto a la tumba. Es que me gusta saber con quién hablo. —Tampoco esta vez hubo respuesta—. Bien, ya veo que no quieres conversación. Es lo más profesional, lo reconozco. Pero te voy a pedir dos pequeños favores. El primero es que hagamos esto limpiamente. Si me permites que te dé un consejo de veterano, lo mejor es que me ahogues con una almohada o con un cojín. Es rápido, no ensuciaremos nada y aunque quisiera gritar no me oiría nadie con la boca tapada. Además, parecerá una muerte por causas naturales. Ya soy viejo. Todo el mundo lo entenderá. El segundo favor es que no asistas a mi funeral, porque seguro que estará mi hijo y sería desagradable para ti. Cuando se liquida a alguien como yo, no se suele decir que ha sido eliminado un traidor. Seguro que me hacen un homenaje para disimular. Incluso vendrá el presidente Karlov, que es buen amigo. O lo era.

El joven atendió a las dos peticiones. Nunca asistía a las exequias de sus víctimas. Y sobre el método a utilizar para cumplir su misión, en realidad solo llevaba una pistola con silenciador como segunda opción, por si las cosas se complicaban. La orden que tenía era, precisamente, hacer lo que le recomendaba Boris: utilizaría un cojín del sofá.

—Mi padre me dijo en su lecho de muerte que no dejara que esto se nos escapara de las manos. Y sí se nos escapó de las manos. Había que pararlo.

Fueron las últimas palabras de Kovalev. Después de escucharlas, el ejecutor colocó el cojín sobre el rostro de su víctima y lo apretó con fuerza hasta que el viejo espía dejó de respirar. Cuestión de segundos. Su cuerpo quedó sentado en el sofá, con la cabeza caída hacia delante. Días después, el FSB organizó las exequias y un homenaje al héroe del KGB Boris Kovalev con la presencia del presidente de Rusia.

Mientras Kovalev era asesinado en su casa, a pocos kilómetros de allí, en el Kremlin, Iván Karlov invitaba a un generoso desayuno a su amigo Mijaíl Serkin, jefe de los servicios de inteligencia. Ambos veían a Nathalie Brooks dar su discurso como presidenta electa de Estados Unidos.

—Esta noche —decía Nathalie en el televisor—, no solo se cumple nuestro sueño. También se cumple el sueño de mi padre y de mi hermano: el sueño de que veamos una América distinta en el futuro.

Karlov se puso en pie con una copa de champán en la mano.

—Una América distinta, recordando a Edward y a Jonathan. ¿Lo has oído, Misha? ¡Una América distinta de la mano de nuestra Nathalie! —El presidente de Rusia se mostraba eufórico delante del máximo responsable de los servicios de inteligencia—. Los franceses más exquisitos desayunan con champán. ¿Lo sabías, Misha?

—Algo había oído, presidente. Hagámoslo. La ocasión lo merece.

Chocaron las copas, bebieron champán y se abrazaron.

—Nunca nadie consiguió algo así. Y nunca nadie lo conseguirá en el futuro, amigo Mijaíl.

—Enhorabuena, presidente.

En el televisor, Nathalie Brooks terminó su discurso: «Que Dios os bendiga y que Dios bendiga a los Estados Unidos de América».

—No han podido con nosotros. La Operación Kazán ha triunfado. Ahora hay que mantener bajo control a quienes ayudaron a Kuzmin. Es necesario desactivarlos —ordenó Karlov—. Pero ya tenemos todo el poder y estamos en condiciones de controlarlos desde aquí y desde la propia Casa Blanca.

Tal como establecía el plan, en el puerto neoyorkino de New Rochelle y en medio de la noche, el francotirador Serguéi Petrov subía a una lancha que estaba preparada para navegar por el Long Island Sound, el estuario que conduce a mar abierto. Después de treinta minutos, divisó en la oscuridad las luces de un yate de quince metros de eslora. Le estaba esperando. Llegó con la lancha y la dejó a la deriva en mitad del mar, tras rociarla con gasolina y prenderle fuego para no dejar huella alguna. Los ocupantes del yate le ayudaron a subir a bordo. Al día siguiente llegarían a Canadá. Desde allí, Petrov volaría de vuelta a Rusia, vía Fráncfort, con su pasaporte falso alemán.

PHOENIX, ARIZONA, 7 DE NOVIEMBRE
(DOS DÍAS DESPUÉS DE LAS ELECCIONES)

—Señora presidenta electa, es un honor.

Beth Kramer, subdirectora de la CIA, salía de su coche oficial a la puerta del hogar familiar de Nathalie Brooks. Habían pasado dos días desde la jornada electoral. Se iniciaba el proceso de transición hacia la nueva presidencia. Y una de las primeras medidas que se toma es la de entregar cada día el informe de inteligencia a la persona que ha ganado las elecciones, igual que el director de la CIA hace con el presidente.

—Subdirectora Kramer, encantada de que nos podamos reunir hoy.

—Puede llamarme Beth, señora.

—Estupendo, Beth.

La presidenta electa vestía un elegante traje de falda y chaqueta de color blanco luminoso que reflejaba el intenso sol que se precipita habitualmente sobre la ciudad de Phoenix y sus alrededores desérticos. Hacía un día espléndido. No se veía una sola nube en el cielo y la temperatura animaba a pasear en mangas de camisa.

La subdirectora de la CIA lucía un traje ejecutivo con pantalón y chaqueta en tonos pastel. Formalidad, ante todo. Brooks y Kramer coincidieron en calzar zapato con tacón moderado. Ni poco ni mucho.

—Intentaba recordar cuándo fue la última vez que nos vimos —dijo Brooks.

—Creo, señora, que fue en la comparecencia periódica de los servicios de inteligencia en el Capitolio hace unos meses, justo después de las vacaciones de verano.

—Es cierto. Debió ser allí. Pase, por favor. ¿Le parece bien que vayamos al jardín? Gracias a Dios, en Arizona siempre tenemos un tiempo estupendo, salvo en verano, que nos cocemos.

Brooks y Kramer rieron al unísono la broma sobre el calor, mientras atravesaban la casa de norte a sur y llegaban al jardín, de una extensión notable y con una piscina en el medio. La mesa, redonda y metálica, ya había sido preparada por el personal de servicio con un hermoso mantel con motivos florales. Era un desayuno con zumos, fruta, café, bollos y sándwiches, a elegir. La presidenta electa hizo una señal y pidió que las dejaran a solas. Una camarera se encargó de cerrar la puerta acristalada del salón y las dos mujeres quedaron sentadas en sus sillas frente a frente, junto a la mesa situada sobre la hierba bien cuidada del jardín y sin ojos ni oídos ajenos a su alrededor. Solo estaban a la vista los agentes del servicio secreto, pero a una distancia prudencial que permitía mantener una conversación reservada, como era el caso.

—Tiene usted un cargo muy importante, Beth. Dígame: ¿le ha costado abrirse camino en la CIA siendo mujer? Porque no debe ser fácil.

—No ha sido fácil, señora. Pero usted lo sabe mejor que yo. Tampoco es sencillo llegar a la Casa Blanca siendo mujer. Tengo que darle la enhorabuena, porque ha logrado un éxito histórico para las mujeres de Estados Unidos y del mundo.

—Es un éxito, pero no solo mío. Muchas personas han trabajado muy duramente y durante muchos años para que esta candidatura de dos mujeres, una de ellas afroamericana, haya ganado las elecciones.

—Sin duda. Ha sido un trabajo muy duro, muy largo... y muy peligroso. —Kramer lanzaba una insinuación venenosa.

—¿Cómo dice?

—Estoy segura de que, además de mucho trabajo durante muchos años, también ha corrido usted mucho peligro.

—No la entiendo, Beth.

—Me refiero a que llegar a la Casa Blanca desde Kazán ha debido ser muy difícil, ¿verdad, Nathalie? —Beth soltó la frase como un soldado que se coloca el lanzamisiles al hombro y dispara un proyectil contra un helicóptero enemigo en vuelo.

Nathalie Brooks notó que las terminaciones nerviosas de su cuerpo se tensaban. Sintió una presión muy aguda en la nuca y el estómago se le encogió. De repente, no podía hablar. De hecho, ni siquiera podía respirar. Estaba inmóvil, como inerte. Y Beth siguió con un segundo proyectil sin dar tiempo a su víctima a recuperarse del primer impacto.

—Quizá sería más correcto decir Nathalie Salvinov, ¿no cree? —Brooks no reaccionaba, mientras ambas mujeres se miraban fijamente a los ojos sin mover un solo músculo de sus cuerpos—. Tengo que reconocer, Nathalie, que la Operación Kazán ha sido una epopeya. Aquel viaje de su padre desde Nueva York hasta Moscú. La formación como espía.

Su reunión con Stalin. El vuelo suicida, cruzando la Europa en guerra para saltar en paracaídas sobre Normandía. La heroica forma de sobrevivir en el campo de batalla, hasta ser enviado de vuelta a Estados Unidos, su enlace con Sorokin, su ascenso en el Partido Demócrata, sus victorias electorales para alcanzar puestos importantes en el Congreso... Y, luego, usted. La brillante hija del congresista, que logra la nominación y gana las elecciones presidenciales. ¡Señora! ¡Es impresionante! Como agente de inteligencia que soy, no me queda más remedio que darle la enhorabuena y mostrarle mi admiración.

Kramer no quiso dejar atrás ningún episodio, para demostrar a Brooks que conocía hasta el más mínimo detalle y que debía perder toda esperanza. De nada serviría negar tantas evidencias. De hecho, Brooks seguía sin decir una palabra.

—Una vez que supimos lo que ocurría, tuvimos dudas sobre qué hacer. El primer impulso fue dar toda la información al FBI para que procediera a su detención. Hubiera acabado usted en la silla eléctrica. Pero luego pensamos en las consecuencias que tendría que fuera detenida una candidata presidencial de Estados Unidos a pocos días de las elecciones. ¡Imagínese el escándalo! Para empezar, Richard Banks II ganaría las elecciones, porque se habría quedado sin rival. Su padre ya alcanzó la presidencia en 2016 gracias a las medidas activas rusas. Medidas activas, ¿recuerda? Sí, Nathalie, esas campañas de propaganda y agitación que inventaron los espías soviéticos y que ahora, con internet y las redes sociales, maneja de maravilla el presidente Karlov. Además, la crisis constitucional en Estados Unidos provocada por su detención y la consiguiente crisis diplomática mundial podrían ser terribles. No quiero ni pensarlo. —Beth hizo una breve pausa para que Brooks pudiera digerir todo lo que había escuchado, y después continuó—: Por tanto, presidenta electa, decidimos esperar al resultado de las elecciones. Si ganaba Banks, la Operación Kazán sería neutralizada por el voto de la gente, aunque eso supusiera tener otra vez a los Banks en el poder. Así es la democracia. Gobierna quien más votos consigue, para lo bueno o para lo malo. Pero si ganaba usted, actuaríamos como vamos a actuar. Y le advierto desde este mismo momento: no se lo estoy consultando, se lo estoy comunicando.

Kramer hizo otra pausa a la espera de apreciar alguna reacción de Brooks, pero no se producía.

—Usted va a ser la presidenta de los Estados Unidos de América. Nuestros compatriotas la han elegido, aunque es cierto que desconocen sus habilidades. Aun así, quienes sabemos la verdad de la Operación Kazán creemos que la mejor opción es que Nathalie Brooks ocupe la Casa Blanca. En otras palabras: es la opción menos catastrófica. Usted será nuestra presidenta. Pero no gobernará. Nosotros gobernaremos. Nosotros le diremos lo que debe hacer cada día y ante cada situación: a qué hora desayuna, qué ropa se pone, cuándo duerme, qué palabras utiliza en los discursos y qué cosas se calla. Y obedecerá. —Nathalie Brooks escuchaba a Beth como si el infierno estuviese a punto de abrirse paso desde el subsuelo para llegar hasta su jardín en cualquier momento—. Y lo primero que hará será nombrar como responsable de su equipo de transición entre el Gobierno actual y el siguiente a la persona que aparece en la primera página del informe que le acabo de entregar. Se llama Charles McKenzie. Es un agente de la CIA jubilado hace poco. Lo sabe todo de Kazán. Y también sabe cómo hacer daño a otros. Lo aprendió en Irak y en Afganistán. McKenzie será la persona que decidirá todos los nombramientos en el Ala Oeste. Usted los firmará sin rechistar. Y cuando tome posesión de su cargo el 20 de enero, lo primero que hará será nombrar a Charles como jefe del Gabinete de la Casa Blanca. Él gestionará el día a día del Gobierno. Usted hará lo que él le diga y nada más que eso. El segundo nombramiento será el mío: directora de las agencias de inteligencia. Y yo seré quien nombre, a su vez, al director de la CIA, que será Matthew Perkins, otro antiguo agente. También nombraré al director de la NSA, del FBI y al resto. Y, muy importante, escúcheme bien, Nathalie: usted y nosotros protegeremos a la vicepresidenta electa. Es una mujer excepcional, brillante, perfectamente preparada para el puesto y una patriota. En algún momento, cuando lo consideremos oportuno, ella ocupará su lugar y será la presidenta. Ya decidiremos la fórmula. El resto de las cosas que debe conocer se las comunicaremos a su debido tiempo.

La presidenta electa se sentía destruida. No era capaz de adoptar decisión alguna. Durante décadas había intentado prepararse ante la posibilidad de ser descubierta. Pero ahora que había ocurrido no sabía qué hacer, salvo escuchar.

—Dentro de unos minutos —continuó Kramer—, en cuanto yo me vaya, llegarán dos jóvenes: Pablo Perkins y Teresa Fuentes. Usted será extraordinariamente amable con ellos y comunicará a su equipo que Pablo es su nuevo secretario y Teresa, su ayudante personal. Teresa y Pablo no se van a separar de usted ni un minuto del día. Se instalarán aquí, en su casa, y también estarán a su lado en la Casa Blanca, junto al Despacho Oval y en la sala que está al lado de su dormitorio. Teresa podrá ir con usted incluso al baño si ella lo considera oportuno. —Nathalie Brooks aún buscaba una salida al laberinto que describía Elisabeth Kramer, pero no lo encontraba. Por las dudas, Beth trató de cerrar cualquier posible escapatoria—. Quizá esté pensando que si la Operación Kazán ha fracasado, ya no hay nada que perder y podría tener la tentación de provocar que salga todo a la luz. Pero no se equivoque, Nathalie. Usted no es como su padre. Edward era capaz de soportar el dolor físico y psicológico. Se jugó la vida en medio de los combates en Francia y se puso en riesgo aquí, en Estados Unidos. Pero, mírese: solo ha visitado despachos enmoquetados. Ejecutar de inmediato su condena de muerte sería un favor que le haríamos y nosotros no hacemos favores a gente como usted. Si muriera pronto, sus padecimientos no serían suficientes. Por eso, si se equivoca y hace lo que no debe, tendrá que soportar durante años el sufrimiento al que la someteríamos, encerrada y aislada en una celda de Guantánamo, o quizá de alguna región perdida de Alaska, que se parece mucho a Siberia. Nos suplicaría que la matáramos cuanto antes para acabar con ese tormento. Y así sería, pero siempre después de verla convertida en un despojo humano. Luego, se sentaría en la silla eléctrica. ¿Sabe lo mal que se muere en esas sillas? A veces es muy lento y el reo tiene hasta tiempo de oler cómo se quema su propia carne. Los segundos se hacen eternos. Y ese desenlace no la convertiría en una heroína de Rusia. Porque, ¿sabe qué?: si esto se hace público, el presidente Karlov negará cualquier relación con usted y con su padre, y les acusará de ser unos impostores, haciéndose pasar por agentes rusos cuando ninguna agencia de inteligencia de ese país los tiene en sus filas. Durante décadas trabajaron por libre, sin conexión con el KGB ni con el FSB. Esa fue su ventaja entonces, pero ha sido su condena después, porque ahora no puede pretender que la reconozcan como una de ellos. No la ayudarán. Se pudrirá en una celda y terminará muriendo de forma ignominiosa.

Beth frenó su invectiva por un momento. Nathalie seguía inmóvil, procesando en silencio toda la información que acababa de recibir. Pero Kramer no había terminado.

—Usted y yo sabemos que, en el mundo de los servicios de inteligencia, como en la vida, a veces se gana y a veces se pierde. Asuma que ha perdido. Y asuma que le estoy comunicando la mejor solución posible. En realidad, la única. —Kramer se puso en pie sin esperar respuesta—. Y esta es solo la primera reunión de inteligencia con la presidenta electa. Mañana volveré. Y confío en que esté usted un poco más dispuesta al diálogo. Quizá podamos charlar amistosamente sobre nuestras cosas. Conviene que nos llevemos bien, porque vamos a estar juntas durante un tiempo. Nos entenderemos, ¿verdad? Y ahora, sonría, por favor. Deben verla feliz. Que lo note todo el mundo. ¡Acaba de ganar las elecciones y va a ser la presidenta!

Kramer extendió su mano para que los agentes del servicio secreto vieran que estrechaba la de Brooks. Total normalidad. La presidenta electa dudó un instante, pero finalmente también ofreció su mano. La nueva responsable de los servicios de inteligencia americanos se giró hacia la puerta acristalada, pero, de repente, dio media vuelta y miró fijamente a Brooks, que tenía los ojos extraviados en algún lugar de su jardín.

—Dígame una cosa, Nathalie. En todos estos años, ¿nunca dudó? ¿No pensó en dejarlo?

La espía rusa levantó la cabeza hacia Beth y, después de una pausa, habló por primera vez en esta charla que, en realidad, había sido un monólogo.

—Sí.

Fue un sí seco, áspero, como quien escupe a la cara de alguien.

—¿Sí? —preguntó de nuevo Beth.

Brooks, asumida su capitulación, optó por sincerarse en un esfuerzo por defender mínimamente su dignidad.

—Cuando volví a Estados Unidos desde Inglaterra ya era muy consciente de mis convicciones comunistas y empecé a realizar la misión que tenía encomendada. Pero pasado un tiempo se conoció la verdad.

—¿La verdad de qué?

Brooks se puso en pie y se situó apenas a un metro de Kramer, cara a cara, sin pestañear, desafiante.

—Unos años antes, mi hermano Jonathan se alistó en el Ejército para combatir en Vietnam. Era un patriota. Mi padre tenía decidido que fuera Jon quien hiciera lo que después hice yo. Habría ido a entrenarse a Checoslovaquia para convertirse en un espía soviético. Pero en aquel momento ese proceso aún no había empezado. Mi hermano quería ir a Vietnam y mi padre lo consultó con Moscú. El camarada Sorokin, ministro de Asuntos Exteriores, dio el visto bueno. Pensó que su alistamiento serviría a Jon para recibir instrucción militar, adquirir experiencia de combate y conocer por dentro el Ejército americano. Sabían que había un riesgo, pero decidieron asumirlo. Además, la presencia de mi hermano en la guerra permitiría a mi padre y, en el futuro, al propio Jon escalar en sus carreras políticas. Él había sido un héroe de guerra y su hijo lo sería también. Dos héroes americanos, padre e hijo, en una campaña electoral serían imbatibles.

Brooks hizo un alto en su relato sin dejar de mirar fijamente a los ojos de Kramer, y sin que ninguna de las dos mujeres hiciera la más mínima muestra de condescendencia hacia la otra. Era una batalla entre espías, a un metro de distancia. Ninguna cedía.

—Jon era casi un niño. Yo le adoraba. Y él a mí. Era mi hermano mayor. Un día recibimos la visita de un oficial del Ejército. Nos explicaron que Jon murió en medio de una batalla, tratando de salvar a sus compañeros cuando cayeron en una emboscada. Le concedieron una medalla póstuma por el sacrificio que hizo por su país. Unos años después, yo realizaba ya servicios para la Unión Soviética, pero estaba perdiendo la intensa pasión que había sentido en los años iniciales de mi labor como espía. Me preguntaba si era lo correcto. Me preguntaba si no me habría equivocado de bando. Dudaba del comunismo. Pero justo cuando tenía ese debate en mi interior, un periodista publicó la historia real. Ocurrió en My Lai. Seguro que ha oído hablar de lo que pasó allí, ¿verdad, Beth?

Kramer hizo un gran esfuerzo por no inmutarse, pero estaba encogida por lo que escuchaba. Conocía perfectamente la masacre de My Lai. Brooks endureció el gesto de su rostro y el tono de su voz.

—La historia real, Beth, es que allí la compañía en la que servía mi hermano violó y mató a las mujeres, torturó a los hombres hasta la muerte y disparó contra niños indefensos. La historia real, Beth, es que mi hermano se enfrentó a sus compañeros y a sus superiores tratando de impedir que lo hicieran. La historia real, Beth, es que un oficial del Ejército de los Estados Unidos de América sacó su pistola del cinto y asesinó a mi hermano de un disparo en la cabeza para evitar que denunciara lo que allí había sucedido. —Por un momento, Brooks detuvo la narración de su historia para que Kramer pudiera sufrirla en sus entrañas. Y, solo entonces, terminó—: ¿Lo entiende ahora, Beth? ¿Entiende por qué he servido fielmente a Rusia durante todos estos años? Sí. Seguro que lo entiende.

Las dos mujeres mantuvieron la posición sin moverse, hasta que Beth Kramer quiso terminar aquella conversación.

—Usted nació aquí. Este país la cuidó y la educó. Este país le permitió ser libre y prosperar. Y no me diga que nunca siente nada cuando suena el himno de los Estados Unidos y ondea nuestra bandera...

—Sí, Beth. Siento odio. —Brooks pronunció la palabra odio como si acabara de activar un lanzallamas contra la cara de alguien.

—Pues ese odio ha sido su perdición.

Beth se dio la vuelta y caminó hacia la casa con paso firme. Un asistente abrió la puerta y la acompañó hasta la salida. Antes de subir al coche, Kramer se dirigió al personal de servicio.

—Creo que la presidenta electa necesita una aspirina.

De inmediato llegó otro coche, con Pablo Perkins y Teresa Fuentes.

Desde la casa, la presidenta electa vio alejarse a su nueva jefa de la inteligencia. Sin decir una palabra, Nathalie pidió perdón a su padre y a su hermano. Se sentía culpable por el fracaso, aunque no toda la responsabilidad era suya. La Operación Kazán se les había escapado de las manos desde el principio. A todos.

Sotogrande, sur de España, 1 de febrero (12 días después de la toma de posesión de Nathalie Brooks)

—No pasan los años por ti, Beth.

—Pues tú has ganado un poco de peso, Mijaíl.

—¡Siempre tan sincera y tan inmisericorde...!

Mijaíl Serkin, jefe de los servicios de inteligencia rusos, dio un beso en cada mejilla a Elisabeth Kramer. La recién nombrada directora responsable de los servicios de inteligencia americanos se mantuvo en pie, imperturbable, tras atravesar la puerta de una mansión propiedad de un mafioso ruso en la lujosa urbanización de Sotogrande, en la provincia española de Cádiz, cerca de Gibraltar.

—Bonita casa —dijo Kramer mirando a su alrededor—. Pero espero que los dueños, esos amigos mafiosos que tienes, sean de fiar.

—Un mafioso nunca es de fiar, por definición. Pero su vida y su riqueza dependen de mí. Me deben todo lo que son, todo lo que tienen y todo lo que serán y tendrán. No hay de qué preocuparse. Estamos seguros.

—¿Cuánto tiempo hace que no nos vemos en persona?

—Diez años.

—Diez años... —repitió Kramer pensativa.

—Fue el día en el que cerramos nuestro acuerdo de colaboración en París, en una recepción que organizó el Ministerio de Exteriores francés con funcionarios de las embajadas.

—Nunca imaginamos que ocurriría algo así.

—Ven. Pasemos al salón.

—Mejor salgamos al jardín. Hablaremos allí.

—No tengo cámaras ni micrófonos. No te preocupes.

—Nuestra profesión consiste en no creer ni a los amigos. O, especialmente, en no creer a los amigos.

Ambos rieron la broma mientras salían al jardín a través de una puerta acristalada.

—Hay algo que quiero saber, Beth. ¿Te enteraste de la Operación Kazán por mí o ya la conocías?

—Me enteré un día antes de que tú me lo contaras.

—¿Matthew Perkins?

—Sí. Él me dio la primera información. De hecho, tuve dudas de que la historia que me contó Perkins fuera cierta hasta que me la confirmaste. Días después, Perkins y McKenzie me dieron todos los detalles.

—Eso fue en la reunión que tuvisteis en el barco de Port Jefferson, ¿verdad?

—¿Cómo sabes que estuvimos en Port Jefferson?

—El espionaje ruso es el mejor del mundo, Beth. Sonja Ivanova os tenía controlados a todos. Por eso era necesario que muriera. Consiguió el nombre y el teléfono de Matthew, de McKenzie, de Pablo, de Teresa, de Breuer... y hasta el tuyo. Contigo le costó más, pero también te identificó y te monitorizaba. Sonja sabía demasiado. Había que seguir el protocolo. Una lástima. Era una chica estupenda. Habría llegado lejos.

—También nosotros conseguimos monitorizar a Sonja, pero fue demasiado tarde. No pudimos frenarla antes de que localizara a Kuzmin.

—Era la mejor.

—¿Y por qué habéis matado también a Kuzmin? Él no sabía qué era Kazán ni podía haceros más daño. Ya estaba fuera.

—Fue una orden directa de Karlov. No hay piedad con los traidores. Y si no hubiera ejecutado esa orden, ahora sería yo quien estaría muerto en lugar de Kuzmin. No tenía alternativa. Con Kovalev se aplicó el mismo procedimiento, aunque con él se disimuló el asesinato y hasta se organizó un homenaje. El espionaje ruso no podía admitir en público que un mito de nuestro servicio, como era el viejo Kovalev, también nos hubiera traicionado.

—¿Crees que han quedado cabos sueltos?

—Eso nunca se sabe. Creo que está bajo control, pero estas situaciones siempre son frágiles...

Serkin y Kramer se quedaron en silencio durante unos segundos, hasta que el espía ruso decidió terminar su frase inconclusa.

—Y yo soy un traidor. —Serkin parecía sentenciarse a sí mismo.

—Sé que esta es una situación muy inestable para ti. Pero todavía no puedes abandonar tu misión, Mijaíl.

—Pero tampoco podrá durar mucho tiempo más o un día amaneceré muerto en mi cama y dirán que he sufrido un ataque al corazón.

—Tienes que aguantar. En cuanto podamos te sacaremos de allí, pero es pronto. Sería demasiado evidente.

—¿Cuándo? —Serkin se impacientaba en busca de una respuesta.

—Aguanta. Para empezar, haz lo que la mayoría de los altos cargos rusos: mueve tu dinero a Suiza y envía a tu mujer y a tus hijos a vivir algunas temporadas a Londres. Así, ellos ya estarán fuera y a salvo, y después será más fácil sacarte a ti. Sabes mejor que yo que en Rusia nadie se extraña de que quienes mandáis mucho hagáis estas cosas. Es moneda común.

Serkin asumió que no conseguiría una respuesta definitiva en esa charla y decidió relajar la tensión.

—¿Cómo está Kazán?

—Controlada. ¿Cómo está Karlov?

—Controlado, de momento. Pero es un espía de formación y de espíritu. Está entrenado para no fiarse de nadie. Antes o después me descubrirá.

—Por ahora, seguirás enviándonos información por la vía habitual y te prometo que pronto estarás a salvo.

Kramer y Serkin caminaron en silencio por el jardín, de vuelta a la casa. Beth se marchaba ya. Serkin confiaba en que la próxima vez que se vieran fuera en Estados Unidos, con una identidad nueva y a salvo.

—Beth, sueño con vivir en California.

—¿Por qué en California?

—Por la canción: *California Dreamin'*. Es mi sueño.

BERLÍN, 20 DE FEBRERO (UN MES DESPUÉS DE LA TOMA DE POSESIÓN DE NATHALIE BROOKS)

—¡Señora presidenta! Estoy feliz de conocerla personalmente y de reiterarle mi enhorabuena por la victoria que obtuvo, como ya hice en su momento. Y quiero expresarle mi sincero deseo de impulsar las relaciones entre Rusia y Estados Unidos en este nuevo tiempo que se abre con su presidencia.

El líder ruso, Iván Karlov, proyectaba con fuerza sus cuerdas vocales, mientras se deshacía en elogios y parabienes hacia Nathalie Brooks. Los fotógrafos de la prensa internacional y los operadores de cámara de las televisiones del mundo captaban para la historia el primer encuentro entre ambos dirigentes, y los micrófonos registraban el saludo que intercambiaban en voz suficientemente alta como para ser escuchados con claridad.

—Es un honor para mí, señor presidente. Por mi parte, tengo toda la determinación de ampliar la colaboración entre los dos países, en la búsqueda de la prosperidad de nuestras dos grandes naciones y del mundo. Hay muchos desafíos por delante y creo que podemos trabajar juntos por el bien de todos.

Brooks y Karlov lanzaban peroratas diplomáticas mientras estrechaban sus manos y miraban a las cámaras para inmortalizar el momento. Los dos presidentes establecieron esta cita aprovechando la cumbre del G-20 en Berlín, que reunía a las principales potencias mundiales. Pasados los minutos en los que la prensa disponía de acceso al lugar del encuentro bilateral, Brooks y Karlov tendrían un momento para estar a solas, aunque con la presencia de dos intérpretes que traducirían sus palabras. El mandatario ruso había decidido que fuese así para no correr riesgos haciendo las cosas demasiado rápido. Habría tiempo en una segunda reunión para, entonces sí, fijar en el protocolo un paseo de ambos y sin compañía por los jardines de algún palacio, alejados de las cámaras, de los micrófonos y de los intérpretes. Sería en esa cumbre posterior cuando Karlov daría las órdenes pertinentes a Brooks y llevaría la Operación Kazán hasta el éxito total y definitivo: la presidenta de Estados Unidos, al servicio de Rusia.

Pero Brooks sí tenía prisa por informar de algo a Karlov y la charla estaba a punto de acabar.

—Señor presidente, no quiero marcharme sin hacerle un pequeño obsequio. —La presidenta americana se puso en pie para evitar que las intérpretes, que permanecieron sentadas, pudieran ver lo que entregaba al presidente ruso. Y Karlov hizo lo mismo.

—Es un detalle muy amable por su parte, señora presidenta —respondió Karlov mientras se incorporaba de su silla.

—Se trata de un libro y de un disco —dijo Brooks al tiempo que se los entregaba—. El libro es sobre la historia de los padres fundadores de Estados Unidos y sobre cómo crearon la democracia más longeva del mundo.

—Muy interesante. Muchas gracias —dijo el ruso con amabilidad impostada.

—Hay un capítulo que le recomiendo especialmente —precisó Brooks—. Es el quinto. Habla de Rusia. Empieza en la página 185.

Karlov empezó a hojear el libro buscando esa página y encontró un pequeño papel suelto, con un breve texto escrito a mano y en ruso. Lo pudo leer de un solo golpe de vista: «*Казань закончилась. Они знают кто я*» (Kazán ha terminado. Saben quién soy).

Brooks forzó una sonrisa para atraer la atención de las intérpretes mientras contemplaba a Karlov mirar el libro con la vista perdida y paralizado. El silencio resultaba tan violento que la presidenta de Estados Unidos intervino de nuevo para reanimar la conversación, como si nada hubiera ocurrido.

—Y, además del libro, le quiero regalar también este disco. Es una recopilación de las mejores canciones de la música americana: Bob Dylan, Eagles, Elvis... Y espero que a usted le guste también mi canción favorita.

Karlov levantó sus ojos, encendidos por la ira ante lo que acababa de saber: los americanos habían acabado con la Operación Kazán. Su mente de espía empezó a funcionar de inmediato: Kuzmin no podía ser el causante de aquel desastre, era solo un peón. Tenía que quedar otro topo en Moscú, mucho más importante. Lo encontraría para acabar con él, y lo haría con sus propias manos, siguiendo las enseñanzas de la Cheka soviética: un enemigo es alguien a quien te enfrentas en una batalla de forma honesta; pero un traidor es alguien que está a tu lado, que lucha contigo y que te apuñala por la espalda. No hay piedad para los traidores.

El presidente ruso recompuso su gesto iracundo y recuperó una pretendida cordialidad con Brooks.

—¿Qué canción es esa que le gusta tanto, señora presidenta?

—*California Dreamin'*, señor presidente.

booket

www.ingramcontent.com/pod-product-compliance
Lightning Source LLC
Jackson TN
JSHW080903270925
91561JS00001B/1